Martina Gercke

# Eine zufällige Liebe

Roman

# Inhaltsverzeichnis

Es gibt keine Zufälle im Leben, nur schicksalhafte Begegnungen.

Martina Gercke

# Prolog

Er sah auf seine Uhr: Sie verspätete sich. Es war das erste Mal, seit er sie kannte, dass sie unpünktlich war, und das beunruhigte ihn auf eigenartige Weise. Er musste über sich selbst lächeln. Sie kannten sich erst ein paar Tage, es gab also keinen Grund, sich Sorgen zu machen. Sie würde kommen, da war er sich sicher. Schließlich hatte sie sich dieses letzte Treffen hoch über den Dächern von Paris gewünscht und er hatte ihrem Wunsch nur allzu gerne nachgegeben. Welcher Ort wäre wohl besser geeignet für ein Rendezvous in der Stadt der Liebe als der Eiffelturm – das Wahrzeichen von Paris? Er war noch nie um diese Uhrzeit hier oben gewesen. Sein Blick glitt über die Plattform zum Horizont. Jetzt, in der Nacht, konnten seine Augen die Rauten des Gitters nicht erkennen, die bis hoch in den Himmel ragten und leichtsinnige Besucher davon abhalten sollten, durch eine unüberlegte Bewegung in die Tiefe zu stürzen, und gaukelten ihm einen freien Blick nach draußen vor. Es war eine sternenklare Nacht – ihre letzte gemeinsame in Paris. Es war, als ob die Stadt versuchte, sich in ihrem besten Gewand zu zeigen.

Der Mond hing malerisch über der Silhouette wie eine silberne Scheibe und tauchte die Landschaft in sein milchiges Licht. Es war Vollmond und die Sterne am Firmament funkelten mit den Lichtern der Großstadt um die Wette. Die Seine, eines der Markenzeichen der Stadt, war in der Dunkelheit der Nacht verschwunden.

Verwundert nahm er die Veränderungen wahr, die die Dämmerung mit sich gebracht hatte. Die einzelnen Autos verschwammen zu einer Masse aus Lichtern und von hier oben sahen die Straßen wie goldene Flüsse aus, die sich durch die Häuserschluchten schlängelten. Kein störendes Motorengeräusch drang nach oben. Nur der Wind heulte leise in seinen Ohren und zerrte an seinen Kleidern. Es war ein warmer, windstiller Tag gewesen, ein Tag, der die Menschen aus ihren Häusern trieb. Erst mit der Dunkelheit war der Wind gekommen.

Der Park zu seinen Füßen war erleuchtet und er konnte mehrere Spaziergänger ausmachen, die sich wie kleine Ameisen entlang der Pfade bewegten. Der Wind trug ein leises Flüstern zu ihm. Er drehte sich auf der Suche nach der Ursache um und entdeckte die Umrisse zweier Menschen, die sich engumschlungen hielten und unter dem Deckmantel der Nacht küssten. Es war, als ob sie seinen Blick gespürt hätten, denn ihre Lippen lösten sich just in diesem Moment voneinander. Er sah, wie die Frau dem Mann etwas ins Ohr flüsterte. Mit einem Mal kam er sich vor wie ein Eindringling. Rasch wandte er den Kopf ab.

Keine zwei Minuten später ging das Pärchen händchenhaltend an ihm vorbei zur Treppe, die nach unten führte.

Ihrer Körpersprache nach zu urteilen, suchten sie einen ungestörten Platz für die Nacht. Er sah ihnen hinterher, bis ihre Silhouetten in der Dunkelheit verschwunden waren.

Nervös warf er erneut einen Blick auf seine Armbanduhr. Es war bereits eine halbe Stunde nach der verabredeten Zeit. Etwas musste passiert sein, anders konnte er sich ihre Verspätung nicht erklären.

Würde sie noch kommen? Was sollte er tun? Warten? Er kannte noch nicht einmal den Namen des Hotels, in dem sie abgestiegen war. Plötzlich fiel ihm der Zettel ein, den sie ihm gegeben hatte.

*„Damit kannst du mich erreichen"*, hatte sie mit ihrer herrlich sanften Stimme geflüstert und ihm das Papier mit ihrer Handynummer darauf in die Hand gedrückt. Es musste noch immer verborgen in seinem Portemonnaie stecken. Eigentlich hatte er die Nummer gleich in sein Handy tippen wollen, aber sie hatte ihn geküsst und seine Aufmerksamkeit auf andere – wichtigere – Dinge gelenkt. Er zog die Geldbörse aus der Hose und entnahm den Zettel. Mit der anderen Hand griff er nach seinem Handy, das er immer in der Jackentasche bei sich trug.

Vorsichtig wie ein kostbares Kleinod, das es zu schützen galt, öffnete er das zusammengefaltete Stück Papier. Sie hatte die Zahlen in aller Schnelligkeit geschrieben, wie eine unwichtige Einkaufsliste. Dabei war es die Nabelschnur, die sie miteinander verband. Er kannte zwar jeden Zentimeter ihres wundervollen Körpers, aber er wusste weder ihre Adresse noch ihren ganzen Namen. Jedes Mal, wenn er sie danach gefragt hatte, hatte sie ihm die gleiche Antwort gegeben: *„Warum willst du meinen Namen wissen? Schließlich hältst du mich in deinen Armen."* Dieses Stück Papier war seine einzige Chance, sie in dieser großen Stadt wiederzufinden. Sie fehlte ihm bereits jetzt. Sein ganzer Körper schrie vor Verlangen nach ihr. Er wollte sie in den Armen halten und nie wieder loslassen, ihren süßen Duft in sich aufsaugen und ihre weichen Lippen küssen. Aber dafür musste er sie finden, um ihr zu sagen, was ihm schon seit Tagen auf der Seele lag.

Er wiederholte die Nummern leise, um sie sich für immer in sein Gedächtnis einzuprägen.

Drei ... fünf ... acht ... sieben ...

Ein Windhauch fuhr durch seine Glieder und streichelte seine Wangen, gleich dem Atem einer Geliebten. Das Papier in seiner Hand zitterte wie die Flügel eines Schmetterlings, als der Wind es erfasste und mit sich in die Höhe hob. Für den Bruchteil einer Sekunde schwebte der Zettel vor seinen Augen und ehe er es verhindern konnte, wurde er von ihm weggetragen. Er versuchte verzweifelt, das Papier einzufangen, aber der Zaun vereitelte seine Bemühungen. Hilflos zwängte er die Arme durch die Rauten des Gitters und ruderte in der Luft wie ein Ertrinkender. Er wollte den Zettel greifen, aber der Wind hatte ihn bereits zu weit getragen. Wie eine Feder tanzte das weiße Stück Papier in der Dunkelheit zu der Musik des Windes. Eine eiserne Faust umschloss sein Herz und nahm ihm die Luft zum Atmen. Hilflos musste er mitansehen, wie sich das Blatt weiter und weiter von seinem Standort entfernte und für ihn unerreichbar wurde. Das erste Mal in seinem Leben hatte er das Gefühl, die Natur würde ihn verspotten. Wie erstarrt stand er da, kaum fähig zu atmen, und beobachtete den Zettel bei seinem Tanz mit dem Wind, in der Hoffnung, dass ihm der Zufall gnädig sein und das Blatt zu seinem rechtmäßigen Besitzer zurückkehren würde. Sein Puls raste und ein Schweißtropfen lief ihm über die Schläfe.

Keinen Meter entfernt wurde der Zettel erneut von einer Windböe erfasst und mit einem Ruck nach oben gesogen, um dann für immer in der Dunkelheit zu verschwinden – und mit ihm die Hoffnung, sie wiederzufinden. Er hatte sie verloren und damit auch sein Glück.

# 1. Kapitel

Tess ging auf Zehenspitzen ins Badezimmer, um sich fertigzumachen. Es war sechs Uhr morgens und im Haus still. Selbst die Nachbarn in der Wohnung über ihr schienen endlich zu schlafen, nachdem sie sie die halbe Nacht mit ihrem Getrampel und dem lauten Fernseher wachgehalten hatten. Sie nahm an, dass die beiden schwerhörig waren, anders konnte sie sich die Lautstärke nicht erklären. Die Wände des Mietshauses waren papierdünn und man konnte die Gespräche der Nachbarn problemlos mithören. Überhaupt war das Haus in keinem besonders guten Zustand. Die Außenfassade war an vielen Stellen abgeblättert und der Eingang mit Graffiti besprüht – wie die meisten Häuser dieser Gegend. Im Treppenhaus roch es nach abgestandenem Essen und die alten Holzdielen quietschten bei jedem Schritt laut unter ihrer Last. Tess hatte sich schon mehrfach nach einer neuen Wohnung umgesehen, aber mit dem Gehalt, das sie in der Bäckerei verdiente, konnte sie sich nicht mehr leisten als diese einfache Bleibe in Brooklyn. Zumindest war es im Haus sauber, die Nachbarn waren nett und der Weg zur Arbeit nicht allzu lang. Das Beste jedoch war die Tatsache, dass Maureen, ihre Mutter, in unmittelbarer Nähe wohnte und nach dem Kindergarten auf Hazel aufpassen konnte, bis Tess von der Arbeit kam.

Das Leben als alleinerziehende Mutter war nicht leicht. Sie hatte bereits kurz nach Hazels Geburt angefangen zu arbeiten, um sich und das Baby ernähren zu können. Seitdem hatte sie keinen Urlaub mehr gehabt. Die einzige Annehmlichkeit, die sie sich gelegentlich gönnte, waren die abendlichen Treffen mit ihren Freundinnen. Trotzdem beschwerte sie sich nicht. Sie war ein lebensbejahender Mensch und versuchte, alles möglichst positiv zu sehen. Sie und Hazel waren gesund, hatten genug zu essen und warme Kleider am Leib. Das war mehr, als viele andere Menschen in ihrer Umgebung hatten.

New York war keine Stadt für Schwächlinge. Wer hier überleben wollte, musste kämpfen.

Nur manchmal, wenn sie nachts in ihrem Bett lag, gönnte sie sich den Luxus und träumte von einem besseren Leben für sich und ihre kleine Tochter. Dann dachte sie auch darüber nach, wie ihr Leben wohl verlaufen wäre, wenn sie Chris Butler nicht kennengelernt hätte.

Chris war ihre große Liebe gewesen.

*Sie begegnete ihm in ihrem ersten Jahr auf dem College. Chris war Quarterback der Footballmannschaft der Uni und der Schwarm aller Mädchen. Er war groß, sportlich und hatte Charme. Um seinen Mund spielte stets ein etwas überhebliches Lächeln, wie man es sich in der Jugend zu eigen machte, wenn man noch dachte, die Welt läge einem zu Füßen.*

*Als er sie in seiner angeborenen, lässigen und coolen Art um ein Date bat, dachte Tess zunächst, es würde sich um einen Scherz handeln. Bis zu diesem Tag hatte er ihr keine Beachtung geschenkt, sondern sich stets mit blonden, langbeinigen Cheerleadern umgeben. Nicht, dass sie hässlich wäre. Nein, sie würde sich mit ihren braunen Locken, den grünen Augen und dem etwas zu großen Mund eher als durchschnittlich bezeichnen.*

*Mit einem Zittern in der Stimme willigte sie ein und tagelang schwebte sie auf einer Wolke der Glückseligkeit. Und als er ihre Jungfräulichkeit auf dem Rücksitz seines Wagens nahm, war sie davon überzeugt, dass sie mit ihm den Rest ihres Lebens verbringen würde. Im Geiste schmiedete sie schon Pläne. Maureen hingegen war alles andere als begeistert von Chris. Sie schimpfte ihn einen eingebildeten Schnösel, der nur auf seinen Vorteil bedacht war und Tess nur ausnutzen würde. Immer und immer wieder predigte sie ihr, dass Männer wie er Mädchen wie sie nur benutzten, um ihren Spaß zu haben.*

*In dieser Zeit verschlechterte sich ihr Verhältnis zu ihrer Mutter dramatisch. Alle Verbote und Vorwürfe bewirkten nur eines: Sie fühlte sich noch mehr zu Chris hingezogen. Nachts, wenn ihre Mutter dachte, sie würde schlafen, schlich sie sich aus dem Haus, um sich heimlich mit ihm zu treffen. Dann lagen sie knutschend in seinem Wagen, hatten Sex auf dem Rücksitz und tranken Bier, das er besorgt hatte. Mitten in der Nacht brachte er sie dann nach Hause. So ging es einige Monate, bis ihre Periode ausblieb.*

*Schließlich ging sie unbemerkt in den Supermarkt und kaufte sich einen Schwangerschaftstest.*

*Als sie den hellblauen Streifen sah, war sie zunächst geschockt, aber dann überwog die Freude. Sie wusste, es würde nicht leicht werden, in ihrer Situation ein Kind großzuziehen, aber es war ein Kind, das sie aus Liebe gezeugt hatten, und sie war sich sicher, dass sie und Chris es schon schaffen würden.*

Sie würde die Nacht, die dann folgte, niemals wieder vergessen.

*Als es endlich so weit war und sie seinen Wagen von ihrem Zimmerfenster aus parken sah, schlich sie sich mit Herzklopfen zur Tür hinaus und setzte sich zu ihm ins Auto. Er erzählte ihr von seinem Footballspiel am Nachmittag und sie saß schweigend daneben. Als er an der üblichen Stelle parkte und ihr ein Bier anbot, lehnte sie ab.*

*„Was ist los mit dir, Babe?", fragte er sie, und sie antwortete ihm, dass sie keine Lust auf Bier hatte. Er zuckte nur mit den Schultern und küsste sie. Sein Atem roch nach Bier und er fing an, ihre Brüste zu kneten. Als er ihren Rock hochschob und in sie eindrang, dachte sie an das Baby und daran, wie es wohl aussehen würde. Nachdem er fertig war, rollte er sich zur Seite und nahm wortlos ein weiteres Bier von dem Sixpack.*

*Sie zog den Rock wieder nach unten und wartete, die Hände auf ihrem Schoß ineinander gefaltet, geduldig darauf, dass er sie ansprechen würde. Als er sich ihr endlich zuwandte, schnappte sie seine Hand und legte sie auf ihren Bauch.*

*Er lächelte sie an und sagte: „Babe, ich brauch mal 'ne kurze Pause, dann können wir weitermachen."*

*Sie holte tief Luft und erwiderte: „Chris, wir bekommen ein Baby."*

*Niemals in ihrem Leben würde sie vergessen, wie er sie in diesem Moment ansah. Seine Augen blickten eiskalt auf sie herab.*

*„Du machst einen Witz, oder, Babe?"*

*Sie schüttelte den Kopf. „Nein, ich bin schwanger. Wir bekommen ein Baby – unser Baby."*

*Er sah sie schweigend an. Minutenlang.*

*„Verflucht. Verdammt Scheiße, Babe." Er schlug mit der Faust*

gegen das Lenkrad. „Was sollen wir jetzt tun? Ich stecke mitten im Studium und du hast gerade erst angefangen. Ein Kind würde alles kaputtmachen." Seine Worte trafen sie mitten ins Herz und rissen eine Wunde in sie, die niemals heilen würde. Sie weinte und er nahm sie schließlich in den Arm. Mit zärtlicher Stimme flüsterte er ihr ins Ohr, dass er sie lieben würde. Er versprach ihr, dass sie eine Lösung finden würden und er zu ihr stehen würde, egal was passierte. Kurz darauf fuhren sie nach Hause. Bevor sie aus dem Auto stieg, rang er ihr das Versprechen ab, mit keiner Menschenseele darüber zu sprechen, bis er sich gemeldet hätte. Sie vertraute ihm.

Sie wartete, krank vor Sorge und Angst. Die Stunden krochen im Schneckentempo dahin. Als er am nächsten Tag nicht zu seinen Vorlesungen erschien, dachte sie zunächst, er wäre krank. Sie versuchte ihn über Handy zu erreichen, bekam jedoch keine Antwort. Auch am darauffolgenden Tag blieb er verschwunden. Alle Versuche, ihn zu erreichen, schlugen fehl. Also fasste sie sich ein Herz und setzte sich in den Bus zu seinem Elternhaus, um nach ihm zu sehen. Er hatte es all die Zeit, die sie zusammen waren, vermieden, sie seinen Eltern vorzustellen. Er hatte sie stets mit den Worten vertröstet, dass er auf eine passende Gelegenheit warten würde.

Als sie klingelte, öffnete eine Frau mit hartem Gesicht und Chris' Augen die Tür. Sie wies Tess mit den Worten ab, dass Chris nicht mehr hier wohnen und seinen Abschluss in Boston bei Verwandten ablegen würde. Für Tess brach eine Welt zusammen. Er hatte sie tatsächlich sitzengelassen und war ohne ein Wort aus ihrem Leben verschwunden.

Sie stellte die Dusche an. Der Boiler brauchte immer ein paar Minuten, um das Wasser endlich auf eine angenehme Temperatur zu erhitzen. Sie zog das alte T-Shirt über den Kopf und warf es in den Wäschekorb. Eine Gänsehaut huschte über ihre Arme und ließ die feinen Härchen emporstechen. Sie hatte die Nachtspeicherheizung in der Wohnung auf ein Minimum gestellt, um Kosten zu sparen. Jetzt drehte sie den Thermostat hoch, damit es im Badezimmer warm war, wenn sie Hazel in einer halben Stunde weckte. Sie prüfte die Wassertemperatur und stellte sich unter die Dusche. Das warme Wasser prasselte wohltuend auf ihre Haut und weckte ihre Lebensgeister. Nachdem sie sich abgetrocknet und angezogen hatte, machte sie sich daran, ein wenig Make-up aufzulegen. Der Kopf des schwarzweißen Katers tauchte im Türrahmen auf.

„Hallo Cupcake, habe ich dich geweckt?" Sie ging zur Tür und streichelte das Tier.

Er maunzte müde und zog seinen Kopf aus der Tür zurück. Wie sie den Kater kannte, schleppte er sich gerade in die Küche, um dort vor dem Futternapf zusammenzubrechen. Cupcake war definitiv kein Frühaufsteher – eine Sache, die sie gemeinsam hatten.

Sie legte die Wimperntusche beiseite und folgte ihm in die Küche, um sein Essen in den Napf zu füllen.

„Heute gibt es etwas ganz Leckeres für dich", versprach sie ihm. Cupcake wackelte zur Antwort mit den Ohren und sah sie mit großen Augen an. Manchmal fragte sie sich, ob er nicht in Wirklichkeit ein Mensch war, der aus Versehen als Katze wiedergeboren worden war. Sie riss die Aluverpackung auf und schüttete die glibberige Masse in den Fressnapf, dabei rümpfte sie die Nase. Das Zeug roch schrecklich intensiv. Cupcake schien der Geruch nicht zu stören, jedenfalls kam er schnurrend zu ihr und rieb sein weiches Fell an ihrer nackten Wade. Sie rechnete es dem Kater hoch an, dass er sich zuerst um sie kümmerte, anstatt sofort zu fressen. Sie bückte sich und streichelte ihn nachdenklich. Für einen Moment trafen sich ihre Augen und sie spürte die besondere Verbindung, die zwischen ihnen herrschte. Bis heute war sie der Ansicht, dass es kein Zufall war, dass Cupcake und sie sich in jener Nacht getroffen hatten. Sie sollten sich begegnen, um sich gegenseitig das Leben zu retten.

*Es war die Nacht, nachdem Chris sie verlassen hatte. Tess lief verzweifelt und total durcheinander durch die Straßen. Mit einem Schlag schien ihr Leben sinnlos geworden zu sein. Sie hatte das Gefühl, jemand hätte ihr den Boden unter den Füßen weggezogen. Die Stunden nach dem Besuch bei Chris' Mutter hatte sie wie in*

*Trance verbracht. Völlig unter Schock, unfähig, sich zu bewegen, hatte sie auf der Parkbank gesessen und in die Luft gestarrt. Irgendwann musste sie eingeschlafen sein und als sie wieder aufwachte, war es mitten in der Nacht. Immer und immer wieder wiederholte sie den Satz in ihrem Kopf:*
Chris hat mich verlassen.
Chris hat mich verlassen.
Chris hat mich verlassen.
*Er hätte ebenso gut tot sein können.*
*Ihr Handy klingelte mehrfach, aber sie schaffte es nicht, den Hörer abzuheben. Der Schmerz, den sie spürte, drohte sie in Stücke zu reißen. Mit seinem Verrat war ein Teil von ihr gestorben. Ihr Körper fühlte sich taub an, so als ob er nicht zu ihr gehören würde. Und plötzlich war der Gedanke, sich umzubringen, da. Einfach so – in seiner ganzen Klarheit.*

*Sie würde sich von der Brooklyn Bridge stürzen, um diesem Zustand ein Ende zu bereiten. Mittlerweile war es dunkel geworden und ein leichter Nieselregen hatte eingesetzt, der noch durch den Wind verstärkt wurde.*

*Die Straßen waren um diese Uhrzeit wie leergefegt. Keine Fußgänger weit und breit. Die meisten Menschen saßen bei ihren Familien und aßen zu Abend. Sie spürte weder den Wind, der an ihren Kleidern zerrte, noch die Kälte, die sich in ihre Haut fraß. Knapp zweihundert Meter von der Brooklyn Bridge entfernt, trug der Wind ein leises Wimmern zu ihr und riss sie aus ihrer Lethargie. Sie blieb stehen und lauschte. Zuerst konnte sie nicht sagen, ob es ein Mensch oder ein Tier war, das dort so jämmerlich weinte. Sie zögerte, aber schließlich folgte sie der Stimme, bis sie vor einem Müllcontainer zum Stehen kam. Ungläubig hob sie den Deckel der stinkenden Tonne an. Und dann sah sie es – ein winziges Katzenbaby, kaum größer als ein Tennisball. Das Kätzchen lag zusammengerollt zwischen Küchenabfällen und anderem Unrat und schrie nach seiner Mutter. Bei dem Anblick des kleinen, verdreckten, hilflosen Bündels legte sich in ihrem Kopf ein Schalter um und sie wusste, dass sie weiterleben und das Kind zur Welt bringen würde. Also bückte sie sich und befreite den kleinen Kerl aus seiner misslichen Lage. Als ob Cupcake da schon gespürt hätte, wie es um sie stand, kuschelte er sich in ihre Hand und schnurrte. Tess wickelte ihn in ihr T-Shirt und nahm ihn mit zu sich nach Hause.*

Seit jener Nacht waren sie und der Kater eine eingeschworene Gemeinschaft, die so manchen Kummer zusammen überstanden hatte.

Sie wusste nicht, wie oft sie ihr tränennasses Gesicht an sein weiches Fell gedrückt und Trost in seiner Nähe gesucht hatte. Außerdem waren beide Single – wobei sie sich bei Cupcake manchmal nicht so sicher war. Wenn er gelegentlich aus der Wohnung ausbüchste, kam er Stunden später völlig fertig nach Hause geschlichen. Tess vermutete schon seit längerem, dass er eine Freundin in der Nachbarschaft hatte.

Lächelnd bückte sie sich und kraulte das weiße Fell seines Kopfes. Der übrige Körper war mit schwarzem Fell bedeckt, nur die Stelle oberhalb seiner Ohren leuchtete weiß – wie Zuckerguss auf einem Cupcake. Eine Laune der Natur, die dem Kater seinen Namen eingebracht hatte.

Begeistert ließ dieser sich zur Seite fallen und bot ihr seinen Bauch für die morgendliche Streichelration feil.

„So, mein Kleiner", sie gab ihm einen kleinen Stups, nachdem sie ihn ausgiebig – mindestens fünf Minuten – gekrault hatte, „ich muss wirklich los!" Wäre es nach Cupcake gegangen, müsste sie noch stundenlang so weitermachen.

Er sah sie mit seinen herrlich grünen Katzenaugen an, ganz so, als wollte er ihr sagen: *„Warum tust du dir das jeden Morgen an? Leg dich doch einfach wieder hin und schlaf weiter."*

Tess lächelte und gab ihm eine letzte kurze Streicheleinheit, dann ging sie den Flur entlang, um Hazel zu wecken.

Das Zimmer ihrer Tochter lag direkt neben ihrem Schlafzimmer, die Tür stand einen Spalt offen. Hazel lag zusammengerollt wie ein Kätzchen unter ihrer Decke.

Behutsam setzte sich Tess auf die Bettkante und betrachtete das schlafende Gesicht ihrer Kleinen. Hazel hatte ihre grüne Augen, ihre Nase und ihren Mund geerbt. Die ovale Gesichtsform war ein Erbteil ihres Vaters, ebenso wie das Lächeln. Sie schien mit dem gleichen Selbstbewusstsein durch das Leben zu gehen wie Chris damals und Tess hoffte, dass es immer so bleiben würde.

„Guten Morgen, Sonnenschein", flüsterte sie ihr ins Ohr und gab ihr einen Kuss auf die warmen Wangen.

Blinzelnd öffnete Hazel die Augen.

„Ein wunderschöner neuer Tag hat begonnen." Tess lächelte und strich ihr sanft über das Gesichtchen. Manchmal beneidete sie ihre Tochter, für die jeder Tag ein Abenteuer zu sein schien, dem sie mit einem Lächeln begegnete. Wie leicht und unbeschwert war das Leben ohne die Sorgen, die Tess täglich quälten!

Hazel schlang ihre dünnen Ärmchen um ihren Hals und zog sie zu sich herunter, um ihr einen feuchten Kuss auf die Wange zu drücken.

„Guten Morgen, Mummy. Ich hab dich lieb." Sie blinzelte sie verschlafen an.

„Guten Morgen, mein Schatz." Tess erwiderte ihren Kuss.

Nachdem sie Hazel beim Anziehen geholfen hatte, ging sie in die Küche und bereitete ihr ein kleines Frühstück vor. Ausgiebig essen würde sie erst im Kindergarten mit den anderen Kindern. Während sie das Toastbrot mit Erdnussbutter bestrich, lief der Kaffee durch die Maschine. Kaffee war für sie um diese Uhrzeit eine lebenserhaltende Maßnahme. Sie war schon immer eine Langschläferin gewesen und dieses ewige frühe Aufstehen kostete sie große Überwindung.

Hazel kam, bewaffnet mit ihrem Rucksack, in die Küche und setzte sich artig an den Holztisch.

Tess hatte den alten Tisch und die Stühle auf dem Flohmarkt erstanden und in mühevoller Handarbeit die weiße Farbe abgeschliffen, bis das honigbraune Holz zum Vorschein gekommen war.

An der Wand über der Sitzecke hingen Bilder von ihr und Hazel und Momentaufnahmen aus Tess' Leben. Sie im Cheerleaderkostüm und mit Zahnspange. Im Ferienlager Arm in Arm mit ihrer besten Freundin Kelly Tanner. Hochschwanger mit aufgeschwemmtem, blassem Gesicht.

Hazel als winziges Baby mit einer rosa Mütze in ihren Armen
liegend. Hazel unter dem Weihnachtsbaum, daneben
Maureen, die auf ihre Enkelin herabblickte. Die Bilder waren
stumme Zeugen der Zeit, in der Tess zu einer Frau
herangereift war.

Der Kaffee war durchgelaufen, sie nahm den Becher und
schüttete sich etwas Milch dazu.

Sie trank einen kräftigen Schluck und stellte die Tasse auf
den hölzernen Küchentresen, um Hazel ihr Pausenbrot zu
schmieren.

„Kann ich eine Banane mitbekommen?", krähte Hazel mit
vollem Mund aus dem Hintergrund.

Tess lächelte und nickte. Während sie alles in eine
Tupperdose packte, unterhielt sich Hazel mit Cupcake. Das
kleine Mündchen bewegte sich unaufhörlich. Manchmal fragte
sie sich, woher ihre Tochter die ganze Energie nahm.

„Hast du deinen Rucksack gepackt?"

Hazels Köpfchen nickte.

„Gut, dann lass uns losgehen. Wir sind schon spät dran."

Der Kindergarten, in dem Hazel untergebracht war, hatte
seine Öffnungszeiten an die vielen berufstätigen Mütter der
Gegend angepasst und öffnete bereits um sieben Uhr seine
Pforten. Die Ganztagsbetreuung war eine große Erleichterung
für Tess, allerdings hatte sie auch ihren Preis, und zwar im
wahrsten Sinne des Wortes. Die monatliche Überweisung an
den Kindergarten verursachte ihr jedes Mal Bauchschmerzen.

Obwohl es bereits Anfang Mai war, war die Luft
ungewöhnlich kühl. Tess sehnte sich die Wärme des Sommers
herbei. Sie hasste den Winter und seine Dunkelheit. Wenn sie
im Winter morgens in die Bäckerei ging, war es noch dunkel,
und wenn sie am späten Nachmittag mit der Arbeit fertig war,
war es schon wieder dunkel. Jetzt im Mai wurden die Tage
wieder länger und sie konnte mit ihrer Tochter noch ein paar
Stunden Helligkeit genießen.

Sie reichte Hazel ihre Jacke, die an einigen Stellen abgewetzt
aussah und am Kragen ein kleines Loch hatte. Sie würde es
heute Abend, wenn die Kleine im Bett war, stopfen. Das

wenige Gehalt, das sie in der Bäckerei verdiente, reichte gerade dazu aus, die Miete und die täglichen Kosten zu bezahlen. Wenn sie neue Kleidung brauchten, kaufte Tess die Sachen zumeist gebraucht. Hazel wuchs schnell und neue Klamotten waren teuer.

„Na, mein Kleiner, pass gut auf dich auf. Wir sind gegen Abend wieder da." Sie verabschiedete sich mit einer Streicheleinheit von Cupcake, dem einzigen Mann in ihrem Leben. Mit einem leisen Klicken fiel die Haustür ins Schloss. Die kalte Morgenluft schlug ihnen entgegen und biss in ihre warmen Gesichter. Hastig zog sie erst Hazels und dann ihren Schal hoch, sodass er den Hals ordentlich bedeckte. Sie sah nach oben. Im schwachen Licht der Dämmerung waren dicke Wolken zu erkennen, die wie dunkle Kissen am Himmel hingen. Die Luft roch nach Regen und den Abgasen der Autos. Sie nahm Hazels Hand. Der Kindergarten lag ungefähr auf halber Strecke zu ihrer Arbeitsstätte und trotz der frühen Uhrzeit war auf den Straßen schon einiges los. Die ersten Pendler saßen bereits in den Autos, um den morgendlichen Staus zu entgehen. In einer Stunde würde hier die Hölle los sein, wenn sich zusätzlich zu den Pendlern auch noch Touristen langsam auf den Weg machten.

Während des zehnminütigen Fußwegs plapperte Hazel in einer Tour, dabei hüpfte sie fröhlich von einem Fuß auf den anderen.

„Bringst du mir einen Cupcake mit?"

„Du willst deine Katze essen?" Lächelnd sah sie zu ihrer kleinen Tochter.

„Mummy, ich meine doch die zum Essen!" Hazel kicherte über den kleinen Witz. Es war nicht das erste Mal, dass sie über das Wortspiel mit Cupcakes Namen lachten.

„Also gut. Versprochen." Sie wusste, sie sollte Hazel nicht so sehr mit Süßigkeiten verwöhnen, aber wenn sie an all die Entbehrungen dachte und in Hazels Augen sah, konnte sie einfach nicht widerstehen.

„Guten Morgen", krähte Hazel, als sie den Kindergarten betraten.
Die Kindergärtnerin, eine stramme Frau mit freundlichem Gesicht, lachte. „Guten Morgen, kleiner Schreihals." Sie strich der Kleinen über den Kopf.
„Gut, ich geh dann mal los. Meine Mutter holt Hazel so gegen fünf", sagte Tess und nahm ihrer Tochter den Rucksack ab, um ihn an den Haken mit ihrem Namen zu hängen.
„In Ordnung. Ich wünsche dir einen schönen Tag."
„Ich euch auch. Tschüss, mein Schatz." Sie beugte sich zu Hazel hinunter und gab ihr einen Kuss. „Ich hab dich lieb."
„Ich dich auch." Hazel schlang die Arme um ihren Hals und gab ihr einen feuchten Kuss auf den Mund.
„Bis später." Sie winkte und wartete noch einen Augenblick, bis ihre Tochter in der Tür verschwunden war.
Normalerweise ging sie das Stück vom Kindergarten bis zur Bäckerei zu Fuß, aber heute war sie spät dran und außerdem war ihr kalt. Der Wind pfiff eisig um die Ecken des Gebäudes. Sie betrat die U-Bahn-Station und steuerte zielstrebig den kleinen Kaffeestand an, der direkt neben der Treppe aufgebaut war.
„Hey, Tess." Die ältere Frau hinter dem Stand begrüßte sie freudig.
„Hey, Sue, ganz schön kalt heute Morgen", grüßte sie zurück. „Hast du einen starken Kaffee für eine frierende Bäckerin?"
Sue nickte und lachte. „Für dich doch immer, Schätzchen."
Sue war mit ihrem kleinen Stand so etwas wie eine Institution in Brooklyn und berühmt für ihren guten Kaffee, den sie allmorgendlich frisch zubereitete. Während die großen Ketten wie Starbucks, CoffeeBean und Dean&Deluca noch geschlossen hatten, stand sie bereits frühmorgens ab sechs an der U-Bahn-Station und erwartete gutgelaunt ihre Kunden.
„Wie geht es dir? Du siehst ein bisschen blass um die Nase herum aus." Die ältere Frau musterte sie aufmerksam.
„Dir entgeht aber auch nichts, oder?" Tess lächelte.

20

„Sagen wir mal so: Nicht viel, und wenn ich jemanden mag, dann passe ich eben auf. Also was ist los, Schätzchen?"

„Ich habe schlecht geschlafen." Tatsächlich hatte sie die halbe Nacht wachgelegen und sich Gedanken gemacht, auf welcher Schule sie Hazel im kommenden Schuljahr anmelden sollte. Die staatliche Schule gleich um die Ecke war berühmt-berüchtigt; täglich gab es Gerüchte über Drogen, die dort an die Jüngeren verteilt wurden, um sie abhängig zu machen.

Es gab einige Privatschulen in der Umgebung, die einen guten Ruf hatten, allerdings war das Schulgeld hoch und sie hatte ausgerechnet, dass das Wenige, das sie monatlich nach Hause brachte, nicht reichen würde. Trotzdem wollte sie unbedingt, dass Hazel eine Chance im Leben bekam, und dazu war es wichtig, sie von Anfang an auf die richtige Schule zu schicken. Vielleicht konnte sie nachts zusätzlich als Putzfrau in einem der Hotels in der Umgebung arbeiten und so das fehlende Geld dazuverdienen?

„Sorgen?" Sue reichte ihr den Pappbecher.

„Das Übliche." Sie zuckte mit den Schultern.

„Haben wir die nicht alle?" Sue stieß ihr heiseres Lachen aus. „Aber der Herr wird es schon richten." Sie schlug ein Kreuz und sah in Richtung Himmel.

„Das kann ich nur hoffen, ansonsten habe ich ein Problem." Sie nahm einen Schluck heißen Kaffee. „Ah. Das tut gut."

„Ganz wie du ihn liebst, Schätzchen – heiß und stark!" Tess stimmte in ihr Lachen ein.

„Hey, ist das hier ein Kaffeekränzchen oder was?", unterbrach ein kleiner, untersetzter Mann im Anzug von hinten das Gespräch. „Einen Kaffee, aber schnell. Schließlich haben nicht alle Menschen so viel Zeit."

„Ich muss sowieso los", verabschiedete sich Tess augenzwinkernd von Sue.

Diese nickte. „Bis morgen, Schätzchen, und grüß den kleinen Sonnenschein von mir."

„Mach ich." Sie lachte und ging nach unten zu den Gleisen.

Als sie an der Station Court Street aus der Bahn ins Freie trat, rannte ein Jogger mit gehetztem Gesichtsausdruck in Richtung Brooklyn Heights an ihr vorbei. Einige Hundebesitzer führten ihre Vierbeiner um den Block, bevor sie sich zur Arbeit aufmachten. In fast allen Häusern brannte Licht. Dieser Stadtteil von Brooklyn hatte sich in den letzten Jahren zu einer beliebten Wohngegend der New Yorker gemausert. Junge Familien und Paare, die Stadtnähe suchten, hatten sich hier angesiedelt und den Charakter des Viertels nachhaltig verändert.

Die abgerissenen und verwahrlosten Häuserzeilen waren im Laufe der Zeit renoviert worden und glänzten nun in neuer Pracht. Der kleine Park, früher Treffpunkt von Junkies und Kleinverbrechern, war nun das Zentrum von jungen Müttern mit ihren Kindern und der Weg entlang der Wasserlinie war zu einer beliebten Läuferstrecke geworden. Von hier aus hatte man einen geradezu fantastischen Blick auf die Skyline von New York.

Seufzend ging Tess weiter. In den Schaufenstern der Läden brannte Licht, während die Besitzer noch zu schlafen schienen. Sie entdeckte die ersten Budenbesitzer, die ihre Karren an den Straßenrand schoben, um sich ganz gemächlich auf den Ansturm der Touristen und Geschäftsleute in der Mittagspause vorzubereiten. Der allgegenwärtige Rauchgeruch, den die kleinen Buden verströmen, prägte die Straßen von Manhattan ebenso wie die von Brooklyn.

Das Geräusch der fahrenden Autos klang von Weitem wie das Rauschen des Meeres. Mit strammem Schritt ging Tess die Straße entlang. Inmitten der roten Backsteinhäuser stach das verwitterte Schild der *Brooklyn Heights Bakery* heraus. Zwischen den prachtvollen Fronten der umstehenden Häuser wirkte die abgeblätterte Fassade wie ein Überbleibsel aus alten Zeiten.

Die Bäckerei war schon seit Jahrzehnten in Familienbesitz der Callahans. Da Ben und Margret Callahan kinderlos geblieben waren, betrieben die beiden alten Leute das

Geschäft noch immer, obwohl sie weit über sechzig Jahre alt waren. Nachdenklich betrachtete Tess das Schaufenster und die Dekoration.

Obwohl sie ursprünglich als Bäckereiverkäuferin eingestellt worden war, hatten die Callahans erkannt, welches Talent in ihr steckte, und ihr mehr und mehr Aufgaben in der Backstube übertragen. Sie liebte es, neue Kreationen zu entwickeln, und wurde nicht müde, Zutaten miteinander zu kombinieren, um daraus kleine Kunstwerke aus Zucker, Butter, Eiern und Mehl zu schaffen. Die Torte aus Marzipan im Schaufenster war ebenfalls ihr Werk und hatte bereits einige bewundernde Blicke auf sich gezogen. Aber ihre heimliche Leidenschaft waren Macarons. Diese bunten, runden Gebäckstückchen hatten es ihr angetan und sie liebte es, immer wieder neue Füllungen zu kreieren.

Sie betrat den Laden, begleitet von dem leisen Klingeln der Glöckchen, die oberhalb der Eingangstür angebracht waren. Sie hängte ihren Mantel an die Garderobe, zog ihre weiße Schürze aus dem Schrank und ging in Richtung Backstube. Die alten Holzdielen quietschten leise unter ihren Füßen. Als sie in den Raum hereinspazierte, empfing sie leise Musik und der Duft nach frischgebackenen Bagels. Ben Callahan hantierte mit einem Backblech vor dem Ofen herum, Margret Callahan stand vor der Kaffeemaschine und Josh, der Lehrling der Bäckerei, knetete Brotteig.

Als Margret sie bemerkte, drehte sie sich zu ihr um.

„Guten Morgen, Tess, gut, dass du da bist. Könntest du bitte die Donuts in den Laden bringen?" Margret wischte sich mit der Hand eine Strähne ihres grauen Haars aus dem Gesicht und hinterließ dabei eine weiße Mehlspur auf ihrer Wange.

Ben Callahan stellte das Blech mit den Donuts auf den breiten Tisch, der in der Mitte der kleinen Backstube stand, und nickte Tess zu. Ben war kein Mann der großen Worte. Wenn er am Tag mehr als drei Sätze mit ihr sprach, war das schon ungewöhnlich. Aber wenn er etwas sagte, dann hatte es Hand und Fuß.

Er hatte schnell bemerkt, dass Tess Talent fürs Backen mitbrachte, und hatte sie unter seine Fittiche genommen, was für sie nicht immer leicht gewesen war, da sie ständig zwischen der Backstube und dem Verkaufsraum hin und her gewechselt hatte. Aber diese Unannehmlichkeit hatte sie gerne in Kauf genommen. Ben hatte ihr alles beigebracht, was er wusste, und dafür würde sie ihm ewig dankbar sein. Ihre Aufgaben hatten sich seitdem verändert.

Zu Beginn ihrer Arbeit hatte sie fast ausschließlich im Verkaufsraum gestanden und die Kunden bedient, nun half sie Margret nur noch zu Stoßzeiten im Verkauf und verbrachte die restliche Zeit in der Backstube. Zusätzlich hatte man ihr die Dekoration des Schaufensters anvertraut.

Obwohl sie hart arbeiten musste, gefiel es ihr in der Bäckerei – nein, mehr noch, sie liebte es.

„Hey, Tess." Josh strahlte sie an. Seine Brille war ihm von der Nase gerutscht und seine struppigen braunen Haare blitzten unter der weißen Mütze hervor. Er sah aus wie ein Schuljunge, den man in Bäckerkleidung gesteckt hatte. Die Hose schlotterte um seine dünnen Beine und das weiße Hemd sah zwei Nummern zu groß aus. Sie wusste, dass der schüchterne Josh heimlich in sie verliebt war. Wann immer er sie sah, leuchteten seine Augen und er strahlte über das ganze Gesicht.

„Hi Josh, wie geht's?" Sie schenkte ihm ein Lächeln.

Sofort huschte die Röte über sein Gesicht und er senkte hastig den Kopf, damit sie es nicht sah.

Sie holte einen Haargummi aus ihrer Hosentasche und band ihre schulterlangen Haare zu einem Zopf zusammen, bevor sie sich das Tablett mit den Donuts schnappte und damit in den vorderen Teil des Ladens ging. In knapp einer halben Stunde würde die Bäckerei öffnen und bis dahin musste alles fertig sein. Summend machte sie sich an die Arbeit.

## 2. Kapitel

In ihrer Mittagspause setzte sich Tess mit einer Zeitung bewaffnet auf ihre Parkbank am Wasser. Sie liebte dieses Fleckchen Erde. Von hier hatte man einen geradezu grandiosen Blick auf die Skyline von Manhattan und an klaren Sonnentagen wie diesem war sogar die Freiheitsstatue zu erkennen. Möwen flogen kreischend über sie hinweg. Sie schlug die Zeitung auf und machte sich daran, eines der Kreuzworträtsel zu lösen. Ihre Begeisterung für Kreuzworträtsel hatte sie während ihrer Schwangerschaft entdeckt. Seitdem war es eine Leidenschaft geworden, der sie in jeder freien Minute nachging. Es entspannte sie, die kleinen Kästchen auszufüllen, und half ihr, die Gedanken und Sorgen, die sie plagten, für eine Weile zu vergessen. Konzentriert begann sie das Rätsel zu lösen. Ihre Begeisterung hatte sich in den letzten Jahren sogar schon mehrfach in Form von kleinen Gewinnen bezahlt gemacht.

Nachdem sie fertig war, machte sie sich summend auf den Weg zurück zur Bäckerei. Sie war gerade dabei, die Füllung – die Ganache, das Herzstück der Macarons – vorzubereiten, als Margret und Ben unerwartet neben ihr auftauchten.

„Tess." Ben nickte und ließ sich schwerfällig auf den Stuhl fallen. Sie rührte konzentriert weiter, ohne hochzuschauen. Wenn sie ihre Arbeit jetzt unterbrach, konnte die Schokolade gerinnen und die ganze Mühe wäre umsonst gewesen. Margret folgte dem Beispiel ihres Mannes und setzte sich ebenfalls an den Tisch.

„Tess, wir müssen mit dir reden", brummte Ben. Erstaunt sah sie hoch. Es kam nicht oft vor, dass Ben sie um ein Gespräch bat. Das letzte Mal, als sie zusammengesessen hatten, hatte sie um eine Gehaltserhöhung gebeten.

Margret klopfte mit der Hand auf den Tisch. „Bitte setz dich kurz zu uns."

„Aber die Ganache", protestierte sie schwach.

„Die kann warten", erwiderte Margret in einem Ton, der keine Widerrede zuließ.

Seufzend legte sie den Schneebesen beiseite. Sie würde später noch einmal von vorne anfangen müssen.

„Was gibt es?", fragte sie und schob sich eine Locke, die sich gelöst hatte, hinter das Ohr.

„Es geht um die Bäckerei", fing Ben an. Ihr Herz setzte einen Schlag lang aus.

„Wir hatten gestern Besuch von einem Investor ..." Der Bäcker stockte. Es war ihm anzusehen, wie unwohl er sich in seiner Haut fühlte. Er warf seiner Frau einen hilfesuchenden Blick zu.

Tess nickte. Die *Brooklyn Heights Bakery* war eines der wenigen alten Gebäude in der Gegend und sie wusste, dass schon mehrfach Spekulanten ein Auge darauf geworfen hatten.

„Jedenfalls hat uns der Mann ein höchst attraktives Angebot unterbreitet", fuhr Margret fort. „Nicht dass wir vorgehabt hätten, die *Brooklyn Heights Bakery* zu verkaufen, aber das Angebot war absolut verlockend und hat uns dazu bewogen, ernsthaft über einen Verkauf nachzudenken."

Ihr Blick wanderte ängstlich zwischen Margret und Ben hin und her.

Margret tätschelte ihre Hand. „Es ist noch gar nichts entschieden, aber wir wollten dich auf jeden Fall informieren. Du weißt, dass du für uns mehr als eine Angestellte bist. Du hast neuen Schwung in den alten Laden gebracht und viele Kunden kommen nur deinetwegen." Margret lächelte.

„Trotzdem sind wir nicht mehr ganz jung und müssen sehen, wo wir bleiben, wenn es mal nicht mehr so geht. Das verstehst du doch, oder?"

Tess nickte. Ihr Mund war staubtrocken und ihr Magen schlug wilde Purzelbäume.

„Ben und ich haben uns ein paar Tage Bedenkzeit erbeten."

Ein paar Tage! Panik überkam sie und sie schluckte trocken.

„Aber was wird aus Josh und mir?" Die Verzweiflung in ihrer Stimme war nicht zu überhören.

„Deshalb wollten wir ja mit dir reden." Margrets graue Augen ruhten auf Tess. „Bevor wir uns entscheiden, möchten wir dich fragen, ob du dir vorstellen könntest, die Bäckerei selbst zu übernehmen. Wir würden dir ein faires Angebot machen."

„Ich?" Sie lachte bitter auf. „Ihr macht Witze, oder?" Margret und Ben wechselten kurze Blicke. „Wovon? Selbst wenn ich wollte, müsste ich euer Angebot ablehnen. Ich bin froh, wenn ich die Miete pünktlich zahlen kann. Ich habe nicht mal genügend Geld, um Hazel auf eine Privatschule zu schicken, geschweige denn, um eine Bäckerei zu kaufen."

„Du könntest die Summe in Raten bei uns abbezahlen", schlug Ben mit sanfter Stimme vor.

„Margret, Ben, ich weiß euer Angebot zu schätzen, wirklich. Aber ... es ist einfach unmöglich. Seit Hazel auf der Welt ist, schlage ich mich mehr schlecht als recht durchs Leben. Ich habe mein Studium abgebrochen, damit ich arbeiten kann. Ohne meinen Job in der Bäckerei und dem regelmäßigen Einkommen müssten wir vom Sozialamt leben und ihr wisst selbst, wie wenig das ist. Wäre mein Vater nicht, der mich finanziell unterstützt, und meine Mum ... Ich wüsste nicht, wie ich es alleine schaffen sollte." Sie legte die Hände in den Schoß und verknotete sie ineinander.

„Liebes, es tut uns so leid. Ben und ich träumen schon seit Jahren davon, nach Florida zu ziehen, um dort in der Wärme unseren Ruhestand zu genießen. Mit dem Geld für die Bäckerei rückt dieser Traum in greifbare Nähe." Margret machte eine lange Pause. „Aber wie gesagt, wir haben uns noch nicht entschieden."

Sie wusste, dass die beiden ein eher bescheidenes Leben führten. Sie gingen nur selten aus, machten so gut wie nie Urlaub und hatten auch sonst keine teuren Hobbys. Das Einzige, was sie sich ab und an gönnten, war eine Musicalvorstellung. Ansonsten trafen sie sich zu Hause mit ihren Freunden, spielten Doppelkopf oder Bridge und tranken dazu ein kühles Bier.

Die beiden alten Menschen waren mit Brooklyn verwachsen wie ein alter Baum, der seine Wurzeln bis tief in die Erde getrieben hatte. Der Gedanke, dass ausgerechnet sie den geheimen Wunsch hatten, nach Florida zu ziehen, überraschte Tess.

„Ist schon gut, Margret. Ihr seid mir keine Rechenschaft schuldig. Schließlich ist es eure Bäckerei und nicht meine …" Aufsteigende Tränen verschleierten ihr die Sicht. Hastig stand sie auf und griff nach der Schüssel mit der Ganache. „Gut, dann haben wir ja alles geklärt." Sie drehte ihnen den Rücken zu, damit sie nicht sahen, dass sie weinte. Sie hörte, wie Ben sich räusperte und dann ebenfalls aufstand.

„Wir werden schon eine Lösung finden." Margret klopfte ihr auf die Schulter.

Sie nickte, ohne den Kopf zu heben. Eine einzelne Träne tropfte in die Schüssel.

Bens schroffe Stimme holte sie aus ihrer Starre. „Du hast Talent", sagte er. „Ich habe in all den Jahren niemanden kennengelernt, der das Zeug dazu hat, eine echte Zuckerbäckerin zu werden – du hast es. Es wäre schade, wenn du es nicht nutzen würdest."

„Danke, Ben, ich weiß dein Lob zu schätzen." Sie drehte sich zu ihm um. „Aber wie? Ich habe ein Kind, das ich ernähren muss, und keine fertige Ausbildung. Ich kann froh sein, wenn mich jemand als Verkäuferin bei sich einstellt."

„Ich möchte eigentlich nicht verkaufen, aber du weißt ja, wie Margret ist." Er kratzte sich ein wenig hilflos am Kinn. „Wenn sie sich etwas in den Kopf gesetzt hat, ist sie nicht mehr zu stoppen."

„Ich weiß." Sie seufzte und schüttete die verdorbene Ganache in den Ausguss. Wie befürchtet, war die Schokoladencreme geronnen.

„Mach nicht mehr so lange", brummte Ben und klopfte ihr auf die Schulter.

„Bis morgen." Sie zwang sich zu einem Lächeln.

Nachdenklich gab sie die Sahne in die Schüssel, während sie die Schokolade im Wasserbad erhitzte. Sie dachte darüber nach, was Margret vorhin gesagt hatte. Ein paar Tage, dann würde sie Gewissheit haben. Eine Weile konnten sie ohne regelmäßiges Einkommen überleben. Trotz ihres geringen Lohns schaffte sie es, jeden Monat einen kleinen Betrag zur Seite zu legen. Das Geld war eigentlich für Hazels Schulausbildung gedacht, aber im Notfall würden sie davon leben müssen, bis sie eine neue Arbeit fand – was in New York nicht leicht war. Der Gedanke schmerzte, da er in seiner Konsequenz bedeutete, dass Hazel auf die staatliche Schule gehen und ihr damit die Chance zu einem besseren Leben verwehrt bleiben würde.

Sie gab die flüssige Schokolade in die Sahne und fing an, die beiden Zutaten miteinander zu verrühren.

Sie könnte ihre Mutter um Geld bitten, aber das hätte zur Folge, dass sie sich die alte Leier über die ungewollte Schwangerschaft erneut würde anhören müssen. Ihre Mutter wurde nicht müde, ihr Vorwürfe wegen damals zu machen. Immer und immer wieder redete sie auf Tess ein, sich an Chris' Familie zu wenden und um Unterstützung zu bitten. Als Kind ihrer Zeit, das mit den modernen Medien aufgewachsen war, hatte Tess längst Nachforschungen über Chris im Netz angestellt. Es hatte auch nicht lange gedauert, bis sie sein Profil auf Facebook gefunden hatte. Er lebte in Boston und arbeitete als Arzt im Krankenhaus.

Sie war stolz darauf, dass sie es all die Jahre ohne ihn geschafft hatte. Er hatte damals deutlich gezeigt, was er von der Idee hielt, ein Kind mit ihr zu haben. Außerdem hatte er sich in der Vergangenheit nicht bei ihr gemeldet. In ihren Augen ein eindeutiges Zeichen! Sie war sich sicher, dass er alles daransetzen würde, aus seiner Verpflichtung herauszukommen. Wenn sie einen Unterhaltsprozess gegen ihn gewinnen wollte, brauchte sie einen Anwalt, und dafür fehlte ihr schlicht das Geld.

Sie füllte die Ganache in den Spritzbeutel. Konzentriert verteilte sie die Creme gleichmäßig auf die Unterseite der

Macarons. Zufrieden betrachtete sie ihr fertiges Werk. Die Gebäckstücke glänzten im satten Braun und ein geradezu verführerischer Duft ging von ihnen aus. Die Kunden würden begeistert sein.

Ein Blick auf die Uhr genügte, um ihr zu sagen, dass sie sich beeilen musste, wenn sie pünktlich bei ihrer Mutter sein wollte. Hastig zog sie sich den Mantel über und schloss die Bäckerei hinter sich ab.

Es dämmerte bereits, als sie nach draußen trat. Sehnsüchtig warf sie einen Blick auf die andere Seite von New York. Die Hochhäuser von Manhattan sahen im Licht der untergehenden Sonne aus, als hätte man sie mit Gold überzogen, und ihre Silhouette spiegelte sich auf dem glatten Wasser des Hudson River wider. Ein Hubschrauber kreiste einsam über dem Empire State Building wie eine Krähe, die unruhig in der Luft flatterte. Wie gerne würde sie einen Bummel über die 5th Avenue machen und in den Geschäften stöbern! Sie konnte sich nicht daran erinnern, wann sie sich das letzte Mal etwas Neues zum Anziehen gekauft hatte. Vor knapp einem halben Jahr waren sie und Hazel mit der U-Bahn hinüber zum Central Park gefahren, um die Eichhörnchen zu füttern, die dort bei schönem Wetter zu Hunderten herumsprangen. Ein seltenes Vergnügen aufgrund der mangelnden Freizeit. Hazel war jedoch so begeistert gewesen und hatte tagelang von nichts anderem gesprochen, dass sich Tess vorgenommen hatte, den Ausflug bald noch einmal zu wiederholen.

Bei dem Gedanken an ihre Tochter huschte ein Lächeln über ihr müdes Gesicht. Hazel war das Beste, was ihr im Leben passiert war, auch wenn die Umstände ihrer Geburt nicht glücklich gewesen waren. Sie liebte sie über alles und würde sie für nichts auf der Welt missen wollen. Manchmal, wenn Hazel lächelte, erinnerte sie sie schmerzlich an Chris. Doch dann ermahnte sich Tess, dass es genau dieses Lächeln war, in das sie sich verliebt hatte und mit dem auch Hazel ihre Umwelt verzauberte.

Sie steckte die Postkarte mit dem Lösungswort ihres heutigen Kreuzworträtsels in den Briefkasten, als ihr Handy in der Manteltasche vibrierte.

Sie meldete sich mit ihrem vollen Namen. „Elisabeth Jane Parker."

„Hey, Tess", erwiderte Kelly fröhlich zur Begrüßung.

Kelly Tanner war ihre beste Freundin seit der Highschool und eine treue Seele, die auch in den schwersten Zeiten nicht von ihrer Seite gewichen war und ihr bedingungslos beigestanden hatte. Kelly war Hazels Patentante und verwöhnte die Kleine, wann immer es ihr möglich war. Trotz ihrer mittlerweile unterschiedlichen Lebensweisen hatten sich die beiden Frauen nie voneinander entfernt. Kelly war wie sie Single und leitete einen schicken kleinen Buchladen in Soho. Im Gegensatz zu Tess war sie groß und hatte lange blonde Haare, was ihr die bewundernden Blicke von Männern einbrachte. Überhaupt war ihr Liebesleben ein abendfüllendes Thema. In der Highschool waren es die Rebellen gewesen, die ihre Aufmerksamkeit auf sich gezogen hatten, später waren es die Musiker, Schauspieler und Aussteiger gewesen, die ihr Herz im Sturm erobert hatten. Erst letzte Woche hatte Kelly ihren aktuellen Freund, einen Personal Trainer, in die Wüste geschickt.

„Hast du morgen Abend Zeit?"

„Na ja, kommt darauf an, was du meinst."

„Lynn, Megan und ich wollten uns im *Grimaldi's* treffen und ich dachte, du könntest vielleicht mitkommen."

Das *Grimaldi's* war der beliebteste Italiener in Brooklyn und in ganz New York für seine leckeren Pizzen bekannt. Tess liebte das gemütliche Restaurant mit seinen rot-weiß karierten Tischdecken und dem rustikalen Ambiente. Allerdings würde der Besuch im *Grimaldi's* ein Loch in ihr Budget reißen, das sie sich im Moment nicht leisten konnte.

„Ich kann nicht." Unbewusst schüttelte sie den Kopf.

„Warum? Kann Maureen nicht auf Hazel aufpassen?"

„Doch schon, aber ..." Sie schluckte. „Ich kann nicht."

„Du meinst, du willst nicht?", bohrte Kelly weiter, was typisch für sie war. Sie musste den Dingen immer auf den Grund gehen und scheute sich auch nicht davor, ihren Mitmenschen unangenehme Fragen zu stellen.

„Nein, das ist es nicht, und das weißt du auch." Sie klang trotzig.

„Was ist es dann?" Die Stimme ihrer Freundin war einladend weich.

„Ach, Kelly. Die Callahans haben mir heute erzählt, dass die Bäckerei eventuell verkauft wird, und zusätzlich bin ich wieder mal ziemlich knapp bei Kasse. Hazel braucht ein neues Paar Schuhe und ein paar neue Sachen für den Sommer."

„Warum hast du das nicht gleich gesagt?", schimpfte Kelly.

„Ich bin in einer Stunde bei dir."

„Das brauchst du nicht, ich komme schon klar. Außerdem ist es ja noch nicht sicher", entgegnete Tess mit fester Stimme, was ihr nicht so recht gelingen wollte.

„Blödsinn! Jeder weiß, was für eine starke Frau du bist – das hast du in den letzten Jahren mehr als einmal bewiesen. Aber auch starke Frauen brauchen gelegentlich eine Schulter, an die sie sich anlehnen können. Außerdem bin ich sowieso in der Nähe. Also keine Widerrede."

Sie startete einen letzten schwachen Versuch. „Wirklich, Kelly ... "

„Halt die Klappe, Elisabeth Jane Parker, und kümmere dich lieber darum, dass Hazel morgen bei Maureen schlafen kann."

Sie gab sich geschlagen. „In Ordnung."

„Siehst du, geht doch." Kellys perliges Lachen hüpfte durch den Hörer. „Dann bis gleich." Im Hintergrund war lautes Hupen zu hören. Wahrscheinlich blockierte sie gerade die Straße, während sie mit ihr telefonierte.

„Gut, bis gleich und danke!"

„Dafür sind Freundinnen da – in guten wie in schlechten Zeiten." Es hupte wieder laut. „Hey, du Arschloch!", hörte sie Kelly laut schreien.

„Lass uns lieber aufhören!" Tess lachte. „Ich möchte schließlich nicht, dass du meinetwegen einen Unfall baust."

„In Ordnung. Bis gleich." Sie hatte aufgelegt.
Lächelnd ging Tess weiter.


„Hallo, mein Schatz", begrüßte ihre Mutter sie.

„Hallo, Mum." Sie gab ihr einen Kuss auf die faltige Wange. Obwohl Maureen Parker mit ihren knapp dreiundfünfzig Jahren noch in der Blüte ihres Lebens stand, wirkte sie älter. In ihre Stirn hatten sich im Laufe der letzten Jahre tiefe Falten eingegraben und die Mundwinkel zeigten stets nach unten. Tess hatte das Gefühl, dass mit dem Verschwinden ihres Vaters auch das Lächeln ihrer Mutter verschwunden war.

Sie fragte sich oft, wie ihre Mutter aussehen würde, wenn sich ihre Eltern nicht getrennt hätten. John Parker hatte irgendwann einfach seine Koffer gepackt und seiner Frau erklärt, dass er sie nicht mehr lieben würde. Tess war damals kurz davor gewesen, ihren Abschluss an der Highschool zu machen. Sie hatte ihren Vater angefleht, bei ihnen zu bleiben, aber er hatte abgelehnt und war eines Tages einfach verschwunden. Sie hatte einen Zorn in sich gespürt wie noch nie zuvor in ihrem Leben, aber letztendlich hatte die Liebe zu ihm gesiegt und sie hatte ihm verziehen. Trotz der Trennung bezahlte John Parker noch immer pünktlich jeden Monat die Miete für Maureens Apartment und unterstützte Tess finanziell. Soweit sie wusste, gab es keine neue Frau in seinem Leben.

„Geht es dir gut?" Ihr Blick wanderte über Maureens müdes Gesicht.

„Ja, ja, so weit ist alles in Ordnung." Ihre Mutter schob sich eine graue Strähne hinter das Ohr. „Ich habe nur schlecht geschlafen und außerdem leichte Kopfschmerzen."

„Mummy!" Hazel kam mit wehenden Haaren um die Ecke gerannt.

„Da ist ja mein kleiner Sonnenschein." Sie breitete ihre Arme aus, als Hazel sich ihr entgegenwarf, und wirbelte sie einmal um ihre eigene Achse. „Wie geht es dir?"

„Gut. Aber der blöde Tobi hat mich geärgert." Sie machte einen Schmollmund.

„Was hat Tobi denn gemacht?"

„Er hat mich angepupst. So ..." Hazel pustete laut und machte wilde Geräusche.

„Das ist aber nicht nett von Tobi." Tess biss sich auf die Unterlippe, um nicht laut loszulachen. „Und was hast du gemacht?"

„Ich habe zurückgepupst", verkündete sie mit stolzer Miene.

„Das macht eine junge Dame aber nicht", ermahnte sie Tess.

„Aber ein junger Mann auch nicht", widersprach ihre Tochter.

„Da hast du recht." Sie streichelte ihr zärtlich über das Gesicht.

„Sag mal, Mum, könnte Hazel morgen Abend bei dir übernachten?"

„Natürlich. Wieso, was hast du vor?"

„Kelly und die Mädels treffen sich im *Grimaldi's* und haben mich eingeladen, mitzukommen."

„Das ist doch eine nette Idee. Du gehst sowieso viel zu selten aus. Als ich in deinem Alter war, war ich jeden Abend mit deinem Vater unterwegs." Maureens Mund bekam einen harten Zug.

„Mum, bei dir klingt es so, als würde ich nicht gerne mit meinen Freundinnen ausgehen. Du weißt selbst, dass es nicht daran liegt. Im Gegensatz zu dir bin ich eine alleinerziehende Mutter. Ich kann mich nicht wie andere Frauen in meinem Alter verhalten und auf Partys gehen. Ich habe Hazel."

„Wenn du diesen Mann endlich in seine Pflicht nehmen würdest, müsstest du dich nicht so quälen."

Sie seufzte laut. „Mum, wir haben die Sache doch bereits tausendmal besprochen. Ich komme auch so klar."

„Das sehe ich." Der Vorwurf in Maureens Stimme war nicht zu überhören.

„Mum, wir wollen uns doch nicht streiten und schon gar nicht über das Thema." Tess deutete mit einer Kopfbewegung auf Hazel.

„Nein, du hast recht." Ihre Mutter schüttelte den Kopf. „Entschuldige bitte."

„Kein Problem. Ich weiß ja, dass du es nur gut meinst." Sie lächelte sie an.

„Ich würde gerne noch mehr für dich tun als das bisschen."

„Ach Mum, du hilfst mir schon genug. Bitte mach dir keine Sorgen. Ich bin glücklich."

„Was morgen Abend anbelangt, kannst du den kleinen Sonnenschein gerne hierlassen." Maureen gab Hazel ein Küsschen auf das Haar. Die Liebe zu ihrem Enkelkind sprang ihr förmlich aus den Augen. Sie hatte ihr zuliebe sogar mit dem Rauchen aufgehört.

„Schätzchen, hast du Lust, morgen Abend bei Oma zu bleiben?", fragte Tess.

Hazel nickte mit ernstem Gesicht. „Aber nur, wenn mir Granny eine Gute-Nacht-Geschichte vorliest."

„Ich bin mir sicher, das lässt sich einrichten. Nicht wahr, Mum?"

„Aber natürlich." Maureen lächelte. „Und dazu gibt es heißen Kakao."

„Au ja." Hazel klatschte begeistert in die Hände.

„Na, dann ist die Sache abgemacht." Tess stellte Hazel zurück auf den Boden. „Hopp, meine Süße, hol schnell deine Sachen. Wir müssen los, Tante Kelly kommt später vorbei." Hazel rannte los.

„Hier, für dich." Sie reichte Maureen eine kleine Tüte.

„Macarons?" Die Augen ihrer Mutter leuchteten beim Anblick der bunten Köstlichkeiten.

„Ganz frisch aus dem Backofen. Ich bin gespannt, wie sie dir schmecken." Sie hatte ein paar Macarons extra gebacken, da sie wusste, wie sehr ihre Mum das zarte Gebäck liebte. Ben hatte ihr vor längerer Zeit angeboten, dass sie sich nach Ladenschluss gerne Brot und ab und zu mal Kekse für den täglichen Bedarf mitnehmen durfte, und sie war ihm sehr dankbar dafür. Brot war zwar nicht teuer, aber für sie zählte jeder Cent, den sie sparen konnte.

Ein Lächeln huschte über Maureens hartes Gesicht. „Ich danke dir, mein Schatz." Sie gab ihr einen Kuss. „Die werde ich heute Abend ganz gemütlich vorm Fernseher naschen."

Hazel kam zurück. Auf dem Rücken hatte sie ihren knallpinken Rucksack und in der Hand ein Bild. „Das ist für dich", krähte sie.

Tess nahm das Blatt in die Hand.

„Das bist du. Das bin ich und das ist", Hazel tippte mit dem Finger auf das Strichmännchen, „mein Papa."

Sie runzelte die Stirn. In letzter Zeit sprach Hazel immer häufiger darüber, dass sie sich einen Vater wünschte.

„Aber du hast keinen Papa", sagte sie schließlich. Es schmerzte sie, ihre kleine Tochter so reden zu hören.

Hazel sah sie mit ernstem Kindergesicht an. „Jedes Kind hat einen Papa."

Tess warf ihrer Mutter einen kurzen Blick zu. „Das stimmt, aber dein Daddy ist im Himmel." Sie hatte lange überlegt, was sie Hazel erzählen sollte, als diese sie das erste Mal nach ihrem Vater gefragt hatte, und die Lösung mit dem toten Vater erschien ihr die beste zu sein. Eine berechtigte Notlüge in ihren Augen, denn für sie war Chris in jener Nacht so gut wie gestorben.

Maureen schüttelte kaum merklich den Kopf, sagte jedoch nichts.

Sie versuchte vom Thema abzulenken: „Danke, mein Engel, das Bild ist wirklich schön. Das hängen wir gleich in der Küche auf. Und jetzt los." Sie schnappte sich Hazels Hand und sie gingen zur Tür. „Gute Nacht, Mum. Bis morgen."

„Gute Nacht." Maureen sah ihnen nachdenklich hinterher.

Nachdem sie Hazel ins Bett gebracht hatte, war sie gerade auf dem Weg in die Küche, als es an der Haustür klingelte.

„Hallo, Tess." Kelly fiel ihrer Freundin um den Hals.

„Hallo, Kelly. Wie schön, dass du gekommen bist."

„Ich wusste doch, dass du dich freuen würdest." Kelly lachte. „Ich habe uns auch etwas zu trinken mitgebracht." Sie zog eine Flasche Weißwein aus ihrer Tasche und wedelte damit in der Luft. „Eiskalt und sehr, sehr lecker."

Tess warf einen Blick auf das Etikett. „Chardonnay! Köstlich. Ich könnte noch ein paar selbstgebackene Macarons dazusteuern."

„Na, das klingt nach einer perfekten Kombination." Kelly grinste.

Tess ging zum Schrank, um ein paar Gläser herauszuholen, während sich Kelly daran machte, die Flasche zu öffnen.

„Und nun erzähl mal der Reihe nach, was es mit diesem Verkauf der Bäckerei auf sich hat."

Tess stellte die Gläser auf den Tisch und Kelly füllte sie mit Wein.

„Na ja, eigentlich gibt es da nicht viel zu erzählen." Sie berichtete ihr von dem Gespräch mit den Callahans. Kelly saß die ganze Zeit daneben, nippte an ihrem Wein und hörte zu. Als sie fertig war, sah Kelly sie ernst an.

„Dir bleibt aber auch wirklich nichts erspart. Ich weiß, du hörst das nicht gerne, aber meinst du nicht, es wäre an der Zeit, sich an Chris zu wenden und ihn an seine Vaterpflichten zu erinnern?"

„Niemals!" Sie schüttelte energisch den Kopf. „Eher gefriert das Wasser in der Hölle. Nach dem, wie der Kerl mich behandelt hat, möchte ich nie wieder etwas mit diesem Mann zu tun haben."

Kelly seufzte laut. „Immer dieser Stolz! Du gehst lieber putzen, als Chris zur Kasse zu bitten. Manchmal verstehe ich dich wirklich nicht."

„Ich weiß. Maureen sagt genau das Gleiche. Ihr wart nicht dabei, als er mich abserviert hat. Ich bin mir sicher, du würdest an meiner Stelle genauso denken."

„Quatsch, ich bin eher der Typ, der dem Kerl das Leben zur Hölle machen würde."

Tess grinste. „So wie Tom Meyer …"

„Genau so! Du musst zugeben, der Idiot hat es aber auch echt verdient."

Kelly und Tom Meyer waren sieben Monate zusammen gewesen, als sie herausgefunden hatte, dass er sie betrog. Kelly hatte sich daraufhin gerächt, indem sie in sein Apartment geschlichen war und das Klo mit seiner Zahnbürste ausgiebig geputzt hatte. Tess hatte sie dabei fotografiert. Zwei Tage später hatte Kelly die Bilder auf Toms Facebookseite gepostet. Gemeinsame Freunde hatten Kelly später erzählt, dass Tom noch am selben Tag einen blumenkohlgroßen Herpes an der Lippe hatte.

„Das stimmt!", pflichtete ihr Tess lachend bei, wurde aber schnell wieder ernst: „Weißt du, gelegentlich überlege ich tatsächlich, was ich im Leben verbrochen habe, dass ich manchmal so ein Pech habe. Sobald ich denke, ich habe alles im Griff, passiert irgendetwas und ich fange noch mal von vorne an. Manchmal könnte ich wirklich verzweifeln. Es geht ja gar nicht so sehr um mich, es geht um Hazel. Ausgerechnet jetzt, wo sie in die Schule kommt, verliere ich vielleicht meinen Job." Sie schluckte gegen die Tränen an, die sich den Weg nach oben bahnten.

„Ach, Süße. Ich glaube, es gibt keine Gerechtigkeit. Ich habe in meinem Leben so viele Idioten kennengelernt, die nichts im Kopf hatten und trotzdem erfolgreich waren. Du hast einfach Pech gehabt." Kelly schlang die Arme um sie. „Vielleicht wird die Bäckerei ja gar nicht verkauft."

Tess schüttelte den Kopf. „Nein, vielleicht nicht. Aber der Gedanke ist da, und über kurz oder lang werde ich mich nach einer anderen Arbeitsstelle umschauen müssen. Ich wünschte nur, ich hätte das Geld, um das Angebot von Ben und Margret anzunehmen und die *Brooklyn Heights Bakery* zu kaufen. Dann würde ich den alten Kasten in die beste Bäckerei von ganz New York verwandeln." Sie seufzte. „Aber das wird wohl ein Traum bleiben."

„Wer weiß, welche Überraschungen das Schicksal noch für dich bereithält."

„Ich glaube nicht an Schicksal. Das Einzige, woran ich glaube, sind Zufälle."

„Seit wann bist du denn so pessimistisch? So kenne ich dich gar nicht! Damals, als Hazel unterwegs war und der Idiot dich sitzengelassen hat, habe ich dich für deinen Optimismus bewundert. Du warst dir so sicher, dass du die richtige Entscheidung getroffen hast. Und sieh dir Hazel heute an. Ich glaube, es gibt niemanden, der dich nicht um deine Tochter beneidet."

Tess lächelte schwach. Hazel war tatsächlich ein absolutes Musterkind. Es war, als ob sie von der ersten Minute an, als sie auf die Welt gekommen war, gewusst hätte, dass sie es ihrer Mutter so leicht wie möglich machen musste, um sie nicht noch mehr zu belasten. Hazel hatte von der ersten Nacht an durchgeschlafen, war nie ernsthaft krank gewesen oder hatte sonst irgendwelche Schwierigkeiten gemacht. Sie kannte kein pflegeleichteres Kind als ihre Tochter.

„Ja, du hast ja recht. Ich bin auch dankbar für das, was ich habe. Hazel ist eine Traumtochter und egal, auf welchem Wege sie empfangen wurde, so ist sie doch das Beste, was mir passiert ist. Ich würde für nichts auf der Welt tauschen wollen." Sie hielt das Glas in die Höhe. „Außerdem habe ich die beste Freundin der Welt."

Kelly stieß mit ihr an. „Auf unsere Freundschaft und darauf, dass irgendwo da draußen die große Liebe auf uns wartet …"

„Das glaube ich kaum", murmelte Tess, nachdem sie einen Schluck genommen hatte.

„Was?"

„Dass die große Liebe auf mich wartet." Sie presste die Lippen aufeinander. Mit Chris war ihr Glaube daran verschwunden. „Vielleicht ein Partner, mit dem man einen Teil seines Lebens verbringen kann, aber die große Liebe …" Sie schüttelte den Kopf.

„Das ist doch Blödsinn. Nur weil Chris so ein Arschloch war, sind es nicht gleich alle Männer."

„Das habe ich ja auch nicht gesagt, aber ich glaube nicht, dass ich noch einmal einen Menschen so lieben werde wie ihn damals. Sieh dich doch mal um. Kennst du *ein* Paar in unserem Bekanntenkreis, das lange zusammen und noch glücklich ist? Ich kenne niemanden." Sie nahm noch einen Schluck.

Kelly legte die Stirn nachdenklich in Falten. „Lynn und Tobias."

„Die beiden zählen nicht, die sind schließlich noch nicht lange genug zusammen." Lynn hatte ihren Freund erst vor knapp einem halben Jahr kennengelernt, aber seitdem hingen die beiden ständig aneinander.

Kelly legte den Kopf leicht schräg. „Hmmm, da hast du allerdings recht. Was ist mit Megan?"

„Genau das Gleiche. Frischverliebt zählt nicht." Megan und ihr Freund hatten sich erst vor ein paar Wochen kennengelernt und Hals über Kopf ineinander verliebt.

„Die Smiths?"

Karen und Jeff Smith waren seit der Highschool zusammen und hatten kurz nach dem Abschluss geheiratet. Die beiden waren das Traumpaar für alle gewesen.

„Karen hat sich letzten Monat von Jeff getrennt, nachdem sie eine SMS auf seinem Handy gelesen hat, in der sich seine Geliebte für die tolle gemeinsame Nacht bedankt und ihn dabei mit ‚du Hengst' angeredet hat." Kellys Mundwinkel zuckten verdächtig.

Tess grinste. „Ich würde sagen, die zwei fallen schon mal raus."

„Steve und Susan. Ich weiß, dass die beiden definitiv noch zusammen sind."

„Stimmt. Nur dass ich gehört habe, dass Steve angeblich schwul sein soll und die beiden nur eine Scheinehe führen." Beide prusteten los.

„Ich sehe schon, ich kann dich nicht überzeugen." Kelly seufzte theatralisch.

„Nein." Sie schüttelte lachend den Kopf.

„Zum Thema Männer: Ich glaube, ich habe einen Mann für dich – William Moore. Er ist ein Kunde bei mir. Sehr gebildet und sehr unterhaltsam. Ich könnte euch miteinander bekannt machen, wenn du möchtest." Kelly zwinkerte ihr zu.

Tess wehrte ab. „Lieber nicht. Ich habe im Moment wirklich andere Sorgen."

Ihre beste Freundin hatte schon mehrfach versucht, sie mit Männern zu verkuppeln, aber bis jetzt hatte sich jedes einzelne Date als Flop herausgestellt. Es war nicht so, dass sie kein Interesse an Männern gehabt hätte, aber seit Chris hatte sie bis auf ein paar flüchtige Begegnungen kein *echtes* Date mehr gehabt. Zu groß war die Angst, wieder enttäuscht zu werden, und so hatte sie jeden ernsthaft interessierten Mann abgeschmettert. Manchmal, wenn sie alleine im Bett lag, stellte sie sich vor, wie es wohl wäre, einen Mann zu haben, mit dem man reden konnte, der einem die Last von den Schultern nahm und an den sie sich schmiegen konnte, wenn sie müde war. Aber das waren nur Gedanken, die sie schnell wieder beiseiteschob.

„Du bist ein hoffnungsloser Fall", schimpfte Kelly. „Wie lange ist das mit Chris jetzt her?"

„Knapp sechs Jahre", antwortete sie mit rauer Stimme.

„Sechs Jahre! Das ist in unserem Alter eine halbe Ewigkeit. Wie lange willst du noch warten? Jetzt ist die Zeit, um den Mann fürs Leben kennenzulernen."

„Vielleicht, aber ich bin auch so glücklich."

„Lügnerin. Vermisst du denn nicht wenigstens den Sex? Denk nur an sexy Mr. Grey ... oder noch besser: Chris Pratt."

Sie war ein absoluter Fan des smarten Schauspielers mit dem unwiderstehlichen Lachen.

„Okay, den würde ich auch nicht von der Bettkante stoßen." Tess grinste.

„Siehst du? Und ich bin mir sicher, dass da draußen dein persönlicher Chris Pratt auf dich wartet. Du musst ihn nur kennenlernen ... und deshalb triffst du dich mit William Moore."

„Wie sieht er denn aus, dieser William Moore?"

„Klein, Oberlippenbart und moosbewachsene Zähne." Kelly grinste.

„Du Schlange. Du willst mich wohl auf den Arm nehmen ..." Tess gab ihr einen sanften Stups in die Seite.

„Deshalb liebst du mich doch." Kelly kicherte.
Sie nickte. „Stimmt genau. Auf alle William Moores dieser
Welt und ihre moosbewachsenen Zähne."
Sie stießen an.

# 3. Kapitel

Als Tess am nächsten Tag nach der Arbeit nach Hause kam, quoll der kleine Briefkasten über. Das meiste davon waren Werbeprospekte der umliegenden Geschäfte.

Sie klemmte sich die Post unter den Arm und schloss die Tür zum Apartment auf. Gedankenverloren hängte sie die Jacke an die Garderobe und stellte die Handtasche auf die Ablage unter dem Spiegel im Flur. Die Stimmung in der Bäckerei war den ganzen Tag mehr als bedrückend gewesen. Ben hatte noch weniger gesprochen als sonst und Margret hatte in der Pause verstohlen in einem Reiseführer über Miami geblättert. Selbst Josh, der immer einen Scherz auf Lager hatte, war wie ein Gespenst durch die Backstube geschlichen.

Durstig nahm sie einen Schluck Wasser und fing an, den Stapel Post zu sortieren: Briefe und Rechnungen nach rechts, Werbeprospekte nach links. Rabattcoupons stellten für den kleinen Haushalt eine nicht zu verachtende Ersparnis dar. Der erste Brief war die halbjährliche Abrechnung von Hazels Kindergarten. Ihr Magen zog sich zusammen, als sie die Summe auf dem Papier las.

Sie legte den Brief beiseite. Auf dem zweiten Brief stand als Absender der Name einer Gesellschaft, die Tess nicht kannte. Hoffentlich nicht noch eine Rechnung! Ungeduldig riss sie den Umschlag auf und überflog die ersten Zeilen.

*Sehr geehrte Miss Parker,*
*herzlichen Glückwunsch! Im Namen der Zeitschrift* Baking Sensation *freuen wir uns sehr, Ihnen mitzuteilen, dass Sie bei unserem diesjährigen Rätselwettbewerb den ersten Preis gewonnen haben.*

Tess stockte der Atem und in ihrem Kopf drehte sich alles. Sie hatte gewonnen?! Nur mühsam unterdrückte sie einen Jubelruf. Erst musste sie wissen, was es war. Ihre Hand zitterte, als sie weiterlas.

*Bei dem ersten Preis handelt es sich um eine einwöchige Reise nach Paris im Wert von 4.000 $.*

*Paris!* Sie stieß einen lauten Schrei aus. Sie hatte tatsächlich eine Reise gewonnen! Ihre Augen flogen über die Zeilen.

*Im Preis enthalten sind ein Flug in der Businessclass und die Unterbringung für sieben Nächte in einem kleinen Luxushotel im Zentrum von Paris. Als besonderes Highlight der Reise werden Sie einen Tag in der legendären Patisserie Ladurée verbringen und den Top-Konditoren bei ihrer täglichen Arbeit zusehen. Ein Fototeam unserer Zeitschrift wird ebenfalls anwesend sein und das Ereignis für unsere Leser festhalten.*

*Wir hoffen, Ihnen mit diesem Gewinn eine Freude zu bereiten, und würden uns freuen, wenn Sie baldmöglichst mit uns Kontakt aufnehmen würden, um die näheren Daten Ihrer Reise abzusprechen.*

*Wir bedanken uns für Ihre Teilnahme an unserem Rätsel.*

*Mit freundlichen Grüßen*

*Maria J. Stevens*

*Managerin PR* Baking Sensation

Fassungslos starrte sie auf den Brief in ihrer Hand. Obwohl sie die Worte gelesen hatte, hatte ihr Verstand die Bedeutung noch nicht erfasst. Sie hatte gewonnen! Sie hatte tatsächlich gewonnen! Paris! Wie oft hatte sie sich vorgestellt, einmal nach Europa zu fliegen und sich die großen Städte dieser Welt anzusehen – Rom, London, Mailand ... Aber Paris war schon immer ihre Lieblingsstadt gewesen. Bilder wirbelten durch ihren Kopf. Der Eiffelturm, Versaille, Montmartre, Notre-Dame, Sacré-Cœur ... Sie hätte die Liste unendlich weiterführen können.

Und nun sollte dieser Traum Wirklichkeit werden! Eine Woche in einem tollen Hotel zu wohnen und alles bezahlt zu bekommen, was für ein Luxus! Und dann war da noch der Tag in der Konditorei *Ladurée*.

Das *Ladurée* war das Mekka für Liebhaber von feinem Gebäck aus der ganzen Welt.

Zwar gab es in New York einen Ableger, aber im Herzen von Paris befand sich das Mutterhaus des Unternehmens, wo alles angefangen hatte. Ein verträumtes Lächeln huschte über ihr Gesicht.

Allein bei dem Gedanken an die Macarons, die dort hergestellt wurden, lief ihr das Wasser im Munde zusammen. Es waren die besten der Welt!

Für einen kurzen Moment schloss sie die Augen und malte sich aus, wie sie durch die Straßen von Paris schlenderte und ihr die Männer in den Cafés bewundernde Blicke zuwarfen.

Cupcake kam um die Ecke geschlichen und rieb sich schnurrend an ihrer Wade.

„Stell dir vor, Cupcake, ich habe eine Reise nach Paris gewonnen!", frohlockte sie.

Der Kater hob interessiert den Kopf.

„Elisabeth Jane Parker in Paris." Sie wirbelte einmal um die eigene Achse. „Ist das nicht herrlich?"

Cupcake maunzte zufrieden.

„Ich bringe dir auch etwas Leckeres mit, hörst du?" Sie streichelte über seinen Kopf, dabei fiel ihr Blick auf den kleinen rosafarbenen Pulli, den Hazel gestern Abend achtlos über den Stuhl geworfen hatte. Im gleichen Moment erstarb das Lächeln auf ihrem Gesicht.

Sie ließ sich neben dem Kater auf den Boden nieder. Die Freude, die sie eben noch empfunden hatte, war mit einem Schlag verpufft. Wie hatte sie nur für einen Atemzug annehmen können, dass sie nach Paris fliegen würde? Sie schimpfte sich eine Idiotin. Sie konnte diese Reise unmöglich antreten! Eine Woche war eine lange Zeit, vor allem, wenn man eine fünfjährige Tochter und eventuell bald keinen Job mehr hatte.

Cupcake kuschelte sich auf ihren Schoß und sah sie mit seinen großen grünen Katzenaugen an. Sie schluckte schwer. Eine Träne tropfte auf das Fell des Katers, was dieser mit einem missfälligen Maunzen quittierte. Es war, als würde jemand mit einem Bündel Geldnoten vor ihrem Gesicht wedeln, um es sich dann in die eigene Tasche zu stecken.

Sie las den Brief erneut, dabei blieb ihr Blick an der Zahl hängen, die dort stand – viertausend Dollar! Das war mehr, als sie in drei Monaten in der Bäckerei verdiente.

Vielleicht hatte sie Glück und konnte die Reise gegen Bargeld eintauschen ... Dem Magazin dürfte es schließlich egal sein, ob es das Geld an sie oder das Reisebüro auszahlte. Unter dem Namen der PR-Managerin standen eine Adresse und eine Telefonnummer.

Tess wischte sich mit dem Handrücken die Tränen aus dem Gesicht. Möglicherweise hatte sie heute Abend doch noch einen Grund, mit ihren Freundinnen zu feiern. Sie gab Cupcake einen sanften Stups.

„Steh auf, mein Dicker, ich muss mal telefonieren."

Sie fischte ihr Handy aus der Tasche und wählte. Es klingelte mehrfach. Sie wollte gerade wieder auflegen, als es in der Leitung klickte.

Die gelangweilte Stimme einer Frau meldete sich. „Mary Watson am Apparat von Mrs Stevens."

„Hallo. Mein Name ist Elisabeth Jane Parker. Ich habe heute einen Brief von Mrs Stevens erhalten, in dem mir mitgeteilt wurde, dass ich ..."

„... die Gewinnerin unseres diesjährigen Preisworträtsels sind", unterbrach die Frau freudig. „Ich bin darüber informiert, denn ich habe den Brief selbst getippt. Warten Sie bitte kurz, ich verbinde Sie direkt weiter zu Mrs Stevens."

Es klickte erneut in der Leitung und plötzlich dudelte ihr laute Fahrstuhlmusik entgegen. Sie verzog das Gesicht. Sekunden später stoppte die Musik.

„Mrs Parker, wie schön, dass Sie anrufen! Sie wissen ja gar nicht, wie viele unserer Gewinner sich nicht bei uns melden", flötete die Frau, von der Tess annahm, dass es sich um Mrs Stevens handelte, am anderen Ende der Leitung gestelzt.

„Aber das ist doch selbstverständlich. Ich bin noch ganz überwältigt von der Tatsache, dass ich wirklich gewonnen habe."

„Ja, das können Sie auch. Die Reise nach Paris dieses Jahr ist tatsächlich etwas ganz Besonderes. Ich muss sagen, ich beneide Sie ein klein wenig darum."

„Tja, genau deshalb rufe ich an ..."

Die PR-Dame unterbrach sie fröhlich. „Machen Sie sich etwa Sorgen wegen des Termins? Das ist kein Problem, wir richten uns nach Ihren Wünschen."

„Nein, das ist es nicht. Es geht um die Reise an sich ..." Sie stockte.

„Was ist mit der Reise?" Mrs Stevens klang ungeduldig.

„Wäre es vielleicht möglich, sich den Gewinn auszahlen zu lassen?"

Einen Wimpernschlag lang hing die Frage in der Luft. Tess hatte instinktiv aufgehört zu atmen.

„Meine gute Miss Parker, jetzt enttäuschen Sie mich aber. Sie haben mit dieser Reise ein absolutes Juwel gewonnen und wollen sie eintauschen?"

„Von ,wollen' kann keine Rede sein, aber ich muss", beharrte sie. „Hören Sie, ich bin alleinerziehende Mutter einer Fünfjährigen und demnächst möglicherweise auch ohne Job. Ich kann mir eine Reise wie diese einfach nicht leisten." So, jetzt war es raus!

Für einen Moment herrschte Schweigen. Wahrscheinlich konnte eine Frau wie Mrs Stevens nicht begreifen, dass es Menschen gab, die das Geld dringender brauchten als eine Reise nach Paris.

„Das ist sehr bedauerlich zu hören", entgegnete diese gerade, „aber ich fürchte, wir können Ihnen da nicht entgegenkommen. Das Auszahlen der Gewinne ist ohne Ausnahme nicht gestattet." Die Freundlichkeit war aus ihrem Ton verschwunden.

„Gibt es denn keine Möglichkeit, eine Ausnahme zu machen?", bettelte Tess und hasste sich dafür.

„Wie ich Ihnen schon erklärt habe, ist das nicht möglich. So gerne ich Ihnen helfen würde, aber es tut mir leid, mir sind in diesem Fall die Hände gebunden", antwortete sie geschäftsmäßig.

„Ich möchte nicht unhöflich sein, aber haben Sie vielleicht einen Vorgesetzten, an den ich mich diesbezüglich wenden könnte?" Sie knabberte nervös an ihrer Unterlippe.

„Miss Parker, ich befürchte, Sie müssen mit mir vorliebnehmen, und meine Antwort zu dem Thema kennen Sie ja bereits." Sie konnte förmlich sehen, wie Mrs Stevens am anderen Ende der Leitung die Nase rümpfte. „Wir hatten in der Vergangenheit einen ähnlichen Fall." Aus ihrem Mund klang es, als würde sie über den Ausbruch einer todbringenden Krankheit reden.

Sie startete einen letzten verzweifelten Versuch. „Ist es eventuell möglich, die Reise an eine Freundin zu übertragen?"

„Auch das, meine liebe Miss Parker, ist nicht möglich. Der Gewinn ist auf Ihren Namen festgeschrieben", brabbelte die PR-Managerin.

Am liebsten hätte Tess durch den Hörer geschrien, dass sie nicht ‚meine liebe Miss Parker' war, aber stattdessen sagte sie nur: „Ich verstehe."

„Gut." Die Dame am anderen Ende der Leitung klang ungeduldig. „Bitte teilen Sie mir in Kürze mit, was Sie zu tun gedenken."

„Ja, natürlich", antwortete Tess zerstreut. „Vielen Dank für Ihre Hilfe."

„Gern geschehen und nochmals herzlichen Glückwunsch." In ihren Ohren Klang der letzte Satz wie blanker Hohn.

„Ja, vielen Dank."

Mrs Stevens legte auf. Tess starrte auf das Telefon in ihrer Hand.

Ihr Plan, sich den Gewinn auszahlen zu lassen, war mit einem Schlag zunichtegemacht worden. Konnte es sein, dass sie jemand dort oben nicht mochte? Sie lachte bitter auf. Cupcake, der es sich zu ihren Füßen bequem gemacht hatte, sah überrascht zu ihr hoch.

„Wie es aussieht, haben wir mal wieder Pech." Sie kraulte den Kater am Kopf. „Aber davon lassen wir uns nicht unterkriegen, mein Kleiner. Du und ich, wir sind Kämpfer."

Cupcake wackelte mit den Ohren und sein Schwanz hob und senkte sich.

„Gut, dass du das genauso siehst wie ich." Sie richtete sich auf.

„Dann will ich mal loslegen, auch wenn mir nicht nach Feiern zumute ist. Was meinst du, soll ich das schwarze Kleid oder meine schwarze Hose und die helle Bluse anziehen?"

Cupcake trottete davon, ohne sie eines weiteren Blickes zu würdigen.

*Typisch Mann*, dachte sie. *Keinen Sinn für Mode.*

Knapp eine Stunde später war sie frischgeduscht und geschminkt. Sie hatte sich letztendlich für die dunkle Hose und die Bluse entschieden. Damit fiel sie wenigstens nicht auf, wenn sie zu vorgerückter Stunde mit der U-Bahn wieder nach Hause fuhr. Brooklyn war trotz der Maßnahmen, die die Stadt in den letzten Jahren gegen die vorherrschende Kriminalität unternommen hatte, noch immer ein gefährliches Pflaster.

Bevor sie ging, füllte sie noch Cupcakes Fressnapf auf und rief kurz bei ihrer Mutter an, um Hazel eine gute Nacht zu wünschen. Dann machte sie sich auf den Weg.

Sue war gerade dabei, ihren Stand abzubauen, als sie die U-Bahn-Station betrat.

„Hey, meine Süße, ich wusste ja immer, dass du eine Schönheit bist, aber heute Abend siehst du ganz besonders hinreißend aus", rief Sue lachend und gab den Blick auf eine Reihe goldüberzogener Zähne frei. „Was hast du vor? Ein paar Männer verrückt machen?"

„Ich treffe mich mit ein paar Freundinnen im *Grimaldi's*."

„Im *Grimaldi's*!" Die Standbesitzerin schürzte anerkennend die Lippen. „Ziemlich angesagter Schuppen im DUMBO." DUMBO war der Name, den die Einheimischen dem Viertel unter der Brooklyn Bridge gegeben hatten.

„Ja, Kelly hat mich eingeladen." Sie öffnete die Tasche und zog eine Tüte hervor, die sie zuvor mit den übriggebliebenen Macarons gefüllt hatte. Sie wusste um Sues Schwäche für süße Köstlichkeiten.

„Für mich?" Die Kaffeeverkäuferin sah sie mit großen Augen an.

„Gestern frisch gebacken. Ich hoffe, sie schmecken dir."

„Ob sie mir schmecken? Ich liebe deine Kekse!" Sue strahlte. Mit spitzen Fingern öffnete sie die kleine Schnur, die Tess um die Tüte gewickelt hatte.

„Das sind Macarons. Eine Spezialität aus Frankreich."

„Frankreich!" Sie pfiff anerkennend. „Und wonach schmecken die?"

„Probier selbst." Sie grinste. „Ich bin mir sicher, du wirst es lieben."

Vorsichtig zauberte Sue eines der Gebäckstücke aus der Tüte hervor und schnupperte daran. „Schokolade?"

Tess nickte.

„Mit einem Hauch von Cranberry." Sie knabberte zaghaft am Rand. „Und etwas Vanille."

„Absolut richtig! Du hast den feinsten Gaumen in ganz New York", lobte Tess begeistert. „Ich kenne niemanden, außer vielleicht Mr Callahan, der einen so guten Geschmackssinn hat wie du."

„Und ich kenne niemanden, der so backen kann wie du." Die ältere Frau lächelte und schloss genießerisch die Augen, um sich den restlichen Macaron in den Mund zu schieben.

Es tat gut zu sehen, wie sehr sie die kleine Leckerei genoss. Sue gehörte zu den Menschen, die sich niemals beklagten, obwohl es das Leben nicht gut mit ihr meinte. Sie hatte vier hungrige Mäuler, die es zu stopfen galt, und einen kranken Mann. Das Wenige, das der winzige Kaffeestand abwarf, reichte gerade so, um über die Runden zu kommen. Dagegen ging es ihr richtig gut. Tess teilte gerne, vor allem wenn es sich um Menschen handelte, die sich aufrichtig darüber freuen konnten.

„Daran könnte ich mich gewöhnen." Sue leckte sich über die üppigen Lippen.

„Das glaube ich gerne. Ich muss los." Aus einer spontanen Eingebung heraus schlang sie die Arme um die ältere Frau und gab ihr einen Kuss auf die Wange. „Pass auf dich auf. Hörst du?"

Sue nickte. „Unkraut wie ich vergeht nicht so schnell."

„Gut, denn ich brauche dich. Du machst schließlich den besten Kaffee der ganzen Welt."

„Pass auch auf dich auf", rief ihr Sue hinterher, als sie die Treppen hinuntereilte.

Das weiße, hohe Gebäude leuchtete schon von Weitem zwischen der Häuserzeile hervor. Über den Dächern entlang der Straße spannte sich die Brooklyn Bridge und verband die beiden Stadtteile Brooklyn und Manhattan. Das *Grimaldi's* war ein altes Steinhaus aus der Jahrhundertwende mit hohen Decken und knarrenden Holzböden, das seine Eigentümer vor ein paar Jahren zu einem Restaurant umgebaut hatten.

Vor dem Restaurant hatte sich wie üblich eine lange Schlange gebildet, aber Kelly hatte zum Glück telefonisch einen Tisch für acht Uhr reservieren lassen. Tess ging an der Schlange vorbei zur Empfangsdame und nannte ihr Kellys Namen.

Als sie den Hauptraum betrat, schlug ihr lautes Stimmengewirr entgegen. Ein Duft nach frischer Pizza und Kräutern hing in der Luft und ließ ihr das Wasser im Munde zusammenlaufen. Sie ließ ihren Blick über die Köpfe der Menschen schweifen, bis sie den blonden Haarschopf von Kelly im hinteren Teil des Restaurants entdeckte.

Sie begrüßte ihre Freundinnen lächelnd.

Sie hatte sich vorgenommen, den Abend so normal wie möglich zu verbringen und sich nicht mehr über den verpatzten Gewinn zu ärgern.

„Tess!" Lynn sprang erfreut auf und umarmte sie herzlich. „Wie schön, dass du gekommen bist."

Lynn war auf das gleiche College wie Kelly und Tess gegangen, allerdings eine Stufe über ihnen. Sie hatte Betriebswirtschaft studiert und arbeitete mittlerweile im Familienunternehmen. Ihre Eltern hatten eine große

Reinigungskette, in der Lynn für die Logistik zuständig war. Sie war schon immer die Ordentliche von ihnen gewesen. „Ich hatte schon richtig Sehnsucht nach dir."

„Ich auch nach euch." Tess gab zuerst Lynn einen Kuss auf die Wange. „Es muss eine Ewigkeit her sein, dass wir uns das letzte Mal getroffen haben." Sie beugte sich zu Megan, die sie ebenfalls mit einem Kuss begrüßte.

Megan war wie immer nach dem neusten Trend gekleidet. Heute steckten ihre langen Beine in schwarzen, enganliegenden Lederhosen, dazu trug sie eine locker fallende Seidenbluse und hochhakige schwarze Pumps. Ihre braunen Haare fielen ihr in weichen Wellen auf die Schulter. Megan hatte ihr Studium auf der Journalistenschule beendet und arbeitete seit knapp einem Jahr bei einer angesagten Frauenzeitschrift im Moderessort.

„Auf den Tag genau drei Wochen!", rief Lynn und strich sich durch die Haare. Mit ihrer geraden Nase, dem fein geschwungenen Mund und den dicken, schwarzen Locken sah sie aus wie eine griechische Statue.

„Was? Schon so lange?" Tess schüttelte verwundert den Kopf.

„Ich fürchte ja", pflichtete ihr Megan bei. „Wirklich, Tess, das geht gar nicht, dass du dich so selten sehen lässt. Schließlich sind wir doch deine besten Freundinnen. Wir sollten mehr miteinander unternehmen. Wir könnten zum Beispiel shoppen gehen …" Ihr Blick fiel auf Tess' Klamotten.

„Das würde ich ja gerne, aber leider bin ich nicht in der finanziellen Lage, mir neue Klamotten zu leisten", gab sie freimütig zu.

„Entschuldige, das war dumm von mir."

„Hey, kein Thema. Ich sag' nur, wie es ist."

„Es gibt ja auch andere Dinge, die man gemeinsam unternehmen kann", lenkte Kelly ein und warf Megan einen bösen Blick zu. „Ins Kino gehen zum Beispiel oder zusammen ein Musical besuchen. Wenn wir uns früh genug darum kümmern, sind die Karten auch nicht teuer."

„Seit wann interessierst du dich für Musicals?" Lynn sah Kelly mit hochgezogener Augenbraue an.

„Was soll das denn heißen?", fragte diese empört.

„Du warst schon immer ein Kulturbanause", grinste Lynn.

„Das stimmt nicht!" Kelly schob die Unterlippe schmollend vor.

„Wie hieß der letzte Kinofilm, den du gesehen hast?"

„Das zählt nicht!"

„Los, raus mit der Sprache. Welcher Film war es?"

„*Mad Max*", gestand Kelly kleinlaut.

„Ha!" Lynn lachte. „Da siehst du es! *Mad Max* ist nicht gerade als kulturell wertvoll einzustufen."

Sie kicherten.

„Okay, du hast gewonnen. Es war ja auch nur eine Idee." Kelly rollte mit den Augen. „Dann macht eben einen besseren Vorschlag."

„Hey, macht euch keinen Kopf. Ich habe schlicht keine Zeit, etwas zu unternehmen. Wenn ich nicht arbeite, dann muss ich mich um Hazel kümmern. Ich habe ohnehin ein schlechtes Gewissen, weil ich die Kleine so oft abgeben muss."

„Schlechtes Gewissen? Das ist doch Blödsinn! Wieso? Ich kenne keine liebevollere Mutter als dich", warf Kelly ein und drückte ihre Hand.

„Liebevoll schon, aber du weißt selbst, wie wenig Zeit ich mit Hazel verbringe. Es gibt Tage, an denen ich sie nicht mal ins Bett bringen kann."

„Umso schöner, dass du heute gekommen bist." Megan lächelte ihr aufmunternd zu. „Du siehst einfach fantastisch aus. Ich verstehe nicht, wie du das machst! Du hast ein Kind und dabei eine Figur, für die andere Frauen morden würden. Ich weiß, wovon ich spreche."

„Du kannst dich doch auch nicht beschweren."

„Diese Figur ist harte Arbeit", antwortete Megan mit Leidensmiene. „Ich kann mich nicht daran erinnern, wann ich mich das letzte Mal so richtig sattgegessen habe."

Megan aß in aller Regel nur winzige Portionen und trank nur selten Alkohol. Nicht, weil sie es nicht mochte, sondern wegen der Kalorien. Für gewöhnlich knabberte sie an Salatblättern oder trank giftig aussehende, grüne Smoothies, von denen sie behauptete, sie würden die Fettverbrennung anregen. Sie trieb täglich Sport und ging immer früh ins Bett. Mit ihrer scharfen Zunge und ihrem blitzschnellen Verstand machte Megan den meisten Männern Angst.

Der Kellner kam an ihren Tisch und fragte nach den Getränkewünschen.

„Ich könnte ein Gläschen Sekt vertragen", sagte Kelly. „Und wie sieht es mit euch aus?"

„Sekt klingt geradezu himmlisch." Lynn verdrehte die Augen.

„Sekt bremst die Fettverbrennung zu hundert Prozent", brummte Megan mit ernster Miene. „Ach, was soll´s, man lebt nur einmal."

„Braves Mädchen", lachte Kelly.

„Ich nehme ein Wasser", murmelte Tess.

„Blödsinn, du bist eingeladen." Sie wollte protestieren, aber Kelly hatte bereits die Hand gehoben, um dem Kellner ein Zeichen zu geben.

„Bitte bringen Sie uns eine Flasche Sekt von Ihrer Hausmarke."

„Und was gibt es bei dir Neues?", fragte Megan, als der Kellner gegangen war. „Wie geht es Hazel?"

„Hazel hat gestern einen Jungen angepupst, nachdem der sie zuvor angepupst hat."

„Ganz deine Tochter!" Kelly kicherte und Tess gab ihr einen Stups in die Seite.

„Manchmal kann ich selbst nicht glauben, wie groß sie schon ist", berichtete sie strahlend. „Sie kommt diesen Sommer in die Schule, dabei könnte ich schwören, dass sie gerade erst das Licht der Welt erblickt hat. Unglaublich, wie schnell die Zeit vergeht."

„Das stimmt!" Lynn zog überrascht die Augenbraue nach oben. „Eben waren wir selbst noch Kinder und jetzt bist du Mutter eines Schulkindes."

„Es wird Zeit, dass ich die Kleine endlich mal wieder zu Gesicht bekomme", warf Megan ein.

„Kein Problem, das lässt sich bestimmt einrichten." Tess lächelte. „Wisst ihr, manchmal komme ich mir uralt vor, und frage mich, wie das passieren konnte. Dabei bin ich sogar noch nicht mal in der Nähe der Dreißig!"

„Das Gleiche habe ich heute Morgen gedacht, als ich mich im Spiegel gesehen habe." Megan zog eine Grimasse. „Ich habe ausgesehen wie Joan Collins."

Der Kellner stellte die Sektgläser auf den Tisch und schenkte ihnen ein.

„Auf einen schönen Abend", erklärte Kelly und erhob ihr Glas.

Sie prosteten sich zu und Tess nahm einen Schluck. Es prickelte auf ihrer Zunge. Es war eine Weile her, dass sie Sekt getrunken hatte. Gelegentlich trank sie mit Josh ein Feierabendbier in der Bar gleich um die Ecke von der Bäckerei.

Dabei unterhielten sie sich zumeist über ihre Zukunftspläne und die Arbeit, aber Treffen wie dieses gab es viel zu selten in ihrem Leben.

„Ich hatte fast vergessen, wie gut Sekt schmeckt." Sie schnalzte mit der Zunge.

„Ja, ich finde auch, daran kann man sich gewöhnen." Lynn nahm die Speisekarte in die Hand. „Wisst ihr bereits, welche Pizza ihr nehmen wollt?"

„Ich freue mich schon den ganzen Tag auf diese superleckere mit Ricotta und Tomate." Kelly leckte sich genießerisch über die Lippen.

„Ich nehme eine Margerita", sagte Tess und nahm einen kräftigen Schluck aus dem Glas.

„Na, da scheint aber jemand Durst zu haben", spöttelte Megan.

„Entschuldigt, aber ich bin heute ein bisschen neben der Spur", rutschte es ihr heraus. Im gleichen Moment bereute sie ihre Worte.

„Aber warum? Was ist passiert?" Kelly musterte sie eindringlich. „Ist es immer noch wegen der Callahans?"

„Kelly, du solltest beim Geheimdienst arbeiten", schnappte sie. „Du würdest dich bestimmt prima bei Kreuzverhören machen."

„Die Callahans?" Megan sah fragend in die Runde. Lynn gab ihr einen Stoß in die Seite. „Die Besitzer der Bäckerei, in der Tess angestellt ist. Manchmal frage ich mich wirklich, wo du mit deinen Gedanken bist."

„Entschuldigung, man wird doch mal fragen dürfen", verteidigte sie sich. Tatsächlich war Megan bei ihren Freundinnen für ihr schlechtes Namensgedächtnis bekannt.

„Versuch nicht abzulenken! Sag uns lieber, was los ist." Kelly nahm die Flasche Sekt und schenkte nach.

„Ich habe den ersten Preis in einem Kreuzworträtsel gewonnen."

„Wirklich?" Alle Augen waren auf Tess gerichtet. Sie nickte.

„Solltest du dich nicht darüber freuen?" Kelly beäugte sie misstrauisch. „Schließlich ist so ein Gewinn doch eigentlich eine tolle Sache und nichts, worüber man sich ärgern müsste."

„Ich verstehe auch nicht, wo da das Problem liegt", murmelte Lynn.

„Na, weil es sich bei dem Gewinn um eine Reise nach Paris handelt." Sie spielte nachdenklich mit der Gabel.

„Du Glückspilz!", kreischte Kelly. „Paris!"

„Aber das ist doch ein Grund zu feiern, oder nicht?" Megan sah sie verwundert an.

„Eigentlich schon ... Dachte ich auch zuerst, bis ich realisiert habe, dass ich die Reise beim besten Willen nicht antreten kann." Sie hielt inne und nahm achselzuckend einen Schluck Sekt.

Kelly, Megan und Lynn tauschten verständnislose Blicke. „Was? Aber warum nicht?"

„Ich kann Hazel unmöglich eine ganze Woche alleine lassen und dazu kommt die Unsicherheit wegen meines Jobs." Sie zupfte einen Streifen vom Flaschenetikett ab.

„Woah, jetzt erstmal der Reihe nach." Lynn schüttelte den Kopf. „Was ist mit deinem Job?"

Seufzend erzählte sie ihren Freundinnen vom gestrigen Gespräch mit den Callahans und der damit verbundenen Angst vor einer Kündigung.

„Aber genau aus diesem Grund solltest du die Reise erst recht antreten", beharrte Megan, nachdem sie fertig war.

„Was?" Sie schüttelte verwirrt den Kopf.

„Jawohl!", stimmte Kelly zu. „Ich meine, was hast du zu verlieren?"

„Geld spielt vielleicht in eurer Welt keine Rolle, aber in meiner schon", platzte Tess dazwischen. Als sie die betroffenen Gesichter sah, wusste sie, dass sie zu weit gegangen war. Megan, Lynn und Kelly wollten immer nur ihr Bestes und gaben ihr nie das Gefühl, finanziell überlegen zu sein. „Tut mir leid. So war es nicht gemeint."

„Das wissen wir doch", beschwichtigte Kelly und schenkte ihr ein versöhnliches Lächeln. „Aber mal ehrlich: Ich finde, du solltest die Reise trotzdem antreten. Was hast du schließlich zu verlieren? Die Callahans werden verkaufen, ob du nun da bist oder nicht. Und wer weiß, ob du in nächster Zeit überhaupt die Gelegenheit haben wirst, an dich zu denken. Du hast dir eine kleine Auszeit mehr als verdient, um nicht zu sagen, du hast sie von uns allen am meisten nötig! Hazel braucht eine glückliche Mutter und keinen Nervenzipfel, der nicht schlafen kann und abgespannt durch die Gegend läuft."

„Wenn man dich hört, könnte man den Eindruck bekommen, ich wäre eine dieser Problemmütter, die man immer im Vormittagsprogramm in diesen schrecklichen Talkshows bewundern kann."

„Das ist Quatsch und das weißt du auch!" Kelly warf ihr einen wütenden Blick zu.

Megan mischte sich ein: „Ich finde auch, du solltest dich freuen und den Gewinn akzeptieren. Angenommen, die Callahans verkaufen gar nicht … Dann hast du dich völlig umsonst verrücktgemacht und noch dazu auf die Reise verzichtet."

„Das ist eine einmalige Gelegenheit, Tess, wirf sie nicht so leichtfertig weg." Lynn musterte sie eindringlich.

„Mhm, eigentlich wollten uns die Callahans spätestens am Wochenende wegen des Verkaufs Bescheid geben." Tess zog nachdenklich den Rest des Etiketts ab und rollte ihn zwischen ihren Fingern zu einer kleinen Kugel.

„Sorge dich nicht, lebe", warf Kelly ein.

„Das ist leichter gesagt als getan, wenn man alleinerziehende Mutter einer Fünfjährigen ist. Woher hast du denn den blöden Spruch?"

„Das ist kein blöder Spruch, sondern der Titel eines ziemlich guten Buches, das ich gerade lese."

„Ach, du kannst lesen? Das wusste ich ja gar nicht!", stichelte sie.

„Ha. Ha. Sehr witzig!" Kellys Augen blinzelten angriffslustig. „Aber mal im Ernst: Du machst dir zu viel Sorgen."

„Ich mache mir keine Sorgen, ich versuche mich einfach auf das vorzubereiten, was kommt, damit ich im Zweifelsfall schnell handeln kann. Wenn man wie ich keine großen Rücklagen hat, muss man schnell sein, sonst steht man ganz schnell am Abgrund."

Für einen Moment herrschte betretenes Schweigen.

„Außerdem, was wird mit Hazel? Ich kann meine Mutter unmöglich bitten, die ganze Zeit auf sie aufzupassen. Sie macht ohnehin schon so viel für mich."

„Aber wir könnten doch auf die Kleine aufpassen, oder?" Kellys Blick wanderte von Lynn zu Megan und schließlich zu Tess.

„Ihr?"

„Ja, warum eigentlich nicht?" Lynn stellte ihr Glas so heftig auf den Tisch, dass ein paar Tropfen überschwappten. „Wir kennen Hazel, seit du sie in diese Welt gesetzt und uns damit vom Schlafen abgehalten hast."

Alle vier grinsten bei Lynns letztem Satz. Jede von ihnen konnte sich nur zu gut an die Stunden von Hazels Geburt erinnern. Kelly, Lynn und Megan hatten sie die ganze Schwangerschaft über abwechselnd zum Schwangerschaftskurs begleitet und als es endlich so weit gewesen war und ihre Fruchtblase mitten in Kellys Küche geplatzt war, hatte Kelly zuerst Lynn und dann Megan vom Auto aus angerufen. Während der endlosen Stunden der Wehen waren die drei Freundinnen nicht von ihrer Seite gewichen, hatten mit ihr zusammen gelitten und den Moment der Geburt miterlebt. Ein Ereignis, das keine der drei jemals vergessen würde.

„Genau!", stimmte Megan zu. „Außerdem wäre es ja nicht das erste Mal, dass wir auf die Kleine aufpassen."

„Ja, aber eine Woche ist eine verhältnismäßig lange Zeit. Wie wollt ihr das mit euren Jobs überhaupt schaffen? Kelly steht den ganzen Tag im Buchladen, Megan ist ständig für Modeproduktionen unterwegs und Lynn steckt in der Firma ihrer Eltern bis zum Hals in Arbeit."

Kelly schaltete sich ein: „Also bei mir ist das überhaupt kein Problem. Ich kann mir jederzeit ein paar Tage freinehmen. Hazel ist schließlich mein Patenkind und ich finde, ich habe ein Recht darauf, dass sie bei mir schläft." Sie grinste breit.

„Wenn ich meinen Eltern erzähle, dass ich auf Hazel aufpasse, musst du eher Angst haben, dass sie sie zu sich entführen. Du weißt selbst, wie vernarrt die beiden in deine Tochter sind. Sie haben schon mehrfach betont, wie gerne sie ein Enkelkind wie Hazel hätten und dass es für mich langsam Zeit wird. So viel also dazu", erklärte Lynn und lehnte sich mit einem zufriedenen Lächeln zurück.

„Ich habe beruflich zwar viel um die Ohren, aber wenn ihr mir sagt, an welchem Tag ich auf Hazel aufpassen soll, dann bin ich zur Stelle", schloss Megan bestimmt.

„Ich denke, damit haben wir die Sache geklärt." Kelly strahlte. „Nicht wahr, Mädels?"

Lynn und Megan nickten.

„Das würdet ihr für mich tun?" Tess schluckte gerührt. In ihrem Hals hatte sich ein dicker Kloß gebildet und sie blinzelte, um die Tränen zu vertreiben.

„Aber natürlich. Was hast du denn gedacht?" Lynn streckte ihre Hand nach ihr aus. „Es wird Zeit, dass du mal was für dich tust und nicht immer nur an andere denkst."

„Aber was ist mit den Callahans?"

„Was soll mit ihnen sein?" Kelly zuckte mit den Schultern.

„Na, ich habe keine Ahnung, ob ich Urlaub bekomme."

„Machst du Witze? Du warst noch nie krank, seit du die Stelle angenommen hast, stimmt's?"

Sie nickte stumm.

„Na also, dann hast du deine Antwort. Ich bin mir sicher, dass sie eine Woche ohne dich auskommen werden und müssen. Schließlich hast du ein Recht auf Urlaub!"

In ihrem Kopf überschlugen sich die Gedanken. Eigentlich hatte sie mit dem Thema Paris auf dem Weg ins *Grimaldi's* abgeschlossen und jetzt tat sich auf einmal die Chance auf, dass ihr Traum vielleicht doch wahr werden würde.

„Ich weiß gar nicht, was ich sagen soll", stammelte sie mit feuchten Augen. „Ich bin total überwältigt von eurem Angebot."

„Ein einfaches Ja würde genügen." Kelly schmunzelte und Lynn und Megan nickten erwartungsvoll.

Tess räusperte sich. „Gut ... dann ... *ja!*"

„Gut, dann ist es beschlossene Sache. Du rufst gleich morgen früh die Leute von der Zeitschrift an und sagst ihnen, dass du gestern ziemlich betrunken warst, als du die Reise absagen wolltest. Sag ihnen, es war ein Versehen und du würdest gerne nach Paris fliegen."

Tess legte den Kopf leicht schräg und sah etwas unsicher in die Runde.

„Was zögerst du noch? Du hast sowieso schon Ja gesagt." Megan lachte.

„Also gut! Ich rufe morgen an!", verkündete sie, noch immer überwältigt von der Großzügigkeit ihrer Freundinnen.

„Braves Mädchen." Lynn schmunzelte.

„Ich finde, darauf sollten wir trinken." Kelly hob ihr Glas. „Auf Paris!"

Etwas zögerlich folgte Tess ihrem Beispiel.

„Auf Paris!" Klirrend stießen die Gläser der vier Freundinnen aneinander.

# 4. Kapitel

Maureen war total begeistert, als Tess ihr am nächsten Morgen von dem Gewinn und dem Plan ihrer Freundinnen erzählte.

„Liebes, endlich! Es wurde auch langsam Zeit, dass du mal an dich denkst. Paris, die Stadt der Liebe!" Sie schlug die Hände über dem Kopf zusammen.

„Warum denkt jeder bei Paris an die Liebe?"

„Du etwa nicht?" Maureen sah sie verwundert an.

„Nein." Sie schüttelte energisch den Kopf. „Für mich ist Paris der Eiffelturm, Sacré-Cœur, Notre-Dame, die Seine, Sorbonne, die bezaubernde Amélie und das *Ladurée*!"

„Manchmal bist du wirklich komisch."

„Aber du liebst mich trotzdem."

„Von ganzem Herzen." Maureen schlang den Arm um sie und gab ihr einen Kuss, wie sie es sonst nur bei Hazel tat.

Erleichtert über ihre Zustimmung fuhr Tess in die Bäckerei. Während der ganzen Busfahrt starrte sie durch die verschmierte Scheibe nach draußen und legte sich im Geiste die Worte zurecht, mit denen sie den Callahans ihre bevorstehende Reise erklären wollte. Sie hatte bereits die halbe Nacht wachgelegen und darüber nachgedacht, welche Argumente sie anbringen konnte.

Als sie die Bäckerei betrat, zitterten ihre Hände und auf ihren Wangen waren rote Flecken.

Margret, Ben und Josh saßen zusammen um den Tisch in der Backstube und tranken Kaffee, wie jeden Morgen, bevor die Bäckerei ihre Türen öffnete.

„Ich fliege nach Paris und Kelly, Megan und Lynn passen auf Hazel auf. Ich brauche schließlich auch mal Urlaub", platzte es aus ihr heraus. Für einen Moment herrschte ungläubige Stille. Ben, Margret und Josh starrten sie an, als ob ihr gerade ein zweiter Kopf aus dem Hals gewachsen wäre.

„Was? Jetzt sofort?", fragte Ben in seiner trockenen Art.

Sie fing an, hysterisch zu kichern. „Nein, natürlich nicht. Entschuldigt bitte, aber ich bin so aufgeregt wegen der ganzen Sache."

„Was hältst du davon, wenn du dich zu uns setzt und uns in Ruhe erzählst, was es mit Paris auf sich hat?" Ben deutete auf den freien Stuhl neben Margret.

Sie nickte beschämt. „Natürlich."

Margret schenkte ihr frischen Kaffee in den Becher. „Jetzt kannst du loslegen, aber bitte so, dass ich es verstehen kann und nicht denke, der Krieg sei ausgebrochen." Sie schmunzelte und um ihre Augen bildete sich ein feines Netz aus Lachfältchen.

Tess holte tief Luft, dann fing sie an zu erzählen. Sie ließ keine Kleinigkeit aus und redete sich all ihre Ängste und Sorgen, die sie wegen der Reise gehabt hatte, von der Seele.

Als sie fertig war, herrschte Schweigen in der Backstube. Josh starrte sie mit offenem Mund an, Ben und Margret wechselten stumme Blicke.

„Es wird auch mal Zeit, dass du dir ein paar Tage frei gönnst. Du hast in letzter Zeit so blass ausgesehen", verkündete Margret plötzlich und streichelte ihr sanft die Hand. „Ben und ich haben schon mehrfach darüber geredet, dass du dir Urlaub nehmen solltest, aber wir haben uns nicht getraut, dich darauf anzusprechen. Du warst immer so beschäftigt."

„Natürlich bezahlten Urlaub", fügte Ben mit brummiger Stimme hinzu. „Das ist das Mindeste, was wir für dich tun können."

Tess blinzelte gerührt angesichts von so viel Verständnis und Anteilnahme.

„Was hast du für ein Glück, solche Freundinnen an deiner Seite zu haben", sagte Margret. „Das ist mehr wert als jedes Geld der Welt."

„Ja", lächelte Tess glücklich.

Nur Josh schien von der Idee nicht sonderlich begeistert zu sein. Sein Gesichtsausdruck war ernst und er spielte nachdenklich an seiner Tasse.

„Hey, Josh, freust du dich gar nicht für mich?" Ihr Blick glitt forschend über sein Gesicht.

Er schüttelte den Kopf. „Doch, selbstverständlich freue ich mich für dich. Ich werde dich nur vermissen. Das ist alles."

„Ich weiß. Aber eine Woche ist nicht lang und ehe du dich versiehst, bin ich wieder da." Sie lächelte ihm aufmunternd zu.

„Das *Ladurée* ..." Er kratzte sich am Hinterkopf. „Du darfst wirklich in deren Backstube gehen?"

„So hat man es mir zumindest gesagt!"

„Wow! Ich beneide dich ein bisschen, weißt du das eigentlich?"

„Kann ich mir vorstellen. Aber ich bringe dir alles bei, was ich dort lerne. Einverstanden?"

Ein Lächeln huschte über sein schmales Gesicht.

„Einverstanden."

Nachdem sie die genaueren Details ihres Urlaubs mit den Callahans geklärt hatte, rief sie bei Mrs Stevens an. Diesmal läutete es nur einmal, bis abgenommen wurde.

„Stevens", schepperte es geschäftsmäßig durch die Leitung.

„Mrs Stevens, hier ist Elisabeth Parker." Ihr Puls raste vor Aufregung. Sie schwang ihre Beine auf den Stuhl.

Schweigen.

„Ah, Miss Parker, wie schön, von Ihnen zu hören. Bleiben Sie kurz dran." Sie hörte, wie die PR-Managerin jemanden verabschiedete. Es knackte in der Leitung und sie hielt den Hörer etwas weiter vom Ohr weg.

„Miss Parker?"

„Ja." Sie presste den Hörer wieder an ihr Gesicht.

„Ich habe mich schon gefragt, wie Ihre Entscheidung bezüglich der Reise ausgefallen ist."

„Ich habe mich entschlossen, die Reise anzutreten."

„Gratuliere. Ich hätte es äußerst schade gefunden, wenn der Preis verfallen wäre."

„Ich auch." Sie spürte, wie ihre Nerven vor Aufregung flatterten.

„Und an welchen Termin hatten Sie gedacht?"

„Wäre nächste Woche zu früh?"

„Nächste Woche schon! Sie überraschen mich …"

„Ich bin von mir selbst überrascht", gestand ihr Tess.

„Darf ich fragen, wieso Sie sich jetzt doch dafür entschieden haben?" Die Neugierde der Frau sprang förmlich durch den Hörer.

„Meine Freundinnen kümmern sich um meine kleine Tochter und ich habe kurzfristig Urlaub bekommen", erklärte Tess fröhlich.

„Sehen Sie, so hat sich doch alles zum Guten gewendet. Sie können sich glücklich schätzen, dass Sie solche Freundinnen haben", sagte Mrs Parker. Tess hörte das Rascheln von Blättern. „Wissen Sie schon das genaue Datum?"

„Ich würde gerne am Wochenende abreisen, dann verliere ich weniger Arbeitstage."

„Ja, natürlich. Ich leite Ihre Daten an unsere Reiseabteilung weiter. Was Ihre Reise selbst betrifft, werde ich Ihnen eine kleine Auflistung machen, damit Sie wissen, welche Termine für Sie anstehen."

„Was meinen Sie mit ‚Termine'?", fragte sie überrascht. Sie schwang die Beine zurück auf den Boden und richtete sich auf.

„Das *Ladurée*, der Fototermin, die Abholung vom Flughafen …", leierte die PR-Frau durch den Hörer.

„Ach so. Gut. Das wäre prima!"

„Ach, da fällt mir ein …"

„Ja?"

„Es wäre gut, wenn Sie eine schickere Garderobe für den Fototermin einpacken würden. Schließlich möchten wir Sie unseren Lesern bestmöglich präsentieren."

Sie schluckte und ein leichtes Panikgefühl überkam sie. Schickere Garderobe?! Ihr Kleiderschrank bestand fast ausschließlich aus zweckmäßiger Kleidung. Das Schickste, was sie besaß, waren die Klamotten, die sie ins *Grimaldi's* angezogen hatte, und selbst damit würde sie eher bescheiden wirken. Mit Hazels Geburt hatte sie ihren Modegeschmack abgegeben und ihren ehemals verspielten, mädchenhaften Look gegen Jeans und T-Shirt eingetauscht.

„Ja, in Ordnung. Ich werde sehen, was ich machen kann", stammelte sie verlegen. Sie würde sich etwas überlegen müssen. An den Kauf neuer Kleidung war nicht zu denken. Ein Luxus, den sie sich nicht leisten konnte. Die Kosten für das Essen würden ohnehin ein Loch in ihre Haushaltskasse reißen.

Sie hatte sich ausgerechnet, dass sie am Tag mit fünfundzwanzig Dollar auskommen musste. Nicht gerade viel, aber wenn sie bescheiden lebte, würde es reichen.

„Gut. Dann haben wir soweit alles besprochen." Mrs Stevens Stimme klang gehetzt.

„Ja, vielen Dank nochmal für alles."

„Danken Sie nicht mir, sondern Ihrem Schicksal, dass Sie gezogen wurden. Auf Wiederhören, Miss Parker." Mrs Stevens hatte aufgelegt.

Nachdenklich ging Tess ins Schlafzimmer, um den Kleiderschrank zu inspizieren.

Die Bilanz war mehr als ernüchternd. Sie besaß zwei Paar Jeans – wobei die eine ein Loch oberhalb des Knies hatte – eine schwarze Hose, eine weiße Bluse – die jedoch leicht vergilbt war – eine hellblaue Bluse, fünf T-Shirts mit großem Grafikaufdruck, mehrere Wollpullover – für Paris ungeeignet, da zu warm – und drei Sweatshirts mit Kapuze.

Sie nahm das schwarze Kleid vom Bügel und zog es über. Prüfend drehte sie sich vor dem Spiegel. Der weite Schnitt des Kleides war zwar leicht aus der Mode, aber mit ein paar kleinen Änderungen hier und da konnte man es so weit herrichten, dass es schick aussah. Maureen besaß eine alte Singer-Nähmaschine, mit der sie Hazel ab und zu etwas nähte.

Deprimiert setzte sich Tess auf das Bett. Quietschend gab die Matratze unter ihrem Gewicht nach. Sie zog die Beine an und umklammerte ihre Knie. Sie schaute auf den Boden, wo ihre Sachen wild übereinandergeworfen lagen. Eigentlich war es doch egal, was sie mitnahm. Die Hauptsache war doch, dass sie in Paris sein würde. Sie würde in einem wunderschönen Hotel wohnen und durch die Straßen von Paris schlendern. Niemand kannte sie dort und niemand würde sich für ihre

Kleidung interessieren ... außer sie selbst. Man konnte eben nicht alles im Leben haben und diese Reise war mehr, als sie sich in den letzten Jahren zu erhoffen gewagt hätte. *Sei zufrieden mit dem, was du hast. Du bist gesund und hast eine wundervolle Tochter.*

Im gleichen Moment hörte sie Kinderschritte auf dem Flur. Hazel platzte ins Schlafzimmer. „Mummy, du wolltest doch mit mir Barbie spielen." Ihre braunen Augen musterten sie vorwurfsvoll.

„Entschuldige, mein Sonnenschein. Ich war so beschäftigt, dass ich die Zeit vergessen habe."

„Spielst du verkleiden?" Hazel beäugte ihre Mutter interessiert.

„Ein bisschen." Sie schmunzelte und stand auf. „Gefällt es dir?" Sie drehte sich einmal um die eigene Achse.

„Du siehst aus wie eine Prinzessin", flüsterte Hazel fast ehrfurchtsvoll.

„Ach, mein Sonnenschein." Tess bückte sich und gab ihr einen Kuss. Die Kleine zog ihre Hausschuhe aus und schlüpfte in Tess' schwarze Pumps. Mit unsicheren Schritten stakste sie vor den Spiegel. Tess kicherte leise.

Es klingelte an der Haustür.

„Das muss Tante Kelly sein."

Bei der Erwähnung von Kellys Namen fing Hazels Gesicht an zu leuchten. Tess ging zur Haustür.

„Hallo, meine Süße." Kelly musterte sie mit einem raschen Blick von Kopf bis Fuß und fragte, den Blick auf das schwarze Kleid gerichtet: „Was ist passiert?"

„Mummy spielt verkleiden, Tante Kelly", krähte Hazel von hinten und drängelte sich an Tess vorbei.

„Gott sei Dank. Ich dachte schon, es wäre etwas vorgefallen." Kelly ging in die Knie und breitete die Arme aus. Hazel warf sich ihr an die Brust.

„Du hast mich wohl vermisst, du kleiner Wildfang", lachte sie und streichelte ihrem Patenkind liebevoll über die wilden Locken.

„Ja. Willst du mit uns verkleiden spielen?" Sie hob das Köpfchen.

„Aber natürlich. Wie könnte ich diesem süßen Fratz etwas ablehnen?" Kelly lachte wieder.

„Ich bin kein Fratz!"

„Und ob du ein Fratz bist ... ein besonders frecher sogar", widersprach ihre Tante und fing an, Hazel am Bauch zu kitzeln.

Giggelndes Kinderlachen hallte durch den Flur und erhellte Tess' Seele. Es war einfach zu schön, ihre kleine Tochter so fröhlich zu sehen. Was spielten da ein paar alte Sachen noch für eine Rolle?

Sie gingen ins Schlafzimmer, wo noch immer alle Klamotten auf einem Haufen lagen. Tess zog den Koffer unter dem Bett hervor.

„Damit willst du verreisen?" Kelly musterte das Monstrum. „Der muss doch noch aus Zeiten des Zweiten Weltkriegs stammen, so wie der aussieht." Sie deutete auf die unzähligen Aufkleber, die das alte Leder bedeckten.

„Sag nichts gegen den Koffer, der stammt noch von meinem Vater", protestierte Tess.

„So sieht er auch aus", entgegnete Kelly trocken und setzte sich neben sie auf das Bett. Die alte Matratze gab quietschend unter ihrem Gewicht nach. „Du kannst unmöglich mit dem alten Ding nach Paris fliegen."

„Das ist ein Erbstück. Natürlich werde ich mit diesem Koffer fliegen."

Kelly warf ihr lachend ein Kissen ins Gesicht. „Du bist wirklich ein alter Dickkopf, weißt du das?"

„Und du bist ganz schön frech." Tess schnappte sich das Kissen vom Boden und warf es nach ihrer Freundin.

„Hazel, hilf mir", rief diese. Das ließ sich Hazel nicht zweimal sagen. Mit einem Satz warf sie sich aufs Bett und fing an, Tess zu kitzeln. Die kleinen Hände krabbelten über ihre Arme wie Spinnen, während Kelly erneut ein Kissen nach ihr warf.

„Ich ergebe mich." Sie hielt grinsend die Arme in die Höhe.

„Das ist auch gut so … gegen uns zwei hast du eh keine Chance", giggelte Kelly.

Sie lagen alle drei auf dem Bett und Hazel hatte sich an sie und Kelly gekuschelt. Ihre Wangen waren vor Aufregung gerötet und ihre Augen leuchteten vor Glück.

„Du bist ja so warm wie ein kleiner Ofen", neckte Kelly.

„Das sagt Mummy auch immer." Sie kicherte und drückte ihren kleinen Körper noch dichter an den ihrer Tante.

Tess sah an sich herunter. „Ich ziehe besser das Kleid aus, sonst ist es völlig verknittert."

„Ach, wo wir gerade davon sprechen: Ist das Kleid für Paris gedacht?"

„Ja, wieso? Das ist mein bestes Kleid."

„Mhm." Kelly verzog das Gesicht. „Was willst du denn noch so einpacken?"

Sie deutete auf den Berg Klamotten am Boden. „Das ist alles, was der Parker'sche Kleiderschrank zu bieten hat."

„Nicht gerade viel."

Sie zuckte mit den Schultern. „Nicht viel, aber genug."

„Ich könnte dir ein paar von meinen Sachen leihen."

Kellys Kleiderschrank war ein wahres Paradies für die modebewusste New Yorkerin. Alle Kleidungsstücke hingen farblich sortiert nebeneinander im Schrank, Gürtel in verschiedenen Farben und Größen wurden darunter in Boxen aufbewahrt. Ebenso Kellys Schuhe, die ihren Platz in edlen Schuhkartons hatten, auf denen Kelly von außen ein Polaroid mit dem jeweiligen Paar draufgeklebt hatte. Bei ihr wurde nichts dem Zufall überlassen. Ihre T-Shirts lagen fein säuberlich übereinandergestapelt neben den Pullovern.

Tess schüttelte den Kopf. „Das ist lieb von dir, aber die meisten deiner Sachen dürften mir nicht passen. Erstens bist du größer als ich und zweitens stehen mir deine gedeckten Farben nicht." Ihre beste Freundin hatte ein Faible für Töne wie Taupe, Kakao und Beige. An Kelly wirkten die zarten Farbtöne edel, Tess hingegen sah darin eher blass aus.

Kelly sah ihre Freundin unglücklich an. „Ich würde dir so gerne helfen."

„Tust du doch schon, indem du auf die kleine Kröte neben dir aufpasst." Sie kitzelte Hazel unter den Fußsohlen, was diese mit leisem Giggeln beantwortete. „Mal ehrlich, Kelly: Wen interessiert es, was ich anziehe? Niemanden! Und wenn doch, dann ziehe ich die weiße Bluse und die schwarze Hose dazu an."

Kelly nickte nachdenklich.

„Ich bin einfach glücklich, dass ich nach Paris darf!"

Hazel befreite sich aus Kellys Armen und fing an, auf dem Bett auf und ab zu hüpften wie auf einem Trampolin. Ihre dunklen Locken flogen dabei hoch in die Luft und mit jedem Sprung stieß sie einen Jauchzer aus.

„Pass auf, dass du dir nicht wehtust", ermahnte sie Tess.

„Du führst dich wie eine Glucke auf."

„Ich bin die totale Glucke, seit Hazel auf der Welt ist, und soll ich dir etwas verraten? Ich liebe es!"

„Ich weiß", entgegnete Kelly und nahm sie in den Arm. „Und das ist ja auch gut so."

„Wo wir beim Thema sind … Habt ihr darüber gesprochen, wer Hazel als Erstes zu sich nimmt?"

„Wir haben schon einen perfekten Plan ausgearbeitet", erklärte Kelly und hob eines der T-Shirts vom Boden auf. „Das hat ein Loch." Sie deutete auf eine offene Nahtstelle am Kragen.

„Ich weiß." Tess seufzte. „Aber lenk nicht vom Thema ab."

„Ich lenke nicht ab." Kelly zeigte auf die Jeans. „Die hat auch ein Loch."

„Das ist modisch."

Kelly rümpfte die Nase. „Als Erstes nehme ich die Kleine, dann ist Megan an der Reihe und zum Schluss Lynn.

Sollte zwischendurch etwas sein, hat sich Maureen angeboten, auf Hazel aufzupassen." *Die gute Maureen! Immer zur Stelle, wenn man sie braucht.*

„Ich mache euch noch eine Liste mit Hazels Lieblingsessen und was sie alles für den Kindergarten braucht. Ich denke, es wäre das Beste, wenn ich euch eine Tasche mit all ihren Sachen packe. Dann könnt ihr die einfach mitnehmen."

„Gute Idee. Du darfst auf keinen Fall ihre wichtigsten Spielsachen vergessen."

„Na klar. Hazel kann es kaum noch abwarten, bei ihren Tanten zu schlafen. Seit ich es ihr gesagt habe, spricht sie über nichts anderes mehr. Für Hazel ist alles ein großes Abenteuer."

„Ja, ja, ja!" Hazel ließ sich auf das Bett fallen.

„Für mich auch!" Kelly lachte und drückte ihr Patenkind ganz fest an sich. „Sag mal, was ist eigentlich mit Cupcake?"

„Ich habe mit meiner Nachbarin gesprochen und die kümmert sich darum, dass Cupcake versorgt ist."

Mrs Miller, eine rundliche Frau mit einem weichen Herz, hatte Tess versprochen, einmal am Tag nach dem Rechten zu schauen. Sie selbst hatte zwei Katzen und würde sich gut um Cupcake kümmern. Tess war sehr erleichtert gewesen, schließlich gehörte der Kater zur Familie und es sollte ihm in ihrer Abwesenheit an nichts mangeln.

„Dann ist ja alles so weit geregelt." Kelly gab Hazel einen Stups auf die Nase. „Und du wirst gnadenlos verwöhnt!"

„Kriege ich auch Eis?" Der kleine Fratz sah seine Tante mit einem schelmischen Lächeln an.

„Ob du Eis bekommst?" Kelly machte ein ernstes Gesicht und wiegte den Kopf leicht von einer Seite zur anderen.

Hazel nickte.

„Du bekommst ganze Tonnen von Eis!" Kelly lachte los.

„Au ja!" Jubelnd warf Hazel die Arme hoch.

„Oje. Dann vergisst du mich bestimmt ganz schnell", warf Tess schmunzelnd ein.

„Niemals, Mummy." Hazel schlang die Arme um den Hals ihrer Mutter. „Du bist die liebste Mummy auf der ganzen Welt."

„Ich liebe dich bis zum Mond und wieder zurück." Sie gab Hazel einen Kuss. „Aber jetzt habe ich Hunger. Ihr auch?"

„Was haltet ihr davon, wenn wir uns eine Pizza bestellen, es uns auf dem Sofa gemütlich machen und eine Runde *Plitsch Platsch Pinguin* spielen?" Kelly sah Hazel Beifall heischend an.

*Plitsch Platsch Pinguin* war ihr absolutes Lieblingsspiel und Kelly wusste das.

„Prima." Sie zischte los in Richtung Kinderzimmer, wo die Spiele aufbewahrt wurden.

„Und du?" Kelly sah fragend zu Tess.

„Ich bin dabei."

„Na dann, her mit dem Telefon."

Als Kelly ging, war es bereits spät am Abend. Hazel hatte die ganze Zeit bei ihnen gesessen. Irgendwann waren ihr die Augen zugefallen und sie war eingeschlafen.

Als Tess zurück ins Wohnzimmer kam, nachdem sie Kelly verabschiedet hatte, lag ihre Tochter zusammengerollt auf dem Sofa. Cupcake hatte sich an sie gekuschelt und schlief ebenfalls. Langsam hob und senkte sich der Brustkorb des Katers und ein leises Schnurren war zu hören. *Ob der Kater träumt?* Sie lächelte bei dem Gedanken.

Wenn ja, würde er bestimmt von einer leckeren Maus oder einem Töpfchen Sahne träumen, die er so liebte.

Sie warf einen Blick auf die Uhr. Es wurde Zeit, ins Bett zu gehen. Morgen war ein langer Tag und sie hatte noch viel zu erledigen, bevor sie nach Paris flog. Behutsam hob sie ihre schlafende Tochter auf und trug sie in ihr Kinderzimmer. Cupcake kam angeschlichen und schlüpfte durch die offenstehende Tür. Wie jeden Abend kuschelte er sich in Hazels Bett an ihr Fußende. Am Anfang hatte Tess den Kater für diese Eigenart ausgeschimpft, aber seit sie festgestellt hatte, dass Hazel besser schlief, wenn Cupcake bei ihr war, ließ sie ihn gewähren.

„Schlaft gut, ihr zwei", murmelte sie. Ein schwaches Maunzen war die Antwort. Lächelnd ging sie ins Schlafzimmer.

Obwohl sie müde war und ihr die Augen zufielen, wollte sich der erlösende Schlaf nicht einstellen. Immer wenn sie kurz davor war wegzunicken, schreckte sie mit klopfendem Herzen auf. Die bevorstehende Reise nach Paris ließ sie nicht zur Ruhe kommen. Zum wiederholten Male fragte sie sich, ob ihre Entscheidung, die Reise anzutreten, die richtige gewesen war.

Was versprach sie sich davon?

Wenn sie wieder zurückkam, würde alles beim Alten sein. Konnte man wirklich für eine Woche alles hinter sich lassen und ein anderer Mensch sein? Seit der Schwangerschaft schien sie jeder in ihrem Umfeld als Mutter und nicht mehr als Frau wahrzunehmen. Kelly hatte sie ab und zu mit auf eine Party geschleift, in der Hoffnung, sie könnte dort jemanden kennenlernen. Jedes Mal, wenn ein Mann sie angesprochen hatte, hatte sie schon nach kurzer Zeit durchscheinen lassen, dass sie Mutter eines kleinen Mädchens war, was dazu geführt hatte, dass die Männer unter fadenscheinigen Ausreden die Flucht ergriffen hatten. Einmal war sie tatsächlich mit einem Mann im Bett gelandet. Der Sex war mittelmäßig gewesen und die Ernüchterung, die am nächsten Tag folgte, schrecklich. Mit den Worten: „Du hast etwas Besseres als mich verdient", hatte sich der Typ aus dem Staub gemacht und sie unglücklich zurückgelassen. Seitdem hatte sie keinen Mann mehr an sich herangelassen und redete sich ein, dass es ihr nicht fehlen würde, denn sie hatte ja schließlich Hazel. *Aber kann ein kleines Mädchen wirklich die Nähe eines Erwachsenen ersetzen?* Wenn sie ehrlich zu sich war, dann musste sie sich eingestehen, dass es Zärtlichkeiten und Sex waren, die ihr fehlten. Und natürlich der Austausch zwischen zwei Menschen, die sich liebten.


Wenn einem der Liebhaber zärtliche Dinge ins Ohr flüsterte oder man sich abends zusammen einen guten Film ansah oder das gemeinsame Kochen … All das blieb ihr verwehrt, trotzdem stand sie zu ihrer Entscheidung, allein zu bleiben. Sie war in ihrem Leben genug enttäuscht worden.

Seufzend malträtierte sie ihr Kopfkissen mit der Faust, bis sie es so zurechtgestopft hatte, dass es ihr gefiel. Dann schloss sie die Augen und fing an, von achtundfünfzig rückwärts zu zählen – eine altbewährte Methode, die sie von ihrer Mutter gelernt hatte, die wie sie häufig unter Schlafstörungen litt. Bei zweiunddreißig war sie eingeschlafen.

# 5. Kapitel

Am Samstag in der Mittagspause trommelte Margret alle zusammen. Tess' Herz schlug bis zu den Ohrläppchen, als sie sich neben Ben auf den Stuhl setzte. Joshs Kaumuskeln malmten unermüdlich und seine Fingernägel waren bis aufs Fleisch abgekaut. Sie sah, wie er unruhig mit den Füßen wippte.

Wie so häufig übernahm Margret die Gesprächsführung, während Ben schweigend daneben saß.

„Ihr seid bestimmt gespannt, wie unsere Entscheidung ausgefallen ist."

Tess nickte und knabberte an ihrer Unterlippe, was sie immer tat, wenn sie nervös war.

„Ben und ich", Margret warf ihrem Mann einen liebevollen Blick zu, „haben uns dazu entschlossen, die Bäckerei ..."

Tess hielt gespannt die Luft an. Alle Farbe war aus ihrem Gesicht gewichen.

„... nicht zu verkaufen. Zumindest noch nicht."

„Wirklich?", fragte Tess ungläubig.

„Wirklich!" Ben nickte und schenkte ihr ein Lächeln.

„Ich habe den Investor bereits angerufen und sein Angebot abgelehnt. Ihr braucht euch also keine Sorgen um eure Jobs zu machen." Margret faltete zufrieden die Hände zusammen.

„Oh Gott, Margret, ich weiß gar nicht, was ich sagen soll", stotterte sie. „Warum habt ihr euch dagegen entschieden? Ich meine, das Angebot war doch durchaus verlockend und ihr habt diesen Traum von Miami ..."

„Wenn man dich hört, könnte man meinen, du möchtest, dass wir die Bäckerei verkaufen." Margret grinste.

„Nein, natürlich nicht. Ich frage mich nur, warum ihr euch so entschieden habt ..." Ihr Blick wanderte zwischen Ben und Margret hin und her wie ein Gummiball in einer zu engen Schachtel.

Ben räusperte sich. „Ach, weißt du", er ergriff Margrets Hand, „eigentlich sind wir ganz glücklich hier und Brooklyn ist unsere Heimat.

Außerdem fühle ich mich noch nicht reif für die Rente, schließlich muss ich deine Ausbildung zur Zuckerbäckerin noch zu Ende bringen. Was uns allerdings nicht davon abhalten wird, einen Urlaub in Florida zu verbringen."

„Oh Margret, Ben, ich bin ja so erleichtert." Sie lächelte mit Tränen in den Augen. „Ich hatte schon Panik, wie es ohne euch weitergehen soll."

„Danke, Boss", krächzte Josh.

„Schön." Ben nickte zufrieden. Er nahm Tess' Hand und senkte die Stimme. „Du hast doch wohl nicht gedacht, dass wir dich und die Kleine einfach so hängenlassen?"

Sie schüttelte den Kopf. Tränen der Erleichterung quollen aus ihren Augen. Verlegen wischte sie sich mit dem Handrücken übers Gesicht.

„Ach du meine Güte." Margret schlug die Hände zusammen. „Jetzt weine doch nicht, Kindchen. Hätten Ben und ich gewusst, was für Sorgen wir dir bereiten, wir hätten es dir gar nicht erzählt." Sie strich ihr über das Haar. „Wir wollten dir gegenüber nur ehrlich sein und mit offenen Karten spielen."

„Das sind Freudentränen." Tess schniefte. „Ich bin einfach nur so glücklich, dass ich bei euch bleiben kann."

„Dann ist es gut." Margret nickte zufrieden. „Und wir sind froh, dich und natürlich auch Josh bei uns zu haben. Wir sind doch fast so etwas wie eine Familie."

„Ähm, ich bin auch froh, Boss", meldete sich Josh, der seine Stimme wiedergefunden hatte.

„Das wissen wir, Josh." Margret tätschelte seine Hand. „Ohne dich würde Ben die schwere Arbeit in der Backstube gar nicht mehr schaffen."

Es klingelte im Verkaufsraum.

„So", Margret strich ihre Schürze glatt, „genug geredet. Da draußen warten Kunden, die bedient werden wollen." Die Frauen standen auf, Josh blieb sitzen.

„Und wir beide machen die Backstube sauber, junger Mann", brummte Ben und blieb breitbeinig vor Josh stehen, der so tat, als hörte er nichts.

„Sklaventreiber", knurrte er dann gespielt und alle lachten.

Als Tess an diesem Abend nach Hause ging, umspielte ein Lächeln ihren Mund. Es war, als ob eine schwere Last von ihren Schultern genommen worden wäre.

Geblieben war die Sorge um Hazels Schulanmeldung, aber zumindest hatte sie nun eine winzig kleine Chance, das Geld zu erarbeiten, das sie für die Aufnahme benötigte. Mit beschwingtem Schritt ging sie zum Supermarkt. Sie würde ein leckeres Hühnchen mit Ananas und Reis zum Abendessen zubereiten und zur Feier des Tages ein Glas Wein dazu trinken.

Maureen und Hazel hatten den Nachmittag im nahegelegenen Park verbracht, dementsprechend aufgedreht war die Kleine beim Abendessen. Der kleine Mund stand keine Sekunde still, während sie von den Erlebnissen des Tages berichtete; Tess saß die ganze Zeit stumm daneben und schmunzelte in sich hinein. Zum Abschluss des Tages kuschelten sie sich wie jeden Abend auf das Sofa und sie las Hazel aus ihrem Lieblingsbuch vor, bis ihrer Tochter die Augen zufielen.

Nachdem sie sie ins Bett gebracht hatte, schenkte sie sich ein Glas Weißwein ein und ging ins Schlafzimmer.

Sie hatte Hazel das größere Zimmer überlassen und für sich selbst das kleinere gewählt. Sie hatte schließlich noch das Wohnzimmer, indem sie sich aufhalten konnte. In einer Elternzeitschrift hatte sie gelesen, dass es wichtig für die Entwicklung eines Kindes war, sein eigenes Reich zu haben. Das ausladende Bett war Tess' einziger Luxus und nahm einen Großteil des winzigen Raumes in Anspruch. Der Kleiderschrank stand in der Ecke gequetscht und die Tür ließ sich nur zu einer Seite hin öffnen, aber so war es ihr möglich gewesen, noch einen Schreibtisch unter das Fenster zu stellen. Den hölzernen Schreibtisch hatte sie auf einem der beliebten

Garagenflohmärkte erstanden. Zugegeben, kein Designerstück, aber sie mochte den satten Ton des Holzes. Außerdem hatte er die ideale Größe und passte genau unter das Fenster an der Stirn des Zimmers, dessen Blick nach draußen auf die Straße ging. Sie hatte sich längst an die störenden Fahrgeräusche der Autos gewöhnt. Jetzt war es still und nur die Sirene eines Feuerwehrwagens ertönte aus der Ferne. Irgendwie schien es in New York immer irgendwo zu brennen, jedenfalls waren die roten Wagen des FDNY, des *Fire Department New York*, ständig im Einsatz.

Ihr Blick fiel auf die große Kastanie, die rechts von ihrem Fenster stand. Bei Tag leuchteten die frischen Blätter saftig grün, wie sie es nur im Frühjahr taten, wenn die Natur ihren jährlichen Neuanfang erlebte. Jetzt bei Nacht war alles grau. Es war schon spät und in den meisten Häusern bereits dunkel. Nur in der Wohnung gegenüber brannte noch Licht.

Sie klappte den Laptop auf und rief die Seite ihrer Bank auf. Dank ihrer Sparsamkeit war noch genug Geld auf dem Konto, um den Rest des Monats davon zu bestreiten. Sie hatte knapp zweihundert Dollar für die Woche in Paris zur Verfügung, der Rest ihres monatlichen Einkommens wanderte auf Hazels Schulkonto. Angesichts der Tatsache, dass das Hotel bezahlt war, musste sie nur für ihre Mahlzeiten aufkommen. Sie runzelte die Stirn. Paris war nicht gerade für seine günstigen Preise bekannt.

Sie würde sparsam mit ihrem Geld umgehen müssen. Ein Croissant zum Frühstück, eine Kleinigkeit zum Mittag und ein einfaches Abendessen mussten ausreichen.

Von dem Gedanken, sich etwas Schönes zu kaufen, hatte sie sich längst verabschiedet. Sie war es gewohnt, auf Dinge zu verzichten, die für andere Menschen wichtig waren. Sie war glücklich mit dem Wenigen, das sie und Hazel besaßen, solange sie sich hatten. Sie würde lediglich Souvenirs für Maureen und Hazel mitbringen. Hazel war ein bescheidenes Kind, das man mit Kleinigkeiten beglücken konnte, und Maureen … Die gute Maureen würde sich über einen hübschen Schlüsselanhänger oder ähnliches freuen.

Sie öffnete den Browser für ihre Facebook-Seite. Sie hatte nicht mehr viele Freunde, seit sie das College verlassen hatte. Nach Hazels Geburt war sie außer zum Einkaufen oder zu Arztbesuchen kaum aus dem Haus gekommen. Während viele ihrer ehemaligen Kommilitonen nächtelang gefeiert hatten, hatte sie Windeln gewechselt und einen Säugling versorgt. Trotzdem waren ihr einige soziale Kontakte geblieben, die sie aufgrund der räumlichen Entfernung – viele ihrer Freunde von damals wohnten mittlerweile in einem anderen Bundesstaat – auf diesem Weg pflegte. Sie hatte das Gefühl, so wenigstens ein bisschen am Leben außerhalb ihres kleinen Mikrokosmos teilzunehmen.

Sie scrollte durch die Statusmeldungen des heutigen Tages, zwischendurch nahm sie einen Schluck Wein aus dem Glas.

Wie aus dem Nichts tauchte der Gedanke an Chris auf. Sie fuhr mit dem Finger über die Tastatur. Dann tippte sie seinen Namen ein. Es dauerte keine zwei Sekunden, bis sein Profilbild auf dem Bildschirm erschien.

Nachdenklich knabberte sie an ihrer Unterlippe, während sie sein Gesicht betrachtete.

Er sah noch gut aus. Sicherlich, seine Gesichtszüge waren zu denen eines Mannes herangereift und markanter als früher. Seine Sportlichkeit von damals hatte ihm einen durchtrainierten Körper beschert, von dem er noch heute zehrte, und im Gegensatz zu vielen Altersgenossen war kein Bauchansatz zu erkennen. Auch das Lächeln war noch immer das Gleiche. Ihr Magen zog sich bei seinem Anblick krampfhaft zusammen. Auf einem der neueren Bilder war er mit einer Frau zu sehen. Sie war hübsch, genau sein Typ: groß, schlank und sehr blond. Chris hatte seinen Arm um ihre Taille gelegt und sie lächelte ihn verliebt an. Hinter ihnen waren ein weißer Strand und Palmen zu erkennen. Offensichtlich ein Urlaubsbild – oder war es die Hochzeitsreise?! Ihre Augen flogen über die Zeilen seines Profils.

*In einer Beziehung.*

Anscheinend war Chris nicht verheiratet.

Trotzdem versetzte es ihr einen Stich, ihn lachend an der Seite der Unbekannten zu sehen. Im gleichen Moment ärgerte sie sich jedoch über sich selbst.

Natürlich hatte er sein Leben ohne sie weitergelebt, im Gegensatz zu ihr sein Studium abgeschlossen und einen einträglichen Job am Krankenhaus angenommen.

Er sah aus wie ein Mensch, der sich auf der Sonnenseite des Lebens befand. Aber war er wirklich glücklich?

Nachdenklich fing sie an, in seinem Gesicht nach Spuren zu suchen, die auf sein Inneres deuteten. Auch wenn seine Zähne ein wenig zu weiß waren – mit Sicherheit das Werk eines guten Zahnarztes – wirkte sein Lächeln echt. Das warme Braun seiner Augen leuchtete im Licht der Sonne und er hielt den Kopf leicht schräg, so wie es Hazel tat, wenn sie lachte. Was für eine Ironie! Obwohl Hazel ihren Vater nicht kannte, hatte sie diese Eigenart von ihm mit in die Wiege gelegt bekommen. Oder war es Zufall? Seine Hand lag locker, aber dennoch besitzergreifend auf der nackten Haut seiner Begleitung. Es waren die Hände eines Chirurgen, feingliedrig und schlank. Sie schauderte bei dem Gedanken an seine Hände, die bei jeder Berührung eine heiße Spur auf ihrem Körper hinterlassen hatten. Wie lange war ihre Beziehung mittlerweile her? Sechs Jahre – eine halbe Ewigkeit.

Sie hatte sich verändert. Sie war nicht mehr die naive junge Frau von damals. Sie hatte ihre Lektion gelernt und war erwachsen geworden. Während Chris das Leben in vollen Zügen zu genießen schien, hatte sie ums nackte Überleben gekämpft.

Mit einem Ruck klappte sie den Laptop zusammen. Ihr Puls raste. Mit zitternder Hand griff sie nach dem Weinglas und nahm einen tiefen Schluck, dann schloss sie die Augen und konzentrierte sich darauf, ihren Atem zu beruhigen. Gleichzeitig schimpfte sie mit sich selbst. Warum nur hatte sie unbedingt sein Facebook-Profil aufrufen müssen? Weshalb quälte es sie nach all den Jahren noch immer, ihn zu sehen?

*Du musst die Vergangenheit endlich ruhen lassen.*

Sie dachte an Hazel, die friedlich nebenan in ihrem Zimmer schlief und nichts von dem Kummer, der ihre Mutter plagte, mitbekam. *Jedes Kind hat einen Vater …*

War es ein Fehler gewesen, ihrer Tochter den Vater vorzuenthalten, nach dem es sich so sehnte? Sie lehnte sich in ihrem Stuhl zurück und starrte aus dem Fenster. Maureen und sie hatten oft darüber gestritten, wie sie damit umgehen sollte, aber letztendlich hatte Tess sich durchgesetzt. Sie hatten sich darauf geeinigt, dass es das Beste für Hazel wäre, wenn sie glauben würde, dass ihr Vater tot war.

Mittlerweile war sie sich nicht mehr so sicher, ob ihre Entscheidung von damals die Richtige gewesen war.

Ihr Blick fiel auf den aufgeklappten Koffer gleich neben dem Bett. Sie hatte fast alles gepackt. Es fehlten nur noch ihr Pyjama und die Badeartikel.

Noch sechs Tage und dann war es endlich soweit. Bei dem Gedanken an ihre bevorstehende Reise schnellte ihr Puls nach oben. Eigentlich sollte sie sich freuen, aber immer wenn sie es tat, kroch ihr die Angst in den Nacken, dass in letzter Sekunde etwas schiefgehen könnte und sie die Reise nicht antreten würde. Hazel spürte die innere Unruhe ihrer Mutter und war ebenfalls ganz aufgeregt.

Paris. Notre-Dame. Champs-Élysées. Eiffelturm. Montmartre. Sacré-Cœur. Sie ließ sich die Worte wie eine Süßigkeit auf der Zunge zergehen. Ihr Gesicht leuchtete bei dem Gedanken an die berühmten Sehenswürdigkeiten. Die Vorstellung, dass sie in wenigen Tagen dort sein würde, erschien ihr surreal.

Die Tür quietschte leise und sie drehte sich erschrocken um. Cupcake kam mit erhobenem Schwanz auf sie zugetapst.

„Na, mein Dicker, kannst du nicht schlafen?"

Mit einem Satz war der Kater auf dem Stuhl und kuschelte sich auf ihren Schoß. Sie war sich sicher, dass er etwas von der Aufregung spürte, die sie in den letzten Tagen fest im Griff hatte.

Es war ihre erste große Reise und noch dazu mit dem Flugzeug. Bisher war sie nicht über die Grenzen von Staten Island hinausgekommen. Als kleines Mädchen hatten sie ihre Eltern gelegentlich zu Ausflügen dorthin mitgenommen. Die Strände von Staten Island waren berühmt für ihren feinen, weißen Sand und die prachtvollen Häuser der reichen New Yorker Familien entlang der Wasserlinie. Sie hatte die wenigen Tagesausflüge dorthin genossen. Sie liebte das Meer und das Gefühl der nackten Zehen im warmen Sand. Heutzutage konnte sie sich die Ausflüge nicht mehr leisten.

„Ich glaube, es wird Zeit, dass ich ins Bett gehe", murmelte sie. Cupcake spitzte die Ohren. „Und du solltest auch schlafen gehen." Sie strich über sein weiches Fell.

Der Kater maunzte leise, ohne sich von der Stelle zu rühren.

„Keine Angst", flüsterte sie ihm ins Ohr. „Ich komme wieder. Hörst du? So lange musst du mir auf die Wohnung aufpassen." Sie vergrub ihre Finger in sein Fell.

Er sah sie mit seinen herrlich grünen Augen an.

„Wusste ich doch, dass auf dich Verlass ist!"

Sie gab ihm einen liebevollen Stups. Mit einem Satz war der Kater auf den Beinen und schlich nach draußen.

Lächelnd knipste sie die Schreibtischlampe aus.

Die folgenden Tage vergingen wie im Flug. Wenn sie nach Hause kam, klingelte ununterbrochen das Telefon und eine ihrer Freundinnen meldete sich, um nachzufragen, was Hazel am liebsten aß, trank oder tat. Obwohl sie wusste, dass Kelly, Megan und Lynn es nur gut meinten, war sie am Ende derart genervt, dass sie eine Liste mit Hazels Vorlieben anfertigte und in dreifacher Kopie an ihre Freundinnen e-mailte.

Die Nachricht von ihrem Gewinn und der bevorstehenden Reise hatte sich in der Nachbarschaft wie ein Lauffeuer herumgesprochen. Jeder Kunde, der die Bäckerei betrat, wusste davon und wollte mit ihr darüber plaudern. Sie war überrascht, wie viele von ihnen Paris schon besucht hatten. Am Ende konnte sie sich vor guten Ratschlägen kaum noch retten. Jeder beglückwünschte sie zu ihrem Gewinn, klopfte ihr anerkennend auf die Schulter und freute sich offen für sie. Sie konnte in ihren Gesichtern nicht einen Funken Neid erkennen.

Es war schön zu erfahren, wie viele Menschen an ihrem Leben teilnahmen, ohne dass sie es bisher geahnt hatte. Trotzdem war sie am Ende der Woche ein aufgeregtes Nervenbündel und an Schlaf war überhaupt nicht mehr zu denken.

Sie war froh, dass Lynn, Megan und Kelly heute Abend vorbeikamen, um mit ihr ein letztes Mal den Plan für die Woche durchzugehen.

Hazel beschäftigte sich bis zur Ankunft ihrer Tanten, indem sie die Tasche für die kommende Woche unter Tess' Aufsicht packte. Völlig aufgeregt rannte die Kleine durch ihr Kinderzimmer. Alles, was sie tragen konnte, wurde angeschleppt, um es in der kleinen Reisetasche zu verstauen, die Tess zuvor vom Schrank geholt hatte.

„Hazel, ich bin mir sicher, dass Tante Kelly genug Spielzeug für dich hat", sagte sie, als Hazel eine zweite Puppe herbeischleppte, um sie einzupacken.

„Aber Kathleen ist sonst ganz alleine, wenn ich nicht da bin", erwiderte ihre Tochter bestimmt und drückte die Puppe noch enger gegen ihre Brust.

„Und was ist mit Cupcake? Wenn du alle Puppen mitnimmst, ist niemand mehr da, der mit ihm spielt", entgegnete sie.

Hazel sah sie mit ernster Miene an und zog dabei die Nase kraus.

„Du willst doch nicht, dass Cupcake alleine ist, oder?"

Die Kleine schüttelte betroffen den Kopf. „Nein. Kann er nicht mit mir zu Tante Kelly kommen?" Der innere Konflikt war ihr ins Gesicht geschrieben.

„Und wer passt dann auf unsere Wohnung auf?" Tess strich Hazel eine Strähne aus dem Gesicht. „Nein, weißt du, Katzen mögen es nicht besonders, wenn man sie aus ihrer gewohnten Umgebung reißt. Mrs Miller hat mir versprochen, jeden Tag nach Cupcake zu schauen und ihn zu füttern. Und wenn du ihm noch eine Puppe als Gesellschaft hierlässt, bin ich mir ganz sicher, dass er sich nicht alleine fühlt."

Hazel nickte mit ernstem Gesicht und setzte ihre geliebte Puppe auf den Puppenstuhl. Anschließend rannte sie zum Regal, zog zwei ihrer Lieblingsbücher heraus und legte sie auf den Puppentisch.

„Was machst du da?", fragte Tess verwundert.

„Ich mache es für Cupcake gemütlich. Dann hat er etwas zu lesen, wenn ich nicht da bin", erklärte ihr Hazel wie selbstverständlich.

Sie konnte nur mit Mühe ein Lächeln unterdrücken.

Es klingelte an der Haustür und sie warf einen kurzen Blick auf ihre Armbanduhr.

„Das müssen Kelly und –" Ehe sie ihren Satz zu Ende bringen konnte, war Hazel bereits losgerannt. Vergessen waren alle Ermahnungen, niemals die Tür zu öffnen, ohne vorher durch den kleinen Türspion geschaut zu haben.

„Tante Kelly!" Hazel flog ihrer Patentante in die Arme. Megan und Lynn standen dahinter und grinsten breit.

„Na, na, na, du schmeißt mich ja noch um, du kleiner Wildfang." Kelly lachte.

„Und was ist mit mir?" Lynn beugte sich zu Hazel, was ihr einen feuchten Schmatzer einbrachte.

„Hallo, und ich?", protestierte Megan gespielt.

Kichernd drückte Hazel ihr einen Kuss auf.

„Kommt doch rein", forderte Tess ihre Freundinnen auf, dann entdeckte sie den großen schwarzen Rollenkoffer, den Kelly hinter sich herzog.

„Was ist denn das?", fragte sie erstaunt.

„Man bezeichnet es in unserer Sprache als Koffer und es dient für gewöhnlich dazu, Kleidung und persönliche Gegenstände zu transportieren. Es soll aber auch Menschen geben, die darin ihren zersägten Ehemann verschickt haben." Kelly grinste.

„Witzig! Ich sehe selbst, dass das ein Koffer ist."

„Du hast gefragt", konterte ihre Freundin.

„Will mich etwa eine von euch begleiten?" Ihr Blick wanderte unruhig zwischen ihren Freundinnen hin und her.

„Wäre das denn so schlimm?" Kelly sah sie herausfordernd an.

„Nein, natürlich nicht. Ich bin nur überrascht, das ist alles."

„Keine Sorge", erlöste sie Megan. „Niemand hat vor, mit dir nach Paris zu fliegen. Wir haben lediglich ein paar Sachen für dich eingepackt, die du unbedingt mitnehmen solltest."

Ihr erstaunter Blick wanderte von Kelly zu Megan zu Lynn zum Koffer und schließlich wieder zu Kelly.

„Da drin? Aber wieso?"

„Weil wir dich unmöglich in deinen alten Sachen losschicken können. Versteh uns nicht falsch, deine Klamotten sind nicht schlecht, nur nicht ..."

„... modisch", ergänzte Lynn Kellys letzten Satz.

„Genau!" Megan nickte.

„Aber ich liebe meine Sachen und außerdem passen mir eure Klamotten nicht!"

„Wer hat denn gesagt, dass es unsere Klamotten sind?" Lynn schmunzelte schelmisch.

„Sind es nicht?!" Tess' Blick wanderte unruhig zwischen ihren Freundinnen hin und her.

„Nein, aber mehr wird nicht verraten."

„Das ist eine Überraschung!" Hazel schmiegte sich zwischen Kelly und Lynn.

„Hör auf deine Tochter", sagte diese und schob sich an Tess vorbei.

„Du bist ein kluges Mädchen, Hazel. Hast du Lust, uns dabei zu helfen? Du darfst aber nichts verraten!" Megan legte verschwörerisch den Zeigefinger auf ihren Mund.

„Natürlich!" Die Kleine nickte eifrig.

„Gut." Kelly nahm den Koffergriff in die Hand.

„Wo hast du dein Gepäck?", fragte Lynn an sie gerichtet.

„Im Schlafzimmer." Sie deutete den Flur entlang.

„Danke, aber wir wissen, wo dein Schlafzimmer ist." Kelly schmunzelte und setzte sich in Bewegung.

„Aber ich möchte wissen, was ihr mir alles eingepackt habt."

„Kondome!" Kelly zwinkerte ihr zu.

Hazel sah sie mit großen Augen an. „Was sind Kondome?"

Tess zeigte Kelly wütend den Vogel.

„Tja, das ist eine Art von Spezialluftballon", erklärte diese.

Tess stöhnte leise.

„Kriege ich auch einen Spezialluftballon, Tante Kelly?", bettelte Hazel.

„Nein, die sind für deine Mum. Wir besorgen dir normale Luftballons, wenn du bei mir übernachtest, einverstanden?" Kelly warf ihr einen Siehst-du-ich-habe-alles-im-Griff-Blick zu.

„Okay." Hazel hüpfte vergnügt von einem Fuß auf den anderen.

„Na, dann wollen wir mal." Sie gab ihren Freundinnen das Zeichen zum Aufbruch.

„Und ich?" Tess hob die Arme in die Luft.

„Du gehst in die Küche und machst dir einen Tee, während wir mit unserer bezaubernden Assistentin deinen Koffer packen gehen." Kelly warf Hazel ein verschmitztes Lächeln zu.

„Ich weiß nicht, ob ich über deine Überraschung so glücklich bin …"

„Das ist uns ziemlich schnuppe", flötete Lynn. „Wir werden trotzdem deinen Koffer umpacken, egal, was du machst. Du kannst natürlich von einem Bein auf das andere springen oder Kopfstand machen … Oder du kannst dich einfach freuen und es dir und uns damit leichter machen."

„Ich warne euch", Tess hob ermahnend den Zeigefinger in die Luft, „wenn ich in Paris ohne meine Klamotten dastehe, dann …"

Kelly unterbrach sie. „Dann sind wir weit weg und du kannst nichts machen."

„Wer Freundinnen wie euch hat, braucht keine Feinde mehr", knurrte sie.

Fröhlich setzte sich der kleine Trupp in Richtung Schlafzimmer in Bewegung.

Die folgende Stunde verbrachte Tess damit, die Küche auf Vordermann zu bringen und Cupcake eine ausgiebige

Streichelration zu verpassen. Aus dem Schlafzimmer drang lautes Lachen bis zu ihr in die Küche. Nur mühsam widerstand sie der Versuchung, einen Blick durch das Schlüsselloch zu werfen. Stattdessen setzte sie sich mit einer Tasse Tee an den Küchentisch, ganz so, wie es Kelly angeordnet hatte.

Nachdenklich knabberte sie an einem der würzigen Chips, die sie extra für heute Abend gekauft hatte, als ihr Blick auf ein Bild von Hazel fiel, das über dem Tisch hing. Sie hatte es vor knapp zwei Jahren aufgenommen. Hazel im Kleid und mit Zöpfen,. die Augen noch vom Weinen gerötet, aber mit einem Lächeln auf den Lippen.

Es war ihr erster Tag im Kindergarten gewesen. Tess konnte sich noch genau an den Moment erinnern, als sie mit Hazel im Kindergarten angekommen war. Als ihre Tochter die vielen neuen Gesichter gesehen hatte, hatte sie sich an Tess' Bein geklammert und ihre großen Augen hatten sich mit Tränen gefüllt. Es hatte Tess fast das Herz gebrochen und nur dem guten Zureden der Kindergärtnerin hatte sie es zu verdanken, dass Hazel geblieben war.

Als sie ihre Tochter am Nachmittag abholen wollte, hatte sie Hazel gutgelaunt und umringt von mehreren Mädchen in ihrem Alter spielend vorgefunden. Seit diesem Tag hatte es nie wieder Probleme gegeben und ihr Sonnenschein liebte den Kindergarten.

Hazels Stimme riss sie aus ihren Gedanken. „Wir sind fertig." Sie stand über beide Backen lachend im Türrahmen, ihre Wangen waren von der Aufregung gerötet und ihre Augen glänzten glücklich.

„Na, da bin ich mal gespannt", brummte Tess.

„Aber du darfst nicht gucken, hat Tante Kelly gesagt."

„Allerdings!" Kellys Kopf tauchte hinter Hazel in der Tür auf. „Und wehe, du schummelst!" Sie hob ermahnend den Zeigefinger.

„Ja, ja. Schon gut." Sie seufzte. „Manchmal frage ich mich, ob ich in diesem Haushalt überhaupt noch etwas zu melden habe."

„Für die nächsten Tage bist du jedenfalls abgemeldet", sagte Lynn und stellte sich vor Tess in die Küche. „Sind das Chips?!" Ehe sie antworten konnte, hatte Lynn bereits ihre Hand in den Chips versenkt.

„Hast du vielleicht ein Glas Wein für mich?", quetschte sie dann mit vollem Mund hervor.

Tess nickte. „Ich habe bereits alles im Wohnzimmer vorbereitet." Ihr Blick fiel auf Hazel. „Und du, meine kleine Unruhestifterin, gehst Zähneputzen. Es ist schon spät und morgen wird ein aufregender Tag!"

„Och Mummy, bitte! Darf ich noch ein bisschen aufbleiben?" Hazel sah sie mit großen Augen an.

Sie wusste, dass sie konsequent in ihrer Erziehung sein sollte, aber bei dem Anblick des geliebten Gesichtes brachte sie es nicht übers Herz.

„Na gut. Ausnahmsweise! Noch eine Viertelstunde und dann geht es ohne Widerrede ins Bett." Sie sah Hazel mit gespielt strenger Miene an.

„Weichei", flüsterte ihr Kelly ins Ohr.

„Wart's ab, bis du sie bei dir hast … Dann werden wir ja sehen, wer hier das Weichei ist." Sie schmunzelte.

„Womit du bestimmt recht hast." Kelly nahm Hazels Hand. „Ich für meinen Teil kann es kaum abwarten!"


Plötzlich ging alles ganz schnell. Waren die letzten Tage bis zur Reise wie im Schneckentempo vergangen, so flogen die Stunden bis zu ihrer Abreise nur so dahin. Kelly hatte sie und Hazel mit dem Wagen abgeholt, doch die Fahrt zum Flughafen dauerte länger als geplant. Als Kelly endlich einen Parkplatz in dem überfüllten Parkhaus fand, war es bereits eine Stunde vor Abflug. So schnell es mit einer Fünfjährigen auf dem Arm und einem schweren Koffer möglich war, rannten sie zur Abflughalle. Während Tess ihren Koffer eincheckte, besorgten ihr Hazel und Kelly noch schnell eine Zeitschrift, damit sie sich auf dem langen Flug nicht langweilte. Gemeinsam rannten sie zur Sicherheitskontrolle.

Völlig außer Atem blieben sie stehen. Tess hatte Hazel auf dem Arm und Kelly trug ihr Handgepäck.

„Mein Sonnenschein, versprich mir, dass du artig bist und hörst, was Kelly, Megan und Lynn dir sagen."

Hazel nickte.

„Und vergiss nicht das Zähneputzen und …"

„Tess, du musst los. Die haben deinen Flug schon zweimal aufgerufen.", drängte Kelly.

„Mummy hat dich ganz doll lieb, hörst du?" Sie presste ihre Wange gegen Hazels Gesicht.

„Ich dich auch." Ihre Tochter gab ihr einen feuchten Kuss.

„Tess!" Kelly drückte ihr die Tasche in die Hand und streckte die Arme nach Hazel aus. „Das war der letzte Aufruf. Wenn du dich nicht beeilst, verpasst du noch deinen Flug und dann war die ganze Aufregung umsonst. Du musst los!" Hazel krabbelte auf Kellys Arm.

„Ja, ja", knurrte sie widerwillig. Sie gab ihrer Kleinen einen letzten Kuss. „Pass auf dich auf und mach keinen Blödsinn." Es brach ihr fast das Herz, ihre Tochter zurückzulassen. Seit sie in Brooklyn losgefahren waren, nagte das schlechte Gewissen an ihr.

„Tess, es ist nur eine Woche." Kelly legte ihr die Hand auf die Schulter. „Bitte mach dir keine Sorgen. Wir passen auf Hazel auf wie auf unsere Augäpfel. Wir werden eine Menge Spaß miteinander haben. Nicht wahr, Hazel?"

Die nickte.

„Ich liebe euch beide." Tränen schossen ihr in die Augen und sie konnte nur mühsam ein Schluchzen unterdrücken.

„Los jetzt, sonst fange ich auch noch an zu weinen und überlege es mir anders." Kelly gab ihr einen sanften Stoß.

„Los, Mummy."

„Ich liebe euch." Eine Träne kullerte ihre Wange herunter. Schweren Herzens reihte sie sich in die Schlange vor der Sicherheitskontrolle ein, ohne den Blick von Kelly und Hazel abzuwenden.

„Ma'am, ist das Ihre Tasche?" Der Sicherheitsbeamte stand vor ihr.

„Ja, Entschuldigung." Sie legte das Handgepäck auf das Band.

„Haben Sie einen Laptop da drin?", fragte der Beamte gelangweilt. Es war ihm nur allzu deutlich anzusehen, dass sie für ihn nur ein lästiger Passagier war, der ihm das Leben unnötig schwer machte. Verlegen wischte sie sich mit der Hand über die Augen, um die verräterischen Tränen zu entfernen, und schüttelte den Kopf.

„Irgendwelche Flüssigkeiten?"

Sie schüttelte nochmal den Kopf und winkte Hazel zu, die fröhlich neben Kelly stand.

„Ma'am. Sie können jetzt gehen", forderte sie der Beamte auf.

Sie warf Hazel einen Flugkuss durch die Glasscheibe zu, dann ging sie durch den Scanner.

**Paris**

# 6. Kapitel

Das Flugzeug glitt durch die Wolkendecke und der Pilot leitete eine leichte Linkskurve ein. Tess hatte einen Fensterplatz ergattert und eine sehr gepflegte Dame hatte sich kurze Zeit später auf den freien Platz neben ihr gesetzt. Sie war froh, dass es nicht der füllige Mann war, der zuerst auf den Gangplatz neben ihr geschielt hatte, bis die Stewardess gekommen war und ihn auf seinen Fensterplatz zwei Reihen vor ihr verwiesen hatte. Das Licht in der Kabine war schummrig und im Hintergrund brummten die Motoren der Triebwerke gleichmäßig.

Ihr Magen meldete sich lautstark zu Wort. Sie hatte in der Aufregung keinen Bissen herunterbekommen und seit Stunden nichts mehr gegessen, aber jetzt, da langsam Ruhe einkehrte, verspürte sie Hunger. Sie zog die Tüte mit den Broten aus der Tasche, die ihr Maureen vorsorglich geschmiert hatte. Ein Schinkenbrot mit Tomate und ein Käsebrot … und wie immer hatte ihre Mutter zu viel Butter draufgetan. Der Duft von frischem Schinken und Käse entfaltete sich sofort, als sie die Tüte öffnete. Die ältere Dame neben ihr legte ihr Buch beiseite und schaute interessiert zu ihr rüber, ohne jedoch ein Wort zu sagen.

Tess wollte gerade in das Brot beißen, als die Flugbegleiterin den Gang entlangkam. Die junge Frau war geradezu der Prototyp einer Flugbegleiterin: flachsblonde Haare, die streng zu einem Knoten zusammengefasst waren, und ein perfekt geschminktes Gesicht.

„Da komme ich ja genau richtig", sagte die junge Frau, dabei fiel ihr Blick irritiert auf die Brote. „Die Speisekarte für Sie, Madame." Ein Lächeln glitt über ihr ebenmäßiges Gesicht. Tess fühlte sich wie ein Kleinkind, das man beim Naschen ertappt hatte.

Sie rechtfertigte sich: „Ich wusste nicht, dass es auf diesen Flügen etwas zu essen gibt." Eine flammende Röte zog über ihr Gesicht und sie senkte verlegen den Kopf.

„Pas de Problem – kein Problem." Die Flugbegleiterin lächelte sie freundlich an. „Sie fliegen zum ersten Mal?"

Sie blinzelte beschämt. „Das ist mein erster Flug."

„Oh, là, là, dann ist dies also Ihr Jungfernflug." Die Flugbegleiterin spitzte den perfekt gemalten Mund.

Tess nickte.

„Madame, dann sollten Sie unbedingt unseren Champagner probieren. Ein solches Ereignis muss gebührend gefeiert werden." Die junge Frau eilte mit federndem Gang davon, ehe Tess sie fragen konnte, ob der Champagner im Preis inbegriffen war.

Ihre Sitznachbarin hatte die ganze Zeit aufmerksam zugehört. Jetzt wandte sie ihr den Kopf zu.

„Entschuldigen Sie bitte. Ich möchte nicht aufdringlich erscheinen, aber es ließ sich kaum überhören." Die Frau hatte einen starken französischen Akzent. „Sie sind wirklich noch nie geflogen? Dass es das heutzutage noch gibt!"

Sie schüttelte erstaunt den Kopf. „Die jungen Leute sind doch überall in der Welt unterwegs. Zu meiner Zeit, ja, da war Fliegen noch etwas Besonderes." Sie schätzte die Dame auf Ende fünfzig. Sie hatte lebhafte, veilchenblaue Augen und ihr Gesicht war mit feinen Linien übersät wie das Netz einer Melone. Ihre Haare waren sorgfältig toupiert. Tess war sich sicher, dass sich selbst bei Starkwind keine einzige Strähne bewegen würde.

„Nein, das ist tatsächlich mein erster Flug." Sie ließ die Brote wieder in ihrer Tasche verschwinden. „Ich habe die Reise nach Paris in einem Kreuzworträtsel gewonnen."

„Kindchen, das müssen Sie mir unbedingt erzählen." Die ältere Frau klatschte begeistert in die Hände. „Ich bin übrigens Madame Fleur Marchant."

„Sehr erfreut." Sie lächelte. „Mein Name ist Elisabeth Jane Parker, aber meine Freunde nennen mich Tess."

„Wunderbar. Sie sind Amerikanerin, wenn ich mich nicht irre?"

„Ja, ich komme aus New York."

„Ich habe in New York meinen Enkel besucht. Leider sehen wir uns viel zu selten aufgrund der großen Distanz", bedauerte Madame Marchant. „Wissen Sie, mein Sohn hat augenblicklich in Paris zu tun und das Kindermädchen war im Urlaub, also bin ich eingesprungen und habe ein paar Tage mit meinem Enkel verbracht."

„Dann sind Sie also öfter in New York?"

„Wenn es sich einrichten lässt, fliege ich alle drei Monate rüber, um ein paar Tage mit meiner Familie zu verbringen. In den letzten zwei Jahren war ich aufgrund familiärer Umstände allerdings weit häufiger dort."

Tess nickte. Viermal im Jahr! Offensichtlich hatte Madame Marchant keine Geldsorgen. Sie wusste zwar nicht, was der Flug gekostet hatte, aber billig war er auf keinen Fall – und schon gar nicht, wenn man wie Madame Marchant Businessclass flog.

„Es steht mir zwar nicht zu, Sie zu fragen, aber warum ziehen Sie nicht nach New York, wenn Ihre Familie dort lebt?", erkundigte sie sich neugierig.

„Mein Luis liegt auf dem Friedhof in Paris begraben. Ich kann ihn unmöglich alleine lassen", erklärte Madame Marchant und ein dunkler Schatten legte sich auf ihr Gesicht. „Wissen Sie, wenn man so lange wie ich in einer Stadt gelebt hat, dann sind an jeder Ecke Erinnerungen, auf die man nicht mehr verzichten möchte. Außerdem wohnen mein ältester Sohn und seine Frau in Paris. Magali passt auf mein Haus auf, solange ich in New York bin. Sie ist die Tochter einer Freundin und wohnt bei mir."

Die Flugbegleiterin kam mit zwei Gläsern Champagner in der Hand zurück.

„Ich dachte mir, ich bringe beiden Damen ein Gläschen vorbei. In Gesellschaft trinkt es sich besser." Sie zwinkerte Madame Marchant zu.

„Ma Chérie, Sie haben mich durchschaut." Die ältere Dame schmunzelte und nahm das angebotene Glas entgegen.

Sie stießen an.

„Auf Ihre Reise nach Paris."

„Auf Paris."

„Sehr gut." Madame Marchant nickte. „Es geht doch nichts über ein Glas Champagner, finden Sie nicht?" Ihre veilchenblauen Augen musterten Tess aufmerksam.

„Ich gebe zu, dass dies mein erstes Glas Champagner ist, und ich muss sagen, es schmeckt ausgezeichnet." Sie genoss das prickelnde Gefühl auf der Zunge.

„Mon dieu! Noch eine Premiere." Ihre Sitznachbarin stellte das Glas auf den kleinen Klapptisch vor sich. „Sie müssen mir unbedingt alles über sich erzählen! Ich bin schrecklich neugierig."

„Was mich anbelangt, gibt es eigentlich nicht viel Interessantes zu berichten", entgegnete sie zaghaft.

„Non, non, non, das dürfen Sie nie von sich denken oder gar sagen. Eine hübsche junge Frau wie Sie hat immer etwas zu erzählen." Madame Marchant nickte ihr aufmunternd zu.

Sie nahm einen weiteren Schluck aus ihrem Glas, dann holte sie tief Luft. „Ich lebe in Brooklyn, zusammen mit meiner kleinen Tochter. Meine Mutter wohnt ganz in der Nähe …"

Nachdem sie erst einmal anfangen hatte, konnte sie nicht mehr aufhören. Sie plauderten locker über ihre Arbeit als Bäckerin und die Sorgen einer Mutter. Ab und zu wurden sie von der Flugbegleiterin unterbrochen, die ihnen Champagner nachschenkte, sobald sich das Glas dem Ende zuneigte.

„Ma Petite", schloss Madame Marchant schließlich. „Und Sie behaupten, dass Sie nichts zu erzählen haben? Ich würde sagen, Sie haben mehr erlebt als die meisten jungen Menschen in Ihrem Alter."

Tess nickte und nahm einen Bissen von der appetitlich angerichteten Vorspeise.

„Wissen Sie, in meinem Leben ist auch nicht immer alles so verlaufen, wie ich es mir vorgestellt habe. Bis ich meinen Luis kennengelernt habe, war ich bitterarm und froh, dass ich ein Dach über dem Kopf hatte."

Sie hob verwundert die Augenbraue. Madame Marchant sah nicht aus wie ein Mensch, der großen Kummer erlebt hatte.

„Meine Mutter war nur eine kleine Schneiderin und mein Vater ist im Krieg gestorben. Ich bin die Älteste von vier Geschwistern und musste schon früh mithelfen, damit die Familie überleben konnte. Es war nicht immer leicht für uns, aber trotzdem habe ich die Zeit meiner Jugend in schöner Erinnerung, denn wir hatten uns. Jeden Abend saßen meine Mutter, meine Geschwister und ich zusammen und haben miteinander gekocht. Es wurde trotz der Sorgen, die wir damals hatten, viel gelacht. Und als ich meiner Mutter erzählt habe, dass ich Schauspielerin werden möchte, hat sie mich unterstützt, obwohl dadurch noch mehr Last auf ihren Schultern lag. Wissen Sie, sie hat an mich geglaubt."

„Sie waren Schauspielerin?"

„Ja." Das Gesicht der Dame leuchtete. „Ich habe sogar am damaligen *Théâtre du Châtelet* gespielt. Dort habe ich auch Luis kennengelernt."

„Wirklich?" Sie hing förmlich an Madame Marchants Lippen.

„Bien sûr. Mein Luis hat jede Vorstellung besucht. Immer saß er in der ersten Reihe des Theaters und hatte stets eine rote Rose dabei, die er mir am Ende der Vorstellung zuwarf."

„Und hat er Sie nicht angesprochen?" Sie nippte am Champagner.

Die Französin schüttelte den Kopf. „Nein, die ersten zwei Wochen saß Luis in der ersten Reihe, ohne jemals den Versuch zu unternehmen, mich nach der Vorstellung anzusprechen. Irgendwann hat mich eine Kollegin auf ihn aufmerksam gemacht und das war das erste Mal, dass ich ihn direkt angeschaut habe. Er war ein schöner Mann, mein Luis. Groß, schlank, schwarze Haare und die wunderschönsten grünen Augen der Welt. Seine Augen waren es auch, die mich fasziniert haben. Ich hatte das Gefühl, in ihnen zu versinken, und zwar so sehr, dass ich fast meinen Text vergessen hätte." Madame Marchant kicherte wie ein junges Mädchen. „An diesem Abend stand Luis plötzlich vor meiner Tür. Er hatte einen riesigen Strauß roter Rosen im Arm und frage mich, ob ich mir vorstellen könnte, mit ihm auszugehen." Sie sah verträumt auf den goldenen Ehering an ihrem Finger. „Und ich antwortete ihm, dass ich mir das durchaus vorstellen könnte. Seit diesem Tag war ich nicht einen einzigen Tag ohne ihn."

„Haben Sie ihn gefragt, warum er jeden Tag in die Vorstellung gekommen ist und Sie nie angesprochen hat?"

„Natürlich!" Madame Marchant lachte und es klang wie das Zwitschern eines Vogels. „Er hat behauptet, dass er mich auf dem Plakat für die Vorstellung das erste Mal gesehen hat und dachte: ‚Das ist die Frau, die ich heiraten möchte.'"

„Aber das ist doch nicht wahr! Kein Mensch sieht jemanden und denkt gleich, dass er ihn heiraten will."

„Sie glauben nicht an das Schicksal?"

„Nein, ich glaube, dass alles im Leben zufällig geschieht."

„Ma Chérie, ts, ts, ts." Madame Marchant wedelte mit dem Zeigefinger vor ihrem Gesicht. „Es gibt schicksalhafte Begegnungen, aber keine Zufälle." Sie lächelte geheimnisvoll. „Manchmal genügt eben ein einziger Blick, um zu wissen, dass man die große Liebe gefunden hat."

„Vielleicht." Nachdenklich legte Tess den Kopf leicht schräg. „Und was haben Luis' Eltern dazu gesagt?"

„Ah, Sie haben gut aufgepasst." Madame Marchant seufzte. „Seine Eltern waren natürlich entsetzt, als sie erfuhren, dass ihr einziger Sohn eine Schauspielerin heiraten wollte. Es gab einen furchtbaren Streit und Luis wurde des Hauses verwiesen." Sie machte eine Pause.

„Und was haben Sie und Luis gemacht?"

„Wir haben trotzdem geheiratet." Madame Marchant lächelte. Tess konnte sehen, dass sie mit den Gedanken ganz weit weg in der Vergangenheit war. „Zwischen uns war es eine Amour fou – eine verrückte, leidenschaftliche Liebe, wie wir Franzosen sagen. Niemand hätte uns davon abhalten können."

„Und die Eltern? Wie haben die reagiert?"

„Sein Vater hat ihm nie verziehen und bis zu seinem Tode kein Wort mehr mit seinem Sohn gesprochen. Seine Mutter hat uns ein paarmal heimlich besucht, um ihre Enkelkinder zu sehen. Sie war eine warmherzige Frau, aber ihrem Mann sehr untergeben. Sie hat sehr unter der Trennung gelitten, die arme Frau."

„Es muss schrecklich für eine Mutter sein, wenn sie nicht mehr mit ihrem Kind reden darf."

„Ja, das muss es. Deshalb bin ich umso glücklicher, dass ich zu meinen Kindern und Enkelkindern ein gutes Verhältnis habe."

„Wenn man Sie so sieht, würde man niemals denken, dass Sie schon Enkelkinder haben. Sie sehen noch so jung aus."

„Ma Chérie", Madame Marchant tätschelte ihre Hand, „ich bin schon fünfundsechzig Jahre alt. Auch wenn man es mir vielleicht nicht ansieht, so bin ich doch eine alte Frau."

„Wahnsinn." Sie musste unwillkürlich an ihre Mutter denken. „Würden Sie mir bitte verraten, wie Sie das gemacht haben, noch so jung auszusehen?"

Die Dame zuckte mit den Schultern. „Ich glaube nicht, dass es eine Art von Trick oder gar Creme gibt. Ich wurde geliebt und das ist mehr als die meisten Menschen von sich behaupten können. Liebe ist das, was uns jung hält, und vielleicht die guten Gene meiner Mutter."

„Dann werde ich wohl als verschrumpelte alte Oma enden", murmelte Tess mehr zu sich selbst.

„Sie glauben nicht an die Liebe?"

„Ich kenne sie nicht! Sagen wir so", antwortete sie schlicht. „Und die Gene meiner Mutter sind nicht vielversprechend."

„Dann wird es aber höchste Zeit, dass Sie die Liebe finden. Gut, dass Sie nach Paris fliegen. Schließlich ist das die Stadt d'Amour – der Liebe."

Sie nickte lachend. „Meine Liebe gehört meiner Tochter, den Macarons und ab heute dem Champagner." Sie hob lächelnd ihr Glas.

„Das ist doch schon mal ein guter Anfang. Vielleicht kommt in Paris noch die Liebe zu einem Mann dazu." Madame Marchant sah ihr tief in die Augen. „Wir haben schon so manchen Touristen verhext …" Sie lachte.

Die Flugbegleiterin kam zurück. „Darf ich Ihnen den Hauptgang servieren?"

„Mon dieu, jetzt haben wir so lange geredet, dass ich ganz vergessen habe, meine Vorspeise zu essen." Madame Marchant zwinkerte der Flugbegleiterin zu.

„Ich kann ja gleich noch einmal wiederkommen, wenn Sie fertig sind", sagte die Stewardess, ganz die Liebenswürdigkeit in Person.

„Das wäre ganz entzückend von Ihnen." Madame Marchant lächelte der jungen Frau freundlich zu.

Der Hauptgang war ganz vorzüglich und Tess fotografierte alles mit dem Handy.

„Wofür fotografieren Sie das Essen?", fragte Madame Marchant interessiert.

„Die Fotos sind für meine Familie und Freunde. Ich habe versprochen, dass ich jeden Tag dokumentieren werde, um sie ein wenig an meiner Reise teilhaben zu lassen. Ein Fototagebuch, wenn Sie so wollen."

„Was für eine entzückende Idee! Kommen Sie, ich mache ein Foto von Ihnen." Sie streckte die Hand nach dem Handy aus.

Tess hob das Champagnerglas und prostete ihr zu.

„Und lächeln, meine Liebe", kommandierte Madame Marchant. Es klickte leise. „Ein wunderbares Bild von Ihnen." Sie gab ihr das Handy zurück.

Tatsächlich hatte sie genau im richtigen Moment abgedrückt. Ein Lächeln lag auf Tess' Lippen und sie sah richtig glücklich aus. Unwillkürlich musste sie an Hazel denken und sofort meldete sich ihr schlechtes Gewissen. Ihre Tochter hatte neben Kelly so klein ausgesehen …

„Tess?" Madame Marchant sah sie an. „Sie brauchen kein schlechtes Gewissen zu haben."

„Können Sie Gedanken lesen?", fragte sie überrascht.

„Non, aber es war Ihnen förmlich ins Gesicht geschrieben." Ihre neue Freundin tätschelte ihre Hand. „Ich bin mir sicher, dass es Ihrer Tochter gut geht."

Sie nickte und sah durch das kleine Fenster nach draußen. Der Sternenhimmel, der sich ihr bot, war einfach unbeschreiblich. Hunderte leuchtender Punkte hingen scheinbar schwerelos in der Dunkelheit. Wenn man genau hinsah, hatte man den Eindruck, die Sterne würden leicht hin und her tänzeln.

„Wunderschön, nicht?" Madame Marchant beugte sich ein wenig nach vorne, um ebenfalls einen Blick nach draußen zu erhaschen.

„Ja, man könnte fast meinen, im Himmel wäre Musik", murmelte Tess. „So wie sich die Sterne bewegen."

„Ein schöner Vergleich." Die ältere Frau lächelte und lehnte sich mit geschlossenen Augen zurück.

Die Flugbegleiter hatten das Licht in der Kabine abgedunkelt und Tess verspürte ebenfalls eine leichte Müdigkeit. Sie ließ ihren Kopf auf das Kissen sinken und schloss die Augen. Wenige Minuten später war sie eingeschlafen.

Sie wurde durch ein leichtes Rütteln geweckt, als das Flugzeug die Wolkendecke durchstieß. Sie warf einen Seitenblick zu Madame Marchant, die in einem Frauenmagazin blätterte. Als sie sah, dass Tess wach warf, lächelte sie ihr zu. Blinzelnd schob Tess die Sichtblende des Fensters nach oben und blickte nach draußen. Der Pilot leitete gerade eine Rechtskurve ein. Das Flugzeug fiel leicht ab und gab den Blick auf die Stadt frei. Unter ihnen lag Paris!

Aus der Luft sah die Landschaft wie bei einer Modelleisenbahn aus. Die Seine, der berühmte Fluss, schlängelte sich wie eine grüne Ader durch Paris. Die Morgensonne spiegelte sich in den Glasfronten der Hochhäuser wider. Langsam verlor das Flugzeug an Höhe und die Häuser kamen näher. Sie stieß einen kleinen Schrei aus, als sie den Eiffelturm entdeckte.

Wie ein Pfeil stach das stählerne Gerüst zwischen den Grünflächen, die es umgaben, hervor. Sie hatte in den letzten Tagen viel darüber nachgedacht, wie es sich anfühlen würde, wenn sie den Eiffelturm das erste Mal sah. Zu ihrer eigenen

Überraschung war das Erste, was ihr einfiel, die Freiheitsstatue. Beide Monumente waren ungefähr zur gleichen Zeit entstanden. Der Eiffelturm wirkte, wie auch die Freiheitsstatue, ein wenig verloren zwischen all den modernen Gebäuden. Zeugen einer längst vergangenen Epoche.

Das Flugzeug vollzog eine weitere Kurve.

Wehmütig sah Tess dem Eiffelturm hinterher, bis er aus ihrem Blickfeld verschwunden war. Die Häuser unter ihnen waren nun zum Greifen nah. Das Flugzeug sackte ein paar Meter ab und ihr Magen hatte die Bewegung ebenfalls aufgenommen. Für einen Moment fürchtete sie, es könnte ihr schlecht werden, aber dann war es wieder vorbei und ihre Neugierde gewann die Oberhand.

Keine zwei Minuten später setzte das Flugzeug auf. Tess' Herz pochte vor Aufregung gegen ihre Rippen. Sie hatte es tatsächlich geschafft – sie war in Paris. Ein Lächeln huschte über ihr Gesicht.

„Voilà", sagte Madame Marchant. „Ist es nicht verrückt? Eben waren wir noch in New York und keine acht Stunden später sind wir schon in Paris."

Tess nickte. „Ich kann noch gar nicht glauben, dass ich wirklich hier bin."

„Warten Sie es ab. Sobald Sie aus dem Flughafen raus sind, werden Sie es spüren", versicherte ihr die freundliche Dame. „Ich finde immer, die Pariser Luft riecht besser als die von New York. Außerdem ticken die Uhren hier anders. Wir Franzosen mögen es lieber gemütlich und nicht so hektisch wie die New Yorker."

„Das ist gut." Tess lachte. „Ich hatte genug Stress. Ein bisschen Ruhe kann nicht schaden."

„Werden Sie vom Flughafen abgeholt oder kann ich Sie in die Stadt mitnehmen?"

„Ich werde abgeholt." In der E-Mail, die ihr Mrs Stevens geschrieben hatte, stand, dass man sie direkt vom Flughafen abholen und ins Hotel bringen würde. „Aber trotzdem vielen Dank für das Angebot."

„Gern geschehen."

Sie ließen sich vom Strom der Reisenden mit nach draußen ziehen. Geduldig reihten sie sich in die Schlange der Wartenden vor der Passkontrolle ein. Madame Marchant wich ihr nicht von der Seite, bis sie in der Ankunftshalle des Flughafens ankamen. Mehrere Fahrer standen mit Schildern bewaffnet neben dem Eingang und warteten auf ihre Gäste.

„Haben Sie Ihren Fahrer schon entdeckt?", fragte Madame Marchant. Tess schüttelte den Kopf.

„Madame Marchant, Sie müssen nicht auf mich warten. Bitte gehen Sie ruhig."

„Auf keinen Fall. Ich bestehe darauf, zu bleiben, bis Sie ihn gefunden haben. Ansonsten nehme ich Sie mit in die Stadt."

Sie ließ ihren Blick über die Menge schweifen, als sie am Ende der Schlange einen älteren Herrn entdeckte, der ein handgeschriebenes Schild hochhielt.

*Mrs Elisabeth Jane Parker.*

„Da ist er", rief Tess und deutete mit einer Handbewegung auf das Schild.

„Gut. Dann lassen Sie uns hingehen." Energisch schritt die zierliche Französin voran. „Mademoiselle Parker?" Der Blick des Mannes fiel auf Madame Marchant.

„Ich bin Tess Parker, das ist Madame Marchant." Tess reichte ihm die Hand.

„Sehr erfreut, Sie kennenzulernen", sagte der Fahrer, ohne den Blick von Madame Marchant abzuwenden.

Diese senkte kokett die Augen. Das Flirten scheint den Franzosen in die Wiege gelegt worden zu sein, dachte Tess.

„Wie schön, dass Sie pünktlich gelandet sind. Hatten Sie einen guten Flug?" Der Fahrer sprach mit einem starken französischen Akzent, indem er die Vokale besonders langzog. Tess fand, dass es sehr charmant klang.

„Ja, ich hatte einen wunderbaren Flug", antwortete sie lächelnd.

„Fleur!" Eine junge Frau kam winkend und mit geröteten Wangen auf sie zugelaufen.

„Magali!" Madame Marchant gab der jungen Frau verzückt einen Kuss auf die Wange.

Magali antwortete mit einem Schwall auf Französisch, dabei hielt sie die Hand von Fleur fest umklammert.

„Magali, darf ich dir vorstellen – das ist Tess Parker. Tess, das ist Magali Louvel, meine Mitbewohnerin."

„Enchanté." Magali reichte ihr die Hand. Tess schätzte, dass ihr Gegenüber ungefähr im gleichen Alter war wie sie.

„Hallo", antwortete sie. „Nett, Sie kennenzulernen."

„Tess und ich haben im Flugzeug nebeneinandergesessen und uns fast die ganze Zeit miteinander unterhalten. Die Zeit verging im wahrsten Sinne des Wortes wie im Flug." Madame Marchant kicherte über ihren eigenen Witz.

„Ich hoffe, Fleur hat Sie nicht zu sehr vom Schlafen abgehalten." Magali zwinkerte ihr zu.

„Nein, überhaupt nicht. Es war mir ein Vergnügen, ihren Geschichten zu lauschen."

Magali sah hektisch in Richtung Ausgang, wo sich eine große Traube Menschen versammelt hatte. „Ich würde mich gerne noch mit Ihnen unterhalten, aber ich stehe mit dem Auto im Halteverbot und wenn wir uns nicht ein bisschen beeilen, werde ich abgeschleppt. Die französische Polizei ist in dieser Hinsicht nicht besonders tolerant. Es war nett, Sie kennengelernt zu haben."

„Ganz meinerseits." Die junge Frau war ihr mit ihrer offenen Art sofort sympathisch.

„Ich fürchte, jetzt heißt es Abschied nehmen, ma Chérie." Madame Marchant breitete ihre Arme aus. „Aber Sie müssen mir versprechen, mich zu besuchen. Ich habe Ihnen ja meine Nummer gegeben, es gibt also keine Ausrede. Und Magali kann Sie abholen. Nicht wahr, Magali?"

„Natürlich."

Der Fahrer, der die ganze Zeit schweigend neben ihnen gestanden hatte, schaltete sich ein. „Ich kann Madame Parker auch gerne fahren."

„Wunderbar." Madame Marchant gab ihr einen Kuss auf beide Wangen. Tess hätte schwören können, dass sie dem Fahrer zugezwinkert hatte. „Und dann möchte ich einen ausführlichen Bericht, wen Sie alles kennengelernt haben."

Tess lachte und Magali rollte hinter Madame Marchants Rücken mit den Augen.

„Versprochen. Aber ich glaube nicht, dass es da viel zu berichten gibt. Schließlich bin ich wegen der Stadt hier und nicht der Liebe wegen."

„Denken Sie an meine Worte: Es gibt keine Zufälle, nur schicksalhafte Begegnungen." Sie reichte ihr ein letztes Mal die Hand, dann folgte sie Magali mit zierlichen Schritten nach draußen.

„Darf ich Ihnen mit dem Gepäck behilflich sein?" Der Fahrer griff nach dem Koffer.

„Nein, nein. Das geht schon." Hastig schnappte sich Tess das Gepäckstück. Mit einem Mal bereute sie, dass sie Megans Angebot nicht angenommen und auf ihren Koffer bestanden hatte. Zwischen all dem modernen Reisegepäck wirkte er alt und abgenutzt. Einige der Fluggäste hetzten rechts und links an ihr vorbei zum Ausgang.

Der Fahrer ging voraus und sie folgte ihm müde. Sie verließen die Flugzeughalle und gingen direkt zu dem Wagen, den er gleich neben dem Ausgang geparkt hatte.

Erschöpft ließ sich Tess auf dem Rücksitz nieder, während ihr Chauffeur das Gepäck im Kofferraum verstaute. Hinter ihnen ertönte zorniges Gehupe. Offensichtlich standen sie im Halteverbot und eines der Autos wollte an ihnen vorbei. Ihren Fahrer schien das Gehupe allerdings nicht zu interessieren, denn er stieg in aller Seelenruhe ein.

„Haben Sie es bequem?" Er sah sie durch den Rückspiegel an.

„Ja, danke." Tatsächlich saß sie eingekuschelt in dem weichen Ledersitz des Mercedes.

„Gut." Sie sah, wie der Fahrer nickte, dann legte er den Gang ein und der Wagen fuhr los.

Es herrschte hektischer Berufsverkehr, wie in jeder größeren Stadt um diese Uhrzeit. Der Mercedes glitt ruhig über die Straße. Eine Zeit lang sah Tess nach draußen, aber dann fielen ihr die Augen vor Müdigkeit zu und sie schlief ein.

Als sie wieder aufwachte, fuhr der Wagen gerade vor dem Hoteleingang vor. Mühsam rappelte sie sich auf und strich sich über die Haare, die zu allen Seiten abstanden.

„Voilà. Herzlich willkommen im *Henri IV*, Madame." Schwungvoll öffnete er die Tür und blinzelnd stieg Tess aus.

Das *Henri IV* war ein prächtiger Altbau, der inmitten des berühmten Quartier Latin gelegen war.

Von hier aus konnte man Notre-Dame, Saint-Germain-des-Prés und die Seine bequem zu Fuß erreichen. Mrs Stevens hatte mehrfach betont, wie ausgezeichnet die Lage des Hotels war. Das gesamte untere Drittel der Gebäudefront war in einem dunklen Grün gestrichen. Der Name des Hotels war in goldenen, geschwungenen Buchstaben draufgemalt worden. Darüber ragten die kleinen Balkone des ersten Stocks, deren Geländer mit bunten Blumen behangen waren. Rechts und links des Gebäudes befanden sich kleine Läden mit bunten Schaufenstern. Überrascht stellte Tess fest, wie gepflegt und sauber alles wirkte. Nirgends lag Müll auf der Straße und sie vermisste die kleinen Rauchwolken, die in New York aus den Gullideckeln entlang der Straße hochstiegen.

Sie folgte dem Fahrer in den Empfangsraum. Alles war in hellen, freundlichen Farben gehalten. Die Wände des Raumes waren weiß und mit unzähligen Bildern in Goldrahmen bedeckt. Unter der Decke verliefen die alten Holzbalken, die man im Zuge einer Renovierung ebenfalls weiß gestrichen hatte und die sich nun perfekt in den Raum einfügten. Die Möbel waren mit edlem Brokatstoff überzogen.

Gleich neben der Rezeption befand sich eine Sitzecke mit einem Kamin, in dem an kalten Tagen offenbar ein Feuer brannte. Ein Hauch von Zitronengras lag in der Luft.

Hinter dem Empfangstresen stand eine ältere Frau mit lebhaften braunen Augen und einem klassischen Pagenkopf.

„Bonjour, Mademoiselle Parker. Wie schön, Sie in unserem Hotel begrüßen zu dürfen", sagte die Frau mit Reibeisenstimme. Tess zog unbewusst die Augenbraue nach oben. Niemals hätte sie eine solche Stimme hinter der zierlichen Frau, die vor ihr stand, erwartet. Selbst wenn sie zwei Schachteln Zigaretten und eine Flasche Whiskey dazu trinken würde, würde sie sich nie so anhören. „Mein Name ist Madame Julie."

„Guten Tag." Sie reichte der Frau die Hand. „Ich freue mich, hier zu sein."

„Wir haben für Sie unser schönstes Zimmer mit Blick auf die Saint-Séverin-Kathedrale gleich nebenan reserviert. Ich hoffe, es wird Ihnen gefallen."

„Bestimmt." Sie lächelte. Madame Julie war ihr auf Anhieb sympathisch.

„Wenn Sie sich bitte noch hier eintragen würden? Eine Formalität, die wir bei all unseren Gästen erledigen müssen." Die Frau deutete auf das aufgeschlagene Buch auf der Ablage vor sich.

„Natürlich. Selbstverständlich", murmelte Tess. Aus dem Augenwinkel sah sie, wie der Fahrer mit ihrem Gepäck verschwand. Ihre Augen brannten vor Müdigkeit und sie hatte leichte Kopfschmerzen. Sie konnte es kaum noch abwarten, endlich in ihrem Bett zu liegen und zu schlafen.

Nachdem sie die Spalten mit ihrem Namen und den Passdaten ausgefüllt hatte, überreichte ihr Madame Julie die Schlüssel.

„Wissen Sie, Mademoiselle, wir sind ein kleines, aber sehr feines Hotel und legen sehr viel Wert darauf, unsere Gäste persönlich zu betreuen. Sollten Sie also einen Wunsch oder Fragen haben", ein älteres Ehepaar ging Hand in Hand an ihnen vorbei und Madame Julie nickte ihnen lächelnd zu, „wenden Sie sich jederzeit an mich oder Arthur."

„Arthur?"

„Arthur ist mein Bruder. Er hat Sie vom Flughafen abgeholt", erklärte Madame Julie.

„Danke schön." Tess nickte. „Aber ich glaube, ich muss erst einmal schlafen. Ich kann kaum noch die Augen offenhalten." Tatsächlich hatte sie Mühe, dem Gespräch zu folgen.

Arthur kam ohne ihr Gepäck zurück.

„Ihr Zimmer ist fertig. Darf ich Sie nach oben geleiten?", fragte er höflich.

„Sehr gerne." Sie lächelte müde.

Sie gingen die Treppe neben der Rezeption nach oben. Die alten Dielen knarrten leise unter dem Gewicht ihrer Füße. Tess kam sich vor, als würde sie durch ein Museum wandeln. Überall hingen Bilder und Gemälde an der Wand und auf den blankpolierten Holzdielen lagen große flauschige Teppiche in gedeckten Farben.

In den Ecken standen kostbare Vasen auf alten Kommoden und von der Decke hingen alte Barocklüster, die den Flur in sanftes Licht tauchten. Arthur führte sie bis zum Ende des Ganges und blieb dort vor der Zimmertür stehen.

„Voilà, hier wären wir."

Tess schnappte nach Luft, als sie das lichtdurchflutete Zimmer betrat. Es war mehr, als sie sich jemals hätte träumen lassen. Die cremefarbenen Wände harmonierten perfekt mit den rot-goldenen Bezügen der Möbel. Den Mittelpunkt des Zimmers bildete ein mit Kissen überladenes Doppelbett. An den Wänden entdeckte sie alte Ölgemälde, in denen der Künstler das Treiben der Stadt festgehalten hatte. Vor der großen Fensterfront stand ein kleines Sofa mit einem Beistelltischchen. Darauf stand eine Blumenvase mit wundervollen Blumen, die nicht nur schön anzusehen waren, sondern auch einen betörenden Duft verströmten. Das Zimmer war durch und durch liebevoll gestaltet.

„Gefällt es Ihnen?", fragte Arthur, der geduldig im Türrahmen wartete.

„Ob es mir gefällt? Es ist fantastisch!" Sie strahlte.

„Gut." Er nickte zufrieden. „Das Telefon steht direkt auf dem Nachttisch neben dem Bett. Wenn Sie etwas benötigen, brauchen Sie nur die Null zu wählen und Sie sprechen mit der Rezeption."

„Vielen Dank, aber ich glaube, alles, was ich brauche, ist eine gute Portion Schlaf." Sie legte die Handtasche auf den Sessel gleich neben dem Fenster.

„Dann wünsche ich Ihnen eine gute Nacht." Arthur zwinkerte ihr mit seinen buschigen Augenbrauen zu und seine Mundwinkel zuckten verdächtig. Er machte eine angedeutete Verbeugung und schloss die Tür hinter sich.

Endlich alleine! Sie streifte die engen Schuhe von ihren Füßen und genoss das Gefühl, die Zehen in den weichen Teppich zu vergraben. Sie ging zum Fenster und schob die Gardine aus leichtem Musselinenstoff zur Seite. Der Anblick, der sich ihr bot, war geradezu fantastisch. Rechts von ihrem Zimmer lag die Kirche, von der Madame Julie gesprochen hatte – eine Miniaturausgabe von Notre-Dame, mit pittoresken Türmen und Wasserspeiern. Links davon schimmerten die Dächer von Paris in der Sonne. Es sah aus wie eine Filmkulisse. Schornsteine in allen Größen standen schräg in die Luft und daneben entdeckte sie Satellitenschüsseln und unzählige Antennen, die alle miteinander durch Leitungen verbunden schienen, und kleine Balkone mit gusseisernen Gittern, zum Teil mit Blumen behangen, andere kahl mit ein paar Möbeln darauf. Ein Pärchen schlenderte Hand in Hand durch den Innenhof. Alles war so, wie sie es sich immer ausgemalt hatte. *Paris*. Ihr Herz machte einen freudigen Hüpfer.

Mit einem Jauchzer nahm sie Anlauf und warf sich auf das Bett. Es war genauso weich, wie sie es sich vorgestellt hatte. *Herrlich*. Sie ließ den Kopf auf eines der unzähligen Kissen sinken. Der Jetlag hatte sie mit aller Macht eingeholt. Völlig erschöpft schloss sie die Augen. Das Letzte, was sie dachte, war, dass sie die Vorhänge schließen sollte, dann umgab sie eine angenehme Dunkelheit.

Als sie die Augen wieder aufschlug, fiel das Mondlicht durch das Fenster und tauchte den Raum in sein silbernes Licht. Wie spät mochte es sein? Sie hatte jegliches Zeitgefühl verloren. Verwirrt und orientierungslos tastete sie mit der Hand auf dem Nachttisch nach ihrem Handy. Ihr Magen meldete sich mit lautem Knurren zu Wort. Das letzte Mal, dass sie gegessen hatte, war im Flugzeug gewesen.

Endlich hatte sie das Handy gefunden. Es war kurz nach elf Uhr. Schlaftrunken richtete sich Tess auf und rieb sich mit den Handballen die Augen. Sie tapste barfuß zum Fenster. Am wolkenlosen Himmel funkelten schwach einige Sterne und vor ihr lag die beleuchtete Kathedrale. Der Innenhof war dunkel, nur schwach erhellt durch das Licht, das durch die Fenster der Wohnungen nach unten fiel. Sie zog die Vorhänge vor, dann ging sie ins Badezimmer. Sie fühlte sich völlig gerädert und in ihrem Kopf hämmerte es wie in einem Bergwerk. Sie warf einen Blick in den großen Spiegel über dem Waschbecken.

Die Kleider, die sie getragen hatte, waren zerknittert. Sie würde sie wechseln müssen.

Ihre Haare fielen ihr wild ins Gesicht und ihr Make-up klebte unter ihren Augen. Sie sah aus wie ein übermüdeter Pandabär. Allein der Gedanke, sich duschen und neu schminken zu müssen, verursachte ihr Kopfschmerzen. Sie fühlte sich benommen und nahm alles wie in Zeitlupe wahr. Die Vorstellung, mutterseelenallein und verschlafen durch die dunklen Straßen von Paris zu wandern, war alles andere als verlockend. Alles, woran sie denken konnte, war dieses herrlich weiche Bett im Nebenzimmer.

Kurzentschlossen knipste sie das Licht aus und ging zurück ins Schlafzimmer.

Auf dem Weg dahin zog sie die Bluse aus und ließ sie achtlos auf den Boden fallen, ebenso die Hose. Nur mit BH und Höschen bekleidet, kuschelte sie sich unter die Bettdecke und schloss die Augen. Paris würde sich noch eine Weile gedulden müssen. Was sie jetzt brauchte, war Schlaf – viel Schlaf. Ein wohliges Gefühl überkam sie und einen Atemzug später war Tess fest eingeschlafen.

# 7. Kapitel

Tess wurde vom Läuten der Glocken geweckt. Schlaftrunken richtete sie sich auf. Die Sonne fiel durch einen schmalen Spalt im Vorhang ins Zimmer und kleine Staubteilchen tanzten im Lichtstrahl. Das Läuten hatte aufgehört. Im Hintergrund hörte sie leises Murmeln und das typische pfeifende Geräusch eines Staubsaugers im Nachbarzimmer. Anscheinend war die Putzfrau gerade dabei, die Zimmer der Gäste zu reinigen. Sie warf einen Blick auf den Wecker. Es war bereits zehn Uhr morgens. Meine Güte, wenn sie nicht den ganzen Tag verschlafen wollte, wurde es Zeit aufzustehen!

Sie schlug die Decke zur Seite und sprang mit einem Satz aus dem Bett. Sie ging zum Fenster, um einen Blick nach draußen zu werfen. Die hellblauen Dächer der Kirche stachen zwischen dem grauen Gemäuer hervor. Ihr Blick wanderte weiter zu dem kleinen Hinterhof unterhalb ihres Zimmers, wo einige Kinder miteinander Ball spielten.

Sie öffnete das Fenster. Eine Brise fuhr durch den Raum und sofort stellten sich die feinen Härchen entlang ihrer Arme auf. Sie schauderte. Sie trat zurück, dabei fiel ihr Blick auf den Koffer, der noch immer verschlossen in der Mitte des Zimmers stand. Sie war bei ihrer Ankunft so müde gewesen, dass sie es nicht einmal geschafft hatte, den Koffer auszuräumen. Ihre Reisekleider lagen verstreut auf dem Boden. Sie bückte sich, hob sie auf und legte sie aufs Bett.

Ihr Magen meldete sich lautstark zu Wort. Sie wusste nicht, ob ihr nach einem Frühstück oder einem Abendessen zumute war. Hauptsache, sie bekam in absehbarer Zeit etwas zu essen.

Nachdem sie geduscht und sich frischgemacht hatte, öffnete sie den Koffer. Sie war gespannt, was ihre Freundinnen für sie gepackt hatten. Als sie den Deckel zur Seite schlug, stieß sie einen leisen Überraschungslaut aus.

Die Kleidungsstücke lagen sorgfältig übereinander gefaltet. Gleich obenauf entdeckte sie einen weißen Umschlag, auf dem ihr Name stand.

Sie ließ sich neben dem Koffer auf den Teppich sinken und las den Brief.

*Liebe Tess,*

*wenn du diese Zeilen liest, bist du hoffentlich wohlbehalten in Paris angekommen. Paris! Ach, wie sehr wir dich darum beneiden. Ich glaube, jede von uns wäre gerne an deiner Stelle. Aber wenn es jemanden auf dieser Welt gibt, der diese Reise verdient hat, dann bist du es.*

Tess schluckte bei den Worten ihrer Freundinnen. Sie sah förmlich, wie sie zusammen den Brief schrieben und dabei laut diskutierten, was – der Handschrift nach zu urteilen – Lynn zu Papier bringen sollte. Lächelnd las sie weiter.

*Tess, du bist die beste Freundin, die sich eine Frau wünschen kann. Du bist schlau, lustig und stets positiv eingestellt, auch wenn das Leben nicht nach Plan läuft. Du bist eine Kämpferin und das hast du die letzten Jahre mehr als einmal bewiesen. Du bist immer für deine Freunde und Familie da. Und du bist eine fantastische Mutter.*

*Aber egal, wie stark wir sind, brauchen wir zwischendurch Phasen, in denen wir unsere Seele baumeln lassen können, um neue Kraft zu schöpfen. Du hattest in den Jahren, die wir dich kennen, keine solche Phase. Du hast dich nie beklagt, wenn das Leben dir übel mitgespielt hat, und jede Situation mit deiner unerschütterlich positiven Einstellung zum Leben gemeistert.*

*Dieser Urlaub in Paris ist deine Chance, neue Kräfte zu sammeln für die Zeit, die vor dir liegt. Und wer weiß, welche Überraschung das Schicksal dort für dich bereithält ...*

*Kelly sagt, ich soll dir schreiben, dass du dir einen schicken Franzosen schnappen sollst.*

Das war typisch Kelly. Sie schmunzelte bei den Worten.

*Bitte mach dir keine Sorgen um Hazel. Wir werden die Kleine nach Strich und Faden verwöhnen und sie behandeln, als wäre sie unser Kind.*

Sie nickte. Sie wusste, dass ihre Freundinnen alles tun würden, damit sich Hazel wohlfühlte.

*Tess, es liegt nur an dir selbst, diesen Urlaub zu einem unvergesslichen Erlebnis zu machen.*

*Du hast uns all die Jahre deine bedingungslose Liebe geschenkt und wir möchten dir ein wenig davon zurückgeben. Deshalb haben wir diesen Koffer für dich gepackt. Es ist unser Geschenk an dich.*

*Wir möchten schließlich, dass du erhobenen Hauptes durch Paris läufst und den Männern zeigst, was für hübsche Frauen wir Amerikanerinnen sind.*

Sie zog die Nase kraus. Was meinte Lynn damit?

*Die Kleider und die Schuhe sind unser Geschenk an dich.*

*Kelly meinte, du hättest Schuhgröße achtunddreißig. (Ich schreibe dies nur, damit du weißt, wer für die Blasen an den Füßen verantwortlich ist.)*

Sie lachte trotz der Tränen in den Augen laut auf.

*Und falls du dich langweilen solltest, haben wir in Absprache mit Mrs Stevens (die Frau scheint gar nicht so übel zu sein) ein kleines Programm für dich zusammengestellt. Für jeden Tag, den du in Paris bist, haben wir eine kleine Aufgabe für dich, die du erfüllen musst. (Schließlich haben wir uns die ganze Arbeit nicht umsonst gemacht!) In dem braunen Umschlag unter dem Trenchcoat findest du weitere sieben Briefe, also für jeden Tag einen. Du darfst sie aber erst am jeweiligen Datum öffnen!*

*Wir wünschen uns so sehr, dass dieser Trip zu einem unvergesslichen Ereignis für dich wird.*

*Wir lieben dich.*

*Kelly, Megan, Lynn*

Sie legte den Brief beiseite. Tatsächlich lag auf dem Trenchcoat ein großer brauner Umschlag, den sie zunächst nicht bemerkt hatte.

*Tess' To-do-Liste* stand darauf geschrieben.

Vorsichtig öffnete sie den Umschlag und hielt ihn schräg. Sofort purzelten ihr sieben kleine, weiße Umschläge entgegen. Mit klopfendem Herzen öffnete sie den ersten mit dem gestrigen Datum darauf.

*Sonntag*

*An deinem ersten Abend in Paris sollst du ein schönes Glas Rotwein in einem dieser süßen kleinen Restaurants an der Seine trinken und dabei eine Quiche essen! Wir empfehlen dafür das*

Madeleines. *Hier treffen sich die Einheimischen, um gemütlich zusammenzusitzen und zu plaudern.*

Sie runzelte die Stirn. Das hatte sie auf jeden Fall verpasst. Vielleicht konnte sie diesen Vorschlag noch an anderer Stelle nachholen. Sie nahm den zweiten Umschlag mit dem heutigen Datum zur Hand.

*Montag*
*Für dein erstes Frühstück in Paris haben wir dir ein kleines Café ausgesucht, das sich in Gehweite von deinem Hotel befindet. (Das* Henri IV *findet man übrigens bei Secret Escape, wo es als Geheimtipp gehandelt wird. Die vom Verlag haben sich wirklich etwas Besonderes für dich ausgedacht!) Das Café heißt* Aux Arts *und liegt direkt an der Seine mit Blick auf Notre-Dame. Eine Wegbeschreibung haben wir dir beigelegt. Von dort aus kannst du bequem zu deinem Friseurtermin kommen, wo man dich um zwei Uhr erwartet.*

*Der Salon von Etienne ist ebenfalls ein Geheimtipp, den uns Mrs Stevens gegeben hat. Sie war selbst schon dort und kam aus dem Schwärmen nicht mehr raus.*

Sie überflog erneut die Zeilen. Friseurtermin? Sie schüttelte den Kopf. Was hatten sich die drei nur dabei gedacht? Sie konnte sich unmöglich einen dieser teuren Pariser Friseure leisten! In New York ging sie immer zu ihrer Nachbarin Carol. Sie war Mitte dreißig und hatte vor Jahren eine Ausbildung zur Friseuse gemacht. Mittlerweile hatte sie drei Kinder und arbeitete ausschließlich von zu Hause aus. Alle in der Nachbarschaft gingen zu Carol, weil sie billig war und man währenddessen Neuigkeiten aus der Gegend erfuhr. Ihre Qualitäten als Friseuse waren allerdings in Tess' Augen äußerst begrenzt, aber sie hatte keine andere Wahl. Die normalen Friseurläden waren einfach zu teuer.

*Den Rest des Tages geben wir dir frei, damit du dich mit deiner neuen Umgebung vertraut machen kannst.*

*(Kelly meint, dass du gestern bestimmt zu müde warst und deshalb heute ins* Madeleines *gehen sollst!)*

*PS: Wir haben den Friseur bereits im Voraus bezahlt, du solltest also hingehen!*

Sie schmunzelte. Manchmal war ihr Kelly fast unheimlich mit ihrer Fähigkeit, ihre Gedanken zu erraten. War sie wirklich so durchschaubar? Eine einzelne Träne lief ihr die Wange herunter und tropfte auf das Blatt in ihrer Hand. Egal, was in den letzten Jahren passiert war, sie wusste eines mit Sicherheit: Kelly, Lynn und Megan waren die besten Freundinnen auf der Welt. Sorgfältig faltete sie den Brief wieder zusammen und steckte ihn in ihre Handtasche. So hatte sie wenigstens das Gefühl, ihre Freundinnen immer bei sich zu tragen.

Neugierig machte sie sich daran, den Koffer auszupacken. Schon nach den ersten Handgriffen wurde ihr klar, was ihre Freundinnen getan hatten: Die drei hatten tatsächlich eine komplette Garderobe für sie zusammengestellt und dabei nichts vergessen! Tränen der Rührung schossen ihr in die Augen, als sie die Schätze aus Stoff und Leder vor sich auf dem Bett ausgebreitet sah. Sie hatten wirklich an alles gedacht: bunte Sommerkleider, verschiedene Hosen und passende Blusen, T-Shirts ... und auch Unterwäsche aus zarter Spitze fehlte nicht. Die größte Überraschung war jedoch die Abendgarderobe: Ein schwarzes Cocktailkleid, von dem sie schon jetzt wusste, dass es ihre Figur betonen würde. Der Schnitt war schmal und der Stoff würde ihrer Haut schmeicheln.
Bei dem Anblick eines cremefarbenen Spitzenkleides stockte Tess der Atem. Andächtig strich sie mit den Fingern über den zarten Stoff. Ein Blick auf die Spitze genügte, um zu wissen, dass das Kleid ein Vermögen gekostet haben musste. Es war wunderschön und eines Hollywoodstars würdig. Sie konnte der Versuchung, das Kleid anzuprobieren, einfach nicht widerstehen. Mit knurrendem Magen und klopfendem Herzen schlüpfte sie hinein.
Schon bei der ersten Berührung rieselte ihr eine Gänsehaut den Rücken herunter. Der Stoff fühlte sich herrlich weich an und legte sich wie eine zweite Haut auf ihren Körper.

Als sie sich im Spiegel sah, stieß sie einen Überraschungsschrei aus. Das Kleid saß, als ob es extra für sie geschneidert worden wäre, und betonte ihre schlanke Taille und die langen Beine. Der zarte Farbton schmeichelte ihrer Haut und brachte ihre Augen zum Leuchten. Sie drehte sich um die eigene Achse und bewunderte dabei, wie der Stoff mitschwang. Fehlten nur noch die passenden Schuhe. Ihr Blick fiel auf das Paar Pumps, das oben auf dem Koffer gelegen hatte. Ein Lächeln huschte über ihr Gesicht, als sie sich darin sah. In diesem Outfit konnte sie locker einen Ball oder eine Gala besuchen. Sie wäre der Star des Abends. Was hatten sich Kelly, Megan und Lynn nur dabei gedacht? Dieses Kleid war für große Auftritte gemacht und nicht für einen Bummel durch Paris.

Ihr Magen knurrte so laut, dass sie befürchtete, die Nachbarn dadurch zu wecken. Es wurde Zeit, dass sie etwas zwischen die Zähne bekam. Rasch zog sie das Kleid aus und hängte es sorgfältig auf den Bügel.

Am liebsten hätte sie ihre Freundinnen sofort angerufen, aber ein Blick auf die Uhr genügte, um den Gedanken zu verwerfen. In New York war es mitten in der Nacht. Sie würde sich bis heute Abend gedulden müssen. Für ihren ersten Tag in Paris entschied sie sich für die helle Leinenhose und dazu eine azurblaue Bluse. Als Schuhe wählte sie ein Paar helle Loafer, die ihr für einen längeren Fußmarsch geeignet erschienen. Zur Sicherheit zog sie den Trenchcoat über. Sie begutachtete sich von allen Seiten wie ein kostbares Schmuckstück. Vor ihr stand eine junge Frau mit lockigem, braunem Haar in modischer Garderobe. Die Sorgenfalten in ihrem Gesicht, die in New York ihr täglicher Begleiter waren, waren verschwunden und hatten einem breiten Lächeln Platz gemacht.

„Paris, ich komme!" Sie lachte laut auf, dann schnappte sie sich ihre Tasche und ging nach draußen.

„Ah, da sind Sie ja. Ich hatte schon Angst, Sie könnten diesen wundervollen Tag verschlafen." Madame Julie lächelte ihr freundlich entgegen.

„Ehrlich gesagt, hätte ich das auch fast getan, aber der Hunger hat mich aus dem Bett getrieben", gestand sie.

„Et voilà! Gut, ansonsten wäre es schade um diesen wundervollen Tag."

Tess nickte. „Meine Freundinnen haben mir das *Aux Arts* zum Frühstücken vorgeschlagen. Kennen Sie es?"

„Magnifique – wunderbar!", schnurrte Madame Julie wie eine Katze. „Und ob ich es kenne! Ich gehe gelegentlich selbst dort essen. Sie müssen eines der Croissants probieren, die sind einfach exzellent! Ihre Freundinnen müssen sich gut auskennen in unsere Stadt, eh!"

Tess schmunzelte. „Anscheinend. Dann will ich mich mal auf den Weg machen, sonst bekomme ich nichts mehr zum Frühstück."

„Machen Sie sich keine Sorgen, wir Franzosen essen immer spät", versicherte Madame Julie ihr. „Ich wünsche Ihnen einen schönen Tag, Mademoiselle."

„Vielen Dank, den wünsche ich Ihnen auch." Sie reichte Madame Julie ihren Schlüssel.

Jemand kam die Treppe heruntergepoltert.

„Ah, die Amerikanerin. Sie wollen wohl unsere Stadt erkunden?", rief Arthur freudig. Er sah ein wenig verschlafen aus, aber seine grauen Haare waren sorgfältig zurückgekämmt und er roch nach Aftershave.

Sie nickte. „Ja, nachdem ich schon den ganzen Morgen verschlafen habe, wird es langsam Zeit. Schließlich bin ich nicht zum Schlafen den weiten Weg geflogen."

„Haben Sie ein bestimmtes Ziel? Ich kann Sie gerne fahren, wenn Sie möchten."

„Arthur, was für ein Unsinn", tadelte Madame Julie. „Eine Stadt erkundet man am besten zu Fuß."

„Vielen Dank, Arthur, aber ich wollte tatsächlich zu Fuß durch die Stadt und nicht mit dem Auto", warf Tess rasch ein.

„Bien – gut. Aber Sie melden sich, falls Sie irgendwo hingefahren werden möchten?" Seine grauen Augen lächelten sie an.

„Das mache ich."

„Falls Sie erst nach Mitternacht zurückkommen sollten, müssen Sie kurz klingeln", rief ihr Madame Julie hinterher.

„Ich denke nicht, dass ich später kommen werde, aber vielen Dank."

„À bientôt – bis später." Madame Julie wandte sich einem Gast zu, der gerade die Treppe heruntergekommen war.

Als sie nach draußen trat, empfing sie milde Frühlingsluft. Paris war im Gegensatz zu New York bereits aus seinem Winterschlaf erwacht. Die Bäume entlang der Straße leuchteten im satten Grün. Im Laufe des Sommers würden die Blätter ihre Leuchtkraft verlieren und eine leicht bräunliche Farbe annehmen. Es herrschte rege Betriebsamkeit auf den Straßen. Tess blieb einen Moment stehen und fragte sich, in welche Richtung sie laufen sollte. Die Wegbeschreibung war nicht eindeutig. Eine Gruppe von Jugendlichen ging lautlachend an ihr vorbei. Kurzerhand beschloss Tess, ihnen zu folgen. Ihre Absätze klapperten leise auf dem Weg, während sie sich vom Strom der Menschen mitziehen ließ. Staunend betrachtete sie die vielen kleinen Cafés und Restaurants, die rechts und links der Straße aneinandergereiht lagen. Im Gegensatz zu New York, wo alles streng geregelt war, hatten die Restaurantbesitzer unzählige Bistrotische und Stühle draußen aufgebaut. Den Parisern schien es zu gefallen, inmitten des Trubels zu sitzen und genüsslich einen Kaffee zu trinken, denn alle Plätze waren besetzt. Niemand schien sich an den vorbeifahrenden Autos zu stören.

Es wurde laut gestikuliert und gelacht. Die französische Sprache war allgegenwärtig und in Tess' Ohren klang es wie Musik. Sie kam an kleinen Galerien und Boutiquen vorbei, wie man sie in New York gar nicht oder nur in den sogenannten Künstlervierteln fand. Hier waren sie Teil des Stadtbildes.

Sie zog die Wegbeschreibung, die ihre Freundinnen dem Brief beigefügt hatten, aus der Manteltasche. Das Café war mit einem roten Punkt auf der Karte markiert. Wenn Tess sich nicht völlig in der Richtung geirrt hatte, musste es hinter der nächsten Straßenecke liegen.

Ihr blieb fast die Spucke weg bei dem Anblick, der sich ihr bot, als sie in die Querstraße einbog. Wie aus dem Nichts lag plötzlich die Seine vor ihr, auf deren bräunlich-grünem Wasser vollbesetzte Touristenboote tuckerten. Eine hüfthohe Mauer aus hellem Stein verlief entlang des Flussbettes, dazwischen ragten Kastanienbäume ihre Äste in die Höhe, als wollten sie die Wolken berühren. Händler mit Erinnerungsstücken im Angebot hatten sich entlang der Mauer aufgebaut und priesen lautstark ihre überteuerten Waren an. Straßenkünstler standen vor ihren provisorischen Staffeleien und lockten zahlungskräftige Touristen mit Porträts von Hollywoodstars. Sie entdeckte die Brücke, die die Insel, auf der Notre-Dame gebaut worden war, mit der Stadt verband.

Aber das Beeindruckendste von allem war die Kathedrale von Notre-Dame selbst. Verzückt betrachtete Tess die pittoresken Türmchen, die bis hoch in den blauen Himmel ragten. Wasserspeier reckten ihre Hälse vom Mauerwerk, als wollten sie dem bunten Treiben auf dem Platz vor der Kirche zuschauen. In den Fenstern brach sich das Sonnenlicht tausendfach. Sie bewunderte die hellen steinernen Bögen, die den hinteren Teil des Gebäudes stützten. Das Grün der Bäume bildete einen starken Kontrast zu dem goldgelben Mauerwerk der Kathedrale. In der Luft hing der Frühlingsduft der Bäume. Sie zog ihr Handy hervor und hielt alles fest. Sie hatte sich vorgenommen, nach ihrer Rückkehr nach New York ein Album von ihrer Reise zusammenzustellen und jeder ihrer Freundinnen eine Kopie davon zu schenken – sozusagen als Dankeschön. Ihr Blick glitt die Straße entlang auf der Suche nach dem Café. Eine junge Frau kam ihr entgegen.

„Entschuldigen Sie bitte ..." Sie deutete auf die Karte in ihrer Hand.

Die Frau blieb stehen.

„Kann isch Ihnen 'elfen?" Sie lächelte Tess freundlich an.

„Ich suche das Café *Aux Arts*."

„Ah, das kenne isch. Das ist gleich da vorne." Die Frau deutete die Straße entlang und Tess folgte mit dem Blick ihrer Hand. Ein Lächeln huschte über ihr Gesicht, als sie das kleine Schild mit dem Namen des Cafés darauf entdeckte.

„Danke, ähm merci ..." Sie lächelte die Frau an.

„Pas de Problem – kein Problem." Die nette junge Französin nickte und ging weiter.

Das Café war genau so, wie sie es sich vorgestellt hatte: kleine Bistrotische mit den typischen einfachen Holzstühlen dazu.

Hinter der massigen Theke wirbelte ein junger Mann mit kurzen schwarzen Haaren an der Kaffeemaschine. Überall an den Wänden hing Kunst und nach hinten führte ein kleiner Garten. Jemand hatte mit Kreide das Menü auf die große Schiefertafel geschrieben, die gleich neben dem Eingang hing. Die Preise waren günstig und Tess bestellte sich ein Croissant und dazu einen Café au Lait.

Glücklicherweise war einer der Tische draußen frei. Sie zückte den Reiseführer und legte ihn auf den Tisch. Für einen Moment schloss sie die Augen und genoss die Wärme der Sonne, die direkt auf ihren Platz schien. Als sie die Augen wieder öffnete, blickte sie geradewegs in das Gesicht eines sehr attraktiven Mannes, der sie anstarrte. Sie blinzelte verlegen und hielt sich die Hand wie eine Schirmmütze vor die Stirn, um die blendende Sonne zu verdrängen. Der Mann hatte lebhafte braune Augen, die sie interessiert musterten. Ohne den Blick von seinem Gesicht abzuwenden, registrierte sie den anthrazitgrauen Anzug, der klassisch geschnitten war, aber lässig wirkte und mit Sicherheit teuer gewesen war. Lautes Hupen ließ sie aufschrecken. Irritiert warf sie einen kurzen Blick zur Seite. Als sie den Kopf wieder zurückdrehte, war der Mann verschwunden.

Der Kellner kam zu ihr an den Tisch.

„Mademoiselle, Ihr Café au Lait und das Croissant." Er stellte ein kleines rundes Tablett vor ihr auf den Tisch.

„Merci." Sie nickte und nahm die riesige Tasse mit dem dampfenden Kaffee zwischen beide Hände. Er schmeckte hervorragend. Das Croissant war noch warm und sie nahm einen herzhaften Bissen. Sofort hatte sie den zartschmelzenden Geschmack von echter Butter auf der Zunge. Das Croissant war perfekt: außen kross und innen weich. Wundervoll! Gierig nahm sie noch einen Bissen.

„Sie müssen das Croissant in den Kaffee tauchen."

Erschrocken sah sie hoch. Sie war so in Gedanken gewesen, dass sie den Mann nicht bemerkt hatte. Es war derselbe Kerl, der sie vorhin angestarrt hatte. Er stand direkt vor ihr und hatte eine Tüte mit Backwaren in der Hand.

„Was meinen Sie?", fragte sie höflich.

Er deutete auf das Croissant in ihrer Hand. „Sie müssen es in den Kaffee tauchen, bevor Sie es essen." Um seinen Mund spielte ein Lächeln.

Sie nickte mit hochrotem Kopf und tat, wie geheißen. Tatsächlich vereinte sich das Aroma des Kaffees wunderbar mit dem des Croissants.

„Und?" Seine Mundwinkel zuckten und es hätte Tess nicht gewundert, wenn er sie ausgelacht hätte.

Es klingelte. Der Mann runzelte die Stirn und warf einen Blick auf das Display seines Handys.

„Excusez-moi ... entschuldigen Sie mich bitte." Dann drehte er sich zur Seite. „Mama, oui, je sais ..."

Er drehte seinen Kopf und nickte ihr zum Abschied zu. Sie schluckte den letzten Bissen herunter, um etwas zu sagen, aber er hatte sich bereits wieder von ihr abgewendet. Sie sah noch, wie er hektisch ein Taxi anhielt und einstieg.

Woher hatte der Mann gewusst, dass sie eine Ausländerin war? Sie hatte schließlich nicht mit ihm gesprochen! Ihr Blick fiel auf den Tisch. Ein Lächeln huschte über ihr Gesicht. Der Reiseführer musste sie verraten haben.

Erst die junge Frau vorhin auf der Straße und jetzt der Mann ... anscheinend waren die Franzosen ein hilfsbereites Volk gegenüber Ausländern, was Tess verwunderte. Von ihren Freundinnen hatte sie stets zu hören bekommen, dass die Franzosen Fremden gegenüber ziemlich arrogant wären, was sich so gar nicht mit ihrem ersten Eindruck deckte.

Sie aß das Croissant bis auf den letzten Krümel auf. Als sie fertig war, leckte sie sich genüsslich mit der Zunge über die Lippen, dann rief sie den Kellner, um die Rechnung zu bezahlen. Es war kurz nach zwölf Uhr; sie hatte also noch gut drei Stunden bis zum Friseurtermin. Genug Zeit, um sich einige der Sehenswürdigkeiten von Paris anzuschauen.

# 8.Kapitel

Notre-Dame war noch eindrucksvoller gewesen, als Tess es sich vorgestellt hatte. Sie war die endlosen Treppen der Kathedrale bis nach oben geklettert und mit einem gigantischen Ausblick über Paris belohnt worden. Ehrfurchtsvoll hatte sie die Kunstwerke in der Kathedrale bewundert, die bereits vor Jahrhunderten von Menschenhand geschaffen worden waren, und sich von den Lichtspielen verzaubern lassen, die die riesigen Rosetten der Fenster auf den Boden der Kathedrale warfen. Man spürte die Kraft, die von diesem Ort ausging und schon manchen Schriftsteller beflügelt hatte, darüber zu schreiben.

Nachdem sie einige Zeit in Notre-Dame verbracht hatte, war sie in Richtung Hotel de Ville, des berühmten Rathauses von Paris, aufgebrochen. Allerdings nicht, ohne vorher ein Foto von sich auf dem Nullpunkt gemacht zu haben, von wo aus bis heute die Entfernungen aller wichtigen Straßen von Paris berechnet wurden. Beschwingt schlenderte sie nun durch die engen Gassen. Gedanken flatterten in ihrem Kopf wie Vögel in der Luft. Sie fühlte sich so frei wie lange nicht mehr. Keine Verantwortung lastete auf ihren Schultern und sie konnte tun und lassen, was sie wollte. Ein Gefühl, das sie schon fast vergessen hatte. Sie bewunderte die vielen Geschäfte, deren Schaufenster mit der neusten Pariser Mode gefüllt waren, um Besucher anzulocken.

Mehrfach blieb sie stehen und bestaunte die eleganten Kleider und raffinierten Accessoires. Als sie gegen halb zwei in Richtung Quartier Latin aufbrach, schmerzten ihre Füße bereits bedenklich vom langen Gehen. Schnellen Schrittes hastete sie den Boulevard Saint-Michel bis zum Quartier Latin entlang, wo sich der Friseursalon befand, in dem ihre Freundinnen einen Termin für sie vereinbart hatten.

Das Quartier Latin war ein lebhaftes Viertel, das früher einmal hauptsächlich von Studenten bewohnt worden war. Heutzutage gab es aufgrund der Nähe zur Sorbonne, der französischen Universität, noch immer viele Studenten hier, doch jetzt bevölkerten sie zumeist die unzähligen Cafés, da die Wohnungen mittlerweile viel zu teuer für die meisten geworden waren.

Tess saugte die Eindrücke in sich auf wie ein Schwamm, während sie die Gassen entlangschlenderte, die so eng waren, dass kaum ein Auto durchpasste. Sie bewunderte die Fassaden der alten Häuser, deren morbider Charme sie in den Bann zog. Es war, als ob sie aus einem langen Schlaf erwacht wäre und nun das Leben durch ihre Adern pulsierte. Gut gelaunt blieb sie vor dem Friseursalon stehen.

Als sie den Salon betrat, schnappte sie hörbar nach Luft. Dies war keiner der Friseursalons, wie sie sie aus New York kannte, wo die Kunden ein und ausgingen, um sich in weniger als einer halben Stunde die Haare schneiden zu lassen. Dieser Salon glich einem Tempel, den sein Besitzer ganz in den Dienst der Schönheit gestellt hatte.

Üppige Blumenmuster zierten die Tapeten und von der Decke hingen große Lampen, deren Licht sich tausendfach in den unzähligen Spiegeln brach, die entlang der Wände aufgehängt waren. Davor waren ausladende Friseurstühle aufgebaut worden, auf denen die Kundinnen Platz nehmen konnten und die Tess mit ihren geschwungenen Linien unwillkürlich an das Rokoko denken ließen. Unterhalb der Spiegel standen goldene Tische, die den Angestellten als Arbeitsfläche dienten. Der Boden schimmerte in einem dunklen Holzton.

Fast jeder Stuhl im Raum war von Kundinnen besetzt und Angestellte schwirrten durch den Raum wie eifrige Arbeitsbienen. Es wurde geschnitten, gepinselt und getupft. Der Duft nach Färbemittel und teurem Parfüm hing in der Luft. Sie sah, wie einer der Friseure ein Glas Sekt zu einer der Kundinnen brachte. Es war eine dürre, hochgewachsene Frau mit eisigem Lächeln und Alustreifen im Haar, die sich angeregt über ihr Handy unterhielt, während der Friseur ihr die Farbe auftrug.

Bisher hatte sich Tess immer für ganz in Ordnung gehalten; mit ihrer schlanken Figur, den langen braunen Locken und den grünen Augen entsprach sie zwar nicht dem klassischen Schönheitsideal, aber sie brauchte sich auch nicht zu verstecken. Aber genau in diesem Moment kam sie sich zwischen all den eleganten Frauen wie ein hässliches Entlein vor. Hilflos sah sie sich um.

Einem inneren Impuls folgend, machte sie auf dem Absatz kehrt und wollte gerade den Salon verlassen, als ein großer Mann mit rotblonden kurzen Haaren auf sie zugeeilt kam.

„Mademoiselle!", rief er. „Kann ich Ihnen 'elfen?" Er verschluckte das ‚h' beim Reden und entsprach somit ihrer klischeehaften Vorstellung eines Franzosen. Sie konnte sich ein Schmunzeln nur knapp verkneifen. Er war mittelgroß und unter seinem T-Shirt wölbte sich ein kleines Wohlstandsbäuchlein. Sein aristokratisches Gesicht zierte ein Bärtchen, das sie unweigerlich an die drei Musketiere denken ließ. Fehlte nur noch der Umhang. Er hatte ein freundliches Lächeln und seine hellblauen Augen funkelten vergnügt. In seiner Begleitung befanden sich zwei Chihuahuas, die ihrem Herrchen nicht von der Seite wichen.

„Nein. Ja. Vielleicht", stotterte sie unsicher. Er sah sie fragend an. „Meine Freundinnen haben für mich einen Termin zum Haareschneiden gemacht."

„Aaaaah." Der Mann zog das ‚a' übertrieben in die Länge, als hätte er soeben ein Heilmittel für Krebs gefunden. „Du bist der Notfall, von dem deine Freundin gesprochen 'at!" Sein Blick glitt über ihr Gesicht zu den Haaren. Es war ihr sympathisch, dass er auf die höfliche Form verzichtete und gleich zum Du überging.

„Notfall?" So schlimm sah sie also in den Augen ihrer Freundinnen aus.

„Oui – ja! Deine Freundin 'at gesagt, du 'ättest ein Makeover dringend nötig, und ich kann diese Ansicht nur bestätigen ..." Seine Augen scannten ihr Gesicht. „Wobei du gute Anlagen 'ast. Eine Schande, daraus nichts zu machen." Er legte den

Kopf leicht zur Seite und rieb sich nachdenklich am Kinn. Tess fühlte sich sichtlich unwohl in ihrer Haut.

„Mein Name ist Etienne." Er reichte ihr schließlich die Hand, nachdem er sie gefühlt eine Ewigkeit gemustert hatte.

„Tess Parker aus New York." Sie fühlte, wie die Röte in ihr Gesicht stieg. Beschämt senkte sie den Kopf.

Etienne wedelte hektisch mit der Hand in der Luft und eine Angestellte im hellblauen Kittel kam herbeigeeilt. Der Friseur flüsterte ihr etwas auf Französisch zu und seine Augen verengten sich. Mit jeder Sekunde, die sie in der Gegenwart dieses Mannes verbrachte, sank ihr Selbstbewusstsein. Eigentlich hätte sie am liebsten auf den Hacken kehrtgemacht – aber wie es aussah, hatte sie keine Chance zu entkommen, ohne sich lächerlich zu machen.

„Bitte folgen Sie mir, Mademoiselle", forderte sie die junge Frau mit einer gezierten Handbewegung auf.

Sie führte Tess über den polierten Holzboden in den hinteren Teil des Salons, der durch einen Paravent vom vorderen Teil abgetrennt war. Die Einrichtung war ähnlich wie die im Hauptraum, allerdings gab es nur einen Friseurstuhl, der vor einem gigantisch großen Spiegel stand. Sie kam sich vor wie im Empfangszimmer von Königin Marie Antoinette. Sie hatte diesen Film zusammen mit Kelly gesehen und war begeistert gewesen von der üppigen Ausstattung und den Kostümen.

Leicht eingeschüchtert ließ sie sich in den Sessel sinken. Das weinrote Leder war kühl auf ihrer Haut und sie bekam eine leichte Gänsehaut.

„Möchten Sie etwas trinken? Einen Sekt vielleicht?"

Sie schüttelte den Kopf. Sie hatte keine Ahnung, was der Spaß hier kosten sollte, aber mit Sicherheit würde das Glas Sekt ihr Tagesbudget von zwanzig Dollar sprengen. „Nein, danke, aber ein Wasser wäre toll."

Die Frau nickte. Etienne kam leichtfüßig zu ihnen und die Chihuahuas tippelten etwas verloren neben ihm her.

„Dann wollen wir mal anfangen." Er blieb hinter ihrem Stuhl stehen und begutachtete sie eingehend im Spiegel, dabei strich er sich mit ernster Miene über das Kinn. Instinktiv hielt sie die

Luft an. Sie kam sich vor wie ein Verurteilter, der auf den Richterspruch wartete.

„Ich denke, das kriegen wir 'in." Etienne griff ihr beherzt in die Haare und hob ihre Locken an.

„Was genau meinst du damit?", piepste sie eingeschüchtert.

„Die 'aare, der Look. Wir müssen unbedingt etwas mit deinem Look machen …"

„Was ist denn mit meinem Look nicht in Ordnung?"

Etienne legte den Kopf leicht schräg. „Viel zu altbacken für eine junge Frau, wie du es bist!"

Altbacken?! Okay, sie hatte vielleicht nicht den neusten Schnitt, aber ihre Haare glänzten und sahen gesund aus. Als alleinerziehende Mutter gab es einfach tausend Sachen, die wichtiger waren, als zum Friseur zu gehen.

„Die langen Haare sind aber praktisch", protestierte sie.

„Praktisch … Ts, ts, ts." Etienne wedelte mit seinem Zeigefinger vor ihrer Nase.

„Eine Frau, die 'übsch aussehen will, darf nicht praktisch denken. Das machen vielleicht Krankenschwestern, Kindergärtnerinnen oder Lehrerinnen. Eine Frau, die etwas auf sich 'ält, sollte als Allererstes an sich denken und nicht, ob es praktisch ist!" Sein Blick blieb an ihren ungezupften Augenbrauen hängen. Tess wäre am liebsten im Boden versunken. Die junge Angestellte brachte das Glas Wasser. Dankend nahm sie einen Schluck, um ihre trockene Kehle zu befeuchten.

„Ich denke, wir sollten ein paar 'ighlights in die 'aare setzen." Er betätigte mit dem Fuß einen Hebel am Stuhl. Sofort fiel die Rückenlehne nach hinten und ihr Kopf landete unsanft auf dem Polster.

Bewaffnet mit unzähligen Alustreifen und einem Topf, in dem eine lilafarbene Masse schwamm, machte sich Etienne an ihren Haaren zu schaffen. Sie betete im Stillen, dass die Farbe der Paste nicht der der endgültigen Farbe entsprach. Seine Chihuahuas hatten mittlerweile neben dem Stuhl Platz genommen und verfolgten jede Bewegung ihres Herrchens mit großen Augen.

„Und, ist das dein Salon?", fragte Tess, um die Stimmung etwas aufzulockern.

„Wenn du versprichst, es niemandem zu verraten, erzähle ich es dir."

Sie wollte nicken, aber er ermahnte sie: „Nicht den Kopf bewegen! Nur sprechen ist erlaubt. Der Salon ge'ört einem Freund und mir. Meine Alterssicherung sozusagen. Früher 'abe ich viel auf Shows gearbeitet, aber wir werden alle nicht jünger." Er seufzte theatralisch. „Wenn ich für einen Job unterwegs bin, schmeißt er den Laden." Er legte einen Alustreifen unter die Strähne. „Ich Trottel 'abe erst letzte Woche in Cannes zugesagt, dass ich für einen Monat nach Bolivien mitfahre und dort Sophie Marceau bei ihrem neuen Film betreue. Mein Gott, ich weiß bis 'eute nicht, was mich da geritten 'at. Ich – in Bolivien, inmitten der Salzwüste. Man muss sich vorstellen, die 'aben tatsächlich ein 'otel da reingebaut in die Wüste."

„Aber der persönliche Stylist von Sophie Marceau zu sein, klingt doch toll!"

„Ja, Sophie ist nett, aber *Bolivien!*" Er verdrehte theatralisch die Augen. „Ich musste mich letzte Woche auf Anweisung des Filmteams impfen lassen. Eine Tortur. Sieben Spritzen 'at mir diese wahnsinnige Ärztin verpasst. Ich war tagelang todkrank."

Tess kicherte leise.

„Du lachst, es war schrecklich. Nicht war, TinTin?" Beide Hunde sahen zu ihrem Herrchen hoch.

„Welcher von beiden ist denn TinTin?"

„Beide. Ich kann mir keine Namen merken, des'alb 'abe ich beide TinTin getauft, nachdem mir diese verrückte Mexikanerin die 'unde angedreht 'at, obwohl ich gar keinen wollte."

„Du hast die Hunde aus Mexiko?"

Er nickte mit ernster Miene. „Selbst geschmuggelt. Stimmt's, Jungs?"

Dank Etiennes lockerem Geplapper verging die Zeit wie im Flug. Als Tess wieder mit ausgewaschenen Haaren vor dem

Spiegel saß, bewunderte sie das vorläufige Ergebnis. Ihre haselnussbraunen Haare waren von einem goldenen Ton durchzogen. Sie sah damit aus wie von der Sonne geküsst.

„Wundervoll, diese Reflexe. Magnifique!" Er warf einen Kuss in die Luft. „Gefällt es dir?"

Tess drehte ihren Kopf zu allen Seiten, um sich zu begutachten. Die neue Farbe war zwar ungewohnt, aber stand ihr ganz ausgezeichnet. „Ich finde es toll."

„Gut, dann kommt die Schnitt."

Sie schluckte trocken, als Etienne ohne Vorankündigung die Schere an ihrem Kopf ansetzte. Sie beobachtete, wie die braunen Locken auf den Fußboden regneten.

„Voilà!" Etienne legte die Schere mit einer theatralischen Geste auf den Tisch, dann trat er einen Schritt zurück und betrachtete zufrieden sein Werk. Sie kam sich vor wie ein Ausstellungsstück in einer Galerie. Auf den ersten Blick waren ihre Haare deutlich kürzer und er hatte mehrere Stufen hineingeschnitten. Sie wollte gerade den Kopf drehen, um sich von hinten zu betrachten, als Etienne sich mit einem Monstrum von Föhn näherte. Warme Luft strich ihr über den Kopf und wirbelte ihre Haare auf.

Etienne spreizte seine schlanken Finger und bearbeitete ihre Haare, während er mit dem Föhn draufhielt. Fasziniert beobachtete sie im Spiegel, wie sich ihre feuchten Locken zu einer modernen Frisur verwandelten. Als Etienne fertig war, fielen ihre Haare schimmernd in weichen Locken über ihre Schultern. Tess war sprachlos.

„C'est magnifique – wunderbar! Ich 'abe die 'aare so geschnitten, dass du sie ohne Bürste föhnen kannst und sie trotzdem locker fallen. Ich 'abe etwas von der Länge weggenommen, um dem 'aar mehr Volumen zu geben, aber du kannst sie noch immer zusammenfassen." Etienne zupfte eine Strähne zurecht.

„Das sieht toll aus!" Sie drehte ihren Kopf zu allen Seiten, um sich gebührend im Spiegel zu bewundern. „Aber das ist noch nicht alles!" Er lächelte.

„Noch mehr?" Sie fragte sich, was Etienne mit ihren Haaren noch alles anstellen wollte.

„Nicht die 'aare", antwortete er, der ihre Gedanken zu erraten schien. „Mit die Gesicht."

Eine halbe Stunde später legte Etienne den Pinsel aus der Hand und wirbelte Tess auf dem Stuhl herum, sodass sie sich direkt im Spiegel betrachten konnte.

„Das ist die neue Tess", verkündete er stolz und klatschte dabei in die Hände.

Ehrfürchtig betrachtete sie ihr Spiegelbild. Die Frau im Spiegel hatte zwar ihr Gesicht, aber trotzdem war die Wirkung eine andere. Etienne hatte einen völlig neuen Typ aus ihr gemacht. Ihre Haut schimmerte porzellanartig und auf ihren Wangen lag ein Hauch von Apricot. Die oberen Augenlider waren mit dunklem Kajal umrandet, sodass das Grün ihrer Augen fast unnatürlich herausstach. Die langen Wimpern glänzten schwarz im Licht und boten einen starken Kontrast zu dem zarten Roséton ihrer Lippen. Glänzende Locken umrahmten ihr Gesicht. Tränen stiegen ihr in die Augen.

„Ich sehe einfach … wunderschön aus", hauchte sie. Sie kam sich vor wie im Märchen.

„Das kleine Entlein ist zu die Schwan geworden." Etienne tänzelte um ihren Stuhl. „Mit diesem Look werden dir die Männer in Scharen 'inter'erlaufen."

Tess lachte auf. „Heute Abend vielleicht … morgen ist der Zauber vorbei. Das kriege ich niemals alleine so hin. Ich bin schon froh, wenn ich die Wimperntusche aufgetragen bekomme, ohne mir dabei mein ganzes Auge zu verschmieren."

„Mon dieu! Bin ich die Frau oder du? Das ist reine Übungssache und wenn ich das als Mann kann, kannst du es auch."

Sie schüttelte energisch den Kopf. „Ich habe zwei linke Hände, was diese Dinge anbelangt."

„Ich werde dir zeigen, wie du dich mit wenigen Pinselstrichen verwandeln kannst, ma Petite.

Aber du musst mir versprechen, dass du 'eute Abend essen gehen wirst. Ganz Paris soll dich sehen und denken: ‚Was für eine Schön'eit. Bestimmt ist sie ein Star.'"

Tess kicherte hysterisch. „Ich bin mir sicher, dass mich niemand für einen Star halten wird."

„Wir werden ja sehen."

„Und wie willst du das kontrollieren?" Sie sah ihn keck an.

„Indem ich dich zum Abendessen begleite", kam es wie aus der Pistole geschossen.

Sie blinzelte verdutzt. „Ist das dein Ernst?"

„Aber ja! Ich 'abe 'eute Abend sowieso nichts vor oder möchtest du lieber alleine …?" Er sah sie fragend an.

„Nein, natürlich nicht. Ich würde mich freuen, wenn du mich begleiten würdest. Ich hasse es, alleine zu essen."

Etienne nickte. „Ich auch."

„Und was schlägst du vor?"

„Wo ist deine 'otel?"

„Ich wohne im *Henri IV* im Quartier Latin."

„Ich kenne es. Eine süße kleine 'aus."

„Ja, das finde ich auch. Die Zeitschrift hat es für mich gebucht."

„Die Zeitschrift?" Er sah sie verwundert an. „Ich dachte, du bist in die Urlaub 'ier."

Sie lachte. „Eigentlich schon. Ich habe die Reise nach Paris bei einem Kreuzworträtsel gewonnen."

„Mon dieu – mein Gott, das musst du mir unbedingt alles 'eute Abend bei die Essen erzählen", bat er sie. „Würde dir sieben Uhr passen?"

„Sieben klingt perfekt!" Sie reichte ihm die Hand. „Dann sehen wir uns heute Abend und ich werde jetzt mal einen ersten Test mit meinem neuen Look in der freien Natur machen."

Etienne begleitete sie bis zur Tür.

Zur Verabschiedung machte er eine kleine Verbeugung und gab ihr einen Handkuss. „Es ist mir eine Freude, dich kennengelernt zu 'aben."

„Die Freude ist ganz meinerseits." Tess lächelte ihn an. Sie hatte das Gefühl, einen Freund gewonnen zu haben.

Als sie in die Straße einbog, die zum Hotel führte, war es schon spät am Nachmittag. Die Sonne stand bereits tief und Bäume warfen ihre langen Schatten auf den Gehweg. Sie verspürte ein flaues Gefühl im Magen, was zweifellos darauf zurückzuführen war, dass sie seit dem Frühstück nichts mehr gegessen hatte. Bis zum Abendessen dauerte es noch zwei Stunden – bis dahin war sie verhungert. Kurzentschlossen bog sie in einen kleinen Lebensmittelladen ein, der mit üppigen Obstauslagen lockte. Als sie den Laden betrat, klingelte eine winzige Glocke. Sofort kam ein untersetzter Mann mit südländischem Aussehen herbeigeeilt. Er trug eine Baskenmütze auf dem Kopf und seine Beine steckten in weiten Hosen, die seine ohnehin kurzen Beine noch kürzer erscheinen ließen.

„Mademoiselle? Qu'est-ce que vous voulez?"

„Pardon – Entschuldigung. Je … ne parle pas français – ich spreche kein Französisch." Es war der einzige Satz, den ihr Kelly kurz vor der Abreise beigebracht hatte. „Damit kommst du überall zurecht", hatte sie ihr erklärt.

„Ah, Sie sind Amerikanerin." Der Mann strahlte sie an.

„Ja, genau. Ich hätte gerne eine Banane und einen Apfel."

„Aber natürlich." Der Mann eilte los. Keine Minute später stand er mit einem kleinen Korb, in dem sich eine Banane und ein Apfel befanden, vor ihr.

„Was wünschen Sie noch?"

„Das ist alles." Sie schüttelte den Kopf.

Der Mann machte ein unglückliches Gesicht. „Warum möchten Sie nur eine Banane und einen Apfel? Machen Sie mich glücklich und kaufen noch mehr."

„Es tut mir leid, aber ich bin alleine", erklärte sie.

„Mon dieu!" Er hob theatralisch seine Hände in die Luft.

Sie schmunzelte.

„Eine schöne Frau wie Sie kann doch unmöglich alleine sein. Sie meinen, Sie sind alleine zu Besuch?"

Sie konnte angesichts seiner entsetzten Miene nur mit Mühe ein Lachen unterdrücken. „Nein, ich bin Single!"

Der Mann riss sich die Mütze vom Kopf, um sich anschließend ausgiebig an der darunter verborgenen Glatze zu kratzen. „Ich verstehe die Männer nicht …"

„Dann sind wir schon zu zweit." Sie öffnete ihr Portmonee und reichte dem Verkäufer sein Geld.

„Ich wünsche Ihnen noch einen schönen Abend", verabschiedete sich der Mann freundlich.

„Danke." Sie packte das Obst in ihre Tasche.

Als sie den Laden verließ, folgten ihr die bewundernden Blicke des Ladenbesitzers.


„Mon dieu …"

*Da ist es wieder!*

„Was haben Sie mit die Haare gemacht?", fragte Madame Julie wie eine alte Freundin.

„Ich war beim Friseur." Sie drehte sich keck um die eigene Achse.

„Sie sehen absolut magnifique aus!" Madame Julie schlug bewundernd die Hände zusammen. „Arthur! Komm her und sieh dir Mademoiselle Tess an."

Ihre Wangen fühlten sich an, als würde jemand einen Bunsenbrenner draufhalten.

Arthur kam aus dem Büro herbeigeeilt. „Was ist los? Was ist passiert? Warum rufst du so laut?"

„Aber sieh doch selbst!" Madame Julie deutete auf Tess.

Arthur blieb stehen und musterte sie.

„Paris tut Ihnen gut … Sie sehen absolut unglaublich aus."

„Ach Blödsinn", murmelte sie verlegen. „Ich war lediglich bei einem Friseur."

„Nur bei einem Friseur … pah! Der Mann ist ein Künstler, so wie Sie aussehen."

„Stellen Sie sich vor, dieser Künstler begleitet mich heute zum Essen."

„Eine Verabredung?" Madame Julies Augen weiteten sich.

„Nein, nur ein Abendessen." Sie senkte ihre Stimme. „Ich glaube, Etienne ist nicht an mir interessiert."

„Und warum hat er Sie zum Essen eingeladen?"

„Er hat mich nicht eingeladen, er begleitet mich nur."

„Das ist ein und dasselbe."

„In Amerika nicht." Sie nahm den Zimmerschlüssel entgegen.

„Julie, was redest du da wieder für einen Unsinn." Arthur warf seiner Schwester einen Blick zu, der sie sofort verstummen ließ.

„Ich geh dann mal nach oben."

„Falls Sie noch etwas brauchen, sagen Sie mir Bescheid." Arthur stand vor ihr, die Hände in den Hosentaschen. Er sah trotz seines Alters aus wie ein kleiner Junge.

„Vielen Dank, aber im Moment nicht."

Das Zimmer war gereinigt worden. Alles stand wieder ordentlich an seinem Platz, im Badezimmer waren die Handtücher ausgewechselt worden und ihr Bett war frisch gemacht. Jemand hatte ihr einen Umschlag auf den Schreibtisch gelegt, in dem sie den Code für die Nutzung des Internets vorfand. Damit konnte sie Hazel anrufen, die die ersten vier Nächte bei Kelly schlief. Allerdings würde sie sich noch bis nach dem Abendessen gedulden müssen. In New York war es noch nicht einmal ein Uhr Mittags und Hazel war im Kindergarten. Es kam ihr unwirklich vor, dass es zu Hause gerade mitten am Tag war, während sich hier der Tag langsam dem Ende neigte. Sie nahm ihr Handy aus der Tasche und wählte sich ins Internet ein, um Kelly eine Nachricht zu schicken.

*Ich hatte einen Wahnsinnstag dank eurer Überraschung! Ihr solltet mich sehen, ich bin eine ganz neue Tess! Ich wünschte, ihr wärt hier! Paris ist wunderbar und die Menschen hier sind*

*freundlich. Ich glaube, ich habe mich in Paris verliebt, und ich danke
euch von Herzen, dass ihr mir diese Reise ermöglicht habt.*

*Hazel, mein Sonnenschein, ich liebe dich über alles und kann es
gar nicht abwarten, dich heute Abend am Telefon zu sprechen. Ich
schicke dir tausend Küsse. Bis später! Mummy.*

Sie streckte die Arme aus und fotografierte sich mit dem
Handy. Das Foto fügte sie der Nachricht bei.

Es dauerte keine zwei Minuten, bis die Antwort kam.

*Du siehst absolut unglaublich aus – wie eine waschechte
Französin! Ich beneide dich!*

Tess schmunzelte, das war typisch für Kelly.

*Hazel geht es fantastisch. Ich wusste gar nicht, dass ein Mensch so
viel reden kann. Wahnsinn!*

*Gestern Abend haben wir im Bett gegessen und dabei einen
Disneyfilm geschaut. Ich glaube, ich fand es mindestens genauso gut
wie Hazel.*

*Deine Tochter ist unglaublich und du kannst stolz auf sie sein. Ich
freue mich darauf, deinen Tagesbericht zu hören.*

*Bis später, ich muss los.*

Lächelnd legte Tess das Handy zurück in die Tasche.

Das Restaurant, das Etienne vorgeschlagen hatte, war vom
Hotel aus zu Fuß zu erreichen. Es war eine laue
Frühlingsnacht und die Luft roch nach Blumen. Beschwingt
ging Tess durch das abendliche Paris. Die halbe Stadt war
noch auf den Beinen; Pärchen schlenderten den Boulevard
entlang und tauschten dabei verliebte Blicke. Eine Gruppe
lachender Jugendlicher trottete an ihr vorbei.

Das Restaurant lag in einer kleinen Seitenstraße. Sie warf
einen letzten prüfenden Blick in das Schaufenster, dann trat sie
ein. Das Lokal war gut besucht und auf den wenigen Tischen,
die noch frei waren, entdeckte sie ein Reservierungsschild.

Etiennes rote Haare stachen unter den anderen Gästen
hervor. Als er sie entdeckte, winkte er ihr freudestrahlend zu.

„Ma Petite, wie schön, dich zu sehen." Er beugte sich zu ihr
nach vorne und gab ihr einen Kuss auf beide Wangen.
Verdutzt sah sie ihn an.

„Das ist eine französische Sitte. Wenn man Freunde trifft, begrüßt man sie mit einem Kuss auf die rechte und auf die linke Wange." Er grinste.

„Ein netter Brauch. Daran könnte ich mich gewöhnen." Sie lächelte ihn frech an.

Etienne trat einen Schritt zurück und musterte sie. „Du siehst absolut fantastisch aus."

„Danke, das ist allein dein Werk."

Etienne schüttelte den Kopf. „Ich 'abe nur sichtbar gemacht, was schon die ganze Zeit versteckt darunter schlummerte."

„Sind alle Franzosen so charmant oder bist das nur du?", entgegnete sie kokett und schob eine Locke hinters Ohr.

„'ast du gesehen, wie die Männer dich angestarrt 'aben, als du durch die Restaurant gegangen bist?" Etienne machte eine kleine Kopfbewegung in Richtung Ausgang.

Sie zupfte unsicher am Ausschnitt ihres Kleides. „Ach, das war doch nur einer."

Ihr neuer Freund schüttelte den Kopf. „Das waren mehrere. Ich glaube, jede Frau 'ier im Raum beneidet und 'asst dich zugleich. Du siehst absolut manifigue - bezaubernd aus."

Eine heiße Welle flutete ihr Gesicht. „Ich bin immer noch Tess, das Mädchen aus New York."

„Wirklich? Ich wüsste auf der Stelle mindestens zwei Typen, die mich am liebsten erwürgen würden, weil ich mit dir am Tisch sitze und nicht sie."

Sie kicherte verlegen. „Wer denn zum Beispiel?"

„Da drüben." Er deutete auf zwei Männer, die zusammen an einem Tisch saßen und sich unterhielten. Dabei waren ihre Blicke auf Tess gerichtet.

Hastig senkte sie den Kopf, damit die Männer nicht sahen, wie sie rot wurde. „Ups! Ich glaube, du hast recht."

„Sag ich doch! Und da sind noch mehr!" Etienne grinste sie breit an.

Es war eine völlig neue Erfahrung für sie, dass Männer sie so offen anstarrten. Hektisch nahm sie die Karte zur Hand und tauchte mit dem Kopf dahinter ab.

Die Preise waren deutlich höher, als sie gerechnet hatte. Sie schluckte unbehaglich. Selbst das billigste Hauptgericht überstieg ihr Tagesbudget um einiges.

„Was nimmst du?", fragte Etienne.

Hastig überflog sie die Preise.

„Ich denke, ich nehme die Spagetti mit Knoblauch."

Etienne runzelte die Stirn. „Du bist doch das erste Mal in Frankreich, oder?"

Sie nickte.

„Dann kannst du unmöglich die Spagetti mit Knoblauch nehmen."

„Warum?"

„Weil die französische Küche berühmt für ihr gutes Essen ist und du nimmst ein italienisches Gericht …

Das ist mir als Franzosen gegenüber ein Frontalangriff", tadelte er sie. „Garçon!" Etienne schnipste mit den Fingern. Der Kellner kam herbeigeeilt.

„Wir nehmen eine Flasche von Ihrem Medoc und dazu als Vorspeise die Zwiebelsuppe und als Hauptgang das Coq au Vin." Etienne klappte die Karte zusammen. „Du magst doch Fleisch?"

Sie nickte stumm. Der Kellner verschwand. Sie würde die nächsten Tage den Gürtel enger schnallen müssen, aber was bedeutete das schon? Dafür saß sie in einem netten Restaurant mit dem Mann, der ihr ein neues ‚Ich' gezeigt hatte.

„Und jetzt musst du mir alles über dich erzählen", bat Etienne.

„Da gibt es nicht viel zu erzählen."

Der Kellner brachte den Wein.

„Das lässt du am besten mich beurteilen", widersprach der Friseur und hob sein Glas. „Auf deinen ersten Abend in Paris …"

„Zweiten Abend", korrigierte sie ihn.

„Und auf alle Abende, die noch folgen werden."

„Darauf trinke ich gerne." Sie nahm einen Schluck aus ihrem Glas.

„Das war das leckerste Hühnchen, das ich jemals in meinem Leben gegessen habe", sagte Tess und legte die Gabel beiseite.

„Ich 'abe dir doch gesagt, wir Franzosen verstehen etwas von der Liebe und vom Essen. Schließlich sind wir in der ganzen Welt nicht umsonst dafür berühmt." Er lächelte sie an.

„Und was ist mit dir?" Sie nahm einen Schluck Wein. „Ich bin schrecklich neugierig und würde zu gerne wissen, wie du zu deinem Beruf gekommen bist."

„Oh, là, là." Etienne lachte verschmitzt. „Ich weiß nicht, ob ich das erzählen möchte."

„Natürlich möchtest du, schließlich habe ich dir auch alles über mich erzählt." Sie machte einen Schmollmund.

„Also gut, aber dann brauche ich noch etwas Wein." Er gab dem Kellner ein Zeichen, noch eine Flasche zu bringen.

Kurze Zeit später waren die Gläser voll und Etienne fing an zu erzählen. Er schilderte seine Anfangszeit in Paris und wie er sich auf Modenschauen einen Namen gemacht hatte. Zuerst hatte er als Assistent ausgeholfen und war nach und nach aufgestiegen. Zuletzt hatte er bei Chanel als Chefvisagist gearbeitet. Irgendwann war ihm das Modelbusiness zu viel geworden; er hatte sich selbstständig gemacht und zusammen mit einem guten Freund den Salon eröffnet.

„Und warum bist du heute mit mir ausgegangen?" Die Frage brannte ihr schon den ganzen Abend auf der Zunge.

„Du 'ast so ängstlich ausgesehen, als du in meine Salon aufgetaucht bist. Ich musste einfach wissen, wer die Frau ist, die da'intersteckt."

„Und was ist das für eine Frau?", kokettierte sie.

„Eine verletzliche, aber sehr starke Frau, die sich selbst noch nicht gefunden 'at."

„Ich weiß nicht, ob ich das gut finden soll." Sie zupfte nachdenklich an der Serviette.

„Doch, das sollte ein Kompliment sein. Du 'ast eine unglaublich positive Ausstrahlung. Deine Augen leuchten, wenn du sprichst. Als ich dich im Salon gesehen 'abe, war ich sofort von deiner lebensbeja'enden Art begeistert."

„Hör auf, ich werde schon ganz rot." Tatsächlich brannten ihre Wangen und sie sah verlegen auf den abgegessenen Teller.

„Das brauchst du aber nicht. Ich bin sehr froh, dass du zu mir gekommen bist."

„Da musst du Kelly, Lynn und Megan danken. Ich wusste bis heute nichts davon."

„Sollte ich sie jemals kennenlernen, werde ich es ihnen sagen." Er schmunzelte.

Eine bleierne Müdigkeit senkte sich über Tess und sie gähnte verstohlen. „Das Essen war einfach köstlich, aber ich denke, ich sollte langsam zurück ins Hotel. Der Jetlag scheint doch nicht spurlos an mir vorbeizugehen, denn ich bin ziemlich müde."

„Pas de Problem – kein Problem." Etienne gab dem Kellner ein Zeichen, die Rechnung zu bringen.

Ihr wurde ganz schlecht, als sie die Summe sah, die auf dem Beleg stand. Das war ihr Tagesbudget von drei Tagen! Sie biss sich tapfer auf die Unterlippe und zog schweigend das Portmonee hervor.

„Non, non, non. Das kommt gar nicht infrage." Etienne wedelte mit dem Zeigefinger vor ihrem Gesicht. „Du bist selbstverständlich eingeladen. Ich 'abe die Abend sehr genossen."

„Nein, das kann ich unmöglich annehmen", protestierte sie.

Er zog eine Kreditkarte aus seiner Brieftasche.

„Ich bin Franzose und als solcher muss ich darauf bestehen, die Rechnung zu zahlen. Das ist Ehrensache und in deinem Fall ist es mir sogar ein Vergnügen."

„Du beschämst mich."

„Keineswegs. Das ist meine Art, dir für diesen wunderschönen Abend zu danken." Er lächelte ihr zu.

„Du bist ein Charmeur." Sie kicherte und stand auf. Der schwere Wein zeigte langsam seine Wirkung und sie musste sich konzentrieren, um nicht das Gleichgewicht zu verlieren.

„Darf ich?" Galant bot ihr Etienne seinen Arm an. Dankbar hakte sie sich bei ihm unter.

Es war kühl geworden und sie zog den Mantel enger, als sie nach draußen traten.

„Soll ich dir ein Taxi rufen?", fragte Etienne und hob die Hand.

„Nein, nein." Sie schüttelte den Kopf. „Ich glaube, ein paar Schritte an der frischen Luft tun mir ganz gut. Ich bin ganz benebelt vom Rotwein."

„Dann komme ich mit. Ich kann dich in diesem Kleid unmöglich alleine durch Paris spazieren lassen."

Tess dachte an das enge Cocktailkleid, das sie unter dem Mantel trug. „Das sieht doch keiner."

„Französische Männer 'aben ein Gespür für so etwas."

Wie auf Kommando ertönte ein Pfiff, der offensichtlich von einer Gruppe Männer herrührte, die auf der gegenüberliegenden Straßenseite standen und eine Zigarette rauchten.

„Na dann." Tess hakte sich bei Etienne unter. „Lass uns gehen."

Der Weg bis zum Hotel war kurzweilig. Etienne erzählte ihr einige Anekdoten aus dem Showbusiness.

„Du 'ättest die Panik sehen sollen, als der Typ mit seiner Zigarette unmittelbar vor ihrem Auftritt gegen die 'aare des Models kam und sie anfingen zu brennen. Ich 'abe einfach mein Wasserglas genommen und es ihr über die Kopf geschüttet. Es war grauenvoll. Das Model weinte und schrie und zum Dank musste ich anschließend retten, was zu retten war. Also 'abe ich sie so ver'eult gelassen, wie sie war, und ihr zusätzlich die 'aare wild auftoupiert. So ist sie in die Finalkleid auf die Bühne gegangen. Jeder im Publikum dachte, das wäre der neue Punklook, und ich wurde als 'eld gefeiert." Etienne grinste verschmitzt.

„Du willst mich auf den Arm nehmen?" Sie sah ihn ungläubig an.

„Keineswegs. Ich war der Star des Abends. Dieser Unfall war mein Glück und letztendlich der Grund, warum die

Presse auf mich aufmerksam wurde." Er schmunzelte spitzbübisch.

Tess prustete laut los. „Oh mein Gott, da wäre ich gerne dabei gewesen."

Er blieb stehen. „'ast du Lust, dir mal eine Show anzusehen?"

„Du meinst eine Modenschau?"

„Bien sûr – sicher. Ich kenne alle Designer dieser Stadt und manche auch näher."

„Etienne, das wäre ..." Ihr fehlten die Worte. „Das wäre fantastisch."

„Gut, dann rufe ich dich an, wenn der Termin steht." Sie gingen weiter.

„Weißt du ..." Sie sah zu ihm hoch. „Ich weiß überhaupt nicht, womit ich das alles verdient habe. Es kommt mir alles so unwirklich vor. Ich hier in Paris, dieser Abend, du ... einfach alles."

„Vielleicht ist jemand da oben der Ansicht, dass du an der Reihe bist, auch einmal verwöhnt zu werden." Er deutete in Richtung Himmel.

„Vielleicht." Andächtig sah sie hinauf. Die Sterne funkelten auf die Stadt herab.

# 9. Kapitel

„Mummy!"

Tess lachte glücklich, als sie Hazels Stimme hörte.

„Hallo, mein Sonnenschein. Wie geht es dir?"

„Prima. Stell dir vor, Tante Kelly und ich haben im Bett gegessen und dabei ferngesehen", zwitscherte Hazel ausgelassen. Fernsehen und gleichzeitig Essen war normalerweise tabu. Sie würde mit Kelly ein Hühnchen rupfen müssen, wenn sie wieder zu Hause war.

„Kaum bin ich aus dem Haus, tanzen die Mäuse auf dem Tisch." Sie schmunzelte. „Und was habt ihr heute unternommen?"

„Tante Kelly hat mir Waffeln zum Frühstück gemacht und dann sind wir ins Schwimmbad gefahren."

Sie hörte Kelly etwas im Hintergrund murmeln.

„Du warst nicht im Kindergarten?"

„Ups", giggelte Hazel fröhlich. „Tante Kelly sagt, du sollst nicht böse sein, aber ich bin schließlich so selten bei ihr und da muss man eben mal eine Ausnahme machen."

„Soso, das hat Tante Kelly also gesagt?"

„Ja, und gleich wollen wir zusammen spielen."

„Ach, was spielt ihr denn?"

„*Plitsch Platsch Pinguin!* Und Tante Kelly hat Popcorn dazu gemacht."

„Ich merke schon, Tante Kelly verwöhnt dich nach Strich und Faden. Ich freue mich, dass du so viel Spaß hast."

„Und was hast du heute gemacht?"

„Ich bin den ganzen Tag durch die Stadt gelaufen und habe mir die alte Kirche angesehen."

„Das klingt ganz schön langweilig für mich."

„Überhaupt nicht!" Sie erzählte Hazel von den Wasserspeiern, die laut einer alten Volkssage nachts zum Leben erwachten. Ihre Tochter war völlig begeistert von der

Idee, dass die urigen Wasserspeier des Nachts über die Dächer von Notre-Dame kletterten und allerlei Unfug anstellten.

„Kannst du mir einen Wasserspeier mitbringen?", bettelte Hazel.

„Die sind viel zu schnell für mich. Ich weiß nicht, ob ich einen zu fassen kriege", antwortete sie vorsichtig.

„Bitte, Mummy. Ich wünsche mir so doll einen."

„Na, wenn das so ist, werde ich versuchen, einen für dich zu fangen. Aber ich kann dir nichts versprechen! Außerdem weiß ich nicht, ob seine Kräfte auch in New York wirken." Lächelnd nahm sie die kleine Stofffigur in die Hand, die sie bei einem Stand nahe der Kathedrale gekauft hatte.

„Au ja!" Sie konnte förmlich sehen, wie Hazels Augen bei der Idee, einen Wasserspeier zu besitzen, leuchteten.

„Möchtest du Tante Kelly mal sprechen?"

„Ja, klar." Sie streifte sich die Pumps von den Füßen. Sie war es nicht gewohnt, hohe Schuhe zu tragen, und ihre Zehen schmerzten schon, seit sie das Restaurant betreten hatte. Mittlerweile spürte sie sie kaum noch.

„Da ist ja unsere Weltenbummlerin", zwitscherte Kelly gutgelaunt.

„Hallo, Kelly. Hazel ist ja ganz begeistert."

„Ich liebe sie. Deine Tochter ist das Süßeste auf zwei Beinen und ich gebe alles, damit sie gar nicht mehr von hier wegwill." Kelly kicherte.

„Das habe ich mir schon gedacht, so wie du sie verwöhnst." Tess ließ sich auf das Bett fallen. „Ich bin froh, dass sie mich nicht so sehr vermisst."

„Natürlich vermisst sie dich. Sie redet von nichts anderem als von dir", widersprach ihre Freundin. „Ich weiß nicht, wie du das alles schaffst. Hazel ist erst zwei Tage hier und ich bin völlig fertig. Wenn ich mir vorstelle, ich müsste das jeden Tag machen und dazu noch arbeiten …"

„Da wächst du als Mutter rein. Es ist ja nicht so, dass du plötzlich eine Fünfjährige neben dir liegen hast."

„Wahrscheinlich hast du recht. Und jetzt erzähl mir von Paris. Hast du schon jemanden kennengelernt?" Sie hörte, wie Kelly sich etwas in einen Becher goss.

„Paris ist einfach unglaublich. Die Menschen, die Häuser, die Straßen, Notre-Dame ... einfach alles." Sie hörte Kelly seufzen.

„Aber bevor ich anfange, möchte ich mich noch bei dir bedanken. Die ganzen Klamotten in meinem Koffer, die Schuhe und der Friseurtermin ...

Was habt ihr euch nur dabei gedacht? Ihr macht schon so viel für mich und jetzt auch noch das!"

„Hey, Tess, du hast es dir verdient. Wir haben lange überlegt, was wir für dich tun können, und dieser Koffer und der Wochenplan schienen uns das Richtige zu sein, um dir ein bisschen was von der Liebe zurückzugeben, die du uns all die Jahre geschenkt hast."

Tess schluckte. Tränen der Rührung stiegen ihr in die Augen. „Ich weiß gar nicht, was ich sagen soll ..."

„Genieß es einfach und denk nicht so viel nach. La dolce vita und so ..."

„Das ist italienisch." Sie lachte unter Tränen.

„Ist doch egal. Du weißt, was ich meine."

Tess schnappte sich das Kissen und stopfte es sich unter den Kopf. Ihr war leicht schwindlig vom Wein. „Ich bin so glücklich wie schon lange nicht mehr. Das Zimmer hier ist größer als mein Wohnzimmer und der Ausblick ist unglaublich. Ich kann über die Dächer von Paris sehen. Stell dir vor, ich habe Notre-Dame besucht und bin an der Seine entlanggeschlendert. Aber das Beste war das Essen mit Etienne."

„Du warst mit diesem schnuckligen Friseur essen?" Kelly schlürfte geräuschvoll

„Der schnuckelige Friseur ist ein Bekannter, mehr nicht. Ich meine, es war einfach ein netter Abend." Sie wickelte sich eine Haarlocke um den Zeigefinger. „Du hättest sehen sollen, wie mich alle angestarrt haben."

„Das kann ich mir vorstellen. Die Frisur sieht absolut fantastisch an dir aus. Was hattest du an?"

„Das schwarze Kleid, das ihr mir eingepackt habt. Sag mal, wo wir schon davon sprechen: Woher stammen eigentlich die ganzen Klamotten?"

„Eine edle Spende von Lynns Reinigungsfirma." Kelly kicherte.

„Nicht dein Ernst, oder?" Sie rollte sich auf den Bauch und kreuzte die Beine übereinander. Sofort drehte sich alles um sie herum. Vielleicht war das letzte Glas doch ein bisschen zu viel gewesen?

„Doch. Weißt du eigentlich, wie viele Leute vergessen, ihre Sachen von der Reinigung abzuholen?"

„Nee, keine Ahnung!"

„Lynn hat es uns gezeigt. Da liegen ganze Berge von neuen wunderschönen Klamotten rum, die auf ihren Besitzer warten."

„Du willst damit sagen, dass das schwarze Kleid aus dem Reinigungsfundus stammt?", fragte Tess ungläubig.

„Ja. Megan und ich haben uns bei der Gelegenheit auch eingekleidet. Ich habe diese Wahnsinns-Vintage-Lederjacke bekommen und Megan hat sich einen Kaschmirmantel gekrallt."

„Und warum sagt uns Lynn das erst jetzt?"

„Soweit ich es verstanden habe, sind sie verpflichtet, die Kleider eine gewisse Zeit aufzubewahren. Ich glaube, so ganz legal war die Sache auch nicht. Zumindest darf ihr Dad nichts davon erfahren." Kelly kicherte. „Da ist unsere immer korrekte Lynn direkt mal über ihren Schatten gesprungen."

„Hoffentlich bekommt sie keinen Ärger."

„Machst du Witze? Ich habe das Lager gesehen, das ist riesig. Kein Mensch wird merken, dass da was fehlt. Außerdem ist ja unsere gute Lynn für die Buchhaltung zuständig. Die müsste sich schon selbst anzeigen."

„Irre. All die schönen Sachen! Und die Schuhe?"

„Die habe ich ausgesucht. Die sind auch neu."

„Leider eine halbe Nummer zu klein", erwiderte Tess trocken.

„Echt jetzt? Das tut mir leid", murmelte Kelly zerknirscht.

„Quatsch, die Dinger sitzen wie angegossen", prustete sie los.

„Na warte! Da gibt man sich Mühe, und was ist der Dank? Du veräppelst mich dafür." Es klapperte. „Hazel, deine Mutter macht sich über mich lustig."

Sie hörte Hazel im Hintergrund lachen und ihr Herz machte einen Hüpfer.

„So, und was steht morgen auf dem Programm?"

„Das hängt davon ab, was ihr euch für mich ausgedacht habt." Sie schielte zum Tisch, auf dem der Umschlag mit den Briefen lag.

„Na, dann lass dich mal überraschen. Du, ich muss jetzt Schluss machen, deine Tochter wartet schon mit dem Popcorn in der Hand."

„Gib sie mir nochmal", bat Tess.

„Mummy?"

„Hallo, mein Schatz. Ich wollte dir nur eine gute Nacht wünschen und sagen, wie sehr ich dich liebe."

„Ich liebe dich auch. Rufst du morgen wieder an?"

„Das mache ich. Versprochen."

„Gut, bis dann." Hazel reichte das Handy an Kelly weiter.

„Viel Spaß morgen und pass auf dich auf. Ich hab dich lieb."

„Ich dich auch."

Sie rollte von der Matratze, ging mit nackten Füßen zum Fenster und hob den Blick. Es war eine schöne klare Nacht und der Mond stand bereits hoch am Himmel. Es war, als ob sich ein stiller Zauber über die Stadt gelegt hätte. Minutenlang stand sie einfach nur so da und ließ die Bilder der Umgebung einwirken. Sie dachte an Brooklyn. Das Leben dort erschien ihr mit einem Mal weit weg und wieder einmal stellte sie sich die Frage, wie ihr Leben wohl verlaufen wäre, wenn sie nicht von Chris schwanger geworden wäre.

Nachdenklich schob sie den Vorhang vor das Fenster, ganz so, als könnte sie damit die Gedanken an damals beiseiteschieben. Sie wollte nicht an Chris denken und daran, was er ihr angetan hatte, auch wenn sie der Gedanke noch immer quälte. Warum hatte er nicht mit ihr gesprochen, sondern war weggelaufen wie ein feiger Hund?

Sie ging ins Badezimmer. Fast bedauernd wusch sie sich das Make-up vom Gesicht. Sie kam sich wie Aschenputtel nach dem Ball vor, so blass und ungeschminkt. Etienne hatte darauf bestanden, ein Foto von ihr in dem schwarzen Kleid zu machen. Jetzt war sie froh; so hatte sie eine Erinnerung an diesen Abend. Glücklich und ein wenig benommen vom Rotwein schlüpfte sie unter die Bettdecke.

Am nächsten Morgen wurde sie unsanft durch das Rasseln des Weckers geweckt. Sie hatte sich den Alarm gestellt, um nicht den ganzen Morgen zu verschlafen. Dafür war ihr Aufenthalt in Paris zu kurz und die Zeit zu kostbar. Die Sonne schien golden in ihr Zimmer. Eilig stand sie auf und zog die Vorhänge ganz zurück, um den Tag willkommen zu heißen. Unwillkürlich fiel ihr Blick auf den Tisch, wo der Umschlag ihrer Freundinnen lag. Neugierig zog sie den Brief für den heutigen Tag heraus. Sie war gespannt, was sich die Mädels für sie ausgedacht hatten.

*Dienstag*
*Liebste Tess,*
*heute folgst du den Spuren von Amélie Poulain durch Paris.*
Eindeutig Kellys Handschrift – energisch, kühn und nur wenig Schnörkel. Sie lachte laut auf. *Die fabelhafte Welt der Amélie* war einer ihrer Lieblingsfilme. Sie hatte ihn zusammen mit ihren Freundinnen in einem kleinen Kino in Brooklyn gesehen und war völlig begeistert gewesen. Das zarte Mienenspiel der Schauspielerin und die Geschichte hatten sie von der ersten Minute an in den Bann gezogen. Als der Film auf DVD erschienen war, hatte sie sofort zugeschlagen. Sie wusste nicht, wie oft sie *Die fabelhafte Welt der Amélie* seitdem angesehen hatte.

*Wir haben für dich eine Route zusammengestellt und auch ein nettes kleines Lokal zum Mittagessen ausgesucht. Wir wünschen dir viel Spaß und denk daran, schön viele Fotos zu machen!!!*

*Megan schlägt vor, dass du bei gutem Wetter die helle Jeans mit der geblümten Bluse anziehen sollst und dazu passend die Wedges mit dem Korkabsatz.*

Tess schmunzelte. Sie konnte sich richtig vorstellen, wie die drei bei einem Glas Wein zusammengesessen und die Route ausgearbeitet hatten. Fast bedauerte sie es ein wenig, nicht dabei gewesen zu sein. Stirnrunzelnd sah sie sich die Karte mit den Markierungen an. Vier Punkte waren darauf rot eingetragen worden.

Zuerst das *Café des Deux Moulins*, bei dem Kelly dahinter mit feinsäuberlicher Schrift ‚Mittagessen' geschrieben hatte.

Der zweite Punkt markierte den Gemüseladen *Au Marché de la Butte* an der Rue des Trois Frères und der Rue Androuet. Hier hatte Kelly geschrieben: *Dort kannst du Wegproviant einkaufen und mit deiner Hand in den Getreidesack eintauchen, so wie Amélie es getan hat.*

Und als dritten Punkt hatten sie den Gare de l'Est markiert, dort, wo Amélie die Treppen nach unten gelaufen war.

Der vierte Punkt war die berühmte Kirche Sacré-Cœur. *Kerze anzünden nicht vergessen,* hatte Kelly dahinter geschrieben.

Tess nahm das Blatt Papier in beide Hände und drückte es gegen ihre Brust, dort, wo sich ihr Herz befand. Sie war gerührt von der Mühe und den Gedanken, die sich ihre Freundinnen für sie gemacht hatten. Plötzlich wurde ihr bewusst, was für ein Glück sie hatte, dass diese drei Frauen in ihr Leben getreten waren.

Sie mochte vielleicht keinen Mann haben, aber sie hatte die besten Freundinnen, die sich eine Frau nur wünschen konnte. Ihre Augen flogen über den Rest des Briefes.

*Und wer weiß, vielleicht lernst du ja auch deinen Traumprinzen kennen – so wie Amélie!*

*Wir lieben dich. Pass auf dich auf und halte die Augen offen …*

Tess legte eine Frühstückspause im *Aux Arts* ein. Das Café lag auf dem Weg zum Montmartre, außerdem war der Kaffee günstig und gut und das Croissant exzellent. Noch ein wenig betäubt vom Schlaf nahm sie die Umgebung in sich auf. Es war ein warmer, sonniger Frühlingstag. Die Vögel zwitscherten lauthals, als wollten sie den Sommer herbeisingen. Paris war schon längst zum Leben erwacht und der Berufsverkehr im vollen Gange. Es wurde gehupt und lauthals geschimpft. Sie schmunzelte, als sie einen Mann sah, der wild gestikulierend in seinem Auto saß und dem Fahrer vor sich den Vogel zeigte. Zumindest diese universelle Geste hatten die Menschen der beiden Städte gemeinsam.

Sie bewunderte die alten Häuser mit ihren hohen schmalen Fenstern und den glatten Fassaden. Alles war so anders als in New York und gleichzeitig so schön. Sie war froh, dass sie nicht in einem der Touristenbusse saß, die sich durch die engen Gassen drängten. Sie genoss es, Paris zu Fuß zu erkunden, auch wenn sie es am Abend bereuen würde. Ihre Füße schmerzten noch vom gestrigen Tag. Entgegen Lynns Vorschlag hatte sie sich für die weißen Turnschuhe entschieden, die ihrer Ansicht nach viel besser zu der hellen, schmalgeschnittenen Hose passten als die Wedges und außerdem bequem und bestens für lange Fußwege geeignet waren.

Sie setzte sich auf einen Platz in der Sonne und bestellte bei dem Kellner einen Café au Lait und ein Croissant. Notre-Dame leuchtete hell zwischen den Bäumen am Uferrand der Seine.

Eine Gruppe Japaner, die von einer Frau mit einem rosafarbenen Regenschirm angeführt wurde, lief an ihr vorbei. Tess schmunzelte. Jeder von ihnen war damit beschäftigt, Fotos zu machen, anstatt die Umgebung auf sich wirken zu lassen. Der Kellner kam und brachte ihr Frühstück.

Genussvoll nahm sie ihren ersten Schluck Kaffee des Tages. Gegen den Kaffee, den man zu Hause bei Starbucks oder einer der anderen Ketten bekam, war dieser hier fast von likörartiger Konsistenz und trotz der Milch sehr stark. Sie wollte gerade in ihr Croissant beißen, als ihr der Rat des Mannes von gestern Morgen einfiel. Kurzerhand tauchte sie ihr Croissant in den Kaffee und biss dann ab. Ein Lächeln huschte über ihr Gesicht, als sie sich vor Genuss mit der Zunge über die Lippen leckte. Es schmeckte absolut köstlich.

Ihr Handy vibrierte in der Tasche. Hastig legte sie das Croissant aus der Hand.

„Tess Parker."

„Tess, hier ist Madame Marchant. Ich wollte hören, wie es Ihnen geht."

„Madame Marchant, was für eine nette Überraschung. Ich genieße gerade ein leckeres Frühstück in der Sonne. Haben Sie den Jetlag gut überstanden?" Tess nahm einen Schluck aus der Tasse.

„Ausgezeichnet, danke der Nachfrage. Ich muss gestehen, ich rufe nicht ohne Grund an." Sie machte eine kurze Atempause. „Haben Sie Lust und Zeit, heute Abend mit mir zu dinieren?"

„Ich wüsste nicht, was ich lieber täte." – Was der Wahrheit entsprach. Sie hatte die Gesellschaft von Madame Marchant während des Fluges sehr genossen und stellte sich einen gemeinsamen Abend äußerst unterhaltsam vor. Madame Marchant hatte viel erlebt und Tess liebte solche Geschichten.

„Wunderbar", flötete ihre Pariser Freundin. „Dann sehe ich Sie um sieben in meinem Haus. Haben Sie etwas zum Schreiben dabei, um sich meine Adresse zu notieren?"

„Einen Moment bitte." Sie kramte in ihrer Tasche nach einem Kugelschreiber. „Ich hab's. Schießen Sie los."

Sie kritzelte die Adresse auf eine Papierserviette.

„Mein Haus liegt ziemlich zentral und ist gut mit den öffentlichen Verkehrsmitteln zu erreichen. Es dürfte also kein Problem für Sie sein, es zu finden."

„Wunderbar. Ansonsten frage ich mich durch." Sie knabberte an ihrem Croissant.

„Und was sind Ihre Pläne für heute?"

Sie erzählte ihr von der Route, die sich ihre Freundinnen ausgedacht hatten.

„Was für eine reizende Idee", rief Madame Marchant verzückt. „Dann will ich Sie nicht länger stören. Ich freue mich auf heute Abend."

„Ich mich auch."
„À bientôt – bis später!"

Das Viertel um Montmartre war genau so, wie sie es sich vorgestellt hatte. Allerdings hatte sie nicht mit den Menschenmassen gerechnet, die sich durch die engen Gassen quetschten, um einen Blick auf die alten Bauwerke zu werfen. Ein Stimmgewirr aus Chinesisch, Japanisch, Englisch, Italienisch, Deutsch und Französisch hing in der Luft. Überall wurde fotografiert und begutachtet. Tess schwirrte bereits der Kopf von den vielen Menschen.

Die weißen, spitzen Türme von Sacré-Cœur ragten hoch in den blauen Himmel. Tauben saßen gurrend auf den Giebeln und sahen auf die Touristen herab. Sie ging durch den Haupteingang hinein und wurde sofort von diesem leicht modrigen, kalten Geruch empfangen, der alten Gemäuern häufig anhing. Dazu mischte sich der Duft von Weihrauch. Kindheitserinnerungen wurden in ihr wach. Früher, als ihr Dad noch bei ihnen gewohnt hatte, waren sie an Weihnachten immer zur Messe in die Kirche gegangen, wo der Weihrauchgeruch allgegenwärtig gewesen war.

Einige Touristen und Einheimische hatten auf den Holzbänken Platz genommen und waren vertieft in ihr Gebet. Ehrfürchtig betrachtete Tess das prächtige Deckengemälde über dem Altar. Es faszinierte sie zu sehen, welche Pracht Menschen bereits vor hundert Jahren geschaffen hatten. New York war eine junge pulsierende Stadt, in Paris hingegen schien sich alles um die Vergangenheit zu drehen.

Sie nahm eine der angebotenen Kerzen und steckte das Geld in den Kasten, den die Priester eigens dafür aufgestellt hatten. Normalerweise wurden Kerzen in Kirchen zum Gebet angezündet, oder um Verstorbenen zu gedenken. Es waren die Touristen gewesen, die diese Tradition verändert hatten, und mittlerweile war der Brauch der Wunschkerze auch von Einheimischen übernommen worden. Sie hatte lange überlegt, was sie sich wünschen sollte, und war zu keinem Ergebnis gekommen. Der Wunsch sollte perfekt sein und ihr hatten die richtigen Worte gefehlt, um ihn zu formulieren. Aber genau in diesem Moment wusste sie, was sie sich wünschen würde.

Nachdem sie Sacré-Cœur hinter sich gelassen hatte, genoss sie ein Croque-Monsieur im *Café des Deux Moulines*. Das Café war gut besucht und die meisten Gäste waren Einheimische, die sich lautstark unterhielten und dabei ihren Kaffee und eine Kleinigkeit zu essen zu sich nahmen. Tess lauschte dem Klang der Stimmen. Obwohl sie kein Wort von dem verstand, was gesagt wurde, genoss sie den weichen Singsang, der der französischen Sprache zu eigen war. Sie bat ihren Tischnachbarn, ein Foto von ihr zu machen.

Nachdem sie fertig war, besuchte sie den Gemüseladen von Monsieur Collignon und tauchte in einem unbeobachteten Moment ihre Hand in den Getreidesack. Unwillkürlich entwich ihr ein leises Lachen, als die Körner kühl zwischen ihren Fingern hindurchglitten.

Mit beschwingtem Schritt und einem Apfel in der Hand ging sie zum Gare de l'Est, um von dort aus mit der Metro zurückzufahren.

Der Feierabendverkehr hatte bereits seinen Höhepunkt erreicht und versetzte die Straßen in eine Art Ausnahmezustand. Hunderte von Autos quälten sich durch die Innenstadt. Es wurde gehupt, gedrängelt und geflucht. Tess war froh, dass sie zu Fuß unterwegs war und mit der Metro nach Hause fahren konnte. Als sie die Treppen zur U-Bahn hinabstieg, musste sie unwillkürlich an Sue denken. Hier gab es zwar auch einige Stände, aber keiner war auch nur annähernd so einladend wie der von Sue.

Die Fahrt zurück dauerte knapp eine halbe Stunde.

Im Hotel war alles ruhig, als sie den Empfangsraum betrat. Arthur war damit beschäftigt, ein Feuer im Kamin zu machen.

„Hallo Arthur", grüßte sie.

„Ah, Mademoiselle Tess. So wie Sie strahlen, war es ein schöner Tag." Arthur schichtete das Holz im Kamin übereinander.

„Es war fantastisch. Meine Freundinnen haben mir eine Liste gemacht, welche Orte ich besuchen sollte." Sie lächelte.

„Was für eine nette Idee." Er zog eine Streichholzschachtel aus seiner weiten Hose und zündete die Brennhilfe an, die er zuvor bereitgelegt hatte.

„Arthur, kann ich Sie kurz etwas fragen?"

„Aber natürlich." Er richtete sich auf.

„Ich bin heute Abend bei Madame Marchant eingeladen … Sie wissen doch, die nette ältere Dame vom Flughafen."

Sein Gesicht hellte sich bei der Nennung von Madame Marchants Namen augenblicklich auf. „Aber natürlich erinnere ich mich. Wie könnte man diese wunderbare Frau vergessen?"

Tess senkte das Gesicht, damit er ihr Lachen nicht sah. „Na ja, Madame Marchant hat mich zu sich eingeladen und ich dachte mir, dass Sie mir vielleicht weiterhelfen können, wie ich am besten dorthin komme. Sie haben doch bestimmt einen Metroplan oder kennen die Verbindungen."

„Das kommt gar nicht infrage, dass Sie mit der Metro fahren. Ich werde Sie selbstverständlich mit dem Auto chauffieren."

„Vielen Dank, aber so war es nicht gemeint. In New York nehme ich schließlich auch immer die Bahn, wenn ich irgendwo hinmuss."

„Mademoiselle Tess, es wäre mir eine Freude, Sie fahren zu dürfen." Er zog ein Taschentuch aus seiner Hosentasche und wischte sich den Ruß von den Fingern. „Wann müssen Sie denn dort sein?"

Sie warf einen Blick auf ihre Armbanduhr. „In knapp einer Dreiviertelstunde." Sie nannte ihm die Adresse.

Arthur fuhr sich nachdenklich mit der Hand über das Kinn. „Ich würde schätzen, dass wir ungefähr zwanzig Minuten für die Fahrt einrechnen müssen."

„Oh, da würden mir ja noch zwanzig Minuten bleiben. Dann könnte ich mich noch umziehen."

Er nickte.

„In Ordnung, also bis gleich."

„Sie finden mich hier oder im Büro." Er deutete auf den kleinen Raum hinter dem Empfangstresen.

„Danke, Arthur." Sie sprintete die Treppe hoch.

Zum Duschen hatte sie keine Zeit mehr, deshalb schlüpfte sie aus den Sachen und ging zum Kleiderschrank, um sich etwas Passendes für den Abend auszusuchen – ein Luxus, den sie sonst nicht hatte. Normalerweise verbrachte sie den Tag in Jeans und T-Shirt. Kurzentschlossen entschied sie sich für das rote Sommerkleid. Der Viskosestoff war wohltuend auf der Haut und bei den warmen Temperaturen äußerst angenehm zu tragen.

Arthur hatte Wort gehalten und wartete bereits auf sie, als sie wieder nach unten kam.

„Sie sehen absolut bezaubernd aus." Er lächelte ihr entgegen. Sie spürte, wie sie errötete. „Danke."

Er geleitete sie zum Wagen, den er vor dem Hotel geparkt hatte.

Die Fahrt war kurz; sie unterhielten sich die ganze Zeit und Arthur machte sie auf Sehenswürdigkeiten aufmerksam, die sich rechts und links der Wegstrecke befanden.

„Das siebte Arrondissement ist ein wunderschönes Viertel, in dem viele Diplomaten und alteingesessene Pariser wohnen." Er lenkte den Wagen ruhig über die holprige Straße. „ Wenn ich mich nicht irre, müsste der Eiffelturm gleich vor uns zu sehen sein." Ein Lächeln huschte über sein Gesicht.

„Wirklich!" Sie reckte sich auf ihrem Sitz und kurbelte das Fenster herunter.

Der Wagen nahm eine Kurve und wie aus dem Nichts tauchte er vor ihr auf – der Eiffelturm!

Hunderte von Lichtern erstrahlten entlang der Stahlkonstruktion und ließen ihn wie eine glühende Pfeilspitze aussehen, die gen Himmel zeigte. Der Mercedes fädelte sich durch die Seitenstraße und der Eiffelturm verschwand hinter den Häusern. Ein wenig enttäuscht ließ sich Tess zurück auf den Sitz sinken. Arthur verlangsamte das Tempo.

„Irgendwo hier müsste es sein."

Neugierig sah sie aus dem Fenster. Die Straße war relativ schmal. Die Häuser mussten zum Großteil aus dem neunzehnten Jahrhundert stammen und die Fassaden schimmerten weiß im Licht der Straßenlaternen. Hohe Bäume, deren Äste sich wie ein Dach vereinten, säumten die Straße. Alles wirkte sehr gepflegt und friedlich, so ganz anders als das quirlige Quartier Latin.

Arthur brachte den Wagen vor einem alten Gebäude mit mehreren gusseisernen Balkongittern zum Stehen.

„Hier ist es."

Neugierig betrachtete Tess das Haus. Der kleine Vorgarten war von einem hüfthohen Zaun umgeben und in den Zimmern brannte Licht und gewährte den vorbeigehenden Fußgängern einen Blick auf die hohen Wände und die dunklen Möbel in seinem Inneren.

„Darf ich Sie bitten?" Galant öffnete Arthur die Wagentür. Lächelnd setzte sie den Fuß auf die Straße.

Aus dem Augenwinkel nahm sie eine Bewegung wahr. Blitzschnell drehte sie den Kopf zur Seite und sah, wie ein Mann in ein Auto stieg. Sie blinzelte irritiert. Irgendetwas an diesem Mann kam ihr bekannt vor, doch bevor sie einen genaueren Blick auf ihn werfen konnte, war er bereits im Wagen verschwunden. Ein paar Sekunden später hörte sie, wie der Motor ansprang und das Auto an ihr vorbeifuhr. Dabei erhaschte sie einen flüchtigen Blick auf den Fahrer. Es war der gleiche Mann, der sie beim Frühstück angesprochen hatte! Was für ein Zufall! Sie hätte gerne gewusst, ob er hier wohnte. Unbewusst zuckte sie mit den Achseln. Sie würde es wohl nie erfahren.

Arthur begleitete sie den kleinen Weg bis zu den Treppen zum Eingang.

„Sie brauchen nicht auf mich zu warten", sagte Tess.

„Ich tue es aber gerne. Ich habe heute meinen freien Abend, also machen Sie sich meinetwegen keine Gedanken."

Bevor sie antworten konnte, wurde die Tür aufgerissen.

„Ma Chérie, da sind Sie ja!", rief Madame Marchant mit ausgebreiteten Armen. „Ich habe Sie schon erwartet."

Ihr Blick fiel auf Arthur. „Oh, wie ich sehe, sind Sie nicht alleine gekommen."

„Das ist Arthur, der Besitzer des Hotels *Henri IV*. Er war so freundlich, mich zu fahren. Ich selbst habe ja kein Auto", erklärte sie entschuldigend.

„Madame!" Arthur machte eine elegante Verbeugung.

Madame Marchant reichte ihm die Hand und Arthur hauchte formvollendet einen Kuss darauf. Tess hätte schwören können, dass Fleur Marchant dabei errötete.

„Enchanté, Monsieur Arthur. Möchten Sie auf ein Gläschen mit reinkommen?" Die Augen der Dame funkelten freudig.

„Madame, ich möchte Ihnen keine Umstände bereiten", antwortete Arthur und machte bereits einen Schritt nach vorne.

„Papperlapapp. Ich freue mich immer, wenn ich Gäste im Haus habe. Bitte, treten Sie doch ein."

Madame Marchant führte sie ins Esszimmer. Es war ein Raum mit hohen Decken und alten Holzdielen, die im Schein der Kerzen honigfarben schimmerten. Der lange Tisch war mit edlem Geschirr gedeckt. Sie deutete ihnen an, Platz zu nehmen.

„Einen kleinen Port als Aperitif?"

Tess zögerte. Sie hatte noch nie Portwein getrunken.

„Sehr gerne", entgegnete Arthur liebenswürdig. Seine Augen klebten förmlich an Madame Marchant und mit einem Mal war sich Tess nicht mehr so sicher, ob sein Angebot, sie zu fahren, wirklich so selbstlos gewesen war.

„Auf einen wunderschönen Abend." Sie erhoben ihre Gläser und stießen an.

Der Port war süß und stark. Ein Geschmack, an den sie sich durchaus gewöhnen konnte. Genussvoll leckte sie sich über die Lippen.

„Und nun, meine Liebe, müssen Sie uns erzählen, wie Ihnen Paris gefällt." Die zierliche Frau tätschelte mütterlich ihre Hand. „Ich habe Sie fast nicht erkannt mit Ihrer neuen Frisur. Der Haarschnitt steht Ihnen vorzüglich."

„Danke schön, der Friseurbesuch war ein Geschenk meiner Freundinnen. Ich selbst wäre nie auf die Idee gekommen." Tess fing an, von ihren Erlebnissen der vergangenen zwei Tage zu erzählen. Sie berichtete von den Briefen der Mädels und den damit verbundenen Besichtigungstouren. Als sie von ihrem Telefongespräch mit Hazel sprach, lachte Madame Marchant laut auf, als sie von dem Wunsch ihrer Tochter, einen eigenen Wasserspeier zu besitzen, erzählte.

„So ein kleiner Wasserspeier würde meinem Enkelsohn auch gut gefallen."

„Wie alt ist er denn?"

„Er wird in wenigen Monaten sechs Jahre alt." Madame Marchant lächelte und um ihre Augen bildeten sich unzählige Fältchen. „Und Sie, Arthur, haben Sie Kinder?"

Er schüttelte traurig den Kopf. „Ich hatte nicht das Glück, die Frau meines Lebens zu finden." Sein Blick ruhte auf der eleganten Fleur.

„Nicht, dass ich mich beklage, aber so ist es nun mal. Und so habe ich keine Kinder bekommen. Einen Umstand, den ich sehr bedauere. Ich liebe Kinder."

„Ja, ich bin froh, dass das Schicksal mir gnädig war und ich meinen Mann getroffen habe. Leider ist er bereits vor vielen Jahren gestorben. Der Mensch ist nicht zum Alleinsein geboren. Ich wüsste nicht, was ich damals ohne meine Kinder gemacht hätte. Und auch heute genieße ich ihre Nähe."

„Sie haben Glück, Madame." Arthur nickte und nahm einen Schluck aus seinem Wasserglas.

Schritte näherten sich.

„Ah, das muss Magali sein." Madame Marchant erhob sich aus ihrem Stuhl. „Sie war so nett, mir in der Küche behilflich zu sein. Nicht, dass ich es nicht alleine geschafft hätte, aber ein wenig Hilfe hat noch niemandem geschadet."

„Wem sagen Sie das." Arthur schmunzelte.

Die junge Französin kam ins Zimmer gelaufen. „Das Essen ist fertig." Sie gab Fleur einen Kuss auf die Wange.

„So schnell sehen wir uns wieder", grüßte Tess und reichte Magali die Hand.

„Ja, wer hätte das gedacht?" Sie ließ sich auf den freien Platz neben Arthur fallen. Ihre Wangen waren gerötet und ihre Augen blitzten vergnügt. „Und, gefällt Ihnen Paris?"

Tess nickte begeistert. „Ich war gerade dabei zu erzählen, wie toll ich Paris finde. Ich bin ganz hin und weg von den alten Häusern und Kirchen. Es ist, als würde man durch die Vergangenheit wandern."

„Das stimmt, von den alten Bauwerken haben wir hier mehr als genug. Ich beneide Sie darum, dass Sie in New York wohnen."

„Aber warum? Ich finde, Paris hat viel mehr Charme als New York."

„Aber New York ist so viel moderner und aufregender als Paris."

Tess zuckte mit den Schultern. „New York ist zwar meine Heimat, trotzdem wüsste ich nicht, wo ich lieber wohnen würde, wenn ich die Wahl hätte."

Ein leises Klingeln drang durch die geöffnete Tür.

„Entschuldigen Sie mich kurz, ich muss in die Küche." Magali stand auf. Arthur und Madame Marchant waren in ihr Gespräch vertieft.

„Kann ich Ihnen behilflich sein?", fragte Tess.

„Aber gern! – Fleur, du hast doch nichts dagegen, wenn ich Tess kurz entführe?"

Madame Marchant sah kurz hoch. „Keinesfalls. Ihr jungen Leute habt euch bestimmt viel zu erzählen." Dann wandte sie sich wieder Arthur zu, der an ihren Lippen zu hängen schien.

Magali führte sie ein Stück durch den Flur, bis sie vor der großen Wohnküche standen.

„Ich glaube, Fleur mag diesen Arthur. So locker und gesprächig habe ich sie schon lange nicht mehr gesehen."

„Den Eindruck habe ich auch." Tess lächelte und sah sich in der Küche um. Es war ein imposanter Raum, dessen Wände mit alten Kacheln aus der Jugendstilzeit bedeckt waren.

Über dem alten gusseisernen Herd war eine lange Stange angebracht, an der verschiedene Kochlöffel hingen.

„Wie es aussieht, hat Madame Marchant gerne Besuch." Sie deutete auf die große Sitzecke.

„Ja, als die ganze Familie noch in Paris gelebt hat, ging es hier zu wie im Taubenschlag. Es war ein ständiges Kommen und Gehen im Hause Marchant. Jetzt, wo alle ausgezogen sind, ist es deutlich ruhiger geworden. Fleur bekommt fast kaum noch Besuch." Magali schüttete das Wasser aus dem Topf mit den Kartoffeln. „Einige ihrer Freundinnen sind bereits gestorben oder im Laufe der Jahre weggezogen."

„Und Sie?"

Magali stellte den Topf zurück auf die Arbeitsplatte. „Wollen wir uns nicht duzen? Ich finde es albern, wenn wir uns siezen, wo wir doch fast im gleichen Alter sein dürften." Sie streckte ihr die Hand entgegen.

„Sehr gerne." Tess nickte und schlug ein.

„Und wo leben deine Eltern?"

Magali öffnete den Backofen, in dem ein Braten brutzelte. „Meine Eltern sind aus Berufsgründen nach Toulouse gezogen, deshalb wohne ich auch bei Fleur. Die Uni ist nicht allzu weit weg und ich spare eine Menge Geld. Und du? Fleur hat erzählt, dass du in einer Patisserie arbeitest."

„Ich habe mein Studium abgebrochen, als ich mit Hazel schwanger war, und arbeite in einer Bäckerei."

„Du hast eine Tochter?" Magali sah sie erstaunt an.

„Ja, sie ist fünf Jahre alt."

„Wahnsinn. Wenn ich mir vorstelle, ich hätte schon ein Kind …" Sie verzog das Gesicht. „Versteh mich nicht falsch, ich finde Kinder toll. Aber ich selbst … Ich glaube nicht, dass ich reif dafür bin."

„Was willst du machen, wenn es so weit ist? Ich habe mir mein Leben auch anders vorgestellt." Nachdenklich sah sie Magali zu, wie sie den Braten aus der Form nahm. „Aber ich bin zufrieden damit, wie alles ist."

„Kannst du mir mal den Topf mit den Kartoffeln rüberreichen?" Magali deutete auf den Herd. Leises Lachen drang aus dem Wohnzimmer zu ihnen.

„Wie es sich anhört, haben die beiden Spaß miteinander."
Tess schmunzelte.

„Ja, seit dem Tod ihres Mannes hört man Fleur nur noch
selten lachen", murmelte Magali nachdenklich.

„Ich stelle es mir schrecklich vor, wenn man einen geliebten
Menschen nach so langer Zeit verliert."

„Ich glaube, es ist immer schlimm, einen Menschen, den man
liebt, zu verlieren, egal wie lange man ihn kannte."

Tess nickte stumm. Unwillkürlich musste sie an Chris und
den Schmerz denken, den er in ihr verursacht hatte, als er sie
ohne ein Wort einfach verlassen hatte. „Ja, Liebe ist immer mit
Schmerzen verbunden."

„Deswegen hat Gott das Lachen geschaffen, damit wir die
Liebe besser ertragen können", antwortete die junge Frau
schlicht.

Tess hatte den Abend in der Gesellschaft von Madame
Marchant, Magali und Arthur sehr genossen. Der Wein hatte
sie müde gemacht und nun saß sie auf dem Rücksitz des
Mercedes und sah nach draußen, während Arthur den Wagen
sicher über die Straßen zum Hotel lenkte.

Morgen war endlich der große Tag und sie würde das
*Ladurée* besuchen. Sie konnte es kaum noch abwarten. Der
Termin mit der Redakteurin des Magazins war für morgen
Früh um acht angesetzt. Mrs Stevens hatte ihr geschrieben,
dass ein Fotograf ihren Besuch für das Magazin festhalten
würde, um es in der nächsten Ausgabe der *Baking Sensation*
den Lesern zu präsentieren.

Arthur hielt vor dem Hotel. „Du kannst ruhig schon nach
oben gehen. Ich muss noch den Wagen parken." Sie waren im
Laufe des Abends zur persönlichen Anrede übergegangen.

„Vielen Dank, dass du mich gefahren hast."

„Der Dank ist ganz auf meiner Seite, schließlich habe ich
durch dich Fleur kennengelernt." Arthur lächelte verträumt.
„Aber verrate mich nicht bei Julie, die ist immer schrecklich
eifersüchtig, wenn ich eine Frau kennenlerne, und spielt sich
als große Schwester auf."

„Meine Lippen sind versiegelt." Sie machte eine Handbewegung, als würde sie einen imaginären Schlüssel vor ihrem Mund in seinem Schloss drehen.

„Gute Nacht, Tess." Er drehte sich wieder nach vorne.

„Gute Nacht, Arthur." Sie stieg aus dem Wagen und ging nach oben.

Im Zimmer angekommen, zog sie das Kleid aus und hängte es sorgfältig über den Bügel. Dann ging sie ins Badezimmer und machte sich fertig für die Nacht. Als sie endlich im Bett lag, nahm sie ihr Handy und rief bei Kelly an.

„Hey, ich habe schon auf deinen Anruf gewartet", begrüßte sie Kelly. „Wie geht es dir?"

„Ich bin hundemüde", gestand ihr Tess. „Ich bin den ganzen Tag rumgelaufen und heute Abend war ich bei meiner Sitznachbarin aus dem Flugzeug zum Abendessen eingeladen." Sie schilderte Kelly den Abend und ließ auch den Flirt zwischen Arthur und Fleur nicht unerwähnt.

„Wahnsinn! Ich glaube, für die Liebe wird man nie zu alt."

„Kannst du das bitte meiner Mutter sagen?"

„Ach, Thema Maureen. Ich soll dich ganz lieb von ihr grüßen. Sie hat vorhin kurz angerufen."

„Wie geht es ihr?" Tess nagte an ihrer Unterlippe. Sie hatte ihre Mutter längst anrufen wollen.

„Gut. Sie war mit Ihren Freundinnen beim Bingo."

„Das klingt gut. Kannst du sie bitte von mir grüßen, wenn du sie sprichst?"

„Na klar. Und wie hat dir die Amélie-Tour gefallen?"

„Großartig! Ich hatte wirklich das Gefühl, Amélie könnte jeden Moment auftauchen." Sie berichtete ihr ausführlich von ihrem Ausflug und davon, wie sie die Hand in den Getreidesack gesteckt hatte. „Aber sag mal, wie geht es meinem Sonnenschein?"

„Prima. Willst du sie sprechen? Warte mal, sie sitzt gerade im Wohnzimmer und sieht sich die Sesamstraße an."

Sie hörte, wie Kelly den Hörer zuhielt und lautstark Hazels Namen rief. Es dauerte keine Minute und die Kleine war am Telefon.

„Mummy!" Die hohe Stimme flog ihr entgegen und bevor Tess antworten konnte, plapperte Hazel drauflos. Nach knapp zehn Minuten wusste sie alles über ihren Tagesablauf bei Kelly.

„Es ist so schön bei Tante Kelly", quietschte Hazel durch den Hörer.

„Morgen geht das Abenteuer weiter und du schläfst bei Tante Megan."

„Ja, ich weiß. Ich habe schon meinen Rucksack gepackt."

„Ganz alleine?"

„Tante Kelly hat mir dabei geholfen", gab Hazel freimütig zu. „Und was machst du morgen?"

„Ich besuche diese berühmte Bäckerei, von der ich dir erzählt habe, und schau den Bäckern bei der Arbeit zu."

„Aber du hast doch Ferien!"

Tess schmunzelte. „Das ist keine Arbeit, das ist eine große Ehre für mich."

„Darfst du auch mitbacken?", fragte Hazel.

„Vielleicht." Sie zuckte mit den Schultern. „Und wenn nicht, dann sehe ich ganz genau zu, damit ich das zu Hause nachbacken kann."

„Au ja, und ich esse es dann." Man konnte die Vorfreude in ihrer Stimme deutlich hören.

„Genauso machen wir das." Tess lachte. „Hast du mal mit Granny gesprochen?"

„Ja, Granny ruft jeden Tag an. Sie spielt Bingo mit ihren Freundinnen und hat gesagt, dass sie uns ganz doll vermisst."

„Ich vermisse euch auch." Ihr Blick fiel auf das Bild von Hazel, das auf dem Nachttisch stand. Sie stellte sich vor, wie sie in Kellys Wohnzimmer saß, die Beine im Schneidersitz gekreuzt, die Arme aufgestützt, und dabei mit ihr telefonierte.

„Ich dich auch ganz doll."

„Bis morgen, mein Schatz, und grüß Granny, Lynn und Megan von mir."

„Mache ich. Ich liebe dich bis zum Mond und wieder zurück."

Tess wurde ganz warm ums Herz. „Und ich dich bis zur Sonne und wieder zurück."

Klick. Hazel hatte aufgelegt.

Sie legte das Handy beiseite und löschte das Licht. Mit einem seligen Lächeln schlief sie ein.

# 10. Kapitel

Tess saß im Frühstücksraum und nippte an ihrem Kaffee. Sie war bereits um sechs Uhr in der Früh mit klopfendem Herzen aufgewacht. Nachdem sie sich in aller Ruhe fertiggemacht hatte, war sie nach unten gegangen. Madame Julie hatte sie zum Frühstück im Hotel eingeladen und Tess hatte nur allzu gerne angenommen. Alles war ruhig. Die meisten Gäste schliefen noch und sie genoss die Stille. Das Frühstück, das ihr Madame Julie gebracht hatte, schmeckte ausgezeichnet und der Kaffee war stark. Sie legte das Messer beiseite und öffnete den Umschlag mit dem Brief für heute. Diesmal war es wieder Kelly, die geschrieben hatte.

*Mittwoch*
*Liebe Tess,*
*nun bist du schon den vierten Tag in Paris. Endlich geht dein Traum in Erfüllung und du darfst in der berühmten Patisserie* Ladurée *hinter die Kulissen schauen. Dabei wirst du auch noch fotografiert! Du bist bestimmt schrecklich aufgeregt, oder? Hunderte von Leserinnen werden dich bewundern, deshalb solltest du dir ganz besonders Mühe geben und auf die Jeans verzichten.*

Sie schmunzelte. Tatsächlich hatte sie aus praktischen Gründen erst die Jeans aus dem Schrank geholt, sie aber dann gegen ein weißes Sommerkleid eingetauscht, das Kelly, Megan und Lynn dem Koffer beigefügt hatten. Das schlichte Baumwollkleid betonte ihre schlanke Figur. Ihre Haare hatte sie zu einem lockeren Pferdeschwanz zusammengebunden, ihre Füße steckten in Ballerinas und unterstrichen ihren mädchenhaften Look. Vorsorglich hatte sie einen Cardigan in die Tasche gepackt.

*Da dein heutiger Tag schon verplant ist, haben wir uns für den Abend etwas ganz Besonderes ausgedacht.*

*Megan hat lange im Internet recherchiert und herausgefunden, dass heute das berühmte* Dîner en blanc *in Paris stattfinden wird. Diese Treffen sind ganz geheim und werden erst in letzter Sekunde bekanntgegeben, deshalb frag lieber nicht, woher Megan davon weiß*
…

*Du musst ganz in Weiß erscheinen. Wir haben dir den Ort in die Karte eingezeichnet. Es ist wichtig, dass du pünktlich um 19:00 Uhr dort bist. Das* Dîner en blanc *findet nur einmal im Jahr statt und ist etwas ganz Besonderes. Also unbedingt die Kamera dorthin mitnehmen. Und nicht vergessen, dich weiß anzuziehen!!!*
*Wir lieben dich.*
*Kelly, Megan, Lynn*

Tess runzelte die Stirn. Was hatten sich die drei nur wieder ausgedacht? *Dîner en blanc*?! Alleine zu einem Treffen mit wildfremden Leuten zu erscheinen und mit ihnen zu essen, war eigentlich nicht ihre Art. Auf der anderen Seite waren die Chancen hoch, dass sie sowieso alleine essen würde. Warum also nicht zu einem *Dîner en blanc* gehen?

Was hatte sie zu verlieren, außer dass der Abend ein Reinfall werden und sie frühzeitig den Ort des Geschehens verlassen würde?

Sie hatte in der *New York Times* in einem Bericht über diese geheimen Treffen gelesen, dass sie auch in Amerika mehr und mehr Anhänger fanden. In manchen Städten wurden sie sogar professionell organisiert. Ursprünglich war das *Dîner en blanc* in Paris entstanden, als eine illustre Partygesellschaft aufgrund von Platzmangel vom eigenen Haus auf die Straße ausgewichen war und dort weitergegessen hatte. Die Party war damals ein voller Erfolg gewesen und hatte seitdem viele Nachahmer gefunden.

Sie war gespannt, wie die Pariser das *Dîner en blanc* zelebrierten.

Sie warf einen Blick auf die Armbanduhr. Es wurde Zeit, sich auf den Weg zu machen, wenn sie pünktlich sein wollte. Sie spülte den letzten Bissen mit einem Schluck Kaffee runter, dann stand sie auf.

Schnellen Schrittes ging sie die Pariser Prachtstraße, die Champs-Élysées, entlang. Die Sonne strahlte von oben herab und brachte die weißen Fassaden der Häuser zum Leuchten. Kastanienbäume säumten die Straße, zwischen denen die

Autos parkten. Die Champs-Élysées machte ihrem Ruf alle Ehre.

Namen wie Louis Vuitton, Cartier und Chanel waren allgegenwärtig und verliehen ihr die Exklusivität, von der alle Welt sprach. Die Fifth Avenue in ihrer Heimatstadt war ähnlich, allerdings nicht so grün, dafür bunter. Tess blickte nach oben. Im Gegensatz zu New York, wo der Himmel nur gelegentlich zwischen den riesigen Hochhäusern zu sehen war, hatte man in Paris einen freien Blick nach oben. Die meisten Häuser waren alt und mit verzierten, prächtigen Fassaden versehen.

Sie beschleunigte unbewusst ihren Schritt, als sie den grün überdachten Eingang der Patisserie entdeckte. In goldenen Lettern stand groß der Name über der Tür:

*Patisserie Ladurée*

Leise wiederholte sie den Namen, als handelte es sich dabei um das Codewort für den Tresor von Fort Nox, während sie sich dem altehrwürdigen Gebäude näherte, hinter dessen Fassade sich Frankreichs berühmteste Konditorei befand. Mit klopfendem Herzen blieb sie vor dem Schaufenster stehen, in dem sich kleine pastellfarbene Schächtelchen stapelten. Lindgrün, Hellrosa, Himmelblau und Zitronengelb waren die vorherrschenden Farben. Dazwischen waren, liebevoll angerichtet, bunte Macarons und Cupcakes, die zu schön waren, um sie zu essen.

Als sie das Geschäft betrat, wurde sie von einem melodischen Klingeln empfangen. Ein verführerischer Duft zog durch den Raum und ließ dem Besucher das Wasser im Munde zusammenlaufen. Fast ehrfürchtig sah sie sich um. Kristalllüster hingen tief von den hohen Decken herab und warfen ihr funkelndes Licht auf die unzähligen Auslagen. Hinter den Glasvitrinen entlang der Wand fand der Kunde atemberaubende Türme von Gebäck, überzogen mit Zuckerguss, die sich den Platz mit kunstvoll verzierten Torten teilten. Nach Farben sortierte Macarons füllten die Regale. Noch nie in ihrem Leben hatte Tess eine solche Vielfalt an Köstlichkeiten gesehen.

Einmal hatte sie den kleinen Ableger des französischen Mutterhauses in New York besucht. Tage danach hatte sie noch von den bunten Macarons geträumt, aber das Haupthaus übertraf all ihre Erwartungen bei Weitem. Das hier war ein Paradies für Feinschmecker!

Bedächtig schlenderte sie den Gang entlang und konnte sich dabei kaum an den üppigen Auslagen sattsehen. Eine Angestellte verpackte gerade liebevoll eines der pastellfarbenen Schächtelchen mit Macarons für eine Kundin. Tess ging weiter, bis sie den Salon betrat, der sich seitlich hinter dem Verkaufsraum befand.

Eine kleine zierliche Frau mit Pagenkopf kam auf sie zugelaufen.

„Mademoiselle Parker?" Sie blieb vor ihr stehen.

„Ja. Ich bin Tess Parker."

„Wie schön. Mein Name ist Chloe Bernard. Aber bitte nenn mich Chloe. Mrs Stevens hat mich beauftragt, dich durch den heutigen Tag zu begleiten."

„Freut mich." Sie reichte Chloe die Hand.

Diese musterte sie eindringlich. „Ich habe mir dich ganz anders vorgestellt."

„Wieso anders? Ist das jetzt gut oder schlecht?", fragte sie etwas überrascht.

„Gut. Ich muss gestehen, ich hatte Angst, du könntest", sie pustete ihre Backen auf, „dick sein ..." Chloe lachte. „Komm, ich würde dir gerne den Fotografen vorstellen." Sie führte sie durch die Reihen der Tische.

„Und, wie findest du dein Hotel?"

„Es ist toll! Vielen Dank."

„Gut, dann bin ich froh. Ich hatte schon Angst, es könnte dir nicht gefallen."

„Nicht gefallen?" Tess blieb für einen Moment stehen. „Es ist absolut traumhaft im Gegensatz dazu, wie ich sonst wohne."

Sie gingen weiter.

„Und wie sieht das Programm für heute aus?"

„Sobald ich dir Yanis vorgestellt habe, fangen wir mit den Fotos an. Dein Kleid ist geradezu wie für diesen Tag gemacht. Du siehst darin aus wie Audrey Hepburn."

Tess lächelte unsicher. Sie blieben an einem der Tische stehen, an dem ein etwas verknittert aussehender Mann saß.

„Hey, bist du endlich wach?" Chloe gab ihm einen unsanften Stoß und er schreckte hoch. Seine Augen waren gerötet und seine Haare standen wirr zu allen Seiten vom Kopf ab. „Er ist ein absoluter Morgenmuffel und wenn er, so wie gestern Abend, länger gefeiert hat, eigentlich zu nichts zu gebrauchen", flüsterte Chloe mit gesenkter Stimme.

Als der Fotograf Tess sah, verzog sich sein Mund zu etwas, was sie als Lächeln deutete. Er erhob sich und reichte ihr die Hand.

„Enchanté. Ich glaube, ich habe eine Erscheinung. Sie sehen aus wie ..."

„Audrey Hepburn", fiel ihm Chloe ins Wort und lachte.

Tess lächelte ihre Unsicherheit einfach weg. Yanis nickte, ohne die Augen von ihr zu lassen.

„Ich bin Tess." Sie streckte ihm die Hand entgegen, was er zum Anlass nahm, sie zu sich zu ziehen und ihr einen Kuss auf die Wange zu drücken. Als sie ihn erschrocken ansah, zuckte er entschuldigend mit den Schultern.

„Eine manchmal sehr angenehme Sitte meines Landes", sagte er.

Sie knabberte verlegen an ihrer Unterlippe. Ihre Wangen hatten bestimmt längst die Farbe eines roten Macarons angenommen.

„Nachdem du unsere Gewinnerin völlig aus dem Konzept gebracht hast, können wir vielleicht anfangen. N'est-ce pas?!" Chloe wippte ungeduldig auf den Zehenspitzen.

„Entschuldigt bitte. Ist so über mich gekommen." Yanis griff nach der Kameratasche, die über dem Stuhl hing, und hängte sie sich über die Schulter.

„Ich denke, es ist das Beste, wenn ich dich als Erstes dem Patisseriechef vorstelle. Schließlich sind wir heute in seinem Arbeitsbereich zu Gast." Tess folgte Chloe und dem

Fotografen durch das Restaurant nach hinten, wo sich die Backstube befand.

„Haben die vielleicht auch ein Croque-Monsieur oder sowas?" Yanis sah sich hungrig um. „Dieses ganze süße Zeug kann doch kein Mensch essen. Vor allem nicht um diese Zeit."

„Ach, sei ruhig und konzentrier dich lieber darauf, gute Fotos zu machen", fauchte ihn Chloe an.

„Ja, man wird doch mal seine Meinung sagen dürfen", knurrte er und kratzte sich missmutig an der Brust.

Sie betraten die Backstube. Ehe Tess die Möglichkeit hatte, sich umzusehen, kam ein dicklicher Mann in einem weißen Kittel und mit Konditormütze auf sie zugeeilt.

„Willkommen im Herzen des *Ladurée*."

Chloe beugte sich zu ihm und begrüßte ihn freundlich mit den obligatorischen Küsschen auf die Wange.

„Es ist wirklich toll, dass wir heute bei Ihnen zuschauen dürfen."

Der Blick des Patisseriechefs fiel auf Tess.

„Das ist die Gewinnerin des Preisausschreibens, von der ich Ihnen am Telefon erzählt habe."

Der Mann verbeugte sich vor Tess und gab ihr dann einen Kuss auf die Hand. „Enchanté, Mademoiselle. Es ist mir eine Freude, Sie heute bei uns zu haben."

Sie lächelte selig. „Die Freude ist ganz meinerseits. Ich träume schon seit Langem davon, einmal hier sein zu dürfen."

„Und Sie sind sicher, dass Sie Amerikanerin sind?"

„New Yorkerin, um genau zu sein. Warum?"

„Weil Sie aussehen wie die junge Audrey Hepburn."

„Die war Britin." Tess schmunzelte.

„Vielleicht, aber wir Franzosen halten sie gerne für eine Französin." Er zwirbelte mit seinen Fingerspitzen an seinem Schnauzer. „Mein Name ist Pierre Savarin."

„Tess. Tess Parker."

Chloe zwinkerte ihr zu.

„Alors, Monsieur et Dames, dann lassen Sie uns mit unserem Rundgang beginnen." Pierres englische Aussprache war absolut miserabel und Tess musste sich große Mühe geben, ihn zu verstehen.

Sie machten eine Tour durch die Patisserieanlage, gefolgt von einer Besichtigung der Dekorationsabteilung.

Tess bewunderte die Handarbeit, die alleine in der Herstellung einer Torte steckte. Sie hatte schon unzählige Torten gebacken, aber diese waren keine gewöhnlichen. Das hier waren handgefertigte Kunstwerke aus Mehl und Zucker. Selbst das Marzipan für die Verzierung wurde im eigenen Haus hergestellt. Sie bewunderte, wie die Feinbäcker das Marzipan mit Lebensmittelfarbe einfärbten, um später daraus die Rosenblätter zu formen. Alles wurde mit so viel Hingabe und Liebe verarbeitet. Sie war begeistert.

Zwischen den Erklärungen von Pierre machte der Fotograf Bilder von ihr. Sie musste sich vor die halbfertigen Torten stellen oder so tun, als ob sie den Teig rührte. Immer wieder ermunterte er sie zu lächeln. Sie kam sich schrecklich albern vor, aber dann erinnerte sie sich daran, dass sie dem Magazin zu verdanken hatte, dass sie in Paris sein konnte, und so lächelte sie tapfer weiter.

Pierre hatte ihre Leidenschaft für Gebäck schnell erkannt und erklärte ihr geduldig die Zubereitung.

„Das Geheimnis eines Macarons ist …" Er deutete auf ein Backblech.

Sie unterbrach ihn. „… dass es in zwei Schichten gebacken wird, sodass der Teig locker und fluffig wird." Er nickte.

„Einen guten Macaron erkennen Sie daran, dass er bereits beim ersten Biss sein Aroma preisgibt und man die ganze Leidenschaft des Patisseriès schmecken kann." Sie grinste.

Pierres dunkle Augenbrauen schnellten nach oben. „Sie sind Patissière?"

„Nein, so würde ich mich nicht bezeichnen", wehrte sie bescheiden ab. „Ich bin lediglich eine Aushilfe in einer Bäckerei, aber Macarons sind meine Leidenschaft. Allerdings fehlt meinen Macarons immer dieses besondere Etwas, das die aus Ihrem Haus auszeichnet."

Für einen Moment herrschte Schweigen. Pierres Augen musterten sie interessiert.

„Möchten Sie es lernen?"

„Sie meinen, ob ich … backen möchte? *Hier?!*", stotterte sie ungläubig. „Das wäre … ein Traum."

„Na dann." Pierre schnipste mit den Fingern. Sofort stand einer der Angestellten neben ihm. Er flüsterte dem Mann leise etwas auf Französisch ins Ohr.

Keine fünf Minuten später stand sie mit einem Kittel bekleidet vor einer Arbeitsfläche und hatte eine Schüssel in der Hand. Pierre stand neben ihr und gab knappe Anweisungen.

Chloe und Yanis hatten sich davor aufgebaut. Leise Klickgeräusche des Auslösers verrieten ihr, dass Yanis sie im Fokus hatte. Sie versuchte ihn zu ignorieren und konzentrierte sich stattdessen auf Pierre. Zuerst ließ er sie unter seiner Anleitung den Teig zubereiten und anschließend erklärte er ihr die Fertigung einer süßen Champagnercreme.

Ihre Ohren glühten vor Aufregung, als sie das Blech mit den fertigen Macarons in den großen Ofen schob. Sie wischte sich das Mehl von den Händen an der Schürze ab.

„Und jetzt?"

„Nun müssen wir knapp eine Viertelstunde warten", erklärte der Patisseriechef lächelnd.

„Ich denke, wir haben alles im Kasten." Der Fotograf hängte sich den Riemen seiner Kamera um die Schulter. „Oder möchtest du noch ein Motiv haben?" Sein Blick wanderte zu Chloe.

„Nein, wir haben mehr als genug Bilder gemacht", antwortete diese und warf einen Blick auf die Uhr. „Außerdem haben wir in einer halben Stunde schon den nächsten Termin. Ich konnte ja nicht ahnen, was für ein Talent uns hier präsentiert wird." Sie zwinkerte Tess zu.

„Ach, das ist doch Blödsinn. Meine bescheidenen Kenntnisse sind weit von dem entfernt, was die Profis können."

„Non, non, non." Pierre wackelte mit dem Zeigefinger vor ihrem Gesicht. „Sie haben absolut Talent. Wenn Sie

Pariserin wären, würde ich Sie fragen, ob sie nicht bei uns anfangen möchten."

Ihre Wangen brannten und verlegen senkte sie den Kopf.

„Gut, dann möchten wir uns an dieser Stelle verabschieden", zwitscherte Chloe fröhlich. „Maître Pierre, vielen Dank für Ihre Unterstützung."

„Au revoir, Mademoiselle Chloe, und bonne chance – viel Glück."

Chloe reichte ihr die Hand. „Wir schicken dir eine Auswahl an Bildern."

„Das wäre nett. Meine Adresse habt ihr ja."

„Oui." Chloe ging in Begleitung von Yanis nach draußen.

Fünfzehn Minuten später waren die Macarons fertig. Unter Pierres wachsamen Augen füllte Tess die Creme auf die Unterseite, so wie sie es gelernt hatte. Anschließend setzte sie behutsam die Oberhälften auf die zartgelbe Creme.

Mit spitzen Fingern nahm Pierre einen Macaron vom Blech und schob ihn sich in den Mund. Sie hielt vor Anspannung die Luft an und ihr Magen zog sich nervös zusammen. Er sagte kein Wort, sondern wandte den Kopf leicht hin und her. Erst als er den letzten Krümel runtergeschluckt hatte, sah er sie an. Seine Augen strahlten.

„C'est magnifique!" Er nahm Daumen, Zeige- und Mittelfinger und führte sie zum Mund, um sie in einer theatralischen Geste zu küssen. „Absolument grandiose! Sie sind zur Patissière geboren! Probieren Sie selbst." Er reichte ihr eines der Gebäckstücke.

Sie biss hinein. Es war, wie Pierre gesagt hatte: Der Teig war fluffig und zerfiel in dem Moment, in dem man draufbiss. Gleichzeitig breitete sich dieser herrlich cremige Geschmack in ihrem Mund aus. Es war unglaublich.

„Ich kann den Champagner schmecken." Sie kicherte glücklich.

„Sie haben alles richtig gemacht." Pierre klatschte in die Hände.

„Danke, Pierre, dass Sie mir geholfen haben." Sie umarmte ihn überschwänglich.

Er ruderte hilflos mit den Armen in der Luft. Seine Wangen waren von leuchtender Röte überzogen und seine Augen funkelten schelmisch. „Sie übertreiben. Das hätten Sie auch ohne mich geschafft. Sie haben Talent und das ist alles, was zählt. Ich hoffe, die Besitzer der Bäckerei, für die Sie arbeiten, wissen das gebührend zu schätzen! Wie, sagten Sie noch, heißt die Bäckerei?"

„*Brooklyn Heights Bakery.*"

Er überlegte einen kurzen Moment, dann schüttelte er verneinend den Kopf. „Noch nie gehört."

Sie gluckste leise. „Ich glaube nicht, dass irgendjemand, der nicht in Brooklyn wohnt, schon mal davon gehört hat."

„Tess, was ich jetzt sage, tue ich eigentlich nie … aber in Ihrem Fall will ich eine Ausnahme machen. Sollten Sie jemals Hilfe benötigen, dann rufen Sie mich an. Der Patisseriechef unserer Filiale in New York ist ein Freund von mir und ich könnte ein gutes Wort für Sie einlegen." Er legte ihr die Hand auf die Schulter.

„Das würden Sie tun?" Sie schluckte.

„Aber ja. Ich fände es schade, wenn Sie Ihr Talent einfach verschwenden würden. Nehmen Sie Ihr Leben in die Hand und machen Sie etwas daraus."

„Das ist gar nicht so einfach", erwiderte sie traurig.

Einer der Lehrlinge rief etwas auf Französisch und dabei fiel Pierres Name.

Dieser antwortete knapp, dann wandte er sich wieder ihr zu. „Es tut mir leid, aber ich werde dringend in der Backstube gebraucht. Wir haben eine große Bestellung, die noch heute Abend aus dem Haus gehen soll."

„Kein Problem. Sie haben schon viel zu viel Ihrer kostbaren Zeit auf mich verwendet."

„Es war mir ein Vergnügen." Er zwinkerte ihr zu. „Ich bringe Sie noch nach draußen."

Im Verkaufsraum herrschte reger Betrieb. Vor der Packstation hatte sich bereits eine Schlange gebildet.

„Ist es hier immer so voll?", fragte sie.

Pierre nickte. Sie mochte sich nicht vorstellen, welcher Umsatz hier täglich getätigt wurde.

„Aber sehen Sie selbst: Die Leute warten gerne, weil sie wissen, dass es sich lohnt." Er deutete auf eine Gruppe Frauen, die mit einem seligen Grinsen auf dem Gesicht den Laden verließ.

Sie traten hinter einen der ausladenden Verkaufstresen.

„Tess, ich würde mich freuen, Ihnen einen Karton mit Macarons schenken zu dürfen.

Bitte suchen Sie sich so viele aus, wie Sie mögen." Er tippte einer der Verkäuferinnen auf die Schulter und sagte etwas auf Französisch.

„Camille wird Ihnen behilflich sein, wenn Sie sich entschieden haben, was Sie möchten." Dann verabschiedete er sich herzlich von ihr. Wehmütig sah sie, wie Pierres rundliche Gestalt durch die Tür verschwand.

Für einen Moment stand sie unschlüssig vor der großen Vitrine. Die Verkäuferin wartete geduldig.

„Die Macarons sehen alle so lecker aus. Ich weiß gar nicht, welche ich nehmen soll."

„Wenn ich etwas vorschlagen dürfte?", fragte die Verkäuferin freundlich.

Tess nickte. „Bitte gerne."

„Nehmen Sie doch von jeder Sorte einen."

„Ist das nicht ein bisschen viel?"

„Sie haben selbst gehört, was Monsieur Pierre gesagt hat." Die junge Frau lächelte ihr aufmunternd zu.

„Einverstanden. Sie sind schuld, wenn ich mit fünf Kilo mehr auf den Hüften nach Hause fliege."

Interessiert sah Tess zu, wie Camille einen Macaron nach dem anderen mit einer Zange aus dem Regal nahm und ihn in die Schachtel legte.

Jemand tippte ihr auf die Schulter.

„Mademoiselle. Würden Sie mir bitte behilflich sein?"

Irritiert drehte sie sich um und blickte geradewegs in die wunderschönen braunen Augen eines Mannes.

„Sie!", entfuhr es ihr. In ihren Ohren dröhnte das wilde Klopfen ihres Herzens. Vor ihr stand der Mann aus dem Café *Aux Arts*.

„Das nenne ich einen Zufall." Er lächelte sie an und legte ein paar strahlendweiße Zähne frei.

„Was machen Sie denn hier?" Konnte er sehen, wie ihr die verräterische Röte von der Brust in den Hals kroch?

„Das Gleiche wollte ich Sie fragen, aber wie ich sehe", er deutete auf ihre Schürze, „arbeiten Sie hier."

Sie sah an sich herunter. „Ach, das ..." Sie strich die Schürze glatt und fing an zu lachen. „Das ist eine lange Geschichte."

„Hätten Sie Lust, mir bei einer Tasse Kaffee alles zu erzählen?" Seine Augen hielten sie gefangen.

„Das würde ich gerne." Sie lächelte ihn an. Die Geräusche um sie herum verschwanden und für einen Moment gab es nur sie und diesen Mann.

„Wunderbar." Er lächelte. „Hier? Oder möchten Sie lieber woanders eine Kleinigkeit trinken?"

Sie knabberte an ihrer Unterlippe, während sie überlegte. Sie fühlte seine Augen auf sich ruhen.

„Ich glaube, ich würde gerne ein paar Meter gehen. Ich bin schon seit heute Morgen hier und ein wenig frische Luft würde mir guttun."

„Einverstanden." Sein Englisch war nahezu makellos. „Darf ich mich vorstellen – Léon."

„Tess." Schüchtern reichte sie ihm die Hand. Seine Haut war warm und glatt.

Die Verkäuferin war mit der Arbeit fertig und kam auf sie zu. „Mademoiselle, Ihre Macarons." Sie hielt die kunstvoll eingepackte Schachtel in die Höhe.

Dankend nahm sie die Köstlichkeiten entgegen.

# 11. Kapitel

Sie schlenderten die Champs-Élysées entlang. Unauffällig
musterte sie ihn aus dem Augenwinkel. Er war groß und hatte
eine sportliche Figur, breite Schultern und schmale Hüften.
Seine dunklen Haare waren stufig geschnitten. Trotz des
Anzugs, den er trug, wirkte er lässig. Sie fragte sich im Stillen,
was sie dazu bewogen hatte, mit einem wildfremden Mann
durch die Straßen von Paris zu schlendern, um mit ihm einen
Kaffee zu trinken. Aber hier in Paris war eben alles anders –
sie war eine andere.

„Sie sind zu Besuch?" Es war eigentlich mehr eine Feststellung
als eine Frage.

Sie nickte.

„Und wie lange bleiben Sie in Paris?"

„Nur eine Woche", antwortete sie bedauernd.

Sie bogen in die nächste Seitenstraße ein und ließen das
hektische Treiben auf der Champs-Élysées hinter sich. Vögel
zwitscherten munter von den Bäumen und es duftete leicht
nach Blumen.

„Und was haben Sie im *Ladurée* gemacht? Ihren Worte
entnehme ich, dass Sie für gewöhnlich nicht dort arbeiten."

Für einen kurzen Moment war sie versucht, ihm die
Wahrheit zu sagen, aber dann dachte sie an ihren Vorsatz, die
Tage in Paris völlig unbeschwert zu genießen.

Wenn sie ihm jetzt verraten würde, dass sie eigentlich eine
einfache Verkäuferin war, die diese Reise nur gewonnen hatte,
würde er eventuell sein Interesse an ihr verlieren und das
wäre wirklich bedauerlich. Léon war der erste Mann seit einer
sehr langen Zeit, in dessen Gegenwart sie sich wohlfühlte.

„Ich war zu Fotoaufnahmen dort", erklärte sie. Es war nicht
gelogen, auch wenn es nicht der ganzen Wahrheit entsprach.

„Sie sind Model." Schon wieder eine Feststellung und keine
Frage.

Natürlich. Sie trug ein schickes Kleid, hatte ihre Haare
ordentlich frisiert und sich geschminkt, so wie Etienne es ihr

gezeigt hatte. Wie hieß es immer so schön: Kleider machten Leute.

Sie nickte.

„Ja, wir haben Aufnahmen für eine Kochzeitschrift gemacht."

„Sie haben entzückend mit der Schürze ausgesehen." Er lächelte und dabei bildeten sich kleine Fältchen um seine Augen. „Und die kürzeren Haare stehen Ihnen gut." Es überraschte sie, dass er bemerkt hatte, dass sie beim Friseur gewesen war. Ein Umstand, den sie ihm hoch anrechnete. Den meisten Männern fiel nicht auf, wenn ihre Frauen beim Friseur waren, außer diese rasierten sich kahl oder sie sahen die Summe auf der Kreditkartenabrechnung.

Sie lenkte das Gespräch von sich weg. „Und was haben Sie im *Ladurée* gemacht?"

„Ich wollte für meine Mutter ein bisschen Gebäck kaufen."

„Oh, jetzt habe ich Sie davon abgehalten."

„Nicht so schlimm. Maman wird es verkraften, wenn sie hört, dass ich dafür eine bezaubernde junge Amerikanerin ausgeführt habe." Sein jungenhafter Charme war einfach unglaublich und die Art, wie er sie ansah, löste bei ihr ein leichtes Kribbeln in der Magengegend aus. Instinktiv fiel ihr Blick auf seine Hände. Er trug keinen Ehering. Das hatte zwar noch keine besondere Aussagekraft, aber es könnte ein Hinweis sein.

„Sie sprechen sehr gut Englisch", stellte sie fest.

„Das will ich hoffen, schließlich habe ich in Amerika studiert." Er schmunzelte. „Sprechen Sie Französisch?"

„Nicht viel, außer: Merci, Bonjour, Au revoir, L'amour."

„Also genug, um durchs Leben zu kommen." Wenn er lachte, klang es, als ob man eine Trommel anstimmen würde – dunkel und kehlig.

„Darf ich Sie fragen, was Sie heute vorhaben?" Er schenkte ihr einen Seitenblick.

Sie blieb überrascht stehen. Eine warme Brise strich ihr über das Gesicht wie der Atem eines Liebhabers.

„Ein sehr netter Mann hat mich gefragt, ob ich einen Kaffee mit ihm trinken möchte", lächelte sie.

„Sie haben natürlich recht. Wie dumm von mir." Er lächelte ebenfalls. „Ich kenne ein kleines nettes Café gleich hier um die Ecke. Wenn Sie möchten, führe ich Sie dorthin."

„Ich möchte", antwortete sie keck.

„Wunderbar."

Nach wenigen Schritten blieb Léon mitten auf dem Gehweg stehen. Irritiert sah sie ihn an. Von einem Café war weit und breit nichts zu sehen. Keine Schaufenster, keine Tische und Stühle. Nichts deutete darauf hin, dass sich hier das Café befand.

„Da." Er zeigte auf ein Schild, das oberhalb ihrer Köpfe an der Hauswand befestigt war. „Wir Franzosen lieben Geheimnisse. Das liegt nun mal in unserer Natur und dieses kleine Café ist eines der vielen Mysterien, die Paris birgt." Sie folgte mit dem Augen seiner Hand.

*Café du Jardin* stand auf dem Schild geschrieben.

„Kommen Sie." Leon schnappte sich ihre Hand und führte sie durch einen schmalen Eingang in den Hinterhof des Hauses. Neugierig folgte sie ihm.

„Wow!", rief sie verzückt, als sie in den Innenhof trat, der das Café beherbergte. „Das hätte ich niemals ohne Sie gefunden."

„Ich weiß. Das *Café du Jardin* ist mein Lieblingscafé", gestand er ihr. Interessiert sah sie sich um, während der Kellner sie zu einem der freien Tische führte.

Der Innenhof wurde durch die Fassaden der umstehenden Häuser begrenzt und die Balkone der angrenzenden Wohnungen ragten in den Hof. Die meisten von ihnen waren von ihren Bewohnern liebevoll mit Blumen und Efeu bepflanzt worden und verliehen dem Ganzen ein gemütliches Ambiente. Helle Platten aus Sandstein bedeckten den Boden. Inmitten des Hofes wuchs ein Baum, in dessen ausladenden Ästen weiße Lampions baumelten. Sie konnte nur erahnen, wie schön der Hof des Nachts im Licht der Papierlaternen aussehen musste. Unzählige Blumentöpfe standen entlang der

Häuserwände aufgereiht, in denen Rosenbüsche wuchsen, deren lieblicher Duft die Luft erfüllte.

Die Tische waren mit weißen Tischdecken bezogen, auf denen Karaffen mit frischem Wasser standen. Die Rückenlehnen der eisernen Stühle waren mit Herzen verziert und auf der Sitzfläche lagen weiße Kissen. Sie sah, wie der Kellner eine Etagere mit kleinen Leckereien an den Nachbartisch brachte. Obwohl sie den ganzen Tag Süßes genascht hatte, lief ihr bei dem Anblick der Köstlichkeiten das Wasser im Munde zusammen.

„Gefällt es Ihnen?" Léon sah ihr direkt ins Gesicht. Seine Augen leuchteten im Licht fast unnatürlich goldbraun.

„Es ist einfach entzückend. Diese Blumen, der Baum und die Tische ... einfach alles. Man könnte meinen, dass es sich um die Kulisse für einen Liebesfilm handelt", lachte sie begeistert.

„Wer weiß?" Léon zuckte mit den Achseln. Seine Augen ruhten noch immer auf ihr. Sie blinzelte unsicher. Ihr Puls schnellte ohne Vorankündigung in die Höhe und sie verspürte ein leichtes Kribbeln in der Magengegend.

Der Kellner kam zu ihnen an den Tisch und der Moment war vorbei. Sie bestellten zwei Cappuccinos.

„Müssen Sie morgen wieder arbeiten?", fragte Léon sie.

„Nein, die restlichen Tage meines Aufenthalts habe ich frei."

„Wie schön, wenn man Beruf und Vergnügen so vereinen kann."

„Das stimmt." Sie drehte den Kopf zur Seite, damit er nicht sah, dass sie schon wieder rot wurde. Sie war noch nie eine besonders gute Lügnerin gewesen.

„Und was haben sie sich vorgenommen? Louvre, Montmartre, Eiffelturm ...?" Seine Augen musterten sie interessiert.

„Wissen Sie, meine Freundinnen haben so eine Art Tagesplan für mich ausgearbeitet, den ich befolgen muss." Sie sah, wie er die Augenbraue fragend nach oben zog.

„Und wie muss ich mir das vorstellen?"

„ Das ist ebenfalls eine lange Geschichte."

„Kein Problem, ich habe Zeit."

„Also gut", schmunzelte sie. „Ich habe drei Freundinnen in New York, die ich schon seit der Schulzeit kenne."

„Sie Glückliche", warf er ein.

„Allerdings", nickte sie und lächelte.

„Wissen Sie, ich bin nämlich zum Teil in Frankreich und zum Teil in New York aufgewachsen", für einen Moment schlug ihr Herz höher, als sie hörte, dass er ihre Heimatstadt kannte, „und dadurch habe ich nur einen sehr begrenzten Freundeskreis. Ein paar wenige Freunde hier und da sind alles, was mir geblieben ist." Sie konnte keine Verbitterung in seiner Stimme entdecken, lediglich ein stilles Bedauern.

„Das kann ich mir nur schwer vorstellen. Ich lebe noch immer in der Gegend, in der ich aufgewachsen bin. Die meisten meiner Freunde kenne ich seit meiner Jugend."

„Wie schön. Aber bitte erzählen Sie doch weiter, ich habe Sie unterbrochen." Er nahm die Tasse in die Hand und trank einen Schluck. Sie mochte seine höfliche Art; in Brooklyn herrschte ein eher rauer Umgangston.

„Kein Problem." Sie lachte. „Auf jeden Fall haben sich meine Freundinnen für diese Reise etwas ganz besonderes für mich ausgedacht." Sie machte eine Pause und nahm ebenfalls einen Schluck aus ihrer Tasse. Der Kaffee schmeckte ausgezeichnet – heiß und stark.

„Sie machen es aber spannend", füllte Léon die kurze Stille. Seine Mundwinkel zuckten belustigt.

„Entschuldigung." Eine Hummel setzte sich auf ihren Tassenrand und krabbelte daran entlang. Ohne darüber nachzudenken, streichelte sie den Rücken des kleinen puscheligen Insekts.

„Ich liebe Hummeln", gestand sie.

„Wie außergewöhnlich. Warum denn gerade Hummeln?"

„Weil man sagt, das eine Hummel fliegt, obwohl sie es, aufgrund ihrer Statur nicht können dürfte. Kleine Kämpfer, diese Hummeln. Das gefällt mir." Das Tierchen flog brummend davon.

Er nickte nachdenklich.

„Ach, ich schweife schon wieder ab. Ich wollte Ihnen ja von meinen Freundinnen erzählen. Die drei haben sich für mich ein Programm überlegt und in Form von Briefen aufgeschrieben."

„Das verstehe ich nicht ganz." Léon runzelte die Stirn.

„Für jeden Tag einen Brief und eine Aufgabe", erklärte sie geduldig.

„Und was ist die heutige Aufgabe?"

„Ich soll heute Abend auf das *Dîner en blanc* gehen. Ich habe schon mal davon gehört, aber so wirklich weiß ich gar nicht, was das ist."

„Ich finde es schon höchst beachtlich, dass Sie überhaupt wissen, dass das *Dîner en blanc* heute stattfindet. Eigentlich ist das eine Sache, die wir Pariser sehr unter Verschluss halten."

„Ich hatte keine Ahnung, aber dafür meine Freundin Megan. Und sie ist der Meinung, ich müsste es unbedingt besuchen."

„Ihre Freundin muss eine kluge Frau sein. Es ist eines der Highlights dieser Stadt. Nur wenige Touristen finden den Weg dorthin, außer der Zufall führt sie genau an die Stelle. Wie haben Sie es geschafft, an die Adresse zu kommen?"

„Das war auch Megan und ich glaube, sie möchte nicht über die Art und Weise der Beschaffung reden." Sie lächelte schelmisch. „Wieso fragen Sie?"

„Weil ich auch dorthin wollte. Allerdings hat meine Begleitung in letzter Minute abgesagt." Er warf ihr einen bedeutungsvollen Blick zu. Ihr Puls schnellte schlagartig in die Höhe. „Was halten Sie davon, wenn wir zusammen hingehen?"

Sie zögerte einen Moment, obwohl sie die Antwort bereits wusste. „Ich würde mich sehr darüber freuen." Ihre Stimme zitterte und sie hoffte, dass er es nicht bemerkte.

„Wunderbar." Seine Augen strahlten sie an. „Wie spät haben wir es eigentlich?" Er hob die Hand und sah auf seine Armbanduhr, ein edles Modell mit dunklem Lederarmband. Er hatte die schlanken Hände eines Klavierspielers und Tess fragte sich, was er beruflich tat. Sie würde es im Laufe des Abends bestimmt herausfinden. „Bis das *Dîner* beginnt, bleibt uns noch knapp eine Stunde." Sein Blick glitt über ihr weißes Kleid. „Wie ich sehe, sind Sie bereits perfekt dafür angezogen."

Sie zuckte lässig mit den Schultern. „Ebenfalls eine Anordnung meiner Freundinnen."

„Habe ich Ihnen schon gesagt, dass Sie absolut bezaubernd darin aussehen?" Sein Kompliment klang aufrichtig.

Sie blinzelte verlegen.

„Was halten Sie davon, wenn wir zusammen den nächsten Supermarkt stürmen und die nötigen Dinge für unser Picknick im Freien einkaufen?"

„Ach, man muss die Sachen selbst mitbringen?" Sie hatte sich irgendwie vorgestellt, dorthin zu gehen und sich an einen gedeckten Tisch zu setzen.

„Allerdings. Tisch und Stühle müssen auch von den Teilnehmern mitgebracht werden."

„Au je, da hätte ich mich ja schön blamiert." Sie schlug sich mit der flachen Hand gegen die Stirn. „Aber das ist typisch für mich. Ich bin schrecklich schlecht im Organisieren von Dingen."

„Ich bin mir sicher, Sie haben andere Qualitäten."

Aus dem Mund jedes anderen Mannes hätte es anzüglich geklungen, bei Léon klang es wie ein aufrichtig gemeintes Kompliment.

„Bis auf das Essen habe ich alles, was wir brauchen."

„Wenigstens einer von uns beiden." Sie lächelte ihn an. „Wo ist das *Dîner en blanc* überhaupt? Kelly hat es mir eingezeichnet, aber ich hatte noch nicht die Gelegenheit, es mir näher anzuschauen." Sie zog die Karte aus der Tasche hervor.

„Nicht nötig." Léon winkte ab. „Wir haben Glück, das *Dîner en blanc* ist dieses Jahr auf der Pont Alexandre III, keine zehn Minuten mit dem Auto entfernt."

„Das ist nicht Ihr Ernst!"

„Doch, und ich kenne auch einen sehr guten Supermarkt, ebenfalls hier um die Ecke."

„Na dann, wollen wir los?"

Léon gab dem Kellner ein Zeichen, der sofort herbeigeeilt kam. Wie selbstverständlich bezahlte er die Rechnung für sie beide.

„Wenn Sie mich kurz entschuldigen würden", bat er sie, gerade als sie aufstehen wollte. „Ich muss noch kurz einen Anruf tätigen, bevor wir gehen."

„Ja, natürlich. Kein Problem."

Zu ihrer Verwunderung stand er auf, anstatt am Tisch zu telefonieren. Sie wusste nicht, ob es aus Höflichkeit geschah oder damit sie nicht mithören konnte.

Sie beobachtete ihn von Weitem. Er legte seinen Kopf beim Telefonieren leicht schräg und sein Gesicht bekam einen völlig neuen Ausdruck – weich, ja fast liebevoll.

Sie fragte sich, mit wem er wohl telefonieren mochte. Geschäftspartner? Oder war es eine Frau? Seinem Gesicht nach zu urteilen, dürfte es sich um jemanden handeln, der ihm nahestand.

Kurze Zeit später kam er zurück an den Tisch.

„Danke fürs Warten. Wollen wir?" Er reichte ihr die Hand. Als er sie berührte, fühlte sie kleine elektrische Schläge auf der Haut. Überrascht sah sie ihn an. Er erwiderte ihren Blick, sagte jedoch nichts, sondern legte wie selbstverständlich den Arm um ihre Taille. Die Geste hatte etwas Vertrautes, wie es eigentlich nur zwischen guten Freunden üblich war, trotzdem ließ sie ihn gewähren. Sie folgten der Straße bis zur nächsten Kreuzung, wo sie nach rechts abbogen. Diese Straße war breiter und deutlich belebter. Nach ungefähr dreihundert Metern hatten sie den Supermarkt erreicht, wobei die Bezeichnung stark untertrieben war. Genaugenommen handelte es sich um einen Feinkostladen und Léon führte sie zielsicher durch die endlosen Regalreihen.

„Sie kennen sich ziemlich gut aus hier", bemerkte sie.

„Ja, ich habe mal ganz in der Nähe gewohnt. Wissen Sie", er hielt vor der Käsetheke, „ich bin ein Stadtmensch. Ich mag die vielen Menschen, die Häuser und das Leben in der Stadt."

Sie nickte. „Das geht mir genauso. Ich bin in New York großgeworden und habe immer in der Stadt gelebt. Ich kenne es gar nicht anders, aber es zieht mich auch nicht aufs Land." Er deutete auf die Auslage vor ihnen. „Mögen Sie Käse?"

„Wer nicht?" Sie lächelte.

„Gut." Léon trat nach vorne und nannte der Verkäuferin verschiedene Käsesorten, deren Namen Tess gänzlich unbekannt waren.

Sie erlaubte sich in der Zwischenzeit, sein Gesicht zu studieren.

Er hatte ein klassisch schönes Profil: eine gerade Nase, ein markantes Kinn und hervortretende Wangenknochen. Ein Dreitagebart umrandete die energisch geschwungenen Lippen. Um seine Augen entdeckte sie ein paar winzige Fältchen. Sie schätzte ihn auf Anfang dreißig.

Plötzlich drehte er sich zu ihr und ertappte sie dabei, wie sie ihn anstarrte. Ein Lächeln huschte über sein Gesicht. Hastig wandte sie den Blick ab und starrte angestrengt auf die Verkäuferin, die ihm gerade die Tüte mit dem Käse über die Theke reichte.

„Merci." Léon legte den Käse in den Einkaufskorb. Sie folgte ihm weiter schweigend durch die Regalreihen. Nach knapp einer Viertelstunde war der Einkaufskorb bis zum Rand mit Leckereien gefüllt. Flusskrebse, diverse Pasteten, Käse, Oliven und zwei Flaschen Champagner hatten ihren Weg in das Körbchen gefunden.

Nachdem sie noch ein Baguette gekauft hatten, nickte Léon zufrieden. „Ich denke, wir haben alles."

„Kommen noch andere Leute mit dazu?", fragte Tess.

„Hunderte, um genau zu sein." Er runzelte die Stirn. „Warum fragen Sie?"

„Das meinte ich nicht." Sie deutete auf den prallgefüllten Einkaufskorb in seiner Hand. „Bei den Mengen, die Sie gekauft haben, können wir mindestens noch zwei Leute mehr dazu einladen."

Sein Blick wanderte von ihr zu den Einkäufen und wieder zurück. „Dieser Abend ist etwas ganz Besonderes für mich und ich möchte, dass alles perfekt ist."

Sie wagte nicht, ihn zu fragen warum, sondern zog es vor zu schweigen. Aber sie war sich sicher, dass er seine Aussage auf sie bezogen hatte.

Sie gingen zur Kasse. Ohne mit der Wimper zu zucken, zog er seine Kreditkarte hervor und reichte sie der Kassiererin. Als Tess ihm ein Zeichen gab, sich beteiligen zu wollen, winkte er nur lächelnd ab.

„Jetzt müssen wir alles noch zum Auto bringen und dann kann es losgehen", erklärte er.

Schwerbepackt gingen sie die Straße entlang. Na ja, eigentlich war es nur Léon, der die Tüten trug. Sie hatte ihm angeboten, auch eine zu nehmen, aber er hatte auf die Schachtel auf ihrem Arm gedeutet.

„Es wäre doch schade, wenn die Macarons dabei zerdrückt würden."

Sein Auto stand keine fünf Minuten entfernt vom Supermarkt unter einem großen Baum. Sie kannte sich zwar nicht sonderlich gut mit Autos aus, aber dieser Wagen war alt, auch wenn er gut in Schuss war. Der rote Lack glänzte frisch poliert und das schwarze Stoffdach war geputzt. Sie hatte noch nie ein derartiges Auto gesehen. Es passte so gar nicht zu dem stylischen Aussehen ihres Begleiters.

Léon musste ihren Blick bemerkt haben. „Interessieren Sie sich für Autos?"

Sie schüttelte den Kopf. „Ehrlich gesagt, habe ich keine Ahnung."

„Das ist der alte Citroën 2CV Cabrio meines Großvaters. Ich hänge irgendwie an dem alten Kasten und bringe es nicht übers Herz, ihn zu verkaufen."

Sie fuhr mit den Fingerspitzen über die Kühlerhaube. „Ich finde den Wagen absolut bezaubernd, besser als jeden Porsche."

„Das sagen Sie nur, weil Sie noch nie damit gefahren sind." Er lachte. „Manchmal habe ich das Gefühl, der alte Kasten führt ein Eigenleben. Es gibt Tage, da fährt er brav seine Runden, und dann gibt es Tage, da bockt er." Er öffnete galant die Beifahrertür. „Darf ich bitten, Mademoiselle?"

„Sehr gerne." Sie glitt auf den Ledersitz. Léon machte den Kofferraum auf und verstaute die Einkäufe, dann nahm er neben ihr auf dem Fahrersitz Platz. Mit einem leichten Ruck setzte sich der Wagen in Bewegung.

„Und Sie haben keine Angst, bei einem fremden Mann ins Auto zu steigen?", fragte er. Seine Hände lagen ruhig auf dem Lenkrad.

Sie hatte tatsächlich für einen Augenblick darüber nachgedacht, war jedoch zu der Überzeugung gekommen, dass Léon nicht der Typ Mann war, der eine Frau einfach am helllichten Tag entführte. Maureen würde sie leichtsinnig schimpfen, wenn sie davon erfuhr.

„Sie hätten sich wohl kaum die Mühe mit den Einkäufen gemacht, wenn Sie mir etwas antun wollten."

Er lächelte, die Augen starr auf die belebte Straße gerichtet. „Scharfsinnig gefolgert. Sie haben recht."

Sie fuhren die Champs-Élysées hoch. Schicke Pariserinnen schlenderten, beladen mit Taschen namhafter Designer, den Fußgängerweg entlang, den Blick auf die Auslagen der Geschäfte gerichtet, in der Hoffnung, ein besonders schönes Teil zu ergattern.

Léon bog in eine große Seitenstraße ein und folgte ihr ein gutes Stück. Das leise Klicken des Blinkers kündigte ihr an, dass er einen Parkplatz suchte.

„Da wären wir", sagte er schließlich. „Das letzte Stückchen müssen wir gehen. Die Pont Alexandre befindet sich gleich dahinten, keine zweihundert Meter entfernt." Er stellte den Motor ab und zog den Zündschlüssel aus dem Schloss. Sie stiegen aus und er öffnete den Kofferraum. Er hatte tatsächlich einen kleinen Klapptisch und zwei Stühle darin versteckt.

„Sie haben ja wirklich alles dabei", rief Tess bewundernd.

Er lachte unbefangen. „Und jetzt habe ich sogar noch eine charmante Begleitung. Wenn das kein glücklicher Zufall ist, dann weiß ich auch nicht."

Sie musste bei seinen Worten unwillkürlich an Madame Marchant denken. Wie hatte sie gesagt?

*Es gibt keine Zufälle, nur schicksalhafte Begegnungen.*

„Einen Moment bitte." Er zog ein sorgfältig gefaltetes, weißes Bündel aus dem Kofferraum. „Ich muss mich noch kurz umziehen."

„Hier?" Sie sah sich um. Außer ihnen war keine Menschenseele zu sehen.

„Warum nicht?" Völlig selbstverständlich, als wäre es die natürlichste Sache der Welt, begann Léon, die obersten Knöpfe seines Hemdes zu öffnen. Tess schluckte trocken.

Damit hatte sie nicht gerechnet. Wie erstarrt stand sie da und beobachtete ihn dabei. Achtlos warf er das Hemd in den Kofferraum und zog aus dem Bündel ein weißes, lockeres Leinenhemd hervor. Mit seinem rechten Fuß streifte er zunächst den linken und dann den rechten Schuh ab. Nur in Socken öffnete er den obersten Hosenknopf und zog den Reißverschluss herunter. Ein Prickeln lief durch ihren ganzen Körper. Sie schluckte. Eigentlich hätte sie sich spätestens jetzt abwenden müssen, aber stattdessen blieb sie stehen, ohne den Blick von ihm abzuwenden. Langsam zog er die Hose aus. Wie Tess feststellen konnte, hatte er schlanke, durchtrainierte Beine. Plötzlich sah er zu ihr. Als sich ihre Blicke trafen, durchfuhr es sie wie ein Blitzschlag. Ihr Puls rauschte in ihren Ohren und die Welt um sie begann sich zu drehen. Was war nur los mit ihr? Sie konnte sich nicht erinnern, dass ein Mann jemals diese Wirkung auf sie gehabt hätte. Sie wusste nicht, wie lange sie so dastanden, die Augen ineinander verhakt. Eine Gruppe weißgekleideter Menschen zog lachend an ihnen vorbei.

Ertappt senkte sie die Augen. Der Moment war vorüber und Léon zog sich die weiße Hose an, gefolgt von weißen Sneakers, die ebenfalls im Kofferraum lagen.

„Wenn Sie die Klappstühle nehmen könnten, dann trage ich den Rest. Sie sind auch nicht schwer", bat Léon sie.

„Ja, natürlich." Sie schnappte sich die beiden Stühle und klemmte sie sich unter den Arm.

„Geht das so?" Sein Blick glitt über ihre schlanke Figur.

„Ja, die Dinger sind erstaunlich leicht." Sie lächelte.

„Gut, ich möchte nicht, dass Sie mir auf der Brücke zusammenbrechen." Er hatte in einer Hand die Tüten und den Korb und mit der anderen trug er den Tisch. Die Macarons ließen sie im Kofferraum.

„Das sind dann wohl eher Sie, wenn ich das richtig sehe." Sie lachte.

Als sie bei der Brücke ankamen, herrschte bereits Hochbetrieb. Es schien gerade so, als ob ganz Paris auf den Beinen wäre.

Polizisten regelten den Verkehr vor der Brücke und hunderte Menschen in Weiß strömten schwerbepackt von allen Seiten zur Pont Alexandre. Sie ließen sich von der Menge mitreißen.

„Sind es immer so viele Menschen beim *Dîner en blanc*?"

Léon nickte. „Das letzte Mal waren es weit über tausend Teilnehmer und es werden von Jahr zu Jahr mehr."

Die ersten Grüppchen hatten bereits ihre Tische mitten auf der Brücke aufgebaut und minütlich wurde die Zahl größer. Verwundert registrierte sie, wie friedlich alles ablief. Wildfremde Menschen begrüßten sich und klappten ihre Tische und Stühle nebeneinander auf. Es herrschte eine allgemeine Partystimmung, die ansteckend war.

„Dahinten ist noch ein Plätzchen!" Léon machte eine Kopfbewegung in Richtung Brücke. Sie stellte sich auf die Zehenspitzen, in der Hoffnung, besser sehen zu können. Tatsächlich entdeckte sie die Lücke in der Mitte der Brücke, die er gemeint hatte.

„Wir müssen uns beeilen, sonst schnappt ihn uns noch jemand weg."

Léon ging voraus, sie folgte ihm dicht. Mit seinem breiten Kreuz schien er sich geradezu mühelos seinen Weg durch die

Menge zu bahnen. Sie nutzte die Gelegenheit und begutachtete ihn von hinten. Das weiße Hemd spannte über seinen Schultern, die Hose saß locker auf der Hüfte und ließ seinen knackigen Po erahnen. Seine Bewegungen waren geschmeidig und von einer angeborenen Lässigkeit, wie sie Menschen nur selten zu eigen war.

Warum hatte er gerade sie gebeten, mit ihm zum *Dîner en blanc* zu gehen? Was hatte es mit diesem Mann auf sich, dass er sie derart aus dem Konzept brachte?

Sie hatten die Stelle erreicht. Interessiert sah sie sich um. Sie befanden sich ungefähr in der Mitte der Brücke; hinter ihnen lag der Grand Palais und vor ihnen der Quai d'Orsay. Unter ihnen floss träge die Seine, auf der einige Ausflugsboote vor sich hindümpelten. Rechts und links des Ufers schimmerte das Grün der Bäume, die dort wuchsen. Es wehte eine zarte Brise und trotz der Jahreszeit war es ungewöhnlich warm.

Die Sonne hing bereits tief und ein rosa Licht lag über der Szenerie.

Léon lenkte ihre Aufmerksamkeit nach rechts.

„Sehen Sie nur, der Eiffelturm."

Er stand dicht neben ihr und ihre Arme berührten sich leicht. Ein wohliger Schauer rieselte durch ihren Körper und ihr Herzschlag schnellte in die Höhe. Sie versuchte seine Berührung zu ignorieren, was ihr nur mäßig gelang.

Alles sah aus wie gemalt. Die Seine mit ihrem dunklen Wasser, die grünen Uferstraßen und dahinter am Horizont der Eiffelturm, ganz in Rot getaucht.

„Wahnsinn", hauchte sie. Eine Gruppe drängelte sich an ihnen vorbei und drückte Léon noch dichter gegen sie. Eine unglaubliche Wärme ging von seinem Körper aus. Unbewusst hielt sie die Luft an.

„Ja, Paris hat seinen Reiz, aber ohne den Eiffelturm wäre es nur halb so interessant."

Sie nickte stumm, noch immer um Fassung bemüht.

Er löste sich von ihr und begann, den Tisch aufzubauen, gefolgt von den Stühlen. Immer mehr Menschen strömten auf die Brücke und verteilten sich auf den Gehsteigen.

Kerzenleuchter wurden entzündet. Soweit das Auge reichte, waren alle in Weiß gekleidet. Aus der Luft musste es aussehen, als hätte sich eine dichte Schneedecke über die Pont Alexandre ausgebreitet.

Die ersten Sektkorken flogen knallend durch die Luft, gefolgt vom Gelächter der Menschen. Musik spielte im Hintergrund.

„Wie wäre es mit einem Schlückchen?" Léon hob die Champagnerflasche hoch.

„Gerne." Sie staunte nicht schlecht, als sie sah, wie er eine weiße Tischdecke, zwei Teller und zwei Kristallgläser aus dem Korb zauberte, den er mitgenommen hatte.

„Du ... äh, Sie haben wirklich an alles gedacht", rutschte es ihr heraus.

„Das war das Stichwort. Ich fände es ganz schön albern, wenn wir uns noch weiter siezen würden." Sein Blick ruhte auf ihr.

„Ganz deiner Meinung." Sie lachte. Der Champagner floss goldgelb in die Gläser und sie stießen an.

„Auf einen wunderschönen Abend." Sie setzte das Glas an die Lippen.

„Auf das *Dîner en blanc* und dass wir uns kennengelernt haben." Seine Augen hafteten auf ihr. Ihr Herz schlug wie verrückt und ihre Hormone, die plötzlich ein Eigenleben zu entwickeln schienen, tanzten Samba. Allein sein Blick genügte, um ihren ganzen Körper in Aufruhr zu versetzen, und sie ertappte sich dabei, dass sie sich fragte, wie sich seine Lippen wohl anfühlten. Er sah unglaublich gut aus, wie er vor ihr stand. Seine dunklen Haare waren leicht zerzaust und sein Hemd flatterte locker in der Abendluft.

„Auf die Zufälle im Leben." Sie nippte an ihrem Glas. Der Champagner prickelte angenehm auf der Zunge und hinterließ eine frische, leicht fruchtige Note im Mund. Genussvoll leckte sie sich mit der Zungenspitze über die Lippen. León holte einen Kerzenleuchter aus dem Korb.

Eine Gruppe Musiker fing an zu spielen und von allen Seiten folgten begeisterte Zurufe. Jeder Zentimeter der Brücke war mit Tischen und Stühlen belegt, lediglich die Fahrbahn war frei. Schaulustige schlichen im Schneckentempo in ihren Autos vorbei und machten Fotos.

Die mit Putten verzierten Kandelaber entlang der Brücke sprangen begleitet durch begeisterte Ausrufe der Gäste an und tauchten alles in ihr gelbes Licht.

Léon zog ein Feuerzeug aus der Tasche und entzündete die Kerzen auf dem Tisch. Tess kam sich vor, wie in eine andere Zeit versetzt. Ihr Leben in New York erschien ihr mit einem Mal weit weg zu sein. Vergessen waren die Geldsorgen, die Bäckerei und die Verantwortung. Alles, was zählte, war dieser Moment.

„Wir Franzosen lieben Meeresfrüchte." Er stellte die Platte mit den gekochten Krebsen auf den Tisch.

Skeptisch beäugte sie die rotglänzenden Krustentiere. „Diese Art von Krebs habe ich noch nie probiert."

Sie dachte an die Crab Cakes, die sie bei einem ihrer Besuche in Long Island gegessen und die so gar nichts mit den Tieren gemeinsam hatten, die vor ihr auf dem Teller lagen.

„Du weißt ja gar nicht, was dir bisher entgangen ist." Er lächelte. „Warte, ich zeige dir, wie es geht." Mit der Präzision eines Chirurgen befreite er den Krebs von seinem Panzer, bis das zartweiße Fleisch vor ihm auf dem Teller lag.

„Mund auf und Augen zu", kommandierte er. „Lass dich von dem Geschmack verführen."

Als er ihre Lippen mit dem Krebsfleisch berührte, zuckte sie zusammen.

Léon lachte heiser. „Keine Angst, der Krebs beißt nicht."

Zaghaft biss sie ein Stückchen ab. Das Fleisch war zart und wurde von einem feinen Fischgeschmack begleitet. Sie öffnete die Augen und blickte geradewegs in Léons erwartungsvolles Gesicht.

„Und?"

„Köstlich." Sie kaute.

„Eigentlich fehlt eine Soße dazu, aber die habe ich vergessen", sagte er entschuldigend.

„Es schmeckt perfekt, so wie es ist."

Neben ihnen hatte eine bunt zusammengewürfelte Gruppe Platz genommen und prostete ihnen zu. Tess hob lachend ihr Glas.

„Du bist wahrscheinlich durch deinen Beruf in der ganzen Welt unterwegs." Er musterte sie aufmerksam. In seinen dunklen Augen flackerte das Licht der Kerze.

„Mhm." Sie tauchte ihr Baguette in das Olivenöl.

„Arbeitest du hauptberuflich als Model? Für welche Agentur bist du hier?"

„Mhm." Sie schluckte den Bissen herunter.

„Du redest nicht so gerne über dich." Es war eine Feststellung.

Sie schüttelte den Kopf. Sie war noch nie eine besonders gute Lügnerin gewesen. Für Léon war sie ein Model, und genau das wollte sie für ihn auch sein.

Sie genoss seine bewundernden Blicke und die Aufmerksamkeit, die er ihr schenkte. Sie wollte diesen Abend genießen und nicht darüber nachdenken, was morgen war.

„Was hältst du davon, wenn wir heute Abend nicht über uns reden, sondern einfach den Moment auskosten? Das Leben ist so kurz und wer weiß, wann wir uns wiedersehen."

Für einen Augenblick verdüsterte sich seine Miene. War sie zu weit gegangen? War es überhaupt möglich, einen Abend mit einem Menschen zu verbringen, ohne etwas über sich zu verraten?

„Du meinst wie ein Spiel?" Seine Finger strichen über den Glasrand.

„Ja, genau. Zwei Fremde, die sich in Paris treffen und einen wunderschönen Abend miteinander verbringen. Keine Verpflichtungen."

Seine Augen ruhten auf ihr. Sie spürte, wie er zögerte.

„Einverstanden", sagte er schließlich.

„Gut, dann ist es abgemacht. Zwei Fremde, die für eine Nacht Freunde sind."

Léon füllte ihre Gläser auf.

„Freunde für eine Nacht!"

„Freunde für eine Nacht." Sie leerte ihr Glas in einem Zug.

Ohne Vorwarnung beugte er sich zu ihr und einen Wimpernschlag später küsste er sie. Seine Lippen waren genauso weich, wie sie es sich vorgestellt hatte. Seine Bartstoppeln kratzten leicht auf ihrer Haut.

Sie spürte das Flattern von Hunderten von Schmetterlingsflügeln in ihrem Bauch, von denen sie nicht geglaubt hatte, dass sie noch lebten.

Der Kuss war kaum mehr als eine flüchtige Berührung gewesen, trotzdem bebte sie am ganzen Körper, als er seine Lippen von den ihren löste.

„Verzeih mir, aber das wollte ich schon seit dem ersten Moment tun, als ich dich in dem Café gesehen habe." Er nahm ihre Hand und führte sie an seine Lippen. In dieser Geste lag so viel Zärtlichkeit, dass es ihr fast den Atem raubte. „Du hast so verletzlich und verloren gewirkt."

„Das war ich, ehrlich gesagt, auch. Ich bin in der Nacht angekommen und der Jetlag hatte mich voll im Griff." Sie schmunzelte bei dem Gedanken an ihren ersten Morgen in Paris. Sie war völlig überwältigt von den Eindrücken gewesen, die auf sie eingeprasselt waren.

„Der Besuch im Café war eine reine Überlebensmaßnahme; ohne den Kaffee wäre ich wohl auf der Stelle eingeschlafen."

Er lachte und seine Augen strahlten. Sie fühlte sich trunken vor Glück. *Er hat mich geküsst*, sang es in ihrem Kopf. Ihr ganzer Körper sehnte sich nach der Zärtlichkeit, die ihr in den letzten Jahren verwehrt geblieben war. Léon war so selbstbewusst und gleichzeitig war da etwas in seinem Blick, das ihn verwundbar machte.

Ihre Lippen brannten noch immer von der Berührung seiner Lippen. Aus dem Augenwinkel sah sie, wie die Frau nebenan erst auf Léon und dann auf sie deutete, während sie mit ihrer Begleitung sprach. Sie fragte sich im Stillen, was die Französin wohl gesagt hatte.

Die Luft war erfüllt von Gelächter und unzähligen Stimmen. Tess ließ ihren Blick über die Köpfe der Menschen schweifen.

„Sieh nur, der Mond." Sie deutete auf den Eiffelturm, hinter dessen Stahlgerüst der Mond aufgegangen war. Bis auf eine kleine Ecke, die aussah, als hätte eine Maus daran geknabbert, war die Scheibe fast perfekt. „Es sieht fast ein bisschen unwirklich aus … wie dieser ganze Abend." Ihre Augen suchten die seinen.

„Dann wollen wir dafür sorgen, dass er dir in Erinnerung bleibt." Er nahm ihre Hände in seine und zog sie nach oben, bis sie sich gegenüberstanden. Es gab nur noch sie und ihn. Die Menschen um sie herum verschwammen, bis sie gänzlich verschwunden waren. Die Musik verebbte und die Welt schien stillzustehen. Sein Atem streifte ihre Wange. Sie nahm jedes Detail seines edlen Gesichts wahr: die feingeschwungenen Lippen, die etwas zu große Nase, den dunklen Schatten seines Bartes, die winzige Narbe unterhalb seines rechten Auges, die dichten Augenbrauen und die Lachfältchen. Sie spürte die Wärme, die von ihm ausging.

Ihr ganzer Körper bebte und ihr Herz schlug wie wild gegen ihre Brust, sodass sie Angst hatte, es könnte hinausspringen.

„Tess." Sein Mund formte ihren Namen und in seinen Augen brannte das Verlangen. Dann beugte er sich zu ihr und ihre Lippen berührten sich. Als seine Zunge ihre Lippen teilte, gab sie nur allzu gerne nach.

Sie spürte das Spiel seiner Muskeln unter dem dünnen Hemd, als er sie an sich drückte. Sie versank in seinen Armen, gab sich völlig seinem Kuss hin. Ihre Zungen spielten miteinander und sie schmeckte seine Süße in ihrem Mund. Er streichelte ihr Gesicht, bevor seine Hände über ihren Rücken glitten und auf ihrer Hüfte liegen blieben. Dort, wo er sie berührte, hinterließ er eine brennende Spur.

Sie wusste nicht, wie lange sie sich küssten – es kam ihr vor wie eine Ewigkeit. Ihr Verstand hatte aufgehört zu arbeiten. Als sich ihre Lippen voneinander lösten, schnappte sie hörbar nach Luft. Seine Augen ruhten auf ihr und berührten auf eigentümliche Weise ihr Innerstes.

Beifall ertönte. Irritiert drehte sie sich um. Mehrere Gäste von den umliegenden Tischen waren aufgestanden und applaudierten.

„Bravo. Bravo."

„Oh Gott", flüsterte Tess. „Meinen die uns?"

„Ich denke schon." Léon grinste verschmitzt in die Runde.

Eine heiße Welle flutete ihr Gesicht. Wahrscheinlich hatten ihre Wangen die Farbe einer reifen Tomate angenommen. Sie lächelte tapfer.

„À votre santé – auf euer Wohl!", rief ihnen jemand entgegen. Die Gläser wurden gehoben und man prostete ihnen zu.

Léon reichte ihr das Glas. Gemeinsam stießen sie mit ihren Nachbarn an.

„Ich komme mir vor wie in einem Traum", flüsterte sie ihm ins Ohr.

„Dann geht es dir wie mir." Seine Hand strich liebevoll über ihre Wange. „Du bist wunderschön."

Sie schüttelte verlegen den Kopf.

„Du bist die schönste Frau, der ich jemals begegnet bin." Seine Stimme war kaum mehr als ein Flüstern.

Eine Gruppe Musiker näherte sich ihrem Tisch. Sie spielten eine eingängige Ballade. Viele Gäste unterbrachen ihr Gespräch und fingen an zu tanzen. Léon legte seine Arme um sie und sie begannen sich zum Takt der Musik zu bewegen. Der Champagner zeigte seine Wirkung, ihr war leicht schwindelig. Sie schmiegte sich an ihn, ihr Kopf lag auf seiner Brust und sie hatte die Augen geschlossen. Alles, was sie fühlte, war seine Wärme und seine Hände, die sie hielten. Als die Musik zu Ende war, standen sie engumschlungen da. Er küsste sie erneut und diesmal war sein Kuss fordernder. Sie vergrub ihre Finger in sein dichtes Haar und zerwühlte es. Als sein Mund ihren Hals entlangglitt und eine feuchte Spur hinterließ, stöhnte sie leise. Sie spürte seine Erregung, fühlte sein Herz gegen ihre Brust schlagen. Abrupt gab er sie frei.

Minutenlang starrten sie sich an, ohne dass ihre Körper sich berührten. Ihr Gesicht war erhitzt von seinem Kuss und ihre Beine zitterten so stark, dass sie die Knie aneinanderpresste, damit sie nicht nachgaben.

Seine Augen stellten eine stumme Frage. *Willst du mich?*

Sie nickte und als sie seine Frage bejahte, erkannte sie ihre eigene Stimme kaum.

Sie war tief, fast heiser, ein einziges Versprechen an ihn. Ja, sie wollte mit Léon schlafen. Sie begehrte diesen Mann. Alles, was zählte, war heute Nacht.

# 12. Kapitel

Als Léon den Schlüssel seines Hotelzimmers ins Schloss steckte, zitterte Tess so stark, dass sie fürchtete, ohnmächtig zu werden. Für einen winzigen Moment überkamen sie Zweifel, ob es richtig war, was sie tat. Bis auf den einen Ausrutscher auf Kellys Party war sie noch nie mit einem Mann sofort im Bett gelandet. Sie war in dieser Hinsicht eher traditionell gestrickt. Ein paar unverfängliche Verabredungen ins Kino oder zum Essen waren bei ihrer Wahl des Mannes ausschlaggebend. Sie wollte wissen, mit wem sie es zu tun hatte, bevor sie mit jemandem ins Bett ging. Schließlich hatte sie Hazel gegenüber eine Verantwortung. Aber hier in Paris war alles anders. Hier zählten die normalen Gesetze des Lebens nicht, es gab kein Morgen … Es gab nur das Hier und Jetzt.

Sie traten ein. Es dauerte einen Moment, bis sich ihre Augen an das Halbdunkel seines Zimmers gewöhnt hatten. Das Erste, was sie wahrnahm, war das riesige Himmelbett in der Mitte des Raumes, bei dessen Anblick sie ein warmes Gefühl im Unterleib verspürte.

Vor dem Bett in die Wand eingelassen, befand sich ein Kamin, in dem die Holzscheite sorgfältig übereinandergeschichtet lagen. Die Fensterfront bot einen geradezu fantastischen Blick über Paris.

Léon nahm sie in den Arm und küsste sie – fragend. Sie erwiderte seinen Kuss und ihre Arme schlangen sich um seinen Hals, zogen ihn noch dichter an sich.

Seine Hände glitten forschend über ihren Rücken zu ihrem Po, wo sie liegen blieben.

Sie stöhnte lustvoll auf und er lachte heiser. Sein Atem ging stoßweise, während sie sich küssten.

Begleitet von einem leisen Schnurren des Reißverschlusses, öffnete er ihr Kleid. Der zarte Stoff klaffte auf und gab ihre nackte Haut frei. Sanft wie eine Feder glitten seine Fingerspitzen ihren Arm entlang zu ihrem Dekolleté. Wohlige kleine Schauer durchfuhren ihren Körper, wie sie sie sonst nur bekam, wenn sie ein besonders schönes Musikstück hörte. Sie küssten sich. In ihrem Kopf drehte sich alles. Ob es am Champagner oder an seinen Küssen lag, vermochte sie nicht zu sagen. Das Kleid rutsche von ihrer Hüfte und blieb zu ihren Füßen liegen. Seine Hand schob ihren BH zur Seite und sein Daumen liebkoste ihre Brustwarze.

Sie öffnete die obersten Knöpfe seines Hemdes und fuhr mit der Zungenspitze über seine glatte Haut. Er roch gut nach Hölzern und ureigenem Moschus. Er schauderte unter ihrer Berührung. Sie streife das Hemd von seiner Brust und ließ es achtlos zu Boden fallen. Dann trat sie einen Schritt zurück, sodass sie ihn besser betrachten konnte. Ihr Unterleib zog sich lustvoll zusammen, als sie den dunklen Flaum sah, der vom Bauchnabel aus nach unten verlief und in seiner Hose verschwand. Sein Körper war ein Versprechen, eine Verheißung der Glückseligkeit.

„Du siehst aus wie gemalt." Sie streckte die Hand aus, um seine nackte Haut zu berühren. Sie bewunderte die Linien seiner Muskeln, die entlang des Oberkörpers und seiner Arme verliefen. Er schien kein Gramm Fett zu viel zu haben, alles war definiert und straff. Sie bedeckte seine Brust mit kleinen Küssen und wanderte mit den Lippen zu seinen Brustwarzen, um sie mit der Zunge zu liebkosen. Sein Brustkorb hob und senkte sich unter ihren Berührungen. Sie hörte, wie er leise stöhnte. Seine Hände fuhren durch ihre Haare, krallten sich darin fest. Er zog ihren Kopf in den Nacken, um sie zu küssen. Dort, wo seine Lippen sie berührten, erwachte ein Feuer unter ihrer Haut.

„Tess. Tess. Tess." Immer wieder sagte er ihren Namen, während er ihr Gesicht mit Küssen bedeckte.

Durch seine Lust ermutigt, öffnete sie den Gürtel seiner Hose und schob den störenden Stoff von seinen Hüften, sodass er nur noch in Unterhose vor ihr stand. Mit der Hand ertastete sie die Wölbung, die sich unter dem dünnen Stoff gebildet hatte.

„Warte. Ich möchte dir dabei zusehen, wenn du dich ausziehst", flüsterte er.

Erstaunt sah sie zu ihm hoch.

„Ich möchte mir dein Bild für immer einprägen." Seine Augen waren noch dunkler und seine Stimme eine Spur rauer als sonst.

Eine plötzliche Scheu überkam sie. Sie schluckte und für den Bruchteil einer Sekunde zweifelte sie an sich, doch dann fanden seine Augen die ihren und ihre Bedenken waren verflogen. In seinem Blick lag so viel Zärtlichkeit und Verlangen, dass es ihr den Atem nahm. Kein Mann zuvor hatte sie so angesehen.

Sie stieg aus dem Kleid zu ihren Füßen. Ohne Hast öffnete sie den Verschluss ihres BHs und legte ihre kleinen festen Brüste frei. Seine Augen weiteten sich begehrlich. Dann streifte sie langsam ihren Slip über den Po, bis sie schließlich nackt vor ihm stand. Das Mondlicht fiel durch das Fenster und hüllte sie völlig ein.

Seine Stimme drang zu ihr. „Du siehst aus wie eine Lichtgestalt." Sein Blick glitt über ihren Hals und ihr Dekolleté bis zu ihrem dunklen Dreieck. Er schien jeden Millimeter ihres Körpers in sich aufzusaugen.

„Komm." Er streckte die Arme nach ihr aus und sie gab seinem Drängen nur allzu gerne nach. Mit einer einzigen Bewegung hatte er sie hochgehoben und trug sie zum Bett. Sie schauderte unter der Kühle des Lakens. Sie küssten sich leidenschaftlich, während seine Hände das unbekannte Terrain ihres Körpers erforschten. Als seine Finger in dem feuchten Dreieck verschwanden, versank die Welt um sie herum und es gab nur noch ihn.

Schweratmend lag Tess in Léons Armen, während sie noch mit dem Nachbeben ihres Orgasmus beschäftigt war. Ihr Körper war von einem feuchten Schweißfilm überzogen und ihr Gesicht gerötet. Léon lag neben ihr, die Augen geschlossen. Seine Brust hob und senkte sich schnell und sie hörte, wie sein Herz kräftig schlug. Sie genoss die befriedigende Stille, die zwischen ihnen herrschte. Langsam beruhigte sich ihr Atem.

„Das war unglaublich", flüsterte er.

Sie nickte, noch immer unfähig zu sprechen. Sie hatten sich geliebt, ungezügelt und zugleich voller Zärtlichkeit.

Als sie so weit gewesen war, ihn willkommen zu heißen, war ihr Orgasmus wie ein Tsunami über sie hinweggerollt. Der Sex mit ihm war etwas Neues für sie gewesen. Er hatte sie mit Zärtlichkeit überschüttet und Stellen entdeckt, von denen sie selbst nicht gewusst hatte, dass sie erregbar waren.

Der Mond schien durch das halbgeöffnete Fenster. Eine sanfte Brise strich über ihre nackten Körper. Sie schauderte.

„Ist dir kalt?" Besorgt sah er sie an.

Sie schüttelte den Kopf. „Nein, wie könnte mir in deiner Nähe kalt sein?" Sie fragte sich, ob es immer so war, wenn er mit einer Frau schlief. Irgendwie schmerzte sie der Gedanke, dass es andere Frauen geben könnte.

Er beugte sich zu ihr und gab ihr einen Kuss auf die Nasenspitze. Sie lächelte ihn an. Seine Haare waren zerzaust und seine Lippen vom Küssen gerötet. Sein Oberkörper schimmerte silbern im Mondlicht. Er sah aus wie eine griechische Statue.

Seine Augen ruhten liebevoll auf ihr, als würde er jeden Millimeter ihres Gesichtes abscannen, um es sich einzuprägen.

„Und, habe ich deiner Musterung standgehalten?", neckte sie ihn.

„Du bist perfekt. Genau in diesem Moment bist du perfekt." Er strich ihr mit den Fingern eine Locke aus dem Gesicht. Sein Mund war keinen Zentimeter von ihrem entfernt. Sie hob den Kopf, um ihn zu küssen. Seine Zunge neckte sie, fuhr über ihre Lippen. Sofort meldeten sich ihre Hormone wieder zu Wort und ein warmer Kloß bereitete sich in ihrem Unterleib aus.

Sie giggelte befreit. „Das kitzelt."

„Du bist also kitzelig?"

„Schrecklich kitzelig."

„Das wollen wir mal sehen."

Zwei Minuten später lag sie lachend unter ihm und flehte um Gnade.

„Ein Kuss könnte mich vielleicht davon abbringen, dich noch länger zu quälen."

Sie zog ihn auf sich, bis sein Körper schwer auf ihr lag und ihre Lippen sich berührten. Seine Hände hielten ihren Kopf, während ihre Zungen sich neckten.

Sie spürte seine wachsende Erregung und als sich sein Mund auf die Wanderschaft zu ihren Brüsten machte, war sie nur allzu bereit, ihn ein zweites Mal in sich aufzunehmen.

Als Tess die Augen aufschlug, dämmerte es bereits. Die blaue Stunde, wie man die Zeit zwischen der Dunkelheit der Nacht und dem Morgen bezeichnete, hatte bereits begonnen.

Sie warf einen Blick zur Seite, wo Léon lag. Er hatte die Augen geschlossen und seine Gesichtszüge waren entspannt. Sie sah, wie seine Augäpfel unter seinen Lidern unruhig hin und her wanderten. Er träumte, die Arme ausgebreitet, und sein Brustkorb hob und senkte sich gleichmäßig unter seinen Atemzügen. Am liebsten hätte sie mit den Fingern die Konturen seines Gesichts nachgezeichnet, aber sie wollte ihn nicht wecken. Er sah selbst im Schlaf wunderschön aus. Sie dachte an die Nacht. Bei dem Gedanken an das, was sie miteinander geteilt hatten, huschte eine leichte Röte über ihr Gesicht. Sie wusste nicht, ob es das Wissen war, dass sie sich nach dieser Nacht nicht wiedersehen würden, oder ob es etwas anderes gewesen war ... Auf jeden Fall hatte sie sich ohne Hemmungen vor ihm fallengelassen. Es war einfach unglaublich gewesen. Léon bewegte sich im Schlaf. Er schien zu lächeln und sie fragte sich, was er wohl gerade träumte. Sie wusste nichts von diesem Mann und trotzdem hatte der Sex mit ihm eine Intimität erreicht, die sie noch nie zuvor erlebt hatte. Ein Vogel zwitscherte vor dem Fenster.

Wie spät mochte es sein? Oh Gott, sie hatte vergessen, sich bei ihren Freundinnen und Hazel zu melden. Wo war ihr Handy?

Vorsichtig schlüpfte sie aus dem warmen Bett und schlich zum Fenster. Draußen war alles still.

Sie tapste auf Zehenspitzen durch das Schlafzimmer, auf der Suche nach ihren Sachen, die überall verstreut auf dem Boden lagen. Die Dielen des Fußbodens knarrten unter ihrem

Gewicht. Hektisch sah sie zum Bett, aber Léon bewegte sich nicht. Sie fand ihre Unterhose und ihren BH. Sie zog ihre Sachen an; duschen konnte sie später im Hotel. Der Gedanke, ihn schlafend zurückzulassen, schmerzte sie.

Sie wollte mehr von diesem herrlichen Mann. Sie wollte alles über ihn wissen, sie wollte neben ihm aufwachen und ihn spüren. Aber das war nur ein Traum. Die Abmachung zwischen ihnen war eindeutig gewesen – Freunde für eine Nacht.

Sie schlüpfte in ihr Kleid und zog die Schuhe an, dann warf einen letzten sehnsüchtigen Blick auf das Bett, wo Léon noch immer schlief. Sie versuchte sich sein Gesicht einzuprägen, damit es irgendwann zu einer geliebten Erinnerung werden konnte.

Die Tür fiel leise ins Schloss.

Die kühle Morgenluft empfing sie und Tess fröstelte. Ein pochender Kopfschmerz machte sich hinter ihren Schläfen breit. Die Straße war menschenleer. Sie wusste immer noch nicht, wie spät es war. Der Akku ihres Handys hatte in der Nacht den Geist aufgegeben. Sie entdeckte Léons roten Citroen. Er hatte ihn achtlos am Straßenrand geparkt, da sie keine Zeit hatten verlieren wollen. Zu groß war der Wunsch gewesen, sich zu spüren.

Sie holte tief Luft und straffte den Rücken. Nein, sie würde nicht schwach werden. Einmal im Leben wollte sie alles richtig machen. Mit schnellem Schritt eilte sie in Richtung Metro.

Als sie das Hotel betrat, wurde sie von Madame Julie empfangen.

„Oh, là, là, wie ich sehe, ist es spät geworden?"

Sie versuchte ihrem Blick auszuweichen. „Ja, wir waren beim *Dîner en blanc.*"

„*Wir?*"

Sie spürte förmlich die Röntgenblicke auf sich ruhen.

„Ein Bekannter hat mich begleitet." Es fiel ihr schwer, Léon nach der letzten Nacht als ‚Bekannten' zu bezeichnen, aber sie wollte ihr Privatleben nicht vor Madame Julie preisgeben. „Ich geh dann mal auf mein Zimmer. Einen schönen Tag noch." Sie stürmte die Treppen nach oben wie ein Teenager, der etwas Verbotenes getan hatte.

Im Zimmer angekommen, holte sie das Handy aus der Tasche, steckte das Ladegerät an und checkte ihre Nachrichten. Sie hatte ein schlechtes Gewissen, weil sie Hazel und Kelly nicht angerufen hatte.
Megan hatte ihr geschrieben, dass Hazel wohlbehalten bei ihr angekommen war. Wie erwartet, hatte sich Kelly mehrfach gemeldet und gefragt, ob alles in Ordnung wäre. Tess rechnete kurz nach. In New York war es mitten in der Nacht und sicher schlief Kelly schon. Trotzdem schrieb sie eine kurze WhatsApp-Nachricht an sie.

*Du wirst nicht glauben, was mir passiert ist. Ich habe die Nacht mit einem Mann verbracht – einem wundervollen Mann! Sein Name ist Léon und ich hatte den besten Sex meines Lebens. Ich werde ihn nicht wiedersehen, aber diese Nacht war ein Geschenk.*
*Paris ist tatsächlich die Stadt der Liebe!*

Dann drückte sie auf ‚Senden'.
Anschließend schrieb sie noch Megan und entschuldigte sich bei ihr und Hazel für ihr verspätetes Melden. Sie schilderte mit wenigen Worten, was sie am gestrigen Tag alles unternommen hatte und wie sehr sie alle vermisste. Als sie fertig war, ging sie ins Badezimmer, um zu duschen.
Ein bisschen wehmütig betrachtete Tess ihr Spiegelbild. Der wenige Schlaf machte sich durch dunkle Schatten unter ihren Augen bemerkbar, trotzdem fand sie sich so schön wie nie zuvor. Ihre Augen schienen von innen zu leuchten, ihre Lippen waren unnatürlich rot und vom Küssen leicht geschwollen. Ihre Wangen waren gerötet und ihre Locken lagen ungebändigt um ihren Kopf. *So sehe ich also aus, wenn ich glücklich bin.* Sie drehte sich im Kreis und tanzte durch den Raum, noch immer von Léons Zärtlichkeiten beflügelt.

Ihr Handy klingelte und sie eilte ins Schlafzimmer. Ein Blick auf das Display genügte, um zu wissen, dass es Kelly war.

„Hey, warum bist du noch wach?"

„Na, hör mal, wenn du mir eine solche Nachricht schickst, kann ich unmöglich schlafen. Außerdem habe ich mein Handy immer neben dem Bett liegen, falls mit dir etwas ist."

Sie konnte förmlich sehen, wie Kelly nur mit einem übergroßen T-Shirt bekleidet und völlig zerstrubbelten Haaren im Bett saß. „Du erzählst mir auf der Stelle, was los ist! Ich muss alles wissen – jedes schmutzige Detail dieser Nacht, hörst du? Vorher lege ich nicht auf!"

Sie ließ sich auf das Bett fallen. „Es war einfach unglaublich, wahnsinnig, einzigartig. Ich habe so etwas noch nie erlebt!"

„Wie sieht er aus?" Aus Kellys Stimme triefte förmlich die Neugier.

„Groß, sehr athletisch gebaut, braune Haare, mit einem sehr sexy Dreitagebart und den schönsten braunen Augen der Welt."

„Wow, das hört sich ja wie die Beschreibung eines Supermodels an."

„So ungefähr sieht er auch aus." Sie kicherte. „Zumindest für mich."

„Meine Güte, jetzt lass dir doch nicht jedes Detail aus der Nase ziehen. Los, erzähl endlich!"

Sie kuschelte sich auf das Kissen und berichtete Kelly von den vergangenen Stunden.

„Und du bist einfach aus seinem Hotelzimmer geschlichen, ohne einen Abschiedsbrief oder deine Telefonnummer zu hinterlassen?"

Tess knabberte nachdenklich an ihrer Unterlippe. „Ja. Es sollte nur für eine Nacht sein."

„Aber warum? Ich meine, du bist Single und er ist es offensichtlich auch. Was spricht also dagegen, dass du ein Verhältnis mit ihm anfängst? Er hat das Potenzial, dein Traummann zu sein."

„Weil er denkt, dass ich Model bin. Verstehst du? Für ihn bin ich nicht Tess, die alleinerziehende Mutter, die ihren

Lebensunterhalt als Verkäuferin in einer kleinen Bäckerei in Brooklyn verdient. Für Léon bin ich das schöne unbekannte Model ... und das möchte ich auch gerne bleiben. Ich will, dass er diese Nacht als etwas Besonderes in Erinnerung behält."

„Und dafür bist du bereit, auf eine echte Beziehung zu verzichten?"

Die Frage bohrte sich wie ein Stachel in ihr Herz. „Ich könnte nicht damit leben, wenn er mich mit diesem speziellen Blick anschaut, wie es die Kerle immer tun, wenn sie hören, dass ich mit knapp neunzehn schwanger wurde und alleinerziehende Mutter bin. Du verstehst das nicht."

„Nein, das tue ich tatsächlich nicht! Du tust gerade so, als ob du eine alte Frau wärst. Tess, du bist jung! Da triffst du einmal in deinem Leben einen Mann, der dir gefällt, und du schleichst dich einfach davon. Das kann doch kein Zufall sein, dass ihr euch dreimal über den Weg gelaufen seid in so einer großen Stadt wie Paris. Das ist Schicksal."

Nachdenklich umwickelte sie ihren Finger mit einer Haarlocke. Jetzt, wo Kelly es ausgesprochen hatte, waren die Zweifel da.

„Und was willst du nun tun?"

„Ich werde erst einmal duschen und dann euren Brief lesen." „Mhm."

Sie wusste, dass es Kelly missfiel, was sie tat.

„Wie geht es meiner Kleinen?", schlug sie ein unverfänglicheres Thema an.

„Prima. Ich habe sie wohlbehalten bei Megan abgeliefert. Lynn und ihre Eltern waren auch da und haben Hazel empfangen, als wäre sie ihr Enkelkind. Ich glaube, wenn du wieder in New York bist, wirst du dir viel anhören müssen."

„Ich kann es gar nicht abwarten, Hazel in die Arme zu schließen. Obwohl ich erst paar Tage weg bin, kommt es mir wie eine kleine Ewigkeit vor. Es ist so viel passiert. Stell dir vor, der Patisseriechef hat angeboten, mir eventuell einen Job in der Zweigstelle des *Ladurée* in Manhattan zu besorgen."

„Aber das ist ja einfach ..." Kelly machte eine Pause. „...
unglaublich! Ich kann überhaupt nicht fassen, was diese Reise
alles bei dir bewirkt hat. Du hast eine neue Jobaussicht und
bist zum männermordenden Vamp geworden. Ich überlege
ernsthaft, auch nach Paris zu fliegen. Wer weiß, was mir alles
passiert?" Sie lachten beide.

„Wie spät ist es eigentlich bei dir?" Kelly gähnte.

„Kurz vor sieben Uhr."

„Verrückt, ich gehe schlafen und du stehst auf."

„Ja, ganz schön irre, was?"

„Ziemlich abgefahren." Sie schwiegen einen Moment.

„Tess, ich habe heute einen ziemlich anstrengenden Tag vor
mir. Ich wette, Carrie hat alles durcheinandergebracht." Carrie
war Kellys Aushilfe im Buchladen und ziemlich chaotisch
veranlagt. „Ich glaube, ich sollte besser noch etwas schlafen."

„In Ordnung. Ich wollte sowieso gerade unter die Dusche."

„Schon klar, die verräterischen Spuren vernichten", giggelte
ihre Freundin.

Tess schwieg.

„Tess? Entschuldige bitte, habe ich etwas Falsches gesagt?"

„Blödsinn. Ich bin ein bisschen durcheinander. Ich denke, ich
mache gleich einen Spaziergang und esse eine Kleinigkeit in
dem Café, das ihr mir empfohlen habt."

„Ich denke an dich. Mach keine Dummheiten", Kellys lachte,
„aber das hast du ja eh schon."

„Danke für die Blumen. Ich finde dich auch doof."

„Ich liebe dich ... Bis morgen und vergiss nicht, dich bei
Megan zu melden."

„Keine Sorge. Bis morgen."

Sie legte auf. Nachdenklich starrte Tess auf den Hörer. Hatte
sie einen Fehler gemacht, als sie heimlich davongeschlichen
war?

Sie stand unter der Dusche, die Augen geschlossen, und
versuchte etwas Ruhe in ihre Gedanken zu bringen. Die
gestrige Nacht hatte sie innerlich aufgewühlt. Sie ließ das
heiße Wasser auf ihre Schultern prasseln. Hinter ihren

Augenlidern tauchte Léons Gesicht auf. Seine braunen Augen sahen sie liebevoll an. Sie konnte ihn förmlich spüren. Seine weiche und zugleich feste Haut, seinen Mund, der sie leidenschaftlich küsste. Hastig riss sie die Augen auf. Sie wollte nicht an ihn denken. Letzte Nacht war unvergleichlich gewesen – trotzdem würde es eine einmalige Sache bleiben. Schließlich hatte Léon keine Ahnung, wie sie hieß oder wo sie abgestiegen war.

Nachdem sie sich angezogen und die Haare geföhnt hatte, öffnete sie etwas lustlos den Umschlag für den heutigen Tag. Diesmal war es Megans Hand, die den Brief geschrieben hatte.

*Donnerstag*
*Liebe Tess,*
*heute ist schon dein fünfter Tag. Wie war dein Fototermin im* Ladurée? *Hast du das* Dîner en blanc *genossen? Du musst uns unbedingt alles erzählen, wenn du wieder in New York bist.*
*Für die heutige Aufgabe solltest du dich wärmer anziehen.*
Sie zog fragend die Augenbraue hoch.
*Dein Ausflug führt dich in die Katakomben von Paris. Wusstest du, dass Paris auf einem riesigen Friedhof gebaut wurde und die Katakomben fast den ganzen Untergrund durchziehen? Lynn meint, dass es fast dreihundert Kilometer Stollennetz sind. Früher dienten sie als Steinbruch (aus ihnen stammen die Steine, die für den Bau der Häuser von Paris benötigt wurden). Später, als die Bevölkerung zunahm und die Stadt keinen Platz mehr für die Toten hatte, wurden genau diese Stollen als Friedhöfe genutzt und sind als solche zu besichtigen. Irre, was? Ich persönlich finde: Die spinnen, die Franzosen.*
Dahinter hatte Megan einen Smiley gezeichnet. Tess schüttelte den Kopf.
*Diese Katakomben sind ein Muss für jeden interessierten Touristen und einzigartig in ihrer Größe und Vielfalt. Ach, die haben dort unten auch den Goldschatz der französischen Nationalbank untergebracht ... Allerdings ist der nicht zugänglich, sonst hättest du uns einen kleinen Barren mitbringen können.*

*Wir wünschen dir viel Spaß und pass auf, dass dich nicht*
*irgendein Geist schnappt. Angeblich soll es dort unten nur so von*
*alten Seelen wimmeln, die bis heute die Gänge unsicher machen.*

Sie legte den Brief beiseite und zog sich an. Diesmal gab sie
sich keine besondere Mühe bei der Auswahl ihrer Garderobe.
Eine Jeans und dazu eine schlichte Bluse würden genügen.

# 13. Kapitel

Der Himmel war leicht bedeckt, als sie im *Aux Arts* ankam. Trotzdem entschied sie sich für einen Platz draußen. Sie fühlte sich leicht wund zwischen den Beinen und war dankbar, sich setzen zu können.

Gedankenverloren dippte sie das Croissant in den Kaffee. Eigentlich hatte sie keinen Appetit, eine reine Übersprunghandlung. Ihre Gedanken kreisten pausenlos nur um das eine Thema – Léon. Immer und immer wieder tauchte sein Name in ihrem Kopf auf und sie hatte sein Gesicht vor Augen. Es quälte sie, an ihn zu denken. Sie vermisste seine Wärme und Nähe. Die letzte Nacht war unglaublich gewesen und sie war sich sicher, dass sie nie wieder etwas Vergleichbares erleben würde. Solche Dinge passierten einem Menschen nur einmal im Leben. Sie schimpfte sich eine Idiotin und für einen Moment dachte sie über die Möglichkeit nach, einfach aufzustehen und zu ihm zu fahren. Doch dann verwarf sie den Gedanken. Sie und er waren aus verschiedenem Holz geschnitzt. Léon, der elegante Geschäftsmann, sie, die kleine Bäckerin aus Brooklyn. Diese Art Liebesgeschichte gab es im Film, aber nicht im wahren Leben. Ihr Magen fühlte sich an, als hätte jemand einen Knoten hineingemacht, und sie legte das Croissant unberührt auf den Teller.

Stattdessen nahm sie noch einen Schluck Kaffee in der Hoffnung, dass er den Kopfschmerz vertreiben würde, der sie, seit sie aufgestanden war, quälte. Sie stellte die Tasse zurück auf den Tisch und begann, sich mit den Fingerspitzen die schmerzenden Schläfen zu massieren.

Eine bekannte Stimme riss sie aus ihren Gedanken.

„Das liegt bestimmt am vielen Champagner."

Ihr Herz setzte einen Schlag aus. Léon stand breitbeinig vor ihr. Er sah müde aus. Das liebevolle Lächeln war aus seinem Gesicht verschwunden und hatte Sorgenfalten Platz gemacht, die sich scheinbar über Nacht in seine Stirn eingegraben hatten. Seine Haare glänzten noch feucht vom Duschen.

Sie öffnete den Mund und schloss ihn gleich wieder. Sein verletzter Blick sprach Bände.

„Du hättest wenigstens eine Nachricht hinterlassen können." Er hatte die Hände in den Hosentaschen und starrte sie mürrisch an.

„Léon … ich …", stotterte sie.

„Was? Hattest du es so eilig, von mir wegzukommen? War es so schlimm, neben mir aufzuwachen?"

Sie schüttelte den Kopf. Es schmerzte sie, ihn so verletzt zu sehen.

Sie versuchte sich zu verteidigen: „Das mit uns hat mich überrumpelt. Ich war völlig überfordert mit der Situation. Ich dachte … wir hatten gesagt, Freunde für eine Nacht."

Er runzelte die Stirn. „Nimmst du immer alles so wörtlich? Das war, bevor wir", er senkte die Stimme, „diese unglaubliche Nacht miteinander verbracht haben." Er ließ sich neben ihr auf den Stuhl fallen.

Sie saß regungslos da.

„Sieh mich an, Tess, und hör dir an, was ich dir zu sagen habe. Ich finde, das bist du mir schuldig. Ich bin kein Mann für eine Nacht." Seine Hand umfasste ihr Kinn.

Langsam hob sie den Kopf und ihre Augen fanden sich. Sofort zog sich ihr Magen krampfhaft zusammen.

„Als ich aufgewacht bin und du weg warst, habe ich die Welt nicht mehr verstanden. Es war, als hätte es dich nie gegeben und als wäre diese Nacht nur ein wunderschöner Traum gewesen. Das hat mich ziemlich verletzt. Ich habe mich die ganze Zeit gefragt, warum du es getan hast. Weißt du, das mit uns ist auch für mich eine neue Erfahrung. Ich mache solche Dinge für gewöhnlich nämlich nicht und verbringe nicht die Nacht mit einer Unbekannten, deren Nachnamen ich noch nicht einmal kenne."

Sie öffnete den Mund, um zu protestieren, aber er signalisierte ihr zu schweigen. „Und nun frage ich mich, ob ich dir überhaupt etwas bedeute. War das für dich alles nur ein

Spiel? Wenn es so ist, dann sag es mir jetzt und ich werde dich nie mehr behelligen. Wenn nicht, würde ich dich gerne besser kennenlernen und den Tag mit dir verbringen." Er sah sie mit ernster Miene an.

Tränen schossen ihr in die Augen. Wie sollte sie ihm erklären, warum sie davongelaufen war? Würde er sie verstehen? Seine Augen hielten sie gefangen.

Ihre Gesichter waren sich ganz nah, keine Handbreit voneinander entfernt. Eine einzelne Träne lief über ihre Wange. Er beugte sich nach vorne und küsste sie weg.

„Was ist es, das dich so quält, dass du es mir nicht erzählen kannst? Ich bin ein ziemlich guter Zuhörer, musst du wissen" Seine Finger strichen sanft über ihr Gesicht.

Sie schluckte. „Heute Morgen hatte nichts mit dir zu tun. Diese letzte Nacht war perfekt und ich hatte Angst, dass dieser Zauber zwischen uns vergehen könnte, wenn ich bleibe." Sie presste die Lippen aufeinander. „Ich hatte Angst, neben dir aufzuwachen und zu sehen, dass du versuchst, dich elegant aus der Affäre zu ziehen."

Sein Blick glitt über ihr Gesicht. „Tess, wie kommst du nur auf eine solch absurde Idee, nach dem, was gestern Nacht zwischen uns passiert ist? Zwischen uns … das war Magie. Oder hast du es anders empfunden?"

„Nein, aber ich war mir nicht sicher, ob du es willst."

„Du hättest mich fragen können."

„Ich hatte Angst vor der Abfuhr."

„Das klingt, als ob du diese Erfahrung in deinem Leben schon gemacht hättest." Er sah ihr forschend ins Gesicht.

„Wenn das so ist, dann bitte ich dich, diese eine schlechte Erfahrung nicht auf mich zu beziehen. Nicht alle Männer sind so und nicht alle Männer verschwinden ohne Grund. Ich gehöre jedenfalls nicht dazu." Eine Welle der Sympathie und Zuneigung überkam sie. Wie hatte sie nur so dumm sein können, diesen einfühlsamen Mann zu verlassen?

„Es gab einen Mann in meinem Leben, der mich ziemlich verletzt hat, und mein Selbstbewusstsein in dieser Hinsicht ist eher gering."

„Aber wenn du bei der kleinsten Schwierigkeit immer davonläufst ..."

„Deswegen bin ich nicht weggelaufen. Ich habe dir gesagt, weshalb ich es getan habe."

„Lass uns eine Abmachung treffen ..." Er sah sie fragend an. Sie nickte.

„Warum gibst du dem Schicksal nicht eine Chance?" Er nahm ihre Hand. „Du und ich verbringen die nächsten Tage miteinander und ich werde keine Fragen stellen, die du nicht beantworten möchtest."

Sie dachte an das Telefonat mit Kelly und was sie gesagt hatte. Warum nicht die nächsten Tage mit diesem unglaublichen Mann verbringen? Im gleichen Moment wusste sie bereits, wie ihre Antwort lauten würde. Sie wollte ihn. Sie sehnte sich mit jeder Faser ihres Körpers nach ihm. Was hatte sie zu verlieren? *Ein Spiel mit dem Feuer,* flüsterte ihre innere Stimme ihr zu.

Sie sah ihm direkt in die Augen – diese wunderbaren, geheimnisvollen Augen, die sie vom ersten Moment an gefangen gehalten hatten. „Einverstanden. Allerdings glaube ich nicht an das Schicksal."

Für einen winzigen Moment zogen sich seine Pupillen zusammen.

„Das ist schade, denn ich glaube fest daran. Aber vielleicht kann ich dich ja vom Gegenteil überzeugen." Er zog sie zu sich.

Sie küssten sich und als er sie aus seinen Armen entließ, strahlte die Sonne über ihnen.

„Na, wenn das kein Zeichen ist." Er schmunzelte.

„Wie hast du mich gefunden?"

„Ganz einfach. Das hier war der Ort, von dem ich sicher wusste, dass du ihn kennst und magst. Ich habe einfach gehofft, dass du wieder zum Frühstücken hierherkommst. Meine einzige Chance sozusagen."

„Das war wohl nicht sonderlich schlau von mir, herzukommen." Sie lächelte.

„Ich denke, dein Unterbewusstsein wollte, dass ich dich finde." Er schmunzelte. „Wobei ich ganz schön sauer auf dich war, dass du mich einfach sitzengelassen hast."

Es tut mir leid, wirklich", beteuerte sie.

„Entschuldigung angenommen und vergessen. Was hältst du von einem zweiten Frühstück? Ich kenne einen bezaubernden Ort, den ich dir unbedingt zeigen möchte." Er deutete auf das zerpflückte Croissant auf ihrem Teller.

„Das klingt einfach traumhaft." Sie lächelte. Ihr Appetit hatte sich spontan zurückgemeldet.

„Dann lass uns gehen."

Der Jardin du Luxembourg lag im Quartier Latin und war circa eine Viertelstunde vom *Aux Arts* entfernt. Auf dem Weg dorthin hatten sie bei einem kleinen Supermarkt angehalten, wo sie Käse, Baguette und einen Kaffee-to-go erstanden hatten.

Nun lagen sie auf einer Decke inmitten des Parks, umgeben von einem Blütenmeer, das der Frühling mit sich gebracht hatte. Hinter ihnen ragte das Schloss majestätisch zwischen den Bäumen empor. Spaziergänger flanierten entlang der kleinen Wege und machten Fotos von sich und der Umgebung.

Sie hatte ihren Kopf auf Léons Brust gelegt und starrte in den blauen Himmel. Einige Vögel flogen über sie hinweg, um auf dem benachbarten See zu landen und ein erfrischendes Bad zu nehmen. Die Luft war erfüllt vom süßen Duft der Blumen. Eine friedliche Stille lag über ihnen, lediglich unterbrochen durch das Summen der Bienen, die eifrig von einer Blüte zur nächsten flogen.

Léon hatte die Augen geschlossen und seinen ruhigen Atemzügen nach zu urteilen, war er eingenickt. Eigentlich war sie auch müde, aber sie hatte Angst, auch nur einen Moment zu verpassen. Bald würde sie wieder im Flugzeug auf dem Weg nach Hause sitzen. Einerseits freute sie sich auf Hazel, ihre Mutter und ihre Freundinnen, aber auf der anderen Seite bedeutete es, dass sie und Léon sich trennen würden, wenn sie sich an ihren ursprünglichen Plan hielt.

*Warum kann es nicht immer so sein wie genau in diesem Moment? Gibt es wirklich so etwas wie Schicksal?*

Nüchtern betrachtet, war es grober Unsinn. Trotzdem hatte er sie gefunden. Dreimal hatten sich ihre Wege gekreuzt ...

Ihr Handy summte leise. Vorsichtig zog sie es aus der Tasche und las die Nachricht. Sie war von Etienne.

*Na, Schönheit, wie geht es dir? Paris schon unsicher gemacht? Liegen die Haare noch?*

*Hast du Lust, mich auf eine Modenschau zu begleiten?*

Sie lächelte; der gute Etienne hatte tatsächlich Wort gehalten.

*Beginn morgen Abend sieben Uhr in den Katakomben von Paris!*

*Das wird bestimmt eine Megashow. Der Designer ist ein sehr guter Freund von mir ...*

Eigentlich standen die Katakomben auf ihrem heutigen Tagesplan. Sie warf einen Blick auf den schlafenden Léon.

*Das klingt fantastisch! Ich freue mich riesig und nehme deine Einladung gerne an. Kann ich eventuell einen Freund mitbringen?*

Sie drückte auf ,Senden'. Die Antwort kam Sekunden später.

*Sieht er gut aus?*

Sie sah unbewusst wieder zu Léon.

*Er sieht aus wie ein Model. Du wirst ihn mögen.*

*Na dann ... gerne!*

*Gibt es einen Dresscode?*

Es dauerte einen Moment, bis er antwortete.

*Elegant. Und föhn dir bloß die Haare, schließlich steht meine Ruf auf die Spiel!*

Sie schmunzelte über seinen kleinen Rechtschreibfehler.

*Wird gemacht. Ich freue mich auf morgen!*

*Ich mich auch.*
Sie legte das Handy beiseite.


Ein Kind lief lautlachend über den Rasen und Léon schreckte aus dem Schlaf hoch. Sein Hemd spannte dabei über seinem Waschbrettbauch. Sie konnte das Spiel seiner Muskeln sehen.
Er sah sie fragend mit weitaufgerissenen Augen an.
„Hey, alles okay", sagte sie zur Beruhigung.
„Entschuldige, ich muss eingeschlafen sein." Er blinzelte immer noch leicht orientierungslos.
„Kein Wunder nach der letzten Nacht." Sie schenkte ihm ein vielsagendes Lächeln.
„Bist du denn gar nicht müde?"
Sie schüttelte den Kopf.
„Du Tier, du." Er gab ihr einen Kuss auf die Nasenspitze.
„Wie sind deine Pläne für heute? Schließlich bist du ja nicht zum Vergnügen hier."
„Ich habe den Tag heute frei und wollte mir eigentlich die Katakomben ansehen."
„Auch eine Idee deiner Freundinnen?"
„Ja."
„Das klingt, als ob du immer alles machst, was deine dir Freundinnen sagen."
„Nein." Sie schüttelte den Kopf. „Aber die drei kennen mich schon mein halbes Leben und manchmal habe ich das Gefühl, sie kennen mich besser als ich mich selbst. Trotzdem fallen die Katakomben am heutigen Tag aus ..."
„Warum?"
„Etienne hat mich gerade per WhatsApp für morgen zu einer Modenschau in den Katakomben eingeladen."
„Etienne?!" Léon richtete sich auf.
„Er ist der Stylist, der mir die Haare geschnitten hat. Er arbeitet freiberuflich und wird auch regelmäßig für Modenschauen gebucht. Er hat mich gefragt, ob ich ihn

begleiten möchte. Ich darf eine Begleitperson mitbringen ..."
Sie lächelte.

„Und an wen hast du so gedacht?"

Sie spielte das Spiel mit. „Tja, ich bin mir da nicht ganz sicher."

„Ach, du kennst noch mehr Männer in Paris?"

„Vielleicht." Sie lachte.

„Na, dann muss ich dich wohl von meinen Qualitäten als Begleitung überzeugen."

Er warf sie auf den Rücken und küsste sie leidenschaftlich. Sein Kuss schmeckte ein wenig nach Kaffee und Schlaf. Seine Hände streichelten sie sanft und sie spürte, wie er das Feuer in ihr entfachte. Sie presste ihren Körper gegen seinen und ließ ihre Hüfte kaum merklich kreisen.

„Wenn du so weitermachst, muss ich noch eine Viertelstunde hier liegenbleiben, bevor ich wieder unter Menschen kann."

Die Sonne fiel in seine Augen und ließ sie bernsteinfarben schimmern. Die Sorgenfalten waren aus seinem Gesicht verschwunden.

„Ich bin froh, dass du mich gefunden hast." Sie strich ihm eine vorwitzige Strähne aus dem Gesicht.

„Ich auch."

Etwas vibrierte auf ihrem Oberschenkel. Irritiert sah sie ihn an.

„Entschuldige mich kurz." Er rollte zur Seite und fischte sein Handy aus der Hosentasche. Stirnrunzelnd warf er einen Blick auf das Display.

„Und ... alles in Ordnung?"

„Ja, nur ein Freund." Er steckte das Handy zurück in die Hose. „Was hältst du von einem kleinen Spaziergang durch den Park?"

„Och nein, es ist gerade so schön hier."

„Aber du bist doch hier, um Paris zu sehen. Nein, nein, nein, Mademoiselle, ich bestehe darauf, Ihr Fremdenführer für den heutigen Tag zu sein." Er reichte ihr die Hand. „Komm, wir haben noch viel vor heute." Sein letzter Satz klang wie ein Versprechen.

„Einverstanden."

Sie schlenderten den See entlang und sahen den Männern beim Aussetzen ihrer Modellboote zu.

„Weißt du, dass ich keine Ahnung habe, was du beruflich so machst?" Sie schmiegte sich an ihn, während sie den Weg zum Schloss gingen.

„Wir besitzen ein Familienunternehmen in Paris und New York, das ich leite. Deshalb fliege ich mindestens zweimal im Monat über den großen Teich."

„Das klingt ein bisschen so, als würdest du ein Doppelleben führen." Es war als Scherz gedacht gewesen, aber der Gesichtsausdruck, mit dem er reagierte, ließ sie stutzen.

Es dauerte einen Moment zu lange, bis er antwortete: „Ein Teil meiner Familie lebt in Paris und ein anderer Teil in New York. Manchmal ist es nicht leicht, beides miteinander zu vereinen."

Seine Miene war unbeweglich und sie fragte sich, woran er gerade dachte. Er strich ihr mit der Hand über die Wange. „Ich habe noch nie jemanden getroffen, der so grüne Augen hat wie du."

„Meine …." Fast wäre ihr das Wort ‚Tochter' herausgerutscht. „Ein Erbteil meines Vaters", verbesserte sie sich. Sie musste vorsichtig sein, wenn sie sich nicht verraten wollte.

„Leben deine Eltern noch?"

„Ja. Leider haben sie sich schon vor Jahren getrennt."

„Das tut mir leid."

„Am Anfang war es schlimm, aber mittlerweile bin ich drüber hinweg. Meine Mutter allerdings nicht. Sie nimmt es meinem Vater noch immer übel, dass er sie verlassen hat."

„Was war der Grund? Eine andere Frau?"

Tess schüttelte den Kopf. „Viel schlimmer. Er hat irgendwann gesagt, dass er sie nicht mehr liebt."

„Autsch. Das muss wehgetan haben."

„Ja, sie war unerträglich in dieser Zeit."

„Und du? Hast du noch Kontakt zu deinem Vater?"

„Ja, wir telefonieren regelmäßig miteinander. Er ist nach Texas gezogen."

„Und deine Mutter?"

„Wohnt bei mir um die Ecke." Sie holte tief Luft. „Hey, du hältst dich nicht an unsere Abmachung. Wir hatten doch gesagt, keine Fragen."

Léon sah sie nachdenklich an. „Ja, entschuldige bitte."

Sie gingen schweigend weiter.

Eine Gruppe Japaner hatte sich vorm Aufgang zum Schloss aufgestellt. Als sie Léon und Tess entdeckten, kam eine der Frauen auf sie zu und bat Tess, ein Bild von ihnen zu machen.

Sie kam der Bitte gerne nach. Sie fühlte Léons Blicke in ihrem Rücken, als sie die Kamera ausrichtete und das Foto schoss. Die Japanerin bedankte sich überschwänglich mit einer tiefen Verneigung bei ihr.

Tess hakte sich bei Léon ein.

„Ich würde gerne ein Foto von uns machen", bat sie ihn.

„Wenn du es nicht bei Facebook postest, habe ich nichts dagegen."

„Du hast wohl etwas zu verstecken, oder willst nicht, dass man dich erkennt?", neckte sie ihn. „Wahrscheinlich gehe ich hier mit einem der größten Mafiabosse Frankreichs spazieren."

„Ich bin Investor", antwortete er ihr ungewöhnlich ernst. „Und natürlich arbeite ich auch eng mit der Mafia zusammen."

Tess blieb abrupt stehen. „Du nimmst mich auf den Arm, oder?"

Er zuckte lässig mit den Schultern. „Vielleicht."

Als er ihren zweifelnden Blick sah, brach er in schallendes Gelächter aus.

„Du bist gemein", rief sie und gab ihm einen Stoß in die Seite.

Lachend jagte sie ihn durch den Park.

Das *Madeleines* war gut besucht, wie fast alle Restaurants in Paris um diese Jahreszeit. Wie schon die Tage zuvor hatten ihre Freundinnen Geschick bei der Auswahl bewiesen. Es war ein schnuckliges kleines Restaurant abseits der Hauptstraßen. Wer hierherkam, war entweder Einheimischer oder hatte einen Tipp bekommen.

„Einen Tisch für zwei Personen?", fragte der Kellner, ein schlaksiger junger Mann mit dunklen, zurückgegelten Haaren.

„Ja, bitte", antwortete Léon.

„Das Glück ist auf der Seite der Liebenden. Soeben ist ein Platz am Fenster freigeworden." Er lächelte sie wohlwollend an. „Darf ich bitten?"

Er führte sie zu ihrem Tisch.

„Gefällt dir der Platz?", fragte Léon und half ihr aus dem Mantel.

Sie nickte. „Es ist wunderschön und herrlich gemütlich." Tatsächlich strahlte das *Madeleines* eine angenehme Ruhe aus, ganz im Gegensatz zu dem hektischen Treiben außerhalb seiner Mauern. Pärchen saßen an ihren Tischen und flüsterten sich Liebesschwüre zu, Kerzen warfen ihr flackerndes Licht an die grob behauenen Steinwände und in der Luft hing ein köstlicher Duft nach Gewürzen und Fleisch. Der Kellner reichte ihnen die Karte und Léon bestellte eine Flasche Rotwein.

„Auf einen wunderschönen Abend." Sie stießen an. Ihre Augen funkelten glücklich im Schein der Kerzen. Sie fühlte sich beschwingt. Nach ihrem Besuch im Jardin du Luxembourg hatte sie Léon zum Louvre entführt. Sie war überwältigt gewesen von den vielen alten Meistern, die das Museum vorwies. Vor allem die Mona Lisa hatte es ihr angetan. Nachdenklich hatte sie das geheimnisvolle Porträt betrachtet und sich wie schon Tausende zuvor gefragt, welches Geheimnis sich hinter dem Lächeln verbarg. Für einen Moment hatte sie das Gefühl gehabt, eine Verbündete gefunden zu haben. Als Léon sie darauf hingewiesen hatte, dass sie ähnlich der Mona Lisa auf dem Bild lächeln würde, hatte sie geschwiegen. Das schlechte Gewissen, weil sie Léon belog, nagte an ihr und sie wusste nicht, wie lange sie die Scharade noch aufrechterhalten konnte.

Der Rotwein schmeckte exzellent und das Essen stand dem Wein in keiner Weise nach. Tess genoss jeden Moment.

Léon war ein unterhaltsamer Erzähler, der sie mehrfach zum Lachen brachte. Er beschrieb ihr sein Studium an der NYU und wie einsam er sich zu Beginn in Amerika gefühlt hatte. Es gefiel ihr, dass er ein Familienmensch war, der sehr viel Wert auf den Zusammenhalt legte. Ob er Kinder mochte?

„Das waren wirklich die leckersten Crêpes, die ich jemals gegessen habe", gab sie unumwunden zu, nachdem der letzte Bissen in ihrem Mund verschwunden war.

Ihr Gesicht leuchtete förmlich. Sie hatte bereits mehrere Gläser Rotwein getrunken und fühlte sich leicht beschwipst.

„Ich habe also nicht zu viel versprochen?"

„Nein, das Essen war ganz wunderbar." Sie beugte sich nach vorne und gab ihm einen flüchtigen Kuss. „Und die Crêpes waren eine Erleuchtung."

„Möchtest du noch einen Schluck Rotwein?"

„Nein, lieber nicht. Ich werde unberechenbar, wenn ich zu viel getrunken habe."

„Das ist ein triftiger Grund, um noch ein Glas Wein zu trinken. Ich würde gerne die unberechenbare Tess kennenlernen."

„Glaub mir, das willst du nicht."

„Wieso, was passiert dann?"

„Ich werde zum Tier." Sie kicherte hysterisch. „Das letzte Mal – und das ist schon einige Jahre her – sind wir ins Schwimmbad eingebrochen und haben dort nackt gebadet."

„Und, seid ihr erwischt worden?"

„Wie sagt meine Mutter immer? Kleine Sünden bestraft der liebe Gott sofort. Natürlich wurden wir erwischt. Du kannst dir nicht vorstellen, wie peinlich es ist, vor einer Gruppe Polizisten nackt aus dem Wasser zu steigen und nach den Personalien gefragt zu werden."

„Ich hätte mich vor dich geworfen."

„Ein schönes Bild." Sie kicherte. „Leider war keiner meiner Freunde damals so galant. Die Polizei hat uns mit auf die Wache genommen und in eine Ausnüchterungszelle mit lauter Irren gesteckt. Das war die schlimmste Nacht meines Lebens." Der letzte Satz war gelogen. Die schlimmste Nacht war die Nacht gewesen, als sie erfahren hatte, dass Chris abgehauen war. Aber diesen Teil ihrer Vergangenheit wollte sie auf keinen Fall vor Léon preisgeben.

Sie nahm die Serviette von ihrem Schoß und stand auf. „Entschuldige mich kurz, ich muss mal eben für kleine Mädchen."

„Kein Problem, ich laufe nicht weg." Seine Augen lächelten sie an.

Die Toilette befand sich im Keller des Restaurants. Es dauerte einen Moment, bis sie sie gefunden hatte. Nachdem sie fertig war, legte sie neuen Lipgloss auf und ging wieder nach oben. Léon saß mit dem Rücken zu ihr. Er telefonierte, als sie sich ihm näherte.

„Mein Liebling, ich muss aufhören. Ich melde mich morgen bei dir." Tess stockte. Sie wusste, sie sollte nicht lauschen, trotzdem blieb sie stehen. Seine Stimme klang verändert, während er sprach. Weicher, einladend.

Er machte eine kurze Pause. „Ich dich auch. Und grüß Charly von mir."

Wer war Charly und wer war die Unbekannte am Telefon? Sie war sich sicher, dass es eine Frau war. Dem Klang seiner Stimme nach zu urteilen, musste es jemand sehr Vertrautes sein. Sie sah, wie er das Handy in seine Jackentasche steckte.

Bevor sie sich wieder zu ihm an den Tisch setzte, holte sie tief Luft. Er hatte also auch Geheimnisse vor ihr. Gab es eine andere Frau in seinem Leben? Log er sie an?

Als sie sich setzte, lächelte er.

„Mit wem hast du telefoniert?"

Sie sah, wie er zuckte.

„Mit einem Freund." Er gab dem Kellner ein Zeichen.

Warum log er sie an? Ihr Magen zog sich zusammen, als hätte sie in eine saure Zitrone gebissen.

*Er gehört nicht dir.*

Der Kellner kam zu ihnen an den Tisch. „Kann ich Ihnen noch etwas bringen?"

„Möchtest du noch einen Espresso?", gab Léon die Frage an sie weiter.

„Nein, danke. Ich bin wunschlos glücklich." Sie musste noch immer an seine Worte am Telefon denken. Seine zärtliche Sprechweise hatte ihr einen Stich versetzt. War sie eifersüchtig? Sie hatte kein Recht dazu; er war ihr keine Rechenschaft schuldig. Freunde für eine Nacht – das waren ihre Worte gewesen, nicht seine. Mittlerweile war sie sich nicht mehr sicher, ob es das war, was sie wirklich wollte. Je näher sie sich kamen, umso mehr wuchs der Wunsch in ihr, mehr Zeit mit ihm zu verbringen – nicht nur in Paris.

Gab es eine Zukunft für ihre Liebe? Sie zuckte zusammen. Da war es wieder, das Wort: *Liebe*. Es war so plötzlich in ihrem Kopf aufgetaucht wie Léon selbst. War sie in ihn verliebt?

Arm in Arm schlenderten sie die Champs-Élysées entlang. Es war deutlich kühler geworden. Fröstelnd zog sie den Trenchcoat fester zusammen. Trotz der späten Uhrzeit herrschte rege Betriebsamkeit, Pärchen schlenderten durch die Straßen und tauschten verliebte Blicke. Paris, die Stadt der Liebe, wurde ihrem Ruf gerecht.

Sie blieben vor Léons roter Ente stehen. Das Licht der Laterne fiel auf sein Gesicht, seine Augen ruhten funkelnd auf ihr.

„Wenn ich dich bitte, bei mir zu bleiben, verwandelst du dich dann um Mitternacht wieder und verschwindest?"

Sie schüttelte kaum merklich den Kopf. „Nein, ich würde sehr gerne die Nacht mit dir verbringen."

Er atmete erleichtert aus und beugte sich nach vorne, um sie zu küssen. Ihr Pulsschlag schnellte nach oben und sie hörte das Blut in ihren Ohren rauschen. Was hatte dieser Mann an sich, dass sein Kuss allein genügte, um all ihre Bedenken über Bord zu werfen und ihre Hormone in ungeahnte Höhen schießen zu lassen? Sie genoss seinen Kuss, seinen Geruch und die Art, wie er sie umschlungen hielt, als wollte er verhindern, dass sie weglief. Seine Lippen neckten sie zärtlich und sein süßer Atem streifte ihre Wange.

Ihr war schwindlig vor Glück und sie sehnte sich danach, in seinen Armen zu liegen.

„Hättest du etwas dagegen, wenn wir zu mir ins Hotel fahren? Sonst vergesse ich meine guten Manieren und kann für nichts mehr garantieren", raunte er.

„Worauf wartest du noch?", war alles, was sie sagte.

Sie liebten sich leidenschaftlich. Die Welt, wie sie existierte, versank um sie herum. Es gab nur noch sie und ihn. Sie hatte das Gefühl, in einen Kokon aus Liebe eingesponnen zu sein. Seine Hände wanderten über ihren Körper, als würde es sich um eine Landkarte handeln, die es zu erkunden galt.

Sie gab sich ihm hin, ließ sich unter seinen Küssen fallen. Mit geschlossenen Augen genoss sie seine Berührungen. Die Intensität ihrer Gefühle drohte sie zu überwältigen. Es war einfach unglaublich. Als er in sie eindrang, verschmolzen ihre Körper miteinander und es gab nur noch dieses eine Wesen. Als die finale Glückswelle über sie hinwegrollte und ihr Unterleib sich rhythmisch zusammenzog, gehörte sie ihm.

Später, als sich ihr Atmen wieder beruhigt hatte, blieben sie ineinander verknotet liegen und lauschten dem Herzschlag des anderen. Sie wünschte sich, dass dieser Moment niemals endete. Die Vorstellung, Léon nicht mehr wiederzusehen, war absurd. Sie wollte jede Sekunde des Glücks mit ihm in vollen Zügen genießen. Dennoch lag ihr Leben in New York wie ein dunkler Schatten über ihnen. Sie dachte an Hazel und daran, dass sie bald wieder in Brooklyn sein würde. Brooklyn und ihr Leben dort kamen ihr weit weg vor. Sie blickte auf und betrachtete sein schlafendes Gesicht. Er sah unglaublich friedvoll aus; wie ein Mensch, der mit sich und seiner Umwelt im Reinen war. Trotzdem hatte er ein Geheimnis. Er hatte heimlich telefoniert, als er gedacht hatte, sie würde es nicht sehen. Wer war der geheimnisvolle Anrufer gewesen? Seine Frau? Seine Freundin?

Welches Recht hatte sie, ihn zu verurteilen? Sie hatte ihn von der ersten Minute an belogen, genauso wie sie sich selbst belog. Die Erkenntnis traf sie wie ein Hammerschlag und drohte ihr die Luft zu nehmen. Wenn diese Liebe eine Zukunft haben sollte, dann würde sie die Karten auf den Tisch legen und Léon reinen Wein über sich einschenken müssen. Würde er sie noch immer lieben, wenn er wusste, wer sie war?

Sein Brustkorb hob und senkte sich gleichmäßig. Tess kuschelte sich an ihn. Das Letzte, woran sie dachte, war Hazel, dann war sie eingeschlafen.

# 14. Kapitel

Die Sonne fiel durch das Fenster und kitzelte ihr Gesicht. Als sie die Augen aufschlug, war das Bett neben ihr leer. Sie rekelte sich genüsslich und betrachtete das Spiel der Sonnenstrahlen, die sich im Fenster brachen.

„Na, Schlafmütze, bist du endlich wach?" Léon kam um die Ecke des Zimmers gebogen. Er war lediglich mit einer Boxershorts bekleidet und hatte ein Tablett in der Hand. Sie richtete sich verschlafen auf. Er stellte das Tablett auf das Nachtkästchen, dann beugte er sich nach vorne und gab ihr einen Kuss.

„Was ist denn das?" Sie deutete auf das vollgestellte Tablett mit Pancakes, Spiegeleiern, Marmelade, Aufschnitt, Croissants, Brötchen, Orangensaft und einem dampfenden Becher Kaffee.

„Ich wusste nicht, was du magst, also habe ich einfach von allem etwas bestellt." Er grinste und setzte sich zu ihr aufs Bett. „Gut geschlafen?"

Sie nickte. Tatsächlich hatte sie geschlafen wie ein Murmeltier, ohne – wie sonst – auch nur einmal wach zu werden. Léon gab ihr einen Kuss. Er schmeckte nach Pfefferminz und Kaffee, eine wilde Mischung, aber es gefiel ihr. Er legte sich zu ihr und seine Hand glitt über ihren nackten Bauch wie ein Schmetterling, der zum Landeanflug ansetzte. Ihr Körper erwachte aus seiner morgendlichen Trägheit und ihre Lust mit ihm. Ihre Bauchdecke zitterte unter seinen Berührungen.

„Schschsch. Bleib liegen", bat er sie, als sie ihn an sich ziehen wollte. Seine Hand flatterte weiter über ihren Körper und überall, wo er sie berührte, prickelte ihre Haut. Sie stieß einen wohligen Seufzer aus.

„Gefällt es dir?"

Sie nickte, unfähig zu sprechen.

Er fuhr mit seiner Erkundungsreise fort. Seine sanften Berührungen sensibilisierten all ihre Sinne.

„Ich will dich in mir spüren", flehte sie ihn an.

„Nein, ich möchte dir dabei zusehen, wie du fliegst …" Ein Lächeln huschte über sein wunderschönes männliches Gesicht. Er küsste sie, während seine Hand ihren Oberschenkel bis zu ihrem dunklen Dreieck entlangwanderte. Sie ließ sich fallen, spürte seinen verheißungsvollen Blick, fühlte seinen Atem auf ihrem Gesicht.

Irgendwann, als ihre Lust bereits in unbekannte Höhen gestiegen war, hörte sich die Welt auf zu drehen.

Er küsste sie und flüsterte leise ein paar Worte auf Französisch, die sie nicht verstand. Seine Augen schimmerten dabei wie flüssiges Gold und als ihre Lust ihren Höhepunkt erreichte, waren sie eins.

Sie verbrachten fast den gesamten Vormittag im Bett, redeten, lachten und aßen die Macarons aus dem *Ladurée*, die Léon bei sich im Zimmer aufbewahrt hatte. Sie liebten sich dreimal mit einer Intensität, die sie niemals zwischen zwei Menschen für möglich gehalten hätte.

Im Geiste verglich sie sich mit einem Klavier, das jahrelang verstaubt und verstimmt in einer Ecke gestanden und das Léon von seinem Staub befreit und neu gestimmt hatte, um seine Melodie darauf zu spielen. Es erregte sie, wie er jeden Zentimeter ihres Körpers entdeckte.

Als sie gegen Nachmittag aufstanden, fühlte sie sich herrlich wund und zutiefst erfüllt. Während sie sich den Tag vom Körper duschte, dachte sie darüber nach, wie sich ihr Leben von einer Minute auf die andere verändert hatte und dass nichts mehr so war, wie sie es gekannt hatte. Ihre Begegnung mit Léon hatte sie verändert. Sie wusste nicht, wohin die Reise noch gehen würde, aber schon in diesem Moment nahm sie die Veränderung an sich wahr. All die Jahre hatte sie geglaubt, dass sie keinen Mann in ihrem Leben brauchte. Sie hatte sich eingeredet, dass es besser für sie und Hazel war. Wie dumm sie gewesen war! Jetzt, wo sie vom Glück gekostet hatte, wollte sie noch mehr davon haben. Es war ein berauschendes Gefühl, das mehr und mehr Besitz von ihr nahm.

Gewissensbisse quälten sie. Sie war es nicht gewohnt zu lügen und schon gar nicht, wenn es um Menschen ging, die ihr nahestanden. Im Hintergrund klingelte das Telefon, gefolgt von Léons ruhiger Stimme. Sie konnte nicht verstehen, was er sagte, aber sein Tonfall war geschäftlich.

Sie stellte die Dusche ab und fing an, sich abzutrocknen. Léons Kopf tauchte im Türrahmen auf.

„Meine Sekretärin hat eben angerufen. Ich muss noch einmal ins Büro und einen Auftrag unterschreiben, der leider nicht bis morgen warten kann." Sein Blick glitt über ihren nackten Körper. „Wobei ich mir durchaus eine nettere Beschäftigung vorstellen könnte."

Sie kicherte. „Bist du immer so unersättlich?"

„Eigentlich nicht, aber in deinem Fall ..." Er trat zu ihr und gab ihr einen langen Kuss. „Du riechst herrlich. Wie eine Süßigkeit, von der man naschen möchte." Er schnupperte an ihrem Haar.

„Das ist das gute Hotelshampoo." Sie schlang sich das Handtuch um die Hüfte.

„Soll ich dich bei deinem Hotel absetzen?"

„Danke, aber ich wollte sowieso noch einen kleinen Spaziergang machen und ein bisschen frische Luft schnappen." Sie nahm die Bürste in die Hand und begann, ihre Haare mit gleichmäßigen Strichen zu kämmen.

„Ich vermisse dich schon jetzt!" Er lächelte.

„Ich dich auch."

Als sie im Hotel ankam, wurde sie von Arthur empfangen, der dabei war, einem jungen Pärchen die Schlüssel auszuhändigen.

„Bonjour. Wen sehe ich denn da?" Seine grauen Augen musterten sie aufmerksam. „Du strahlst wie die Sonne selbst. Hattest du eine ...", er räusperte sich, „einen schönen Tag bisher?"

„Wundervoll geradezu."

Sie lächelte verlegen und eine zarte Röte malte sich auf ihre Wangen angesichts der Tatsache, dass Arthur mit Sicherheit wusste, dass sie die Nacht nicht in ihrem Zimmer verbracht hatte.

Arthur nickte wissend. „Ich soll dich herzlich von Madame Marchant grüßen."

„Danke. Hat sie versucht, mich zu erreichen?."

„Non, ich habe sie angerufen."

Tess zog überrascht die Augenbraue nach oben.

Arthurs Augen funkelten vergnügt. „Wir haben uns für heute Abend verabredet."

„Soso, du und Madame Marchant also. Ich schätze, man ist nie zu alt für die Liebe ..."

„Non, ich war sehr lange Zeit alleine, aber als ich diese wundervolle Frau am Flughafen gesehen habe, wusste ich sofort, dass ich sie näher kennenlernen muss. Genau genommen, bist du schuld daran."

Sie winkte ab. „Ach, das war Zufall."

Arthur schüttelte energisch den Kopf. „Non. Wenn man so alt ist wie ich, hört man auf, an Zufälle zu glauben. Das war kein Zufall. Wir sollten uns erst jetzt begegnen. Vorher hätte ich keine Chance gehabt, schließlich war Fleur glücklich verheiratet. Ich denke nicht, dass sie mich überhaupt wahrgenommen hätte." Er lächelte bescheiden.

„Ich freue mich jedenfalls für euch beide", erwiderte sie aufrichtig. „Bitte richte Fleur meine Grüße aus. Ich melde mich auf jeden Fall bei ihr."

„Das wird sie freuen. Was sind deine Pläne für heute Abend, wenn ich fragen darf?"

„Ich bin auf einer Modenschau eingeladen."

„Oh, là, là, das ist etwas ganz Besonderes. Weißt du schon, wie du dorthin kommst?"

Léon hatte ihr angeboten, sie abzuholen, aber sie hatte abgelehnt. Sie wollte nicht, dass er wusste, wo sie abgestiegen war. Nicht, bevor sie ihm die Wahrheit gesagt hatte.

Sie zuckte mit den Schultern. „Nein, ich wollte eigentlich die Metro nehmen."

„Das kommt überhaupt nicht infrage. Ich werde dich natürlich fahren."

„Aber das geht doch nicht ..."

„Warum denn nicht? Mir gehört schließlich das Hotel, ich kann fahren, wann ich möchte. Sieh es als Service für besondere Gäste."

„Du bist lieb. Vielen Dank, Arthur." Sie gab dem älteren Mann einen Kuss auf die Wange.

„Also wenn das so ist, dann fahre ich dich auch gerne morgen." Er lächelte sie an.

„Du alter Schwerenöter", neckte sie ihn.

„Ich bin Franzose, schon vergessen? Wir haben die Liebe erfunden."

Oben angekommen, suchte sie als erstes ihr Handy. Wie sie befürchtet hatte, war die Mailbox voll. Megan hatte mehrfach versucht, sie zu erreichen. Tränen schossen ihr in die Augen, als sie die Stimme ihrer Tochter auf dem Anrufbeantworter hörte. Mit Hazels Stimme kam ihr schlechtes Gewissen. Sie hatte sich nicht bei Megan gemeldet, obwohl sie es vor ihrem Abflug hoch und heilig versprochen hatte. Hazels fröhliche Erzählungen verschlimmerten ihre Gewissensbisse noch mehr und sie schimpfte sich eine Rabenmutter. Megan hatte ihr auch ein paar Worte hinterlassen. Sie berichtete, was sie alles unternommen hatten und dass Hazel ein tolles Kind war. Ihre Mutter hatte sich ebenfalls gemeldet, um ihr mitzuteilen, dass es ihr gut ging und sie sich mit ein paar alten Freunden getroffen hatte. Sie ermahnte Tess, die Zeit in Paris zu genießen und sich keine Sorgen zu machen. Das Gleiche hatte Megan ihr gesagt. Kelly, die treue Seele, hatte ihr natürlich auch geschrieben.

Sie setzte sich im Schneidersitz aufs Bett und schrieb allen eine Nachricht. Sie berichtete von ihren Ausflügen und von der bevorstehenden Fashionshow. Sie schickte Bilder von sich vor dem Gemälde der Mona Lisa und von ihrem Besuch im *Ladurée*. Léon erwähnte sie mit keinem Wort.

Keine fünf Minuten, nachdem sie die WhatsApp-Nachrichten verschickt hatte, brummte ihr Handy.

Kelly hatte geschrieben.

*Hey, Süße, das sind ja tolle Bilder. Allerdings vermisse ich ein Bild von dir mit diesem Léon-Typen. Was ist? Habt ihr euch wiedergesehen?*

Tess überlegte einen Moment, dann tippte sie.

*Ja*

Die Antwort kam prompt.

*Ist das alles? Das kann nicht dein Ernst sein! Los, du sagst mir sofort, was es mit dem Typen auf sich hat und wie ihr euch wiedergetroffen habt.*

Tess runzelte die Stirn.

*Es ist kompliziert. Ich erzähle dir alles, wenn ich wieder zu Hause bin. Versprochen!*

*Wann kann ich dich anrufen? Ich bin gerade unterwegs und kann nicht telefonieren.*

*Ich bin heute Abend auf eine Fashionshow eingeladen. Es wird mit Sicherheit spät. Ich melde mich bei dir, wenn ich Zeit habe.*

*Fashionshow! Kreischalarm! ICH WILL ALLES WISSEN und du MUSST das schwarze Kleid anziehen!*

Tess lächelte.

*Versprochen. Ich muss los. Küsschen.*

*Du treuloses Ding, du! Viel Spaß und hab ein bisschen wilden Sex für mich mit. Ich finde die Männer gerade ziemlich blöd.*

*Was ist passiert?*

Anscheinend war Kelly mal wieder versetzt worden.

*Erzähle ich dir später. Kunde steht mir gegenüber.*

*Hab dich lieb.*

*Ich dich auch!*

Sie legte das Handy in ihre Tasche, dann huschte sie ins Badezimmer.

Das schwarze Kleid saß wie angegossen und betonte ihre schlanke Taille. Sie drehte sich zur Seite, sodass sie sich von hinten betrachten konnte. Der tiefe Rückenausschnitt gab dem schlichten Schnitt des Kleides seinen besonderen Pfiff und würde unweigerlich die Blicke auf sich ziehen. Sie hatte ihre

Haare leicht am Hinterkopf antoupiert und zu einem lockeren Knoten zusammengefasst. Sie verzichtete bis auf ein Paar Perlenohrringe auf weiteren Schmuck. Zufrieden betrachtete sie das Ergebnis im Spiegel. Sie kam sich ein bisschen wie Aschenputtel vor, das zu dem Ball fuhr, nur dass es in ihrem Fall nicht das Schloss, sondern eine Fashionshow war. Etienne würde da sein ... und Léon. Bei dem Gedanken an ihn huschte ein glückliches Lächeln über ihr Gesicht und sie wurde von Wärme erfüllt.

Bevor sie ging, las sie noch den heutigen Brief von Megan, Lynn und Kelly. Es war Lynn, die den Brief diesmal verfasst hatte.

*Freitag*
*Hallo Süße,*
*der vorletzte Abend in der Stadt der Liebe. Gibt es schon einen Traumprinzen?*
*Falls nicht, dann musst du dir heute das Schloss Versaille anschauen. Marie Antoinettes Garten soll absolut fantastisch sein.*
*Zum Abendessen würden wir dir eine Fahrt mit einem der Boote entlang der Seine empfehlen. Soweit wir es herausfinden konnten, gibt es auf den meisten Booten auch eine Kleinigkeit zu essen.*
*Wenn du deinen Traummann gefunden haben solltest, dann verlangen wir einen ausführlichen Bericht mit Fotos zum Beweis.*
*Viel Spaß und genieß die letzten Tage.*
*Lynn, Kelly und Megan*

Lächelnd legte Tess den Brief beiseite. Wie es schien, hatte sie tatsächlich ihr Glück in Paris gefunden. Ihre Freundinnen würden es ihr verzeihen, wenn sie sich nicht an ihre Pläne hielt, sondern stattdessen ihren eignen nachging.

Etienne entdeckte sie noch vor Léon. Er zog die Augenbrauen hoch und schenkte ihr einen anerkennenden Blick. Er mochte zwar schwul sein, aber trotzdem – oder vielleicht genau deshalb – wusste er einen schön verpackten Körper zu schätzen.

Als Léons Augen sie fanden, stellte er das Glas in seiner Hand beiseite. Sie konnte sehen, wie seine Lippen ein lautloses

„Wow" formten. Seine Augen strahlten sie an, als sie auf ihn zukam. Sie fand, dass er mit seinem anthrazitfarbenen Anzug und dem schlichten, weißen Hemd der bestaussehendste Mann im Raum war. Sein Bart war frisch gestutzt und seine braunen Augen schimmerten wie flüssiger Honig.

„Du siehst absolut bezaubernd aus", flüsterte er ihr ins Ohr. Sie lächelte. Die neue Frisur und das elegante Kleid zeigten die erhoffte Wirkung.

„Du siehst aber auch nicht gerade schlecht aus." Sie gab ihm einen Kuss.

„Du bist eine Göttin." Etienne begrüßte sie mit offenen Armen und gab ihr ein Küsschen auf beide Wangen.

„Siehst du, ich 'abe dir doch gesagt, dass du dich schminken kannst", kommentierte er ihr Aussehen. „Meine Audrey 'epburn."

Sie hatte ein leicht deckendes Make-up aufgelegt und ihre Augen mit einem dramatischen Lidstrich betont. Auf den Wangen war ein Hauch von Rouge und für die Lippen hatte sie einen zarten Roséton ausgewählt, der sie voller erscheinen ließ.

„Das ist Léon", stellte sie ihn Etienne vor.

„Das 'abe ich mir schon fast gedacht bei der Begrüßung." Der Friseur lächelte spitzbübisch. „Es freut mich, dass du unseren Star begleitest." Etiennes Augen wanderten über Léons Körper. „Welch ein Verlust."

„Das kommt ganz darauf an, aus welcher Perspektive man es betrachtet", konterte Léon geschickt.

„Welcher Designer präsentiert eigentlich seine Mode?", fragte Tess interessiert.

Eine große Gruppe Frauen in Begleitung von einigen älteren Männern war angekommen und zog lachend an ihnen vorbei. Die Frauen sahen aus, als wären sie der Vogue entsprungen. Groß, schön und sehr schlank.

„Ein guter Freund von mir …" Etienne zwinkerte. „Man könnte sagen, ein *sehr* guter Freund. Er wird als der neue Jean Paul in der Szene gehandelt." Er nannte ihr den Namen und wie erwartet hatte sie noch nie von diesem Designer gehört.

Sie überspielte ihre Unwissenheit mit einem Lächeln, schließlich war sie ein Model und als solches kannte sie natürlich jeden Designer.

Léon legte seinen Arm um ihre Taille. Ein Kellner kam vorbei und bot ihr ein Glas Champagner an.

„Auf einen spannenden Abend", sprach Etienne den Toast aus.

Sie stießen an.

Sie schaute sich diskret um. Die meisten Gäste waren in Abendkleidung erschienen. Die Frauen trugen elegante Cocktailkleider und die Männer glänzten in Anzügen. Es hatten sich kleine Grüppchen gebildet und man unterhielt sich angeregt bei einem Glas Champagner.

„Möchtest du einen Blick in den Backstage-Bereich werfen?" Etienne zwinkerte ihr zu.

„Das geht? Schrecklich gerne natürlich. Und du, Léon?"

„Ich gehe überallhin, wo du hingehst."

„Gut, dass du das nicht zu mir gesagt 'ast." Etienne grinste. „Dann wären wir auf der Stelle zu mir gegangen."

Tess kicherte. Sie mochte die ungezwungene Atmosphäre, die trotz des offensichtlichen Reichtums der Gäste herrschte.

Der provisorische Laufsteg verlief durch das gesamte Kellergewölbe. Rechts und links davon waren Stuhlreihen aufgebaut worden. Am Ende des Laufstegs war der Backstage-Bereich durch einen riesigen Vorhang vom Gewölbe abgetrennt worden. Über dem Laufsteg, entlang der Decke, befanden sich Spotlights und tauchten den Raum in ein diffuses Licht.

Sie gingen eine Abzweigung und als Etienne den Vorhang zur Seite schob, blieb Tess überwältigt stehen. Sie hatte das Gefühl, mitten in eine Staffel von „America's next Topmodel" geraten zu sein. Junge, bildhübsche Frauen, Stylisten und Helfer wuselten scheinbar ziellos umher. Entlang der Wände befand sich eine Reihe von Spiegeln mit Stühlen davor. Lidschatten-Paletten, Make-up-Fläschchen und Rouge-Tiegel lagen auf einfachen Tischen, die Tess an Tapeziertische erinnerten. Während eine Gruppe von Stylisten damit beschäftigt war, die Mädchen zu schminken, war eine andere Gruppe dabei, die Haare zu stylen. Es war verblüffend, mit anzusehen, wie die Visagisten aus unscheinbaren Mädchen sexy aussehende Traumfrauen zauberten. Die Models, die bereits fertig aus der Maske kamen, schlüpften in die Kleider. Jedes Model hatte seine eigene Stange, auf der die vorzuführende Garderobe der Reihenfolge nach aufgehängt worden waren.

„Meine Güte, wenn ich die ganzen großen Laufstegmodels sehe, komme ich mir ziemlich gewöhnlich vor. Gegen die bin ich klein und habe einen zu dicken Po."

„Also mach dir deswegen keine Gedanken." Léon grinste und seine Augen funkelten vergnügt. „Dein Po hat genau die richtigen Maße und von ‚gewöhnlich' bist du weit entfernt."

„Was?", quietschte Tess. „Das war definitiv die falsche Antwort. Du hättest sagen müssen: Dein Po und du seid perfekt."

„Aber genau das habe ich gesagt."

„In Männerohren mag es vielleicht so klingen, aber wir Frauen sind in dieser Hinsicht ziemlich sensibel, weißt du."

„Ich merke schon, ich muss in Zukunft aufpassen, was ich sage." Er knabberte an ihrem Ohr. „Habe ich dir schon gesagt, wie sexy ich deine kleinen Ohren finde?"

Sie gab ihm lachend einen Stoß in die Seite.

Ein Mann kam auf sie zugelaufen, der offensichtlich mit Etienne befreundet war, denn er küsste ihn auf den Mund.

„Darf ich euch vorstellen", Etienne machte eine ausladende Armbewegung, „das ist Maxime. Mein Freund und ganz nebenbei der Designer dieser Fashionshow."

Maxime war einen Kopf größer als Tess und sah aus wie einer dieser Hipster, denen man in New York zuhauf begegnete. Seine Haare waren an den Seiten kurz geschnitten und seinen Hinterkopf krönte ein kleiner Zopf. Er hatte einen Vollbart und seine Arme waren mit Tätowierungen übersät. Im Gegensatz zu seinen Gästen trug er eine hauteng schwarze Hose mit einem lockeren Shirt darüber. Aus seiner Hosentasche baumelte eine Goldkette, an der lange schwarze

Federn befestigt waren und die wahrscheinlich Teil einer Taschenuhr war.

„Sie sind also der Mann, dem wir diese Einladung zu verdanken haben." Sie reichte Maxime die Hand. „Vielen Dank."

„Enchanté, Mademoiselle" Er schenkte ihr einen bewundernden Blick. „Etienne hat nicht übertrieben, als er mir von Ihnen erzählt hat."

Sie war es nicht gewohnt, im Mittelpunkt zu stehen, und ihr wurde angesichts der vielen ehrlich gemeinten Komplimente ganz warm.

„Sie werden ja rot", stellte Maxime fest. „Wie erfrischend. Die Frauen in Paris erwarten Komplimente und reagieren immer sehr gelassen darauf." Er spitzte seinen Mund, den Blick auf Léon gerichtet.

„Léon. Ich bin nur die Begleitung dieser unglaublichen Frau." Léon zwinkerte ihr zu.

Eine hochgewachsene Frau mit derbem Gesicht rief laut etwas auf Französisch und klatschte dabei in die Hände. Es musste etwas mit dem Beginn der Show zu tun haben, denn augenblicklich herrschte Stille und alle Augen waren auf Maxime gerichtet.

„Das ist mein Stichwort. Wir sehen uns nach der Show." Und im Gehen fügte er noch hinzu: „Ich habe euch Plätze in der ersten Reihe reservieren lassen."

Etienne warf Maxime eine Kusshand zu. Aus dem Saal drang laute Musik zu ihnen.

„Wir sollten unsere Plätze einnehmen, sonst stören wir womöglich noch die Show." Etienne nickte ihnen zu. Im Hintergrund stand Maxime und hielt eine Rede an alle Beteiligten.

Der Teil des Gewölbes, in dem die Show stattfand, hatte sich mittlerweile gefüllt. Tess betrachtete interessiert die Fotografen, die sich bereits im extra markierten Bereich platziert hatten. Dicht an dicht standen sie nebeneinander, die Kameras mit ihren gewaltigen Objektiven auf die Bühne gerichtet, auf der Lauer nach dem Foto mit dem Look des Jahres.

Etienne führte sie durch die Reihen der Gäste. Einige bekannte prominente Gesichter in den vorderen Reihen wurden umringt von Paparazzi, die ihre Kameras auf sie gerichtet hatten.

„Da vorne ist die Frau von Abramovich und gleich daneben sitzt Sophie Marceau." Etienne reckte sich ein wenig und winkte Sophie Marceau zu, was die Schauspielerin mit einem huldvollen Lächeln quittierte. „Und da drüben sitzt Juliette Binoche."

„Sag mal, kennst du die Stars denn alle persönlich?" So langsam beschlich sie der Verdacht, dass ihr Friseur weit mehr war als nur ein unbedeutender Visagist, wie er sich ihr gegenüber dargestellt hatte.

„Das ist der Vorteil, wenn man im Showbusiness arbeitet: Man lernt eine Menge berühmter Menschen persönlich kennen. Mit den meisten 'abe ich schon mal gearbeitet."

Wie versprochen, befanden sich ihre Plätze gleich neben dem Laufsteg. Es war ein erhabenes Gefühl, so dicht neben den großen Stars des Showgeschäfts zu sitzen, aber gleichzeitig verunsicherte es sie auch ein wenig. Für gewöhnlich stand sie eher im Hintergrund. Diese Rolle war völlig neu für sie.

Die Musik wechselte zu rockigen Rhythmen und ohne Vorwarnung erschien das erste Model mit gleichgültigem Blick auf der Bühne: ein zartes Mädchen mit meterlangen Beinen, flachen Brüsten und einem Taillenumfang, der Tess' Hutgröße entsprach.

Mit geradezu traumwandlerischer Sicherheit schritt das Mädchen in High Heels über den Laufsteg, um am Ende einen gekonnten Hüftschwung hinzulegen, begleitet vom Blitzlichtgewitter der Fotografen.

Es war einfach unglaublich. Ab dann ging es Schlag auf Schlag. Ein Mädchen nach dem anderen lief über die Bühne und ließ dem Zuschauer kaum die Möglichkeit, Luft zu holen.

Einige der Kleider wurden mit tosendem Beifall begrüßt, andere wiederum nur verhalten. Das Klicken der Kameras war allgegenwärtig. Es war ein Spektakel aus Farben, Formen, Licht und Musik. Sie konnte sich kaum sattsehen an der Vielfalt der Kleider. Tess entdeckte einige Zuschauer, die Notizblöcke in der Hand hielten und eifrig schrieben. Mit ziemlicher Sicherheit Redakteure, die gekommen waren, um über die Show zu berichten. Etienne hatte ihnen erklärt, dass die erste Show eines Designers in der Saison über seinen weiteren Erfolg entschied. Tess konnte nur erahnen, welcher Druck genau in diesem Moment auf Maxime lastete. Wahrscheinlich deutete er jeden fehlenden Applaus als das Ende seiner Karriere. Ihr Blick wanderte durch die Reihen der Zuschauer. Begeisterung stand in den meisten der Gesichter geschrieben.

Sie warf Léon einen flüchtigen Blick zu. Er saß lässig zurückgelehnt, die Beine übereinandergeschlagen und die Augen auf den Laufsteg gerichtet. Als er ihren Blick bemerkte, drehte er den Kopf zu ihr. Ihre Augen fanden sich.

Sofort wurden seine Gesichtszüge weicher und ein Lächeln umspielte seinen Mund. Eine Welle der Zuneigung überkam sie und sie hatte das Gefühl, in seinen dunklen Augen zu versinken.

„'ey, aufgepasst! Knutschen könnt ihr später – jetzt kommt das Finale." Etienne stupste sie in die Seite.

Ein Model in einem Brautkleid kam auf die Bühne geschwebt. Auf ihren langen, dunklen Haaren lag ein Blütenkranz, das Make-up war zartrosé gehalten und ihre Bewegungen waren schwanengleich elegant. Das Kleid selbst war ein Traum aus weißer Seide und Organza, mit zarten Blüten bemalt, das Tess ein wenig an das Hochzeitskleid von Angelina Jolie erinnerte, das damals für so viel Aufsehen gesorgt hatte.

Sie hatte immer gedacht, dass sie einmal in Weiß heiraten würde. Sie, Kelly, Megan und Lynn hatten sich oft ausgemalt, wie sie alle den Gang in der Kirche entlangschreiten und die bewundernden Blicke der Gäste auf ihnen ruhen würden. Sie ertappte sich dabei, wie sie Léon ansah.

Das Model hatte das Ende des Laufstegs erreicht und wurde von brandendem Applaus begleitet. Einige der Zuschauer waren aufgesprungen und klatschten frenetisch. Beifallsrufe ertönten. Auch Etienne war aufgesprungen und Tess folgte seinem Beispiel.

„Ich glaube, die Show war ein Erfolg", schrie sie gegen den Lärm an.

Etienne nickte, ohne den Blick von der Bühne zu wenden, wo Maxime, begleitet von zwei Models, erschienen war.

Die Anspannung war aus seinem Gesicht verschwunden und er strahlte. Maxime würde sich in den kommenden Monaten keine Sorgen um neue Aufträge machen müssen.

Der Designer verschwand wieder hinter der Bühne, um seinen Models für den guten Walk zu danken und mit einem Glas Champagner anzustoßen, bevor er sich um seine Gäste kümmern würde.

Die Zuschauer strömten in das Nachbargewölbe, wo adrett gekleidete Kellner riesigen Platten mit Kanapees und Champagnergläsern bereithielten, um die Gäste damit kulinarisch zu verwöhnen.

„Und, war es so, wie du es dir vorgestellt 'ast?" Etienne führte sie an einen kleinen Stehtisch in der Mitte des Gewölbes.

„Es war noch viel, viel schöner", erwiderte sie mit leuchtenden Augen.

„Ich fand es äußerst interessant, mal hinter die Kulissen schauen zu können." Léon hielt ihre Hand.

„Entschuldigt mich bitte kurz." Er eilte davon, um Sophie Marceau zu begrüßen, die ihn soeben in der Menge entdeckt hatte.

„Kein Problem. Wenn ich Sophie Marceau kennen würde, würde ich sie auch begrüßen wollen. Wir laufen dir nicht weg." Tess schmunzelte und nippte an ihrem Glas.

Léon legte seinen Arm um ihre Taille und zog sie an sich ran.

„Ich habe schon befürchtet, die Show würde niemals aufhören", flüsterte er.

„Warum? Ich fand sie toll."

„Weil ich dich endlich wieder in den Armen halten wollte", gestand er ihr. „Das war die reinste Qual, neben dir zu sitzen und dich nicht berühren zu können." Sein Blick glitt über sie hinweg. „Du bist der Star in diesem ganzen Raum."

Sie sah verlegen zur Seite und zuckte zusammen, als sie den dunklen Pagenkopf von Chloe in der Menge entdeckte. Yanis war ebenfalls dabei und hatte seine übliche mürrische Miene aufgesetzt. Chloe unterhielt sich angeregt mit einer Frau, die Tess verdammt stark an Laetitia Casta erinnerte. Die Schauspielerin war in Begleitung eines äußerst attraktiven Mannes, der seinen Arm besitzergreifend um ihre Taille gelegt hatte.

Panik überkam sie und ihr brach der kalte Schweiß aus. Wenn Chloe sie entdeckte, würde ihre ganze Lüge über ihren Beruf als Model auffliegen und Léon würde erfahren, wer sie wirklich war. Ihr Traum hätte ein abruptes Ende. Sie musste unter allen Umständen verhindern, dass sie ihr in die Arme liefen.

„Was ist los?" Léon musterte sie mit hochgezogener Augenbraue. „Du siehst aus, als hättest du ein Gespenst gesehen."

„Blödsinn, ich finde es hier drinnen etwas stickig, das ist alles." Demonstrativ fächelte sie sich mit der Einladungskarte in ihrer Hand Luft zu.

„Möchtest du kurz nach draußen gehen?"

„Wenn es dir nichts ausmacht, gerne."

„Und was machen wir mit Etienne? Er wird sich wundern, wenn er zurückkommt und wir nicht mehr da sind."

Léon drehte sich nach Etienne um, der zusammen mit Maxime verschwunden war. „Du kannst ja kurz vorgehen, ich suche ihn und sage ihm Bescheid."

„Das würdest du tun?"

„Natürlich." Er gab ihr einen Kuss auf die Wange.

Léon bahnte sich den Weg durch die Gäste zum Backstage-Bereich. Ihre Augen suchten Chloe, die plötzlich verschwunden war. Mist. Hektisch drehte sie sich einmal um die eigene Achse auf der Suche nach der Redakteurin. Vielleicht war sie ja bereits gegangen?

Tess schlängelte sich an den Tischen vorbei in Richtung Ausgang. Die Stimmung der Gäste war durch den Champagner angeheizt und man unterhielt sich lautlachend miteinander. Sie bog nach rechts ab und stieß mit einer Frau zusammen, die wie aus dem Nichts vor ihr aufgetaucht war. Alles ging sehr schnell.

„Passen Sie doch auf … Tess?" Chloe stand vor ihr, ein Champagnerglas in der Hand, und musterte sie erstaunt. Das süße Getränk lief ihr über die Finger und tropfte auf den Boden.

„Chloe. Was für eine Überraschung!", rief sie betont locker. Wenn Léon jetzt um die Ecke kam, war sie verloren. Sie hatte Etienne zwangsläufig in ihre Lügen eingeweiht, damit er sich vor Léon nicht verplapperte, aber damit, Chloe hier zu begegnen, hatte sie nicht gerechnet.

„Was machst du denn hier?"

„Das Gleiche wollte ich dich fragen."

„Eine Fashionshow ist immer ein guter Ort, um Prominente zu treffen und ein kleines Interview mit ihnen zu führen", erwiderte Chloe mit einem aufgeklebten Lächeln.

„Mhm."

„Und du?"

„Ein Bekannter, der mit dem Designer befreundet ist, hat mich eingeladen." Sie fingerte nervös an ihrem Ausschnitt.

„Du Glückliche. Sag mal, das bringt mich auf eine Idee: Hättest du etwas dagegen, wenn wir noch ein paar Fotos von dir machen würden?" Chloe winkte Yanis herbei, der sich keine zwei Meter entfernt von ihnen unterhielt. Tess schluckte trocken. Verstohlen sah sie zum Backstage-Bereich. Zu ihrer Erleichterung konnte sie Léon nirgends entdecken.

„Tess?"

Sie wandte sich wieder Chloe zu. „Ja, tolle Idee." Ihre Augen wanderten unruhig durch den Raum.

„Prima." Chloe reichte ihr ein gefülltes Glas. „Am besten, du stellst dich an den Tisch ..." Sie hörte nur mit einem Ohr, wie Chloe ihr Anweisungen gab. Sie war viel zu sehr damit beschäftigt, sich zu überlegen, was sie Léon sagen würde, falls er sie entdeckte.

Der Fotograf richtete die Kamera auf ihr Gesicht.

„Bitte schenk uns ein Lächeln", rief die Redakteurin. Mechanisch folgte Tess den Anweisungen. Yanis drückte den Auslöser.

„Die Redaktion war übrigens ganz begeistert von deinen Aufnahmen im *Ladurée*", plauderte Chloe gutgelaunt.

„Das ist schön zu hören." Ihre Augen wanderten unruhig über die Köpfe hinweg auf der Suche nach Léon oder Etienne.

„Tess, schau bitte einmal hierher." Chloe wedelte mit der Hand in der Luft. Sie folgte ihr mit dem Blick und stellte sich in Pose.

Nach einer gefühlten Ewigkeit war Chloe endlich zufrieden. Genau in dem Moment, als der Fotograf die Kamera nach unten nahm, entdeckte sie Léon, der mit zielgerichtetem Schritt auf sie zukam.

„Ja dann." Sie reichte Chloe die Hand. „Es war schön, dich zu treffen."

Chloe sah sie irritiert an. „Hast du es eilig?"

Tess senkte die Stimme, als hätte sie ein besonderes Geheimnis mitzuteilen. „Nein, ich muss nur mal kurz für kleine Mädchen."

„Ach so. Na dann. Salut und noch viel Vergnügen." Chloe schenkte ihr ein verschwörerisches Lächeln. „Wir sehen uns bestimmt noch."

Sie stürmte aus dem Raum.

Léons Stimme holte sie ein. „Hey, Tess." Sie blieb stehen und drehte sich um.

„Hast du mich nicht gesehen?" Léon nahm ihre Hand und sie schüttelte den Kopf. „Komisch, ich hätte schwören können, dass du gesehen hast, wie ich auf dich zugelaufen bin."

„Dann wäre ich ja wohl kaum weggegangen." Sie schob die Unterlippe trotzig nach vorne.

„Schon in Ordnung, ich wollte dir auch nichts unterstellen", erwiderte er versöhnlich. „Sag mal, habe ich das richtig gesehen und man hat dich fotografiert?"

Sie winkte ab. „Ach, das war nur eine Redakteurin, die mich kannte und ein Foto haben wollte."

Léon pfiff anerkennend durch die Zähne. „Du bist also doch berühmt."

„Nein." Sie schüttelte entschieden den Kopf.

„Willst du immer noch nach draußen?"

„Gerne. Dieses Kellergewölbe ist ein wenig erdrückend." Tatsächlich hatten die Katakomben vom ersten Moment an bedrohlich auf sie gewirkt. Das dunkle Mauerwerk, die niedrigen Decken und die blankpolierten Schädel, die zu Tausenden übereinandergestapelt entlang der Wände lagen, hatten bei ihr ein ungutes Gefühl ausgelöst, von dem sie sich nur schwer freimachen konnte.

„Hast du mit Etienne gesprochen?"

„Ja, er würde sich freuen, wenn wir noch bleiben würden. Er und Maxime möchten unbedingt noch mit uns anstoßen und plaudern."

Sie knabberte nervös an der Unterlippe. Wenn sie blieben, lief sie Gefahr, dass ihr ganzes Lügengebilde aufflog. Der Schrecken der Begegnung mit Chloe saß ihr noch immer in den Gliedern. Sie musste mit Léon reden! Sie musste ihm die Wahrheit sagen!

Sie wurden von milder Abendluft empfangen, als sie durch die Eingangshalle der Katakomben nach draußen gingen. Sie nahm einen tiefen Atemzug.

„Was für ein schöner Abend", sagte Léon und bot ihr seinen Arm.

Sie hakte sich bei ihm unter.

„Du hast wirklich ein unglaubliches Glück mit dem Wetter."

Sie kuschelte sich an seine Brust. „Du kennst doch das alte Sprichwort: Wenn Engel reisen, dann lacht die Sonne."

„Dem kann ich nur zustimmen." Léon blieb stehen. Sein Gesicht war keine Handbreit von ihrem entfernt. „Ich wünschte, du könntest dich sehen. Du siehst aus wie aus einem Märchen entsprungen." Er umfasste mit den Händen ihr Gesicht. „Ich bin froh, dass ich dich gefunden habe."

„Ich auch." Sie versiegelte seine Lippen mit einem Kuss. Schweigend gingen sie ein paar Schritte. *Jetzt. Sag es ihm!*

„Léon?"

„Ja?" Er sah sie liebevoll an.

„Ich muss dir etwas sagen …" Ihr Herz fing wie wild an zu klopfen. Aus dem Augenwinkel sah sie, wie Chloe in Begleitung des Fotografen die Fashionshow verließ.

„Was?" Seine Augen glitten über ihr Gesicht und blieben an ihrem Mund hängen.

„Über meine Reise nach Paris und …" Ihre Hände waren feucht. Sie wischte sich verlegen über das Kleid.

„Tess, Léon!" Etienne kam im Stechschritt auf sie zugelaufen. „Ich habe euch schon überall gesucht. Was macht ihr hier draußen?"

Sie entschuldigte sich. „Ich musste nur mal an die frische Luft."

„Ja, Léon hat mir erzählt, dass du dich nicht gut gefühlt hast. Geht es dir besser?"

„Ja, danke." Sie schluckte.

„Maxime wartet im Backstage-Bereich auf uns. Er wollte dich ein paar Leuten vorstellen. Du musst ihn ziemlich beeindruckt haben." Etienne zwinkerte ihr zu. „Habt ihr Lust, wieder mit reinzukommen?"

„Tess wollte mir gerade etwas …" Léons Blick ruhte auf ihr.

„Das kann warten." Sie winkte ab und wandte sich Etienne zu. „Natürlich, gerne."

Der Moment war vorbei. Ihr Geständnis würde warten müssen, morgen war auch noch ein Tag.

# 15. Kapitel

„Das war wirklich ein wunderschöner Abend." Tess kicherte. „Ich kann mich nicht erinnern, wann ich das letzte Mal so viel Spaß hatte." Sie hatte zu viel Sekt getrunken und ihr war schwindelig. Sie fühlte sich herrlich leicht und beschwingt.

„Ich muss gestehen, ich hatte ein bisschen Angst, als Maxime mich zum Tanzen aufgefordert hat." Léon schloss die Tür auf.

„Ich schätze, du bist genau sein Typ." Sie prustete belustigt los.

Léon warf ihr einen bösen Blick zu. „Du kleine Schlange, ich habe gesehen, dass du gelacht hast, während ich Blut und Wasser geschwitzt habe."

„Ich hätte dich schon gerettet."

„Das habe ich gemerkt!" Léon machte ein ernstes Gesicht. „Spätestens als du gerufen hast: ‚Hey, Maxime, Léon ist ganz wild darauf, mit dir zu tanzen'. Danke nochmal dafür."

„Es war mir ein Vergnügen!" Sie machte einen gespielten Knicks. „Ich teile gerne mit Freunden."

„Ich nicht." Er zog sie an sich. „Du gehörst mir." Der Ernst, der in seiner Stimme mitschwang, überraschte sie.

„Mich brauchst du nicht zu teilen", flüsterte sie.

Léon beugte sich zu ihr und einen Wimpernschlag später lagen seine Lippen auf ihren.

„Tess. Tess. Tess." Er flüsterte ihren Namen wie ein Mantra. „Du machst mich verrückt. Du verwirrst meine Sinne. Ich weiß nicht mehr, wie mir geschieht, seit ich dich getroffen habe. Du hast mich verhext."

„Dann geht es dir wie mir." Sie küssten sich erneut.

„Halt." Léon zog seinen Kopf zurück. „Bitte schließ die Augen."

„Was?" Sie schüttelte verwirrt den Kopf.

„Ich bitte dich, die Augen zu schließen." Sein Atem ging schwer.

Ihr Puls schnellte nach oben, als sie tat, wie ihr geheißen.

„Versprich mir, dass du sie geschlossen hältst, bis ich es dir sage."

Sie nickte.

Er nahm ihren Arm und führte sie nach drinnen. Sie spürte die Wärme des Zimmers, die sie umgab. Léon ließ ihren Arm los. „Bleib, wo du bist, und Augen geschlossen lassen." Der Teppich dämpfte seine Schritte. Sie hörte ein leichtes Zischen, was sie als Anzünden eines Streichholzes deutete. Der leichte Schwefelgeruch kurze Zeit später bestätigte ihren Verdacht.

Leise Musik ertönte.

Seine Schritte näherten sich.

„Mach die Augen auf", lockte seine Stimme. Blinzelnd öffnete sie die Augen. Es dauerte einen Moment, bis sie alle Details erkannte.

„Oh mein Gott, Léon", stieß sie überwältigt hervor.

Das ganze Zimmer war in warmes Licht getaucht, das von unzähligen Teelichtern stammte, die überall im Zimmer verteilt standen. Rote und rosa Rosenblüten lagen zu ihren Füßen und bildeten einen Pfad, der zu dem ausladenden Bett in der Mitte des Raumes führte. Auch das Bett selbst war mit Rosenblüten bedeckt.

Tränen der Rührung schossen ihr in die Augen.

„Für dich würde ich die Sterne vom Himmel holen." Er küsste ihre Augenlider.

Sie dachte an die ganzen Lügen, die sie ihm erzählt hatte. Sie ertrug es nicht länger. Sie musste ihm die Wahrheit sagen, bevor sie sich ganz in ihm verlor. Sie wollte, dass er wusste, wer sie war.

„Léon, ich muss dir etwas sagen ..." Ihre Augen suchten die seinen.

Er legte ihr den Finger auf den Mund. „Pssst. Nicht jetzt. Alles, was du mir sagen willst, hat Zeit bis morgen. Die Nacht gehört nur uns. In diesem Raum gibt es nur uns beide."

Sie nickte. Er hatte recht, morgen war auch noch ein Tag – ihr letzter ganzer Tag in Paris. Dies war ihre Nacht. Sie würde morgen mit ihm reden, wenn der Alkohol verflogen war.

Léon nahm sie in den Arm und trug sie zum Bett. Sanft legte er sie auf die Decke.

Sie war umgeben von Rosenblättern, die ihren süßlichen Duft verströmten und ihre Sinne berauschten. Ihr war schwindlig vor Glück. Seine herrlich braunen Augen liebkosten sie mit Blicken. Sein Mund legte sich weich auf ihren und mit dem Kuss kam die Erkenntnis dessen, was sie schon seit dem Moment gewusst hatte, als sie das erste Mal in seinen Armen gelegen hatte: Sie hatte sich in Léon verliebt.

Seine Hand glitt ihren Rücken entlang, bis sie den Reißverschluss ihres Kleides fand. Langsam öffnete er ihn und zog sie aus. Seine Augen weiteten sich, als sie nackt zwischen den Rosenblättern vor ihm auf dem Bett lag. Ihre Haut schimmerte im Licht der Kerzen wie kostbares Elfenbein. Sie zog ihn zu sich und fing an, ihn auszuziehen.

Sein Mund liebkoste sie und wanderte langsam über den Hals zu ihrer Brust. Als sein Mund ihre Brustwarze umschloss und daran zu saugen begann, keuchte sie laut auf. Seine Hand glitt in kreisförmigen Bewegungen über ihren flachen Bauch. Sein Atem ging stoßweise.

Ein lustvolles Ziehen schoss ihr in den Unterleib und sie bäumte sich ihm entgegen. Er lachte heiser. Sein Finger tauchte in die dunkle Feuchtigkeit ihrer Lust ein. Sie stöhnte laut auf. Sein Mund wanderte weiter nach unten, um die Finger bei ihrer Arbeit abzulösen und sie so zum Höhepunkt zu bringen.

Als es so weit war und sich das Raum-Zeit-Gefüge um sie herum auflöste, hatte sie das Gefühl, ihr Herz würde in tausend Stücke zerspringen.

„Woher stammt die Narbe?" Sie deutete auf den hellen Strich unterhalb seines Kinns.

„Da bin ich als kleiner Junge auf dem Bett meiner Eltern gehüpft und mit dem Kinn auf der Bettkante gelandet."

Sie küsste die Stelle. „Erzähl mir mehr von dir."

Er lag auf dem Rücken, die Hände hinter seinem Kopf verschränkt. „Ich hatte eine sehr behütete Kindheit. Das Haus meiner Eltern lag in einer bürgerlichen Wohngegend. Wir hatten einen großen Garten und die Schule war in Gehentfernung. Alle meine Freunde wohnten in der unmittelbaren Nachbarschaft. Mein Bruder und ich waren den ganzen Tag mit unseren Freunden unterwegs. Es gab nur wenige Regeln. Die Sommerferien haben wir meistens an der Côte d'Argent verbracht. Meine Familie hat dort ein kleines Ferienhaus direkt am Meer." Seine Augen blickten ins Leere. „Mein Vater hatte ein Segelboot am See dort liegen und mein Bruder und ich hatten jeder ein Surfbrett."

„Hört sich ziemlich gut an. Ich bin in bescheidenen Verhältnissen in New York großgeworden."

„Als ob mich das stören würde", warf Léon ein.

Sie sah ihn nachdenklich an. „Ich habe leider keine Geschwister. Als ich jung war, habe ich mir immer eine kleine Schwester gewünscht. Hast du ein gutes Verhältnis zu deinem Bruder?"

„Eigentlich schon. Wir sind ziemlich verschieden in unserer Art. Er lebt eher zurückgezogen mit seiner Frau am Stadtrand von Paris und kümmert sich um die Buchhaltung, während ich hauptsächlich die Kunden betreue und mich um die New Yorker Geschäfte kümmere. Reisen war nie wirklich sein Ding."

„Aber seht ihr euch denn, wenn du hier bist?" Eine bleierne Müdigkeit machte sich in ihr breit und sie hatte Mühe, die Augen aufzuhalten. Die langen Nächte forderten ihren Tribut.

„Morgen ist ein Familienfest, zu dem ich eingeladen bin." Er machte ein unglückliches Gesicht.

„Aber das ist doch kein Problem. Ich bin mir sicher, dass die Mädels sich etwas für mich ausgedacht haben."

„Es ist dein vorletzter Tag in Paris und ich möchte mit dir zusammen sein." Er küsste sie.

Sie versuchte ihre Enttäuschung zu verbergen. Sie wollte nicht, dass er ihretwegen auf die Familienfeier verzichtete.

„Ich auch mit dir. Aber Familie geht nun mal vor. Wir können uns doch abends sehen."

Er nickte nachdenklich. „Tess?"

„Ja?" Sie sah zu ihm auf.

„Ich …" Er zögerte. „Ich weiß, das war so nicht geplant und wir haben von Anfang an gesagt, dass das zwischen uns nur eine Liaison sein sollte. Aber ich möchte nicht mehr, dass es aufhört, weil", er legte die Hand unter ihr Kinn und hob ihren Kopf an, sodass sie ihm in die Augen sehen musste, „ich glaube, ich habe mich in dich verliebt." Er hielt sie mit seinen Augen gefangen. Sie schluckte. Sie hatte nicht mit seinem Geständnis gerechnet. Ihr Herz setzte einen Schlag lang aus, bevor es anfing zu rasen.

Die Tatsache, dass er sich genauso in sie verliebt hatte wie sie sich in ihn, nahm ihr für einen Augenblick die Luft zum Atmen, und in ihrem Kopf drehten sich die Gedanken. Mit einem Mal war alles noch komplizierter. Sie wollte ihm nicht wehtun, indem sie ihm gestand, dass er sich in eine kleine Bäckerin aus Brooklyn verliebt hatte, die zudem noch eine fünfjährige Tochter hatte. Aber genauso wenig wollte sie ihn verlieren.

„Ich liebe dich auch", flüsterte sie kaum hörbar. Sie küssten sich und als sich ihre Lippen nach einer gefühlten Ewigkeit voneinander lösten, lag ein glückliches Lächeln auf Léons Gesicht. Er streichelte sanft ihre Wange. „Tess, meine süße, liebste Tess." Er küsste sie. „Ich möchte nicht, dass es aufhört. Ich möchte mit dir zusammen sein. Ich möchte neben dir einschlafen und ich möchte neben dir aufwachen."

„Aber du kennst mich doch gar nicht", entgegnete sie schwach.

*Und du weißt nicht, dass ich Mutter einer kleinen Tochter bin.*

„Das ist mir egal. Mir reicht, was ich bisher von dir kennengelernt habe. Seit du in mein Leben getreten bist, ist alles schöner geworden und die Welt scheint sich schneller zu drehen. Du bist eine wundervolle Frau und ein liebevoller Mensch. Ich kann mir nicht vorstellen, dass es irgendetwas gibt, das mir an dir nicht gefallen könnte."

Sie dachte an die Lügen, die sie ihm erzählt hatte. An all die kleinen Schwindeleien, die ihr über die Lippen gerutscht waren und die ihm ein völlig falsches Bild von ihr vermittelt hatten.

Sie musste ihm endlich die Wahrheit sagen, bevor ihre Lügen sie auffraßen und ihrer Liebe die Luft zum Atmen nahmen. Heute Nacht würde sie ihm alles über sich erzählen – bis ins kleinste Detail. Sie wollte nicht, dass diese wunderbare Liebe zwischen ihnen auf einer Lüge aufgebaut wurde.

Sie gähnte leise.

„Möchtest du schlafen?" Er strich ihr mit der Hand über den Kopf.

Sie nickte. Ihr Handy brummte leise im Hintergrund. Für einen Moment war sie versucht, aufzustehen und nachzusehen, wer es war. Wahrscheinlich Kelly, die neugierig wissen wollte, was sie denn tagsüber getrieben hatte.

„Willst du nicht rangehen?"

Sie schüttelte müde den Kopf. „Ist bestimmt nur Kelly", murmelte sie und kuschelte sich an Léons Brust.

*Léon*, flüsterte es in ihrem Kopf. *Ich liebe dich.*

Es war noch früh am Morgen und Léon hatte einen Termin. Er hatte ihr angeboten, noch liegen zu bleiben, aber sie hatte abgelehnt. Sie wollte zurück ins Hotel, sich umziehen und in Ruhe mit Kelly telefonieren. Sie gingen zum Auto. „Und wie erreiche ich dich, falls sich etwas verschiebt?"

„Warte ..." Sie zog ihren Moleskin aus der Tasche und kritzelte ihre Handynummer auf eines der leeren Blätter.

„Hier." Sie riss das Papier aus dem Planer und reichte es Léon. „Damit kannst du mich erreichen."

Er zog sein Portmonee aus der Hosentasche und legte den Zettel zwischen die Geldscheine.

Sie stellte sich auf die Zehenspitzen und gab ihm einen Kuss. „Ich vermisse dich schon jetzt!"

„Ich dich auch. Ich weiß gar nicht, wie ich den Tag ohne dich überstehen soll." Er verdrehte die Augen. „Willst du wirklich nicht mitkommen? Ich bin mir sicher, dass meine Schwägerin nichts dagegen hätte."

Sie schüttelte den Kopf. „Nein, ein anderes Mal vielleicht." Sie wusste selbst, dass das eine Lüge war. Sonntagmorgen würde sie bereits im Flugzeug nach New York sitzen.

Ob es ein weiteres Mal geben würde, hing ganz davon ab, wie der Abend verlief. Sie rechnete mit allem, hoffte jedoch auf das Eine …

Léon lächelte gequält. „Und ich soll dich wirklich nicht abholen?"

Sie schüttelte wieder den Kopf. „Nein. Ich bin pünktlich um acht auf dem Eiffelturm."

Sie hatte ihn um ein Treffen dort gebeten. Der Eiffelturm war das Wahrzeichen von Paris und stammte aus der gleichen Zeit wie die Freiheitsstatue. Die beiden Bauwerke waren so etwas wie Geschwister, die die beiden Kontinente miteinander verbanden. Die neue und die alte Welt. Welchen besseren Ort konnte es also geben, um Léon die ganze Wahrheit über sich zu sagen?

„Ich werde auf dich warten." Er nahm sie in den Arm.

„Ich werde pünktlich dort sein und du darfst mich alles fragen, was du über mich wissen möchtest." Sie küsste ihn. Sein Kuss schmeckte süß und seine Lippen waren herrlich weich und warm.

Mit klopfendem Herzen sah sie seinem Wagen hinterher, bis er nur noch ein roter Punkt war.

Beschwingt machte sie sich auf den Weg zum Hotel. Sie wollte sich umziehen und den vorletzten Brief ihrer Freundinnen lesen. Sie war gespannt, was sich die drei diesmal für sie ausgedacht hatten. Sie sah nach oben. Weiße Wolken bewegten sich am Horizont wie träge Schafe, die der Wind vor sich hertrieb. Die Sonne stach bereits auf sie herab. Ein weiterer freundlicher Tag lag vor ihr. Sie bog in die kleine Seitenstraße ein, die zum Hotel führte. Ihr Handy brummte zornig in der Tasche. Wer mochte das sein? *Léon?* Bestimmt rief er an, um die Nummer zu testen.

Verwundert sah sie Kellys Gesicht auf dem Display aufleuchten. In New York musste es mitten in der Nacht sein. Im gleichen Moment setzte ihr Herz einen Schlag lang aus.

„Kelly?"

„Tess! Wo hast du gesteckt? Ich versuche schon seit Stunden, dich ans Telefon zu bekommen."

Sämtliche Farbe wich aus ihrem Gesicht. „Was ist passiert?"

„Es tut mir so leid ...", presste Kelly hervor. Tess' Herz zog sich krampfhaft zusammen und ihr wurde übel. „Es gab einen Unfall auf dem Weg vom Kindergarten. Der Fahrer hat die rote Ampel übersehen. Lynn und Hazel wurden sofort ins Krankenhaus gebracht."

Sie schrie laut auf. Das Blut gefror ihr in den Adern. „Oh Gott, wie geht es ihnen?"

„Es hat beide ziemlich böse erwischt. Die Ärzte operieren seit Stunden."

Ihre Beine drohten, unter ihr nachzugeben. Ihre Finger krallten sich in die Häuserwand, verzweifelt nach Halt suchend.

„Was ist mit Hazel? Was ist mit meinem Baby?"

Kelly schwieg.

„Kelly, sag mir die Wahrheit. Sofort!" Sie schrie und einige Passanten blieben stehen.

„Die Ärzte wissen es nicht", brachte Kelly tonlos hervor. „Sie hat ziemlich starke innere Verletzungen, ihr rechtes Bein sieht übel aus und sie hat ein Schädelhirntrauma. Der weitere Verlauf hängt von der Operation ab. Die Ärzte halten uns auf dem Laufenden. Maureen ist auch da. Tess, die Ärzte tun alles nur Menschenmögliche, um Hazel zu retten."

Sie schluchzte laut auf. Tränen verschleierten ihr die Sicht, der Boden unter ihren Füßen schwankte. „Und Lynn?"

„Lynns Lungen sind kollabiert und ihr Herz schlägt nicht richtig."

Tess stöhnte und zitterte am ganzen Körper. Ihre süße Tochter war in Gefahr und kämpfte ums Überleben, während sie in den Armen eines Mannes gelegen hatte. *Gedankenlos. Selbstsüchtig.*

„Es ist alles meine Schuld."

„Was?"

„Es ist alles meine Schuld." Ihre Stimme überschlug sich. „Wäre ich nicht weggeflogen, dann wäre das alles nicht passiert."

Eine kurze Pause entstand zwischen ihnen. Tränen rannen ihr übers Gesicht und vermischten sich mit ihrer Mascara zu einer dunklen Spur.

„Du weißt, dass das Blödsinn ist. Unfälle passieren nun mal, ob wir es wollen oder nicht. Und nichts und niemand kann es verhindern."

Ihre Beine gaben nach und sie sackte zu Boden. Eine Passantin blieb stehen und wollte ihr zu Hilfe eilen.

„Ich war nicht da. Wenn ich bei ihr gewesen wäre, wäre es vielleicht nicht passiert." Sie schluchzte erneut. Ihr ganzer Körper fühlte sich taub an.

„Hör auf damit! Damit ist niemanden geholfen. Hazel braucht dich. Du musst jetzt stark sein."

Sie nickte unbewusst. Kelly hatte recht. Sie musste stark sein. Tränen liefen ihr heiß über das Gesicht und tropften auf den kalten Steinboden. Die Passantin hielt ihren Arm fest, um sie zu stützen. Sie drückte die Frau zur Seite. Sie ertrug die Berührung der Fremden nicht. Kopfschüttelnd ging die Frau weiter.

„Ich komme, so schnell ich kann."

„Gut. Ich bleibe zusammen mit Maureen im Krankenhaus. Sobald es etwas Neues gibt, rufe ich dich an."

„Einverstanden. Ich nehme den ersten Flug, den ich kriegen kann." Ihre Stimme war kaum mehr als ein Flüstern.

„Ich habe das Handy direkt neben mir liegen. Tess, alles wird gut."

Sie wusste, dass der letzte Satz eine Lüge gewesen war, um sie zu beruhigen.

„Danke, Kelly."

„Dafür sind Freunde doch da."

„Bitte gib meiner Mutter einen Kuss von mir und pass auf mein Kind auf. Hazel ist alles, was ich habe."

„Als ob es meine Tochter wäre." Kelly legte auf.

Mühsam rappelte sie sich auf. Das Blut rauschte in ihren Ohren und ihr war schwindelig. Der Boden unter ihren Füßen schien zu schwanken. Sie sah weder die Menschen um sich herum, noch verstand sie ein Wort dessen, was man ihr sagte. Ihr ganzes Denken kannte nur ein Ziel, und zwar so schnell wie möglich zum Flughafen zu kommen. Mit tränenverschmiertem Gesicht drängelte sich an den Spaziergängern vorbei, dabei stieß sie gegen eine Frau, deren Einkäufe zu Boden gingen.

„Entschuldigung." Sie lief weiter, ohne sich einmal umzudrehen. Jemand rief ihr etwas hinterher, aber es war ihr egal. In ihrem Kopf herrschte absolute Leere.

*Hazel.*

*Hazel.*

*Hazel* stirbt, war alles, was sie dachte.

Endlich kam das Hotel in Sicht. Sie stürmte in die Eingangshalle und hätte fast einen Gast umgerannt, der gerade zur Tür hinauswollte. In letzter Sekunde machte der Mann einen Satz zur Seite. Sie murmelte eine Entschuldigung, ohne ihr Tempo zu verlangsamen. Madame Julie, die wie immer hinter dem Empfangstresen stand, sah sie mit großen Augen an.

„Meinen Schlüssel – sofort!" Ihre Hand zitterte, als sie diese Madame Julie entgegenstreckte.

„Mon dieu, was ist passiert?"

„Meine Tochter hatte einen Unfall … Ich muss so schnell wie möglich nach Hause", stieß sie gepresst hervor. Ihre Augen wanderten gehetzt durch den Raum.

Madame Julie schlug die Hand vor den Mund. „Ich rufe Arthur, damit er Sie zum Flughafen fährt. Kann ich sonst noch etwas tun?"

„Würden Sie mir bitte die Nummer der Flughafengesellschaft besorgen?"

Madame Julie nickte und reichte ihr den Schlüssel.

Tess rannte die Treppe nach oben. Im Zimmer angekommen, riss sie achtlos die Kleider von der Stange und stopfte alles, was ihr zwischen die Finger kam, in den Koffer. Immer wieder kontrollierte sie das Display ihres Handys, ob Kelly ihr eine Nachricht geschickt hatte. Sie warf einen letzten Blick in das Zimmer, dann schloss sie die Tür hinter sich.

Als sie nach unten kam, wartete Arthur bereits mit laufendem Motor auf sie. Madame Julie kam winkend mit einem Papier in der Hand zu ihnen gerannt.

„Hier sind die Nummern von sämtlichen Fluggesellschaften. Ich habe nachgeschaut, es gehen heute noch fünf Flüge nach New York."

Sie umarmte die ältere Frau. Tränen liefen ihr übers Gesicht. „Danke", war alles, was sie herausbrachte.

Madame Julie drückte sie fest an sich. „Es tut mir so leid, ma Chérie. Passen Sie auf sich auf. Ich bete für Sie und die Kleine."

Tess nickte. Arthur hatte ihr Gepäck im Kofferraum verstaut und war fertig zur Abfahrt.

„Bitte melden Sie sich, sobald Sie Zeit haben, und sagen Sie uns, wie es der Kleinen geht. Ja?"

„Natürlich." Sie umarmten sich erneut. Madame Julie drückte sie fest an sich. Sofort stiegen ihr die Tränen in die Augen. Sie schluckte hart. Sie durfte jetzt keine Schwäche zeigen. Sie musste stark sein. Abrupt riss sie sich los und ließ sich auf das kühle Leder des Rücksitzes gleiten.

Madame Julie warf ihr eine Kusshand zu, dann fuhr der Wagen los.

Arthur sprach kein Wort, sondern konzentrierte sich auf den dichten Verkehr, der um diese Uhrzeit herrschte. Mit zitternden Fingern wählte sie die Nummer der Flughafengesellschaft. Es würde sie ein Vermögen kosten, aber das war jetzt egal. Alles, was zählte, war, dass sie so schnell wie möglich nach New York kam.

Eine Frau meldete sich gelangweilt.

Mit tränenerstickter Stimme erzählte sie der Flughafenangestellten, was passiert war und dass sie so schnell wie möglich nach New York musste. Sie hörte, wie die Frau eifrig auf ihrer Tastatur tippte.

„Sie haben Glück, der nächste Flug nach New York geht in knapp einer Stunde und hat noch Platz. Wenn Sie möchten, buche ich Sie um und hinterlege das Ticket für Sie am Check-In-Schalter in der Eingangshalle."

„Einen Moment bitte", bat sie. Sie hielt den Hörer mit der Hand zu.

Arthur hatte sie die ganze Zeit im Rückspiegel beobachtet und sah sie fragend an.

„Schaffen wir es, in einer halben Stunde am Flughafen zu sein?"

Arthurs Augen verengten sich. „Ich wollte schon immer mal wissen, wie schnell die Kiste wirklich fährt." Er drückte das Gaspedal nach unten und der Wagen machte einen Satz nach vorne.

Sie lächelte unter Tränen. „Hören Sie ..."

„Ja."

„Leiten Sie alles in die Wege, ich bin in einer halben Stunde da." Ein wenig erleichtert legte sie auf. Arthur fuhr mit Vollgas über die Autobahn. Die Landschaft flog an ihnen vorbei. Ihre Finger krallten sich in das weiche Leder des Sitzes, ihr Blick ging jedoch ins Leere. Sie dachte an Hazel.

Schreckliche Visionen, wie ihre kleine Tochter an Geräte angeschlossen auf dem OP-Tisch lag, umringt von Ärzten, die um ihr Leben kämpften, geisterten durch ihren Kopf. Vorwürfe quälten sie. Immer und immer wieder fragte sie sich, wie sie so gedankenlos hatte sein können und nicht ans Telefon gegangen war, als Kelly sie mitten in der Nacht angerufen hatte. Sie hätte wissen müssen, dass etwas nicht stimmte. Sie dachte an Léon. Er hatte keinen Schimmer, welches Drama sich gerade in ihrem Leben abspielte. Wahrscheinlich dachte er, sie würde irgendwo durch Paris schlendern. Sie hatte keine Telefonnummer, um ihn erreichen zu können. Warum nur hatte sie ihn nicht nach seiner Handynummer gefragt? Aber welchen Sinn hätte es gehabt? Was würde er sagen, wenn sie ihm von Hazel und dem Unfall erzählte? Würde er sie verurteilen und für eine verantwortungslose Mutter halten? Würde er ihr die Lügen verzeihen? Sie drehte gequält das Gesicht zur Seite und schloss für einen Moment die Augen.

*Hazel.* Sofort tauchte das lachende Gesicht ihrer Tochter hinter ihren geschlossenen Lidern auf. Mit dem Lachen kam die Angst wieder und schien jeden positiven Gedanken aufzufressen.

Der Wagen kam mit einem Ruck zum Stehen. Erschrocken riss Tess die Augen auf.

„Wir sind da."

Wütendes Hupen ertönte hinter ihnen. Arthur stieg aus und zeigte dem Fahrer den Vogel.

Tess sprang aus dem Auto und ihr Handy fiel zu Boden. Sie hatte völlig vergessen, dass es noch auf ihrem Schoß gelegen hatte. Fluchend hob sie es auf. Das Display war dunkel, als sie es kontrollierte. Das hatte ihr gerade noch gefehlt! Hektisch drückte sie den Knopf zum Einschalten. Nichts passierte.

„Was ist passiert?" Arthur hatte ihren Koffer in der Hand und wartete. Sein Mercedes blockierte die gesamte Zufahrt und es hatte sich bereits eine beträchtliche Autoschlange hinter ihnen gebildet. Eben schob sich ein Bus dicht an ihnen vorbei.

„Mein Handy ist kaputt", rief sie verzweifelt.

„Gib mal her."

Sie reichte ihm das Telefon. Arthur drückte zwei Knöpfe und kurze Zeit später leuchtete das Display auf.

„Bitte. Ich denke, es ist nichts passiert." Er reichte ihr das Handy.

„Danke."

„Los." Begleitet vom wütenden Hupen der Autofahrer, schnappte sich Arthur den Koffer.

„Aber was ist mit deinem Auto?" Sie deutete auf die Schlange, die sich hinter ihnen gebildet hatte.

„Die können warten. Das hier ist wichtiger." Er schenkte ihr ein schiefes Lächeln.

Sie warf ihm einen dankbaren Blick zu, dann liefen sie los.

Die Dame der Abfertigungsgesellschaft hatte Wort gehalten und das Ticket für sie am Schalter hinterlegt. Während Arthur den Koffer auf das Band stellte, überreichte ihr die Dame von der Fluggesellschaft die Bordkarte.

„Sie müssen sich beeilen, der Flug wird bereits abgefertigt. Wir haben einen Direkttransfer für Sie vorbereitet." Die Frau deutete auf eine Mitarbeiterin, die in einiger Entfernung von ihnen stand und wartete. „Meine Kollegin wird Sie auf dem schnellsten Weg zum Gate bringen."

Sie drehte sich zu Arthur, der hinter ihr stand. „Vielen Dank für alles. Das werde ich dir nie vergessen."

„Tess, du bist ein guter Mensch." Er strich ihr mit seinen Gichtfingern eine Strähne aus dem Gesicht. „Du darfst dir keine Vorwürfe machen, weil du ein paar Tage des Glücks genossen hast." Sie sah ihn unter Tränen an. Konnte Arthur Gedanken lesen? „Das Schicksal geht manchmal eigenartige Wege, die wir nicht verstehen und die uns wehtun. Bitte gib nicht auf. Du weißt nicht, wohin dich dein Weg noch führt. Versprichst du mir das?"

Sie nickte zaghaft. „Viel Glück für dich und Fleur."

Arthur lächelte. „Ich werde Fleur von dir grüßen und ihr berichten, was passiert ist."

„Danke, Arthur." Sie umarmte ihn ein letztes Mal. „Danke für alles." Sie gab ihm einen Kuss auf seine rauen Wangen.

Die Angestellte drängte. „Mademoiselle, wir müssen los." Tess nickte.

„Au revoir et bonne chance – auf Wiedersehen und viel Glück", rief ihr Arthur hinterher.

Sie hetzten durch die Sicherheitskontrollen zum Gate. Als sie völlig verschwitzt und außer Atem ankamen, waren bereits alle Passagiere eingestiegen. Sie bedankte sich bei der freundlichen Mitarbeiterin.

„Ich drücke Ihnen die Daumen, dass Ihre Tochter wieder gesund wird." Die Frau reichte ihr die Hand.

Tess bedankte sich und eilte die Gangway hinunter zum Flugzeug.

Eine Flugbegleiterin brachte sie zu ihrem Sitz am Fenster. Das Flugzeug war nicht ausgebucht und sie war froh, niemanden neben sich sitzen zu haben. So konnte sie ungestört ihren Gedanken nachhängen und war nicht gezwungen, sich zu unterhalten. Als das Flugzeug vom Gate rollte, schickte sie Kelly eine SMS mit ihrer Ankunftszeit, bevor sie das Handy in den Flugmodus stellte.

Das Flugzeug rollte auf die Startbahn. Die Turbinen fauchten wie Wildkatzen, als der Pilot das Gas reinschob, dann hob das Flugzeug ab. Sie lehnte den Kopf gegen die kühle Scheibe und kämpfte gegen das Meer von Tränen an, das sich den Weg durch ihre Kehle nach oben bahnte.

Ein leichter Dunstschleier hing über der Stadt und die Dächer schimmerten golden im Licht. Alles sah aus wie gemalt, trotzdem blieb ihr die Schönheit des Anblicks verwehrt. Sie war zu sehr mit ihren Gedanken beschäftigt. Plötzlich tauchte der Eiffelturm wie aus dem Nichts auf.

*Léon.* Sie wusste, er würde heute Abend dort auf sie warten. Vergeblich. Warum hatte sie nicht darauf bestanden, dass er ihr seine Telefonnummer gab? Sie war sich seiner so sicher gewesen. So hätte sie ihn wenigstens anrufen können.

Nun lag ihr Glück in seinen Händen und es gab nichts, was sie hätte tun können.

Schluchzend presste sie ihr heißes Gesicht gegen die kühle Scheibe und sah zu, wie der Eiffelturm immer kleiner wurde, bis er nur noch eine Nadelspitze war, die in den Himmel stach, und schließlich gänzlich zwischen den Wolken verschwand.

Sie merkte nicht, wie die Flugbegleiterin an ihrem Sitz stehenblieb, um sie nach ihrem Getränkewunsch zu fragen, und sie spürte auch nicht die fragenden Blicke, die ihr die junge Frau zuwarf. Sie war wie betäubt, körperlich und seelisch völlig ausgelaugt und verzweifelt. Unfähig, sich zu bewegen, starrte sie nach draußen, während in der Kabine das Essen serviert wurde.

Zweimal sprach die Flugbegleiterin Tess an und erkundigte sich nach ihrem Wohlbefinden. Mit brüchiger Stimme versicherte sie ihr, dass alles in Ordnung war. Sie dachte an Léon, der alleine auf dem Eiffelturm auf sie warten würde. Er würde bestimmt versuchen, sie telefonisch zu erreichen. Sobald sie wusste, was mit Hazel war, würde sie ihn anrufen und ihm alles erklären. Er würde es verstehen. Léon war der verständnisvollste, zärtlichste Mann, den sie in ihrem Leben getroffen hatte. *Léon.* Sein Name war wie Balsam für ihre verletzte Seele. Allein sein Name bewirkte, dass sich ihr Pulsschlag senkte und sie atmen konnte. Sie vermisste seine Nähe und die damit verbundene, tröstende Wärme. Er würde beruhigend auf sie einreden und ihr sagen, dass alles gut werden würde, und sie würde ihm glauben.

Als irgendwann die Essenstabletts abgetragen worden waren und die Passagiere sich mit Fernsehen oder Lesen beschäftigten, stand sie auf und ging zur Toilette. Als sie ihr blasses Gesicht im Spiegel sah, erschrak sie.

Ihre Augen waren gerötet vom Weinen und die Reste ihrer Wimperntusche klebten unter ihren Augen. Die Wangen waren eingefallen und ihre Locken hingen schlaff nach unten. Welch ein Unterschied zu dem Bild, das sie noch vor ein paar Stunden abgegeben hatte!

Sie wusch sich das Gesicht notdürftig mit Wasser und band die Haare am Hinterkopf zusammen. Dann ging sie wieder zurück zu ihrem Sitz und starrte durch das kleine Fenster nach draußen, um die Panik zu überwinden, die sie befiel, sobald sie an Hazel dachte.

Das grüne Licht an der Tragfläche blinkte monoton. Unter ihnen lag der Ozean, während über ihr Wolken am Himmel trieben und die Sonne verdeckten. Um sie herum herrschte absolute Stille, lediglich unterbrochen vom gleichmäßigen Brummen der Triebwerke. Sie schloss die Augen. Sie war nicht gläubig, aber in diesem Moment, wo sie dem Himmel so nah war, hatte sie das Bedürfnis zu beten.

*Lieber Gott,*

*wenn es dich gibt, dann beschütze meine Tochter. Bitte mach, dass Hazel wieder gesund wird. Ich bitte dich. Hilf mir, dass ich nicht zu spät bin und mein Kind in den Armen halten darf. Bitte gib mir die*

*Chance, alles wiedergutzumachen. Ich verspreche dir, ich werde*
*Hazel nie wieder alleine lassen.*

Sie öffnete die Augen und sah nach draußen.

Die Wolke, die die Sonne verdeckt hatte, war weitergezogen.
Das Sonnenlicht spiegelte sich auf dem Wasser unter ihr ließ
es erstrahlen wie die Oberfläche eines Saphirs. Der Anblick
war einfach unglaublich.

Ein Zeichen?

# 16. Kapitel

Als der Pilot zum Landeanflug ansetzte, schreckte Tess hoch. Irgendwann waren ihr die Augen vor Erschöpfung zugefallen und sie war in einen unruhigen Schlaf geglitten. Sie hatte von Hazel geträumt – wie sie sie als Baby in den Armen gehalten und gefüttert hatte. Der Traum war so echt gewesen, dass sie einen Moment brauchte, um zu realisieren, wo sie sich befand. In der Kabine herrschte rege Betriebsamkeit. Die Flugbegleiter räumten die Reste der letzten Mahlzeit ab und klarten die Kabine für die Landung auf. Zu Boden gefallene Kissen und Zeitungen wurden eingesammelt und man bat die Fluggäste, sich auf den Landeflug vorzubereiten.

Der Pilot vollführte eine sanfte Linkskurve und das Flugzeug tauchte durch die Wolkendecke nach unten.

New York lag eingehüllt in Wolken, an denen der Regen wie ein grauer Schleier hing. In der Ferne kam der Flughafen La Guardia in Sicht.

Ihr Puls beschleunigte sich unkontrolliert bei dem Gedanken an Hazel. Sie konnte es kaum noch abwarten, die Enge des Flugzeugs endlich zu verlassen. Die Maschine setzte auf, der Pilot betätigte die Bremsen und das Flugzeug kam langsam zum Stehen.

Während sie zum Gate rollten, schaltete sie ihr Handy ein.

Es war mittlerweile über acht Stunden her, dass sie das letzte Mal mit Kelly gesprochen hatte. In ihren Ohren rauschte das Blut, als das Display aufleuchtete, um ihr mitzuteilen, dass sie eine Nachricht bekommen hatte.

*Hazel liegt noch im Aufwachraum. Ärzte sagen, dass die Operation gut verlaufen ist. Lynn ist auf der Intensivstation. Beiden geht es den Umständen entsprechend. Kelly*

Hazel lebte! Das war alles, was zählte. Sie hatte die Operation gut überstanden. Tränen der Erleichterung flossen über ihr Gesicht. Schluchzend packte sie ihre Sachen zusammen und verließ das Flugzeug.

Eine halbe Stunde nach Ankunft saß sie bereits im Taxi auf dem Weg ins Krankenhaus. Der Officer bei der Einreisebehörde hatte sich gnädig gezeigt und sie vorgewunken, als er ihr verheultes Gesicht in der Schlange entdeckt hatte.

Sie wählte Kellys Nummer, während der Taxifahrer den Wagen sicher durch den Berufsverkehr in Richtung Brooklyn lenkte. Mit angehaltenem Atem wartete sie. Es klingelte eine halbe Ewigkeit, bis Kelly endlich den Hörer abnahm.

„Tess, wo bist du?"

„Ich bin auf dem Weg ins Krankenhaus. Wie geht es Hazel?"

„Sie liegt noch immer im Aufwachraum." Kelly klang mehr als verhalten.

„Kelly, was ist los? Ich spüre, dass du mir etwas verschweigst." Sie presste die Lippen aufeinander.

„Tess …" Kelly fing an zu schluchzen. „Ihre Organe arbeiten nicht richtig und sie hat eine Menge Blut verloren."

Tess schluckte. Ihre Brust war wie zugeschnürt und sie hatte das Gefühl, keine Luft mehr zu bekommen.

„Es tut mir so leid. Ich würde dir gerne etwas Positiveres sagen, aber …" Kelly brach ab.

„Ich bin in zehn Minuten bei euch." Sie ballte ihre Hände zu Fäusten.

*Organversagen. Blutverlust.* Was würde als Nächstes kommen?!

Die Angst kroch ihr so langsam wie eine Schnecke den Nacken hoch.

*Gott, lass nicht zu, dass meine Kleine stirbt. Sie hat das Leben noch vor sich.*

Sie hastete durch die endlosen Gänge des Krankenhauses. Ihr Herz schlug von der Anstrengung wie verrückt gegen ihre Brust und ihr Atem ging stoßweise, als sie endlich im Vorzimmer zum OP-Bereich ankam.

„Tess!" Kelly war aufgesprungen und lief ihr entgegen. Sie ließ den Koffer los und heulend fielen sich die Freundinnen in die Arme. Erst jetzt entdeckte sie Maureen, die zusammengesunken auf einem grauen Plastikstuhl neben Megan saß – bleich und von der Sorge um Hazel gezeichnet. Megans Gesicht war ebenfalls aschfahl und ihre Unterlippe zitterte verdächtig, als sie Tess umarmte.

„Mum!" Schluchzend fiel sie ihrer Mutter in die Arme. „Wo ist sie? Wo ist Hazel?"

„Sie ist noch immer im Aufwachraum." Megan deutete auf eine Tür.

„Ich muss zu ihr." Sie befreite sich aus Maureens Armen. „Ich muss zu meinem Kind." Mit einem kräftigen Ruck stieß sie die Tür auf.

„Tess, du kannst da nicht rein", hörte sie Kellys Stimme.

Alarmiert sahen die Schwestern und der Arzt hoch, als sie in den Raum stürmte.

„Wo ist meine Tochter?" Ihre Frage war mehr ein Aufschrei.

Eine Schwester kam in Begleitung des Arztes auf sie zu. „Sie dürfen hier nicht rein, Ma'am. Bitte verlassen Sie sofort den Aufwachraum." Der Arzt versuchte sie zu fassen, aber sie stieß den Mann beiseite, den Blick auf das Bett in der Mitte des Zimmers gerichtet. *Hazel.* Sie hätte ihre Tochter überall erkannt. Wie erstarrt blieb sie stehen, angesichts der unzähligen Geräte, die um ihr Bett herum aufgebaut waren. Von allen Seiten schien es zu piepsen. In ihren Ohren klangen die Warngeräusche der Überwachungsgeräte wie Hilfeschreie. Tränen verschleierten ihr den Blick. Jemand legte ihr eine Hand auf die Schulter.

„Sie dürfen hier nicht bleiben." Eine Schwester stand neben ihr und sah sie mitfühlend an. „Bitte folgen Sie mir nach draußen."

Sie stand wie angewurzelt da, unfähig, sich zu bewegen. Sie hatte das Gefühl, ihr Herz hätte aufgehört zu schlagen. Keine zehn Schritte von ihr entfernt lag ihr Kind, das Kostbarste, was es in ihrem Leben gab, und kämpfte ums Überleben. Das war nicht fair. Sie müsste an ihrer statt dort liegen. Hazel hatte ihr ganzes Leben noch vor sich: Schule, den ersten Kuss, die große Liebe, eine eigene Familie … Ihr Leben durfte nicht aufhören, nicht jetzt, nicht hier!

Die Stimme des Arztes drang zu ihr: „Miss Parker, Ihre Tochter braucht absolute Ruhe. Wir informieren Sie, sobald es etwas Neues gibt."

Sie nickte kaum merklich. Der Arzt gab der Schwester ein Zeichen, worauf die Frau sie sanft, aber bestimmt nach draußen schob.

„Ich habe schon viele Patienten gesehen und Ihre Tochter ist eine kleine Kämpferin. Geben Sie die Hoffnung nicht auf." Die Schwester lächelte Tess aufmunternd zu.

„Danke."

Sie tätschelte Tess auf den Arm, dann machte sie auf dem Absatz kehrt und verschwand hinter der Tür.

„Tess." Kelly kam auf sie zu und führte sie zu den Stühlen, wo sie und Maureen saßen. „Komm. Setz dich zu uns." Widerstrebend ließ sie sich auf dem Stuhl nieder.

„Warum?" Sie schüttelte den Kopf und ihre Locken fielen ihr vors Gesicht. „Warum meine Kleine? Sie hat doch niemandem etwas getan."

„Natürlich nicht." Kelly strich ihr eine Haarsträhne aus dem Gesicht. „Das Leben ist nicht fair. Hazel und Lynn waren einfach zur falschen Zeit am falschen Ort."

„Keiner von beiden hat dieses Schicksal verdient. Nicht mal der Fahrer selbst", flüsterte Megan.

Sie hob den Kopf. „Wie geht es Lynn?"

„Sie liegt auf der Intensivstation und wird künstlich beatmet. Die Ärzte mussten ihr einen Schrittmacher setzen", erklärte Kelly.

„Oh Gott." Sie schlug die Hände vor dem Gesicht zusammen. „Das ist alles ein einziger Albtraum." Sie schluchzte laut auf. „Hazel darf nicht sterben. Sie ist mein Leben. Mein kleiner Sonnenschein."

Die Hände ihrer Mutter fanden ihr Gesicht.

„Tess, mein Liebling."

„Mum." Sie flüchtete sich in Maureens tröstende Arme. „Ich habe solche Angst."

„Schschsch …" Maureen streichelte ihren Kopf. „Ich weiß, mein Liebstes. Aber jetzt ist die Zeit, wo du auf Gott vertrauen musst. Er wird nicht zulassen, dass Hazel stirbt."

Tess wusste nicht, wie lange sie so saß, den Kopf an Maureens Schulter gelehnt. Irgendwann stand Kelly auf.

„Ich brauche einen Kaffee. Wer möchte noch etwas zu trinken?"

„Ich komme mit." Megans Blick fiel auf sie. „Was ist mit dir?"

„Ein Kaffee wäre gut." Tatsächlich fielen ihr die Augen zu. Sie war müde und fühlte sich völlig ausgelaugt.

„Für mich ein Wasser", bat Maureen.

Kelly nickte. „Wir sind gleich wieder da."

Tess richtete ihre steifen Glieder langsam auf. „Ich bin froh, dass du da bist." Sie gab ihrer Mutter einen Kuss auf die Wange.

„Aber das ist doch selbstverständlich. Ich bin deine Mutter und Hazels Oma. Mich hätten keine zehn Pferde zu Hause gehalten." Maureen nahm ihre Hand. „Wir schaffen das, wie wir alles zuvor zusammen geschafft haben. Egal, was passiert … ich bin für dich da. Hörst du, mein Liebstes?"

„Danke, Mum."

Nach ein paar Minuten kamen Kelly und Megan zurück.

„Hier, der Kaffee." Megan reichte ihr den Pappbecher und Maureen ein Wasser.

„Bitte, ihr müsst mir erzählen, wie es überhaupt zu dem Unfall gekommen ist", flüsterte sie.

Kelly straffte die Schultern. „Lynn und Hazel waren auf dem Heimweg vom Kindergarten. Du kennst doch die große Kreuzung kurz hinterm Kindergarten? Lynn hatte grün, als ein Wagen von rechts ihnen die Vorfahrt genommen hat und mit voller Fahrt in sie reingekracht ist. Gott sei Dank waren beide angeschnallt und die Airbags sind aufgegangen. Wer weiß, was sonst passiert wäre?"

„Und der Fahrer des Wagens?"

Kelly schüttelte den Kopf. „Für den Mann kam jede Hilfe zu spät. Er ist noch am Unfallort gestorben."

Sie schluckte betroffen.

Die Tür zum Aufwachraum ging auf und der Arzt, der mit ihr gesprochen hatte, kam in das Wartezimmer.

Mit einem Satz war sie auf den Beinen. Ihr Herz raste wie verrückt. Ihre Eingeweide zogen sich vor Angst zusammen.

Der Arzt zog den Mundschutz vom Gesicht. Seine grauen Augen wanderten zwischen ihnen hin und her. Anscheinend versuchte er zu erraten, wer Hazels Verwandte waren.

„Miss Parker." Sein Blick war auf Tess gerichtet. Sie nickte und versuchte seinen Gesichtsausdruck zu deuten. Zwischen seinen Augenbrauen lag eine steile Falte und seine Mundwinkel zeigten nach unten. Er sah müde und abgekämpft aus. Sie schluckte trocken. Ein Kloß hatte sich in ihrem Hals festgesetzt, der nicht verschwinden wollte. Ihre Handflächen waren feucht und sie wischte sich die Hände verlegen an der Hose ab.

„Wir haben Ihre Tochter, soweit es uns im Moment möglich ist, stabilisiert. Ihr Zustand ist weiterhin kritisch. Ihre Lungen arbeiten von alleine und sie hat ein kräftiges Herz. Sie hat jedoch ein schweres Schädelhirntrauma erlitten, was dazu geführt hat, dass sie im Koma liegt. Dazu kommen starke innere Blutungen, von denen auch das Hirn betroffen war. Wir haben einen Neurochirurgen konsultiert, der das Blutgerinnsel im Schädel entfernen konnte. Allerdings können wir zu diesem Zeitpunkt noch nicht sagen, ob ihr Hirn durch den überhöhten Druck Schaden genommen hat und wenn ja, welchen. Das können wir erst mit Sicherheit sagen, wenn Ihre Tochter bei Bewusstsein ist und wir Tests durchführen können." Sein Gesichtsausdruck war ernst.

Sie schlug schluchzend die Hand vor den Mund.

„Außerdem bereitet uns ihr Bein Sorgen. Die Hauptarterie wurde verletzt und sie hat eine Menge Blut verloren. Hinzu kommen ein Trümmerbruch und eine starke Quetschung der Nerven. Wir haben alles getan, um ihr Bein zu retten …"

Sie zitterte unkontrolliert am ganzen Körper. Jedes Wort war wie ein Fausthieb in die Magengrube.

„… die kommenden vierundzwanzig Stunden werden uns zeigen, ob wir erfolgreich waren." Der Arzt machte eine Pause, um ihr Zeit zu lassen, das Gehörte zu verarbeiten.

Tess nickte, unfähig, zu sprechen.

„Ihre Tochter ist noch jung. Der Körper eines jungen Menschen vollbringt oft Wunder. Beten Sie für ein solches Wunder."

Um ihr Herz hatte sich eine eiserne Faust gelegt, die ihr die Luft zum Atmen zu nehmen drohte. In ihrem Kopf drehte sich alles und sie musste sich abstützen, um nicht zu fallen. Kelly war sofort zur Stelle und hielt sie fest.

„Kann ich meine Tochter sehen?", fragte sie mit tonloser Stimme.

„Wir haben Ihre Tochter auf die Intensivstation verlegt. Wenn Sie mir folgen möchten, bringe ich Sie dorthin. Allerdings sind nur Besuche der unmittelbaren Verwandten erlaubt." Sein Blick fiel auf Kelly.

Sie folgten dem Arzt durch eine lange Schleuse bis zu dem Fahrstuhl, der sie zwei Stockwerke nach oben brachte. Der Linoleumboden quietschte unangenehm bei jedem Schritt.

In der Mitte der Intensivstation befand sich ein Stützpunkt, der mit einer Schwester besetzt war. Die Patientenzimmer waren jeweils durch eine Glastür voneinander abgetrennt. Der Geruch nach Desinfektionsmitteln war allgegenwärtig, genauso wie das Piepsen der Überwachungsmonitore.

Mit leiser Stimme setzte der Arzt die diensthabende Schwester über Hazels Zustand in Kenntnis.

Er wandte sich Tess zu. „Wenn Sie möchten, bringe ich Sie jetzt zu Ihrer Tochter. Sie müssen sich jedoch vorher umziehen. Eine Infektion wäre das Schlimmste, was Ihrem Kind in seinem jetzigen Zustand passieren könnte."

Sie nickte. Kelly drückte ihre Hand. Der Arzt brachte sie und Maureen in ein kleines Zimmer, wo man bereits einen Satz Überziehkleider für sie bereitgelegt hatte. Schuhe waren ebenfalls vorhanden. Nachdem sie sich umgezogen hatten, folgten sie dem Arzt in das Zimmer direkt gegenüber vom Schwesternstützpunkt.

Sie wurden von einem gleichmäßigen Piepsen empfangen. Es herrschte eine unglaubliche Wärme in dem Zimmer und Tess fragte sich, wie die Schwestern es den ganzen Tag in ihren langen Kitteln aushielten.

Drei Schwestern, mit Mundschutz und Handschuhen ausgerüstet, standen an Hazels Bett und kontrollierten die Geräte.

Hazels Kopf war bandagiert und es war zu erkennen, dass man ihr die Haare abrasiert hatte. Ihre wunderschönen Locken! Hazel würde weinen, wenn sie es erfuhr. Sie war immer stolz auf ihre langen Locken gewesen. *Sei nicht albern,* schimpfte sie sich selbst. *Es ist wichtig, dass sie überlebt. Was sind dagegen schon ein paar Haare?*

*Wenn* sie es überlebte …

Bis auf ein Tuch, das man über ihre Blöße gelegt hatte, war Hazel nackt. Ihre Haut sah aus, als hätte man sie mit einer glänzenden Wachsschicht überzogen; nicht ein Hauch von Röte war auf ihrem Gesicht zu entdecken. Die Lippen waren farblos und schienen mit dem Gesicht zu verschmelzen. Keine Regung war zu erkennen. Ein winziger Schlauch hing aus ihrem Mund, der mit Pflastern an ihrem Kinn befestigt war. Hätte Tess nicht gesehen, wie sich Hazels Brustkorb rhythmisch auf und ab bewegte, sie hätte sie für tot gehalten. Das verletzte Bein war verbunden und lag erhöht auf einem grauen Polster. Aus dem Schlauch, der unter dem Verband hervorkam, lief blutiges Sekret in eine Flasche, die seitlich davon am Bett hing. Von mehreren Infusionsständern ausgehend, wurde Flüssigkeit in Hazels Körper geleitet. Jede freie Stelle ihres zarten Körpers war verkabelt. Tess kämpfte gegen die Tränen an, die sie zu überwältigen drohten. Sie musste stark sein.

Zaghaft trat sie dicht neben Hazels Bett, darauf bedacht, nichts zu berühren.

Eine Schwester blieb neben ihr stehen.

„Sie können ruhig ihre Hand nehmen", flüsterte die junge Frau. Sie hatte ein gütiges Gesicht.

„Danke." Zaghaft nahm sie Hazels Hand in ihre. Zu ihrer Überraschung war sie warm. Sie hatte erwartet, dass sie kalt wäre. Hoffnung pulsierte in ihr auf.

„Hallo, mein Sonnenschein", flüsterte sie nach unten gebeugt.

„Ich bin wieder da. Mummy ist bei dir und lässt dich nicht mehr alleine. Hörst du?" Der Arzt hatte gesagt, sie würde wahrscheinlich im Laufe des Tages aufwachen, wenn alles gut verlaufen war. Er hatte ihr erklärt, dass das Koma nach einem solchen Schlag auf den Schädel normal war und dass das Hirn alle Funktionen auf ein Minimum zurückfuhr, um sich zu schützen. Ob Hazel Schmerzen hatte? Würde sie sich an den Unfall erinnern können?

Ihr Blick glitt über die Monitore, deren Piepsen jeden von Hazels Atemzügen begleitete, um Informationen über Hazels Zustand davon abzuleiten. Hazels Brustkorb hob und senkte sich regelmäßig, als ob sie schlafen würde. In ihrem Gesicht jedoch regte sich nichts.

*So muss der Tod aussehen.*

Tess kämpfte gegen die Panik an, die von ihr Besitz ergreifen wollte.

„Ich liebe dich. Hörst du? Ich liebe dich." Sie streichelte mit dem Daumen sanft über Hazels Handrücken. „Die Schwester hat gesagt, dass du eine Kämpferin bist. Ich bitte dich, kämpfe. Ich brauche dich und Granny braucht dich auch."

Maureen stand die ganze Zeit schweigsam neben ihr, die Augen auf ihre geliebte Enkelin gerichtet.

Das Piepsen wurde lauter und unregelmäßig. Sofort war eine Schwester zur Stelle und drängte Tess beiseite. Widerwillig ließ sie die Hand ihrer Tochter los. Ein weiteres Gerät schlug Alarm. Zwei Schwestern und ein Arzt kamen in das Zimmer gestürmt. Wie erstarrt musste sie mitansehen, wie das Laken zurückgeschlagen wurde und der Arzt raue Kommandos bellte. Etwas lief schief!

„Bringt die Mutter raus!"

Eine Schwester packte grob ihre Hand.

„Aber ich muss bei meiner Tochter bleiben", flehte sie verzweifelt. Sie hatte das Gefühl, als würde Eiswasser durch ihre Adern fließen.

„Sie tun Ihrer Tochter den größten Gefallen, wenn Sie die Ärzte ihre Arbeit machen lassen."

„Liebes, hör auf die Schwester." Maureen hakte sich bei ihr unter.

„Aber ich muss bei ihr sein." Die Verzweiflung war deutlich in ihrer Stimme zu hören.

„Sie hat mit Sicherheit gespürt, dass ihre Mutter bei ihr ist", versicherte die Schwester. „Ich komme, sobald ich etwas Neues weiß." Sie drückte einen Knopf im Türrahmen und die Tür schloss sich unter leisem Zischen. Tess' Hals war wie zugeschnürt und Panik überfiel sie. Die Hilflosigkeit drohte sie aufzufressen. Schritte näherten sich.

„Wie geht es ihr?" Es waren Kelly und Megan.

Sie schüttelte den Kopf. Tränen rannen ihr übers Gesicht und tropften auf den Boden.

Sie warteten bereits mehrere Stunden, als der Arzt das Wartezimmer betrat. Er zog die OP-Haube von seinen verschwitzten Haaren. Seiner Körperhaltung nach zu urteilen, war er angespannt.

Mit bangem Herzen starrte Tess den Mann an. Sie rechnete mit dem Schlimmsten. Ihre Mutter, Megan und Kelly hielten ihre Hand.

„Wie geht es meiner Tochter?" Ihre Stimme zitterte.

„So weit stabil." Sein Gesichtsausdruck war starr und undurchdringlich. Keine Emotionen waren darin zu lesen.

Tränen traten Tess in die Augen.

„Es gab eine ernste Veränderung und wir mussten ein zweites Mal operieren. Sie hatte eine Epiduralblutung … Eine Hirnblutung, die auf das Gehirn gedrückt hat und unweigerlich zu Schädigungen geführt hätte." Er leierte die Worte runter, als würde es sich dabei um einen Gegenstand handeln, den er beschrieb.

„Aber Sie haben gesagt, dass die Operation erfolgreich verlaufen sei und dass es ihr den Umständen entsprechend gut gehe", rief sie mit überschlagender Stimme.

„Eine unvorhersehbare Komplikation. Sehr selten, aber in solchen Fällen nicht ausgeschlossen. Es tut mir leid."

„Sie wird doch wieder gesund?" In ihrem Kopf drehte sich alles.

„Wir tun, was wir können. Aus ärztlicher Sicht ist die Operation erfolgreich verlaufen.

Genaueres werden wir erst wissen, sobald sie wieder bei Bewusstsein ist. Bis dahin können wir nur hoffen."

Tess blinzelte, unfähig zu sprechen. Hazel war noch immer ohne Bewusstsein! Wie lange schon?

Sie erinnerte sich an den Fall eines berühmten Sportlers, der vor knapp zwei Jahren durch die Presse gegangen war. Der Mann hatte einen Skiunfall erlitten und war anschließend ins Koma gefallen. Wochenlang hatten die Zeitungen darüber berichtet, bis sie sich irgendwann anderen Themen zugewandt hatten. Es hatte nie eine Meldung der Besserung gegeben, sodass die Öffentlichkeit davon ausging, dass der Mann schwer behindert aufgewacht war.

„Ich würde vorschlagen, Sie gehen nach Hause und ruhen sich ein wenig aus. Wir rufen Sie an, sobald sich ihr Zustand verändert. Im Moment können Sie nichts für Ihre Tochter tun."

Sie schüttelte energisch den Kopf. „Ich kann nicht gehen. Ich bleibe auf jeden Fall bei meiner Tochter."

„Miss Parker, die Narkose wirkt noch nach und bis Ihre Tochter aufwacht, können noch Stunden vergehen. Sie sollten Kraft schöpfen für die Zeit danach. Hazel wird eine starke Mutter an ihrer Seite brauchen, wenn sie wieder ansprechbar ist." Er redete mit ihr wie mit einem Kind.

Sie presste die Lippen aufeinander. Ihre Hände waren ineinander verknotet.

„Tess." Kellys sanfte Stimme drang in ihr Bewusstsein. „Der Arzt hat recht. Du kannst hier im Moment nichts tun.

Ruh dich ein paar Stunden aus und dann fährst du mit neuer Kraft ins Krankenhaus."

Sie reagierte nicht.

„Liebling, hör auf uns und fahr nach Hause", bat Maureen. „Die Klinik ruft dich an, sobald eine Veränderung eintritt, nicht wahr?"

„Natürlich", versicherte der Arzt.

Auch wenn es ihr widerstrebte, wusste Tess, dass es richtig war, nach Hause zu fahren. Sie konnte sich kaum noch auf den Beinen halten und es war nur eine Frage der Zeit, bis sie zusammenbrechen würde.

Der Flug und die Zeitverschiebung forderten ihren Tribut. Nur zwei, drei Stunden Schlaf und sie würde wieder einigermaßen fit sein.

„Einverstanden, aber nur wenn Sie mir schwören, mich anzurufen, sobald sich irgendetwas verändert."

„Miss Parker, ich habe noch einige Stunden Dienst. Ich verspreche Ihnen, Sie anzurufen, falls sich der Zustand Ihrer Tochter verändert."

„Danke." Sie nickte.

Als sie das Krankenhaus verließen, schlug ihnen die frische Luft entgegen. Der Himmel war wolkenlos und die Sonne strahlte auf sie herab. *Ein gutes Omen*, dachte Tess. *Engel sterben nicht an einem solch herrlichen Sonnentag.*

Sie hatte fast acht Stunden wie ohnmächtig geschlafen. Als sie wieder aufwachte, fühlte sie sich gerädert. Maureen empfing sie in der Küche mit einem Kaffee und Toast.

„Ich muss ins Krankenhaus." Tess schob den Teller beiseite.

„Ich habe vor knapp einer halben Stunde dort angerufen. Hazels Zustand ist unverändert", erklärte Maureen und schenkte ihr Kaffee nach. „Nimm dir die paar Minuten, dann bist du wenigstens gestärkt und fällst nicht um. Wer weiß, wann du wieder etwas zu essen bekommst." Tess nickte stumm. Ihre Mutter sah müde und angestrengt aus. Um ihre Augen lagen dunkle Schatten und die Falten hatten sich noch tiefer in ihr Gesicht gegraben.

Mühsam zwang sie ein paar Bissen trockenen Toast herunter. Der heiße Kaffee weckte ihre müden Glieder und erfüllte ihren Magen mit angenehmer Wärme.

„Alles wird gut werden", murmelte Maureen erschöpft.

„Ich habe schreckliche Angst, Mum." Sie legte das angebissene Toastbrot zurück auf den Teller.

Ihre Mutter legte ihr von hinten die Hand auf die Schulter. „Ich weiß, mein Schatz. Deswegen habe ich auch deinen Vater angerufen. Er ist auf dem Weg hierher."

Erstaunt sah sie zu ihr hoch. „Ist das dein Ernst? Aber du hasst Dad."

„Nein, tue ich nicht. Aber es spielt auch keine Rolle, was ich für deinen Vater empfinde. Alles, was zählt, ist, dass Hazel und du jetzt die Familie brauchen", antwortete Maureen schlicht.

Schluchzend fiel sie ihrer Mutter in die Arme. „Danke, Mum."

Sie fuhren gemeinsam ins Krankenhaus. Auf dem Weg dorthin kontrollierte Tess, ob Léon sich bei ihr gemeldet hatte. Sie schluckte die Enttäuschung hinunter, als sie keine Nachricht von ihm vorfand. Eigentlich sah es ihm überhaupt nicht ähnlich; sie hatte ihn als äußerst zuverlässig kennengelernt. Ein Mann, der nie zu spät kam und seine Verabredungen einhielt. Tess musste an seine heimlichen Telefonate denken … aber er hatte gesagt, dass er sie liebte. Für einen Moment überkam sie die Angst, dass ihm etwas passiert sein könnte. Welchen Grund könnte es sonst geben, dass er sie nicht angerufen hatte? Spätestens nachdem sie nicht am verabredeten Treffpunkt erschienen war, hätte jeder normale Mann angerufen und nachgefragt. Aber er war kein normaler Mann – Léon war eben Léon.

Sie schob ihre Sorge um ihn beiseite. Sie konnte es sich nicht leisten, sich um einen weiteren Menschen zu sorgen. Hazel brauchte ihre gesamte Kraft. Bestimmt gab es eine rationale Erklärung für seine Unzuverlässigkeit, beruhigte sie sich selbst. Aber darum würde sie sich später kümmern.

Es war frühmorgens und durch die Fenster schimmerte das erste Tageslicht, als sie die Intensivstation betraten. Die Nachtschwestern erledigten die letzten Arbeiten vor dem Schichtwechsel. Alles wirkte so unbegreiflich normal angesichts des Elends, das sich hinter den verschlossenen Türen abspielte. Menschliche Dramen mit offenem Ausgang. Hazel war eines von ihnen.

Kelly wartete bereits auf sie, als sie im Krankenhaus ankamen.

Die treue Seele!

Sie hatte zuvor Lynn auf der Intensivstation besucht. Laut Kelly ging es ihr deutlich besser als gestern. Zumindest war sie sekundenlang bei Bewusstsein gewesen, sodass die Ärzte das Beatmungsgerät abgestellt hatten. Tess hatte ein schlechtes Gewissen, weil sie noch nicht bei Lynn gewesen war, aber Kelly versicherte ihr, dass sie es mit Sicherheit verstehen würde.

Hazel war mittlerweile wieder nach oben auf die Intensivstation verlegt worden, allerdings gab es keine Neuigkeiten. Ihr Zustand war unverändert kritisch.

Die Schwester schob ihr einen Stuhl ans Bett, sodass sie sich setzen und dabei Hazels Hand halten konnte. Das Piepen der Monitore begleitete jeden ihrer Atemzüge. Ihre Tochter war so blass, dass sie fast durchscheinend wirkte. Ihre Augen waren geschlossen und auf ihrem Gesicht lag ein friedlicher Ausdruck, der so gar nicht in diese Umgebung passte. Vielleicht träumte sie ja?

Vorsichtig strich sie ihr über das Gesicht und nahm ihre Hand in der Hoffnung, dadurch einen Teil ihrer Kraft auf Hazel zu übertragen. Mit den Augen verfolgte sie die Linie von Hazels Herzschlag auf dem Monitor, die in regelmäßigen Abständen ausschlug. Mehrere Infusionsbeutel waren mit ihrem zarten Körper verbunden und spendeten ihr die Medikamente, die sie so nötig brauchte, um zu überleben.

Es schmerzte Tess in der Seele, so hilflos mitansehen zu müssen, wie Hazel still ums Überleben kämpfte, während sie selbst zur Untätigkeit verdammt war. Sie hätte alles dafür gegeben, um ihre Kleine gesund zu sehen.

Die Stunden vergingen. Immer wieder drifteten ihre Gedanken zu Léon ab. Die Erinnerung spendete ihr einen gewissen Trost. Die Schwestern kontrollierten in regelmäßigen Abständen die Werte auf den Geräten. Als Maureen kam, hatte sie bereits sämtliches Zeitgefühl verloren. Während ihre Mutter an Hazels Bett Wache hielt, schlüpfte sie nach draußen, um kurz zur Toilette zu gehen. Als sie wiederkam, war alles unverändert. Sie schickte Maureen nach Hause.

Eingelullt durch das Piepsen der Geräte, nickte sie mehrfach ein, um dann mit der Angst im Nacken hochzuschrecken, dass Hazel nicht mehr atmen könnte.

Der Arzt kam vorbei, um Hazel zu untersuchen. Für die Dauer der Visite bat man sie nach draußen. Mit bangem Herzen ging sie in den Warteraum. Kelly und Megan waren bei Lynn. Sie hatten sich zuvor darauf geeinigt, dass die beiden sich um ihre verletzte Freundin kümmern würden, während Tess und Maureen bei Hazel blieben.

Tess wartete fast eine halbe Stunde, bis der Arzt endlich vor ihnen auftauchte.

„Wie geht es ihr?" Sie war aus dem Stuhl aufgesprungen.

„Ihr Zustand hat sich stabilisiert und es ist keine neue Blutung aufgetreten."

„Das ist ein gutes Zeichen, nicht?"

Der Arzt nickte. „Ja, aber noch kann ich keine Entwarnung geben. Wir müssen Ihre Tochter weiterhin engmaschig monitoren, falls sich ihr Zustand unerwartet verändert."

*So wie gestern Nacht.*

„Sie sollten nach Hause fahren und sich ausruhen. Wir melden uns bei Ihnen, sobald sich eine Veränderung ergibt."

Sie schüttelte den Kopf. Sie würde nicht von Hazels Seite weichen, bis sie wusste, was los war. „Ich bliebe hier."

Der Arzt runzelte die Stirn. „Gut, ganz wie Sie wünschen."

Kelly kam um die Ecke gefegt. „Gott sei Dank, ich bin nicht zu spät." Sie und der Arzt tauschten Blicke. „Ich war bei unserer Freundin, die den Wagen gefahren hat."

Der Arzt nickte. Seine Augen ruhten noch immer auf Kelly. Der Piepser, der an seiner Tasche befestigt war, schlug Alarm. Er warf einen kurzen Blick darauf. „Ich muss zu einem Notfall. Falls Sie Fragen haben, ich komme nachher noch einmal vorbei, um nach Ihrer Tochter zu schauen."

Tess nickte, Kelly sah dem Arzt hinterher. Als er um die Ecke verschwunden war, drehte sich Tess zu ihr.

„Wie geht es Lynn?"

„Sie hat die Nacht gut überstanden und ist bei Bewusstsein. Der Schrittmacher funktioniert wie geplant. Die Ärzte sind zuversichtlich. Ihre Eltern und Tobias sind bei ihr und sie hat nach dir gefragt ... Tess, sie macht sich schreckliche Vorwürfe wegen des Unfalls. Ich finde, du solltest zu ihr gehen." Kelly sah sie eindringlich an.

Sie knabberte an der Unterlippe. Sie wusste, es wäre richtig, Lynn zu besuchen, aber sie wollte nicht riskieren, dass sie nicht da war, wenn Hazel zu Bewusstsein kam.

„Kelly und ich passen hier so lange auf", flüsterte Maureen ihr von hinten zu, als hätte sie ihre Gedanken gelesen. Tess hatte noch nicht einmal mitbekommen, dass ihre Mutter wiedergekommen war. „Geh ruhig und hilf Lynn, damit sie schneller gesund wird. Die Arme hat genug gelitten."

Sie umarmte beide Frauen. „Ich beeile mich."

Sie lief, so schnell es in einem Krankenhaus möglich war. Lynn war im Nebengebäude der Herzchirurgie untergebracht worden und ein unterirdischer Gang verband die beiden Häuser miteinander.

In den Fluren herrschte rege Betriebsamkeit. Die Schwestern brachten den Patienten das Essen und die Putzkolonnen gingen ihrer täglichen Routine nach. Der Geruch nach Desinfektionsmitteln und Essen löste bei ihr Übelkeit aus und sie musste ein paarmal kräftig schlucken, um nicht zu würgen.

Als sie bei Lynn auf der Station ankam, hatte sie kalten Schweiß auf der Stirn und ihr Atem ging stoßweise.

Lynns Eltern und Tobias empfingen sie herzlich. Ihre blassen Gesichter schenkten ihr Wärme und Anteilnahme am Schicksal ihrer Tochter. Lynn teilte sich das Zimmer mit zwei weiteren Intensivpatienten, einem älteren Mann und einer Frau mittleren Alters, die beide einen schweren Herzinfarkt erlitten hatten und mit eingefallenen Gesichtern in ihren Betten lagen.

Als Lynn sie erblickte, huschte die Andeutung eines Lächelns über ihr Gesicht. Sie war mit einem Herzmonitor verkabelt, der jeden ihrer Schläge aufzeichnete. Ein weißer Verband verlief quer über ihre Brust. Sie war zu schwach, um sich zu bewegen, aber sie konnte leise sprechen.

„Es tut mir so leid." Dicke Tränen quollen aus Lynns Augen.

„Lynn." Sie nahm beschwichtigend ihre Hand. „Du kannst nichts dafür."

„Ich frage mich immer und immer wieder, ob ich den Unfall hätte verhindern können."

Ihre Stimme war kaum mehr als ein Flüstern und Tess musste sich dicht zu ihr herunterbeugen, um sie zu verstehen.

„Es ist nicht deine Schuld. Hör auf damit." Sie strich ihrer Freundin sacht über die Stirn. „Quäl dich nicht, du hast alles richtig gemacht. Werde lieber gesund, dann habe ich eine Sorge weniger."

„Wie geht es Hazel?"

Tess schüttelte den Kopf.

Lynn schluchzte leise und eine einzelne Träne tropfte auf das blütenweiße Kissen. Das Piepsen des Herzmonitors wurde lauter.

Tess und Lynns Eltern tauschten kurze Blicke. Die Schwestern hatten sie eindringlich gewarnt, dass Lynn sich nicht aufregen durfte, um ihr ohnehin angegriffenes Herz nicht noch mehr zu belasten.

„Hazel ist eine Kämpferin, genau wie du. Sie wird es schaffen."

Sie versuchte, ihrer Stimme Zuversicht zu verleihen, was ihr nicht so recht gelingen wollte. Doch Lynn schien den Betrug nicht wahrzunehmen, denn sie lächelte schwach unter Tränen.

„Siehst du, das ist schon viel besser." Das Piepsen wurde leiser. Sie streichelte Lynn sanft über die kalte Hand. „Ich komme dich besuchen, sobald es Neuigkeiten gibt, und so lange versprichst du mir, dass du daran arbeitest, gesund zu werden." Sie rang sich ein Lächeln ab.

Lynn nickte kaum merklich.

„Gut, Liebes. Bis später." Tess beugte sich zu ihr, um ihr einen Kuss zu geben. „Ich hab dich lieb."

„Ich dich auch", hauchte Lynn. „Gib Hazel einen Kuss von mir und sag ihr, dass es mir leid tut."

„Das mache ich", nickte sie und trat zurück, um Lynns Eltern und Tobias ihren Platz zu überlassen. Es wurde Zeit, dass sie sich auf den Rückweg machte.

# 17. Kapitel

Auch die folgenden Stunden brachten keine Veränderung. Hazel lag noch immer im Koma. Ihre vitalen Funktionen allerdings waren stabil. Ein Fortschritt, wie die Schwestern ihr versicherten, wenn auch nur ein kleiner. Tess und Maureen wachten abwechselnd über Hazel. Kelly war nach Hause gefahren, um ein paar Sachen zu holen und im Geschäft nach dem Rechten zu sehen. Es war schon später Nachmittag, als die hochgewachsene Gestalt ihres Vaters plötzlich in der Tür der Intensivstation stand.

„Dad!" Schluchzend fiel sie ihm in die Arme. Sofort hatte sie seinen typischen Geruch nach Tabak und frischem Gras in der Nase. Sein Bart kratzte, als er ihr einen Kuss auf die Stirn gab. Mit einem Mal fühlte sich Tess wie ein kleines Kind, das Schutz bei seinem Vater suchte.

„Tess, meine Kleine." Er streichelte sie am Kopf. „Es tut mir so leid. Als deine Mum mich angerufen hat, habe ich mich sofort ins Flugzeug gesetzt. Wie geht es ihr?"

Sie schüttelte den Kopf. „Noch nicht besser. Die Ärzte sagen, es kann noch Tage dauern, bis wir genau wissen, was mit Hazel ist."

„Die arme Kleine." Sein Blick wanderte von Hazel zu Maureen, die am Fußende saß. „Maureen." Er ließ Tess los und ging auf ihre Mutter zu. Diese stand wie angewurzelt da. Es herrschte atemlose Stille.

Die beiden standen sich gegenüber wie zwei Cowboys bei einem Duell und musterten sich argwöhnisch. Plötzlich huschte ein Lächeln über Maureens Gesicht.

„John." Sie sah ihn ungläubig an, als würde es sich bei ihrem Exmann um eine Erscheinung handeln. Ihr Vater kratzte sich verlegen am Hinterkopf.

„Maureen." Er trat einen Schritt auf sie zu. „Du siehst müde aus."

Ihre Mutter nickte. „Das bin ich auch. Ich bin froh, dass du da bist."

„Danke, dass du angerufen hast. Ohne dich wüsste ich schließlich nicht, was passiert ist." Er breitete die Arme aus. Ihre Mutter zögerte für einen Moment, dann fiel sie ihrem Exmann um den Hals. Tess' Herz machte einen Hüpfer bei dem Anblick der beiden. Sie konnte sich nicht erinnern, wann sie ihre Eltern das letzte Mal zusammen gesehen hatte. Leise flüsternd blieben die beiden einen Moment an Hazels Bett stehen. Ihr Vater betrachtete das Gesicht seiner geliebten Enkelin.

„Sie sieht genauso aus wie du, Tess", sagte er schließlich. „Wunderschön."

Sie nickte mit Tränen in den Augen. Ihr Vater hatte seine Hand auf die ihrer Mutter gelegt und mit einem Mal wurde Maureens Gesicht weicher und sie sah jünger aus.

*Das ist also Liebe. Nach all den Jahren und den Enttäuschungen liebt sie ihn noch immer.*

Léons Gesicht tauchte in ihren Gedanken auf und sie fragte sich, was er wohl gerade machte. Ob er an sie dachte? Hatte er sie geliebt oder waren seine Liebesschwüre nur dahergesagte Worte gewesen? Sollte sie sich so in ihm getäuscht haben? Anscheinend hatte sie mit Männern kein Glück.

Die Cafeteria befand sich am Ende des Ganges, keine zwei Minuten von der Intensivstation entfernt. Es war Essenszeit und es herrschte reger Andrang. Tess war froh um die Abwechslung. Das ständige Piepen der Geräte zerrte an ihren Nerven.

„Weißt du schon, wo du schläfst?", fragte sie ihren Vater. Maureen hatte ihr ein Sandwich vor die Nase gestellt, auf dem sie mehr oder weniger lustlos herumkaute. Sie hatte noch immer keinen Appetit.

Ihre Mutter fiel ihr ins Wort. „Dein Vater schläft natürlich bei mir." Sie sah Maureen überrascht an.

„Das ist nicht nötig. Ich habe mir ein Zimmer ganz in der Nähe besorgt", wiegelte ihr Vater ab.

Tess musterte John aus dem Augenwinkel. Er sah noch genauso aus, wie sie ihn in Erinnerung hatte. Lediglich seine

Haare waren grauer geworden und zu den Falten, die er schon damals gehabt hatte, waren noch ein paar dazugekommen. Er hatte noch immer die gleiche jugendliche Ausstrahlung und dasselbe Lachen, wenn auch verhaltener.

„John Parker, das kommt überhaupt nicht infrage, schließlich bezahlst du die Miete für das Apartment. Da werde ich dich wohl kaum woanders schlafen lassen." Maureen schüttelte empört den Kopf. All der Groll, den sie die letzten Jahre gegen ihren Mann gehegt hatte, schien wie weggewischt.

„Immer noch ganz die Alte." John grinste. „Also, wenn du darauf bestehst, bleibe ich heute Nacht bei dir."

„Ich bleibe bei Hazel", sagte Tess in einem Ton, der keine Widerrede zuließ.

Ihre Eltern tauschten kurze Blicke. Das Lächeln war aus dem Gesicht ihres Vaters verschwunden.

„Bitte erzähl mir, was genau passiert ist und warum Hazel noch immer nicht bei Bewusstsein ist", bat er sie und reichte ihr einen Becher mit Kaffee, den er zuvor am Automaten gezogen hatte.

Sie holte tief Luft, dann fing sie an zu berichten. John saß die ganze Zeit nur da und hörte ihr zu, dabei hielt er die Hand seiner Frau. Als sie fertig war, hatte sich seine Stirn in Falten gelegt.

„Hast du den Vater des Kindes schon angerufen?", war das Erste, was er sagte.

Sie zuckte bei der Erwähnung von Chris zusammen. Tatsächlich hatte sie heute Morgen beim Aufwachen mit dem Gedanken gespielt, ihn zu kontaktieren. Bei der zweiten Überlegung hatte sie den Gedanken jedoch verworfen. Chris hatte sich all die Jahre nicht bei ihr gemeldet. Er wusste noch nicht einmal, dass er eine Tochter hatte – jedenfalls nicht von ihr. Wahrscheinlich würde er sie auslachen und ihr sagen, sie sollte sich um ihren eigenen Mist kümmern.

„Nein", erklärte sie entschieden. „Ich glaube nicht, dass es ihn interessieren würde."

„Tess, er ist trotz alledem Hazels Vater. Er hat ein Recht darauf, zu erfahren, dass seine Tochter schwerverletzt ist."

Sie schüttelte den Kopf. „Das sehe ich anders. Er hat sein Recht verwirkt, als er damals abgehauen ist.

Warum hat er all die Jahre nicht angerufen? Er weiß noch nicht mal, dass er eine Tochter hat."

„Doch, weiß er!" Maureen schrie ihr die Wahrheit mitten ins Gesicht.

„Aber woher? Hast du …?" Sie sah ihre Mutter mit schreckgeweiteten Augen an.

„Ich wollte es dir schon vor langer Zeit sagen, aber irgendwie war nie der richtige Moment. Christophers Mutter war nicht sonderlich erfreut, mich zu sehen, aber immerhin hat sie mich hineingebeten."

„Du warst bei Chris' Eltern?" Sie schluckte.

Maureen überlegte einen Moment. „Es muss ungefähr zwei Monate nach Hazels Geburt gewesen sein. Ich habe einen Brief an Christopher geschrieben und ihm darin von der Geburt seiner Tochter erzählt."

„Wie konntest du das tun? Chris hat mich damals feige sitzengelassen. Du hattest kein Recht dazu, dich einzumischen."

Sie schwiegen.

„Ich habe gehofft, dass er doch noch zur Vernunft kommen und zu dir und seiner Tochter stehen würde."

„Was er offensichtlich nicht getan hat", erwiderte Tess bitter.

„Wir alle haben Fehler gemacht", flüsterte Maureen.

Ihr Vater räusperte sich. „Eigentlich spielt es doch im Moment keine Rolle. Wichtig ist doch nur, dass Hazel gesund wird."

Ihre Mutter schenkte ihrem Mann einen dankbaren Blick.

„Ich denke, ich sollte langsam zurückgehen." Tess stand auf. „Ihr könnt gerne noch sitzenbleiben. Ihr habt euch nach all den Jahren bestimmt viel zu erzählen."

Ihr Vater sah sie nachdenklich an. „Wir kommen vorbei, bevor wir gehen."

Sie nickte. „Bis später."

Hazels Zustand änderte sich auch in den nächsten Stunden nicht. Ihre Eltern waren bereits nach Hause gefahren und sie war froh, alleine an Hazels Bett zu sitzen und ihren Gedanken nachzuhängen. Es war viel passiert heute.

Das Geständnis ihrer Mutter hatte sie umgehauen und sie knabberte noch immer daran, dass Chris sich nicht gemeldet hatte. Bevor ihre Eltern gegangen waren, hatte Maureen ihr erzählt, dass sie im Laufe der Jahre noch mehrere Briefe an Chris geschickt hatte, in der Hoffnung, das Interesse an seiner Tochter zu wecken – vergebens.

*Chris.*

Sie rief sich sein Gesicht ins Gedächtnis. Unbewusst wanderte ihr Blick dabei zu Hazel, die regungslos zwischen all den Maschinen lag.

Hatte er das Recht, zu erfahren, dass sein Kind schwerverletzt im Krankenhaus lag, obwohl er sich nie um es gekümmert hatte? Sie dachte an Hazel, die sich sehnlichst einen Vater wünschte. In Paris hatte Tess mit dem Gedanken gespielt, dass Léon ihr dieser Vater sein könnte.

*Léon.*

Sie hatte ihr Smartphone mehrfach kontrolliert, um enttäuscht festzustellen, dass er sie nicht angerufen hatte.

Das monotone Piepsen der Monitore machte sie müde und die Augen fielen ihr zu.

Jemand rüttelte sanft an ihrer Schulter. Erschrocken fuhr sie hoch. Die Nachtschwester blickte ihr freundlich entgegen. Es war die gleiche Schwester, die in der vorherigen Nacht schon Dienst gehabt hatte.

„Miss Parker, ich muss Sie bitten aufzustehen. Ich muss Hazels Verband wechseln und ein paar Tests machen."

„Ja, natürlich. Entschuldigen Sie bitte, ich muss eingeschlafen sein." Sie blinzelte verlegen.

„Was halten Sie davon, wenn Sie sich einen Kaffee holen, während ich mich hier um alles kümmere?"

„Klar. Eine Tasse Kaffee könnte nicht schaden." Sie strich sich über die Haare.

Die Schwester nickte freundlich. Sie musste ungefähr in Tess' Alter sein.

Sie hatte die Haare streng zurückgekämmt und zu einem Knoten am Hinterkopf zusammengeschlungen. Eine Hygienevorschrift, wie Tess erfahren hatte. Ihr Gesicht war gänzlich ungeschminkt.

Sie reichte der Schwester die Hand. „Hi. Ich bin Tess."

Die Nachtschwester nickte und ein Lächeln huschte über ihr Gesicht. „Ich bin Schwester Ellen. Ich werde die ganze Woche hier sein." Schwester Ellen macht eine kurze Pause, als würde sie nach den passenden Worten suchen. „Tess, Sie dürfen nicht aufgeben. Wenn Sie aufgeben, spürt es die Kleine und wird aufhören zu kämpfen. Ich habe schon viele hoffnungslose Fälle in meinem Leben gesehen und einige sind schlecht ausgegangen, aber es gab auch immer wieder Patienten, die überlebt haben. Wissen Sie, welche Patienten das waren?"

Tess schüttelte mit fest aufeinandergepressten Lippen den Kopf.

„Es waren diejenigen, deren Familien nicht aufgegeben und um sie gekämpft haben. Genauso wie Sie es tun. Bleiben Sie bei ihr. Sprechen Sie mit ihr. Berühren Sie sie. Geben Sie ihr das Gefühl, für sie da zu sein. Sprechen Sie ihr Mut zu und ermuntern Sie sie zu kämpfen." Schwester Ellen sah ihr fest in die Augen. „Geben Sie nur nicht auf."

Tess schüttelte den Kopf. „Niemals! Ich würde mein Kind niemals aufgeben oder alleine lassen."

„Gut so. Das ist der Spirit, den wir hier brauchen. So, und nun gehen Sie und holen Sie sich einen Kaffee. Wir haben eine lange Nacht vor uns." Sie zwinkerte ihr aufmunternd zu.

Auch die nächsten Stunden blieben ereignislos. Tess schlief den Großteil der Zeit, den Kopf neben Hazels Kopf auf das Kissen gebettet und ihre Hand auf der von Hazel. Wenn sie wach war, sprach sie mit Hazel, so wie Schwester Ellen ihr geraten hatte. Sie erzählte Hazel von Paris und was sie dort erlebt hatte. Sie wanderte zusammen mit Hazel durch die Straßen und durchlebte die Tage noch einmal aufs Neue. Léon erwähnte sie mit keinem Wort. Im Morgengrauen stand sie auf, um sich ein wenig die Beine zu vertreten und frischzumachen.

Als sie ihr Ebenbild im Spiegel der Patiententoilette sah, erschrak sie.

Das Leid und die Sorgen der letzten Tage waren ihr buchstäblich ins Gesicht geschrieben.

Sie spritzte sich eine Ladung Wasser ins Gesicht und trocknete es mit den nach Altpapier riechenden Tüchern ab.

Anschließend rief sie ihre Mutter an, um sie auf den neusten Stand zu bringen. Ihre Eltern saßen gerade beim Frühstück und auch, wenn ihre Mutter um Hazel besorgt war, schwang in ihrer Stimme eine Zuversicht mit, die Tess auf die Anwesenheit von John zurückführte. Den Rat der Nachtschwester befolgend, bat sie ihre Mutter, Hazels Kuscheltiere mit ins Krankenhaus zu bringen. Sie wollte alles in ihrer Macht stehende tun, damit sich Hazel wohlfühlte.

Als sie die Intensivstation betrat, war gerade Visite. Hazels Operateur war ebenfalls anwesend. Mit ernster Miene klärte er sie über den aktuellen Zustand ihrer Tochter auf.

„Die zweite Blutung war eine schwerwiegende Komplikation, deren Folgen nicht einschätzbar sind. Aber soweit scheint sich die Lage stabilisiert zu haben."

Erleichtert wankte sie nach draußen, um sich ein wenig die Beine zu vertreten. Sie hatte das Gefühl, in den engen Räumen keine Luft mehr zu bekommen.

Draußen entdeckte sie Kelly, die sich angeregt mit einem jungen Arzt unterhielt. Aus der Art und Weise, wie Kelly sich bewegte, schloss sie, dass ihr Gespräch nicht Hazel galt. Der Arzt sagte etwas zu ihr und Kelly lächelte. Als sie Tess bemerkte, wechselte ihr Gesichtsausdruck zu Besorgnis.

„Tess." Kelly breitete die Arme aus und drückte sie an sich.

„Tja, ich geh dann mal weiter", sagte der Arzt zur Verabschiedung. „Ich drücke Ihnen weiterhin die Daumen, dass mit Ihrer Tochter alles gut wird."

„Danke." Tess lächelte freundlich.

„Auf Wiedersehen, Miss Turner."

„Dr. Semler." Kelly warf dem Arzt einen verheißungsvollen Blick zu.

Als er außer Sichtweise war, flüsterte Tess: „Sag mal, dieser Arzt und du ... läuft da was?"

Kelly errötete. „Der ist ziemlich süß, oder?"

Sie zuckte mit den Achseln. „Ja, ich denke schon, wenn man mal vom Namen absieht.

Sag mal, hast du Lust, mit mir nach draußen zu gehen und einen kleinen Spaziergang zu machen? Ich könnte eine Prise Frischluft gut gebrauchen."

„Auf jeden Fall." Kelly legte den Kopf leicht schräg. „Du siehst grauenvoll aus."

„Danke. Ich fühle mich auch so."

Sie gingen zu dem kleinen Park, der sich in unmittelbarer Nähe des Krankenhauses befand. Tess genoss die Sonnenstrahlen auf ihrer Haut.

„Hat sich dieser Léon eigentlich bei dir gemeldet?" Kelly kickte einen Stein zur Seite, der auf dem Weg lag.

Sie schüttelte den Kopf. Sie erzählte Kelly von ihrem letzten Treffen, bei dem sie Léon ihre Telefonnummer gegeben hatte, von ihrer überstürzten Abreise und ihrer Verabredung auf dem Eiffelturm. „Ich verstehe auch nicht, warum er sich nicht meldet."

„Vielleicht denkt er ja, dass du ihn zum zweiten Mal versetzt hast, und hat die Nase voll."

„Du kennst Léon nicht, sonst wüsstest du, dass ihm das überhaupt nicht ähnlich sieht. Ich habe dir doch erzählt, wie er mich in Paris nach unserer ersten gemeinsamen Nacht gesucht hat." Sie knabberte nachdenklich an ihrer Unterlippe.

„Und wie erklärst du dir das sonst?"

„Keine Ahnung", erwiderte sie trüb. Sie hatte sich die letzten Nächte das Hirn zermartert, weshalb er sich nicht bei ihr gemeldet haben könnte. „Ich hoffe nur, dass ihm nichts passiert ist."

„Ich sage es ja ungern, aber diese Sache mit der Heimlichtuerei war von Anfang an eine Schnapsidee."

Sie drehte den Kopf zu Kelly. „Du hast mir selbst gesagt, ich solle meine Zeit in Paris genießen und meine Sorgen hinter mir lassen."

Kelly verteidigte sich. „Aber damit meinte ich doch nicht, dass du den tollen Typen anlügen und ihm deinen Namen verschweigen sollst."

„Ich weiß." Sie seufzte. „Ich wollte ihm ja an unserem letzten Abend reinen Wein einschenken.

Darum die Verabredung auf dem Eiffelturm. Ich hatte mir sogar schon die Worte zurechtgelegt."

Sie gingen schweigend weiter.

Kelly durchbrach die Stille. „Und, wirst du etwas unternehmen?"

„Du meinst wegen Léon?" Sie blieb stehen.

Kelly nickte.

„Nichts. Er hätte sich bei mir gemeldet, wenn er es gewollt hätte. Anscheinend will er nicht. Vielleicht war die ganze Affäre zwischen uns nur ein Spiel für ihn."

schweigend setzten sie sich wieder in Bewegung.

Auch in der Nacht änderte sich nichts an Hazels Zustand. Mit jeder Stunde, die Hazel im Koma lag, wuchs Tess' Verzweiflung. Hoffnungslosigkeit saß wie ein giftiger Stachel in ihrem Herzen und eine Rastlosigkeit überfiel sie. Irgendwann hielt sie es nicht mehr aus und ging zu der kleinen Kapelle, die sich im Erdgeschoss befand. Obwohl sie nicht gläubig war, hatte das Innere einer Kirche eine tröstende Wirkung auf sie.

Die meisten Reihen waren leer, lediglich die vorderen Bänke waren mit ein paar Gläubigen besetzt, die wie sie in der Zwiesprache mit Gott Trost suchten. Auf dem Altar brannten mehrere Kerzen und auch seitlich entdeckte Tess einen Tisch mit Teelichtern. Sie dachte an Sacré-Cœur und an ihren Wunsch von damals, endlich das Glück und die Liebe ihres Lebens zu finden.

Sie hatte zwar ihre große Liebe gefunden, aber glücklich war sie nicht geworden. Im Gegenteil. Sie konnte sich nicht erinnern, jemals unglücklicher gewesen zu sein als in den letzten Tagen.

Nachdem die Nacht ohne Zwischenfälle verlaufen war, war sie zum Appartement gefahren, um sich zu duschen und ihre Kleider zu wechseln. Außerdem wollte sie nach Cupcake sehen. Ihre Eltern hielten in der Zwischenzeit an Hazels Bett Wache.

Die Dusche bewirkte Wunder. Für einen Moment war der Krankenhausgeruch verschwunden und sie fühlte sich erfrischt.

Sie zog sich frische Kleider an und packte in aller Eile ihren Koffer aus. Achtlos warf sie die getragenen Sachen in den Wäschekorb. Anschließend packte sie eine Tasche mit dem Nötigsten für das Krankenhaus.

Cupcake, der sie die ganze Zeit dabei beobachtete, bekam eine ordentliche Streichelration verpasst. Der Kater schien zu spüren, dass etwas nicht stimmte. Er drückte sich die ganze Zeit an sie und als sie gehen wollte, sprang er sie förmlich an, bis sie sich für eine weitere halbe Stunde zu ihm setzte und ihn kraulte. Sie erzählte ihm dabei, was alles passiert war, und ließ ihren Tränen, die sie so lange zurückgehalten hatte, freien Lauf.

Sie weinte um Hazel und um ihre verlorene Liebe. Die letzten Tage waren einfach zu viel für sie gewesen. Eine Achterbahnfahrt der Gefühle. *Paris. Léon. Der Unfall. Hazel. Lynn.*

„Ich komme bald wieder. Hörst du?" Sie drückte ihr Gesicht ein letztes Mal in sein weiches Fell. Der Kater folgte ihr bis zur Haustür, um sich dort mit einem lauten Maunzen von ihr zu verabschieden. Für einen kurzen Augenblick hatte sie erwogen, den Kater mit ins Krankenhaus zu nehmen, um Hazel eine Freude zu bereiten und sie vielleicht aus ihrem tiefen Schlaf zu holen, aber dann hatte sie den Gedanken wieder verworfen. Die Schwestern waren äußerst liebenswert zu ihr und gewährten ihr mehr Freiheiten als den meisten

Angehörigen. Sie wollte sich diese Sympathien auf keinen Fall verscherzen.

Auf dem Flur nach draußen begegnete sie Mrs Miller, ihrer Nachbarin. Mit wenigen Worten erzählte sie ihr, welches Unglück sich in ihrer Abwesenheit ereignet hatte.

Mrs Miller war ziemlich bestürzt und versicherte ihr, dass es überhaupt kein Problem für sie war, sich noch länger um Cupcake zu kümmern. Nachdem sie sich von der liebenswerten älteren Dame verabschiedet hatte, ging sie ohne Umwege zur Bushaltestelle.

Sie war bereits seit drei Stunden unterwegs und wollte ihre Eltern nicht unnötig lange bei Hazel auf der Intensivstation alleine lassen. Der Umstand, dass ihre Enkeltochter im Koma lag, hatte den beiden stark zugesetzt.

Sie setzte sich in den Bus. Mit dem Taxi wäre sie schneller gewesen, aber angesichts der Kosten, die auf sie zukamen, verzichtete sie darauf. Sie starrte aus dem zerkratzten Fenster, wo die Häuserfronten an ihr vorbeizogen, als ihr Handy klingelte.

Ihr Puls schnellte augenblicklich in die Höhe und sie fing unwillkürlich an zu zittern. Angst kroch ihr langsam den Nacken hoch und die feinen Härchen entlang ihrer Arme stellten sich auf. Alles in ihr war in Alarmbereitschaft. Die Nummer auf dem Display war ihr nicht geläufig.

„Parker."

„Tess, hier ist Fleur." Sie atmete erleichtert aus. „Arthur hat mich angerufen und mir von dem schrecklichen Unfall erzählt. Es tut mir so leid. Wie geht es der Kleinen?"

„Sie liegt noch im Koma", antwortete sie mit tonloser Stimme.

Schweigen. Anscheinend musste Fleur das Gesagte erst einmal verdauen. „Mon dieu, Tess, das tut mir so leid.

Ich wünschte, ich könnte etwas für dich tun." Sie waren an ihrem gemeinsamen Abend in Paris zum Du übergegangen.

Tess schüttelte unbewusst den Kopf. „Das ist lieb von dir, aber nein, meine Familie und meine Freunde sind bei mir. Ich habe alles, was ich brauche."

„Und was sagen die Ärzte? Wird sie aufwachen?"

„Die Ärzte sind einfach großartig, ebenso die Schwestern der Intensivstation. Alle geben sich schrecklich Mühe und sprechen mir Mut zu."

„Es muss furchtbar für dich als Mutter sein."

„Ja, das ist es."

„Ich werde für dich und die Kleine beten."

Sie starrte stumpf nach draußen. Regentropfen fielen gegen die Scheibe.

„Danke, Fleur, das ist lieb von dir."

„Ich soll dich auch von Arthur und Julie grüßen."

„Bitte grüß die beiden auch von mir und sag ihnen noch einmal, wie leid es mir tut, dass ich so schnell abgereist bin."

Sie hätte Julie so gerne noch gesagt, wie wohl sie sich im *Henri IV* gefühlt hatte.

„Mach dir darüber keine Gedanken. Die beiden wissen, wie sehr es dir gefallen hat. Tess …"

„Ja?"

„Das Leben stellt uns immer wieder Prüfungen, die wir bestehen müssen. Du bist eine starke Frau. Gib nicht auf."

„Nein, aber es ist so schwer." Sie war den Tränen nahe.

„Niemand hat gesagt, dass das Leben leicht werden würde. Aber es lohnt sich zu kämpfen. Immer, wenn eine Tür zugeht, tut sich eine andere auf."

Tess zeichnete mit dem Zeigefinger die Spur eines Regentropfens nach, der die Scheibe heruntergelaufen war.

„Na, dann hoffe ich nur, dass sich die Tür schnell auftut und Hazel wieder aus dem Koma erwacht."

„Ich glaube fest daran."

Sie war überrascht, mit welcher Zuversicht Fleur sprach. Der Bus hielt vor dem Krankenhaus.

„Fleur, ich muss aufhören." Sie erhob sich aus ihrem Sitz.

„Pass auf dich auf, ma Chérie. Du kannst mich jederzeit anrufen, wenn du jemanden zum Reden brauchst." Die Stimme ihrer Pariser Freundin klang einladend weich. Tess kämpfte erneut gegen die Tränen.

„Danke für das Angebot. Ich melde mich, wenn es Neuigkeiten gibt."

„Au revoir, ma Chérie, und Kopf hoch." Fleur legte auf.

„Mrs Parker?" Eine Frau sprach sie auf dem Weg zur Intensivstation von der Seite an.

Stirnrunzelnd drehte sich Tess um. „Ja, bitte?"

„Gut, dass ich Sie treffe." Sie reichte ihr die Hand. „Mein Name ist Kathy Bricks. Ich bin als Sozialarbeiterin im Krankenhaus angestellt und würde gerne ein paar Dinge mit Ihnen besprechen."

„Hat das nicht bis morgen Zeit? Ich muss zu meiner Tochter." Ihre Augen wanderten unruhig zu Hazels Zimmertür.

„Leider nein. Wir sind ein Krankenhaus und somit gewissen Prozessen unterworfen, die wir einhalten müssen. Dazu gehört die Regelung der Bezahlung für die anfallenden Krankenhauskosten."

Tess zuckte kaum merklich zusammen. Sie hatte schon befürchtet, dass das Thema Geld bald zur Sprache kommen würde, allerdings hatte sie nicht damit gerechnet, dass es so schnell sein würde.

„Die leitende Schwester hat Meldung gemacht, dass Ihre Tochter nicht krankenversichert ist."

Tess nickte, die Lippen fest aufeinandergepresst.

Die Sozialarbeiterin sah zu ihr hoch. „Haben Sie eine Zusatzversicherung, die Sie benutzen könnten?"

Sie schüttelte den Kopf. Als Hazel geboren wurde, hatte sie lange darüber nachgedacht, eine Krankenversicherung für sich und die Kleine abzuschließen, aber die laufenden Kosten fraßen den Großteil ihres Einkommens auf und eine Versicherung hätte eine zusätzliche Belastung bedeutet. Sie war noch nie in ihrem Leben ernsthaft krank gewesen und Hazel hatte ihre robuste Natur geerbt. Die Möglichkeit eines Unfalls oder einer schwereren Erkrankung hatte sie nie in Betracht gezogen. Sie hatte das Geld lieber in Hazels zukünftige Schulbildung angelegt. Jetzt bereute sie es.

„Sie wissen, dass erhebliche Kosten auf Sie zukommen. Alleine der Klinikaufenthalt und die Behandlungen gehen in die Tausende. Bitte …" Die Sozialarbeiterin reichte ihr ein Faltblatt. „Hier finden Sie ein paar Informationen, die Ihnen eventuell weiterhelfen können. Ich weiß, Sie haben im Moment andere Sorgen, aber Sie sollten sich so schnell wie möglich damit auseinandersetzen, um unnötige Überraschungen zu vermeiden. Außerdem gibt es bei Härtefällen einige Ausnahmen, aber dazu müssten Sie mir Ihre finanzielle Lage offenlegen, damit ich Ihren Fall der Krankenhausleitung vorlegen kann. Ich will Ihnen nicht allzu große Hoffnungen machen.

Solchen Fällen wird in den seltensten Fällen stattgegeben. Allerdings handelt es sich bei der Patientin um ein Kind, das erhöht wiederum Ihre Chancen."

„Danke." Sie nahm das Faltblatt entgegen. Sie war noch blasser geworden, als sie ohnehin schon war. „Ich werde mir die Broschüre durchlesen."

„Bitte rufen Sie mich in den nächsten Tagen an." Mrs Bricks sah sie eindringlich an.

„Das werde ich", versprach sie.

Kathy Bricks verabschiedete sich freundlich.

In Tess' Ohren rauschte das Blut und ihre Beine fühlten sich an wie aus Pudding, als sie Hazels Zimmer betrat. Sie schob den Gedanken beiseite und setzte eine Maske auf, hinter der sie ihre wahren Gefühle verbarg.

Ihre Eltern saßen am Kopfende des Bettes. Ihre Mutter sprach leise auf Hazel ein und ihr Vater blickte stumm auf das Gesicht seiner Enkelin.

„Wie geht es ihr?", fragte Tess, obwohl sie die Antwort bereits wusste. Hazels Gesicht zeigte keinerlei Regung und ihr Brustkorb hob und senkte sich regelmäßig. Mit ihrer weißen Haut und dem Verband um den Kopf sah sie kaum noch aus wie ihr Kind.

John schüttelte den Kopf. „Unverändert."

Tess nickte und biss die Zähne zusammen. Das Faltblatt lag noch immer schwer in ihrer Hand.

„Ist irgendetwas passiert?" Ihre Mutter musterte sie misstrauisch. „Du siehst so blass aus." Maureen hatte einen angeborenen Instinkt, der allen Müttern zu eigen war und mit dessen Hilfe sie sofort erkannte, wenn sie etwas bedrückte oder etwas nicht stimmte.

„Nein, alles in Ordnung." Sie nahm ihre Mutter in den Arm. „Danke, dass ihr auf Hazel aufgepasst habt."

„Ich wünschte, sie würde endlich aufwachen." Die Augen ihrer Mutter schwammen in Tränen.

Tess nickte. „Ich auch."

Ihr Vater drückte ihre Hand.

Nachdem ihre Eltern sich verabschiedet hatten, nahm sie den Platz am Kopfende des Bettes ein. Im Plauderton erzählte sie Hazel von Cupcake und richtete ihr die Grüße von Mrs Miller aus.

„Schau mal, was ich dir mitgebracht habe." Sie holte den kleinen Wasserspeier aus ihrer Tasche, der die ganze Zeit dort verborgen gelegen hatte, und hielt ihn auf Augenhöhe. „Sieht er nicht niedlich aus?" Die kleine Stofffigur sah zum Verwechseln echt aus. Die dunklen Augen funkelten im Licht wie glühende Kohlestückchen und der Mund sah aus, als ob er lachen würde. Von den spitzen Ohren stand ein Büschel Haare keck ab. Sie legte den Wasserspeier neben Hazels Kopf auf das Kissen, sodass es aussah, als würden sie miteinander kuscheln.

„Du musst ihn noch nach seinem Namen fragen, mir wollte er ihn nicht verraten." Sie strich ihrer Tochter sanft über die eingefallenen Wangen. „Bitte, meine Kleine, du musst aufwachen. Ich brauche dich so sehr."

Mit angehaltenem Atem suchte sie nach einer Regung in Hazels Gesicht und hoffte auf ein Zeichen, wäre es noch so klein, was darauf deuten ließ, dass sie sie hörte. Aber nichts dergleichen geschah. Hazels Gesicht blieb unverändert und Tess' Blick glitt ins Leere.

# 18. Kapitel

Einhundertzwei …

Einhundertdrei …

Einhundertvier …

Sie zählte die Tropfen, die sich langsam durch den Infusionsschlauch zwängten. Seit Stunden saß sie nun an Hazels Bett.

Einhundertfünf …

Einhundertsechs …

Ihr Blick fiel auf das Faltblatt, das sie zuvor auf dem leeren Stuhl abgelegt hatte. Die Kosten würden in die Tausende gehen, hatte die Sozialarbeiterin gesagt. Woher sollte sie so viel Geld nehmen? Selbst wenn sie all ihre Ersparnisse dafür verwenden würde, wäre es kaum genug, um den Klinikaufenthalt zu bezahlen, geschweige denn die Arztkosten abzudecken. Auch mit der Hilfe ihrer Eltern würde das Geld nicht reichen. Niemand wusste, wie lange Hazels Zustand noch anhalten und welche Kosten die Folgebehandlung mit sich bringen würde, aber es würde mit Sicherheit mehr sein, als Tess jemals alleine aufbringen konnte. Bittere Galle wanderte ihr die Kehle hoch. Sie schluckte hart.

*Chris.* Der Name tauchte wie aus dem Nichts in ihrem Kopf auf und mit ihm die Bilder, die sie auf Facebook gesehen hatte. Er war Arzt und mit Sicherheit finanziell abgesichert. Ob sie …?

Sie schüttelte unbewusst den Kopf. Was sollte sie ihm sagen? *Hey, Chris, du hast übrigens eine fünfjährige Tochter, die im Koma liegt und nicht weiß, dass sie einen Vater hat, der noch lebt …*

Wahrscheinlich würde er auflegen, bevor sie den ersten Satz beendet hatte. Er hatte sich die letzten Jahre nicht um Hazel gekümmert, welchen Grund sollte er haben, es nun zu tun?

Ihr Blick fiel erneut auf Hazels Gesicht. Eine Welle der Liebe überrollte sie bei dem Anblick ihrer Tochter. Die sanft geschwungenen Lippen, die kleine Stupsnase und die hohen Wangenknochen. Die Nachtschwester hatte Hazels Augen mit in Lösung getränkten Pads abgedeckt, die sie am liebsten abgerissen hätte. *Wach auf, mein Liebling. Bitte wach auf.* Sie faltete die Hände und schloss die Augen.

„Miss Parker?" Die Nachtschwester rüttelte sanft an ihrer Schulter.

Schlaftrunken schreckte sie hoch.

„Wie spät ist es?" Sie musste eingeschlafen sein.

„Es ist bereits zehn Uhr." Die Schwester deutete auf die Uhr an der Wand gegenüber von Hazels Bett.

Ihr Blick fiel auf Hazel, die unverändert dalag. Der Herzmonitor piepste leise.

„Gehen Sie nach Hause. Sie sollten sich ein bisschen Ruhe gönnen. Sollte sich irgendetwas an Hazels Zustand ändern, rufe ich Sie an."

Sie nickte. Noch etwas benommen stand sie auf und drückte ihrer Kleinen einen Kuss auf die Stirn.

*Bitte wach auf, mein Sonnenschein!*

Dann verließ sie das Zimmer, begleitet vom Piepsen der Monitore.

Den gesamten Heimweg über dachte sie an Chris. War es richtig von ihr gewesen, Hazel all die Jahre den Vater vorzuenthalten? Hätte sie besser daran getan, ihr die Wahrheit zu erzählen? Wie oft hatte die Kleine sie nach ihrem Vater gefragt? Es hatte ihr wehgetan, mitanzusehen, wie sehr sich Hazel nach einem Dad sehnte. Sie beschleunigte ihre Schritte. Mit einem Mal wusste sie, was sie tun musste.

Mit zitternden Fingern tippte sie die Nummer in ihr Handy. Es klingelte. Instinktiv hielt sie die Luft an. Jeder Muskel in ihrem Körper war angespannt.

„Dr. Christopher Butler."

Beim Klang seiner Stimme zog sich ihr Magen krampfhaft zusammen. Sofort waren alle Gefühle, die sie mühsam so lange unter Verschluss gehalten hatte, wieder da und drängten sich an die Oberfläche. Hass. Wut. Enttäuschung. Sie schluckte trocken, als könnte sie die Emotionen damit verbannen.

„Hallo? Wer ist da?" Seine Stimme klang verärgert.

„Chris, hier ist Tess", würgte sie hervor.

„*Tess?*" Die Verwunderung war nicht zu überhören. In ihrem Kopf drehte sich alles und sie fürchtete, ohnmächtig zu werden. Sie widerstand ihrem ersten Impuls, aufzulegen. Stattdessen presste sie die Hand auf ihren Bauch und zwang sich, ruhig zu atmen.

*Du schaffst das! Tue es für Hazel!*

Er wiederholte seine Frage: „Tess Parker?!"

Sie räusperte sich. „Ja, hier ist Tess. Ich brauche deine Hilfe." Sie hatte die letzten Stunden damit verbracht, sich zurechtzulegen, wie sie ihm alles erklären wollte, aber jetzt, wo sie ihn am Telefon hatte, kamen die Worte wie aus der Pistole geschossen, ohne dass sie darüber nachdenken musste.

Er schwieg. Im Hintergrund tickte leise die Wanduhr. Die Anspannung war unerträglich.

Sie rechnete jeden Augenblick damit, dass er auflegte. Sie wusste nicht warum, aber seine letzten Worte von damals kamen ihr in den Sinn: *Wir schaffen das schon ...* Und dann war er in der Dunkelheit verschwunden. Das Letzte, was sie von ihm gesehen hatte, waren die Rücklichter seines davonfahrenden Autos gewesen.

Seine melodische Stimme riss sie aus ihren Gedanken. „Warum rufst du an?"

Sie knetete ihre Hände. „Hazel hatte einen schweren Autounfall und liegt im Krankenhaus. Ich brauche Geld, um ihre Behandlung zu bezahlen." Sie knetete ihre Hände. „Ich zahle es dir zurück, so schnell ich kann."

„Wer ist Hazel?"

Sie stockte. Ungläubigkeit breitete sich in ihr aus.

*Ist das möglich?*

„Deine Tochter."

Stille.

„Ich habe eine Tochter?" Seine Stimme klang, als hätte er gerade erfahren, dass es den Weihnachtsmann wirklich gab.

„Jetzt tu nicht so erstaunt, Maureen hat dir doch alles bereits vor Jahren in ihrem Brief geschrieben."

„Maureen?"

„Meine Mutter – Maureen." Sie hörte, wie er scharf die Luft einsog. „Sie war bei deiner Mutter, hat ihr von dem Baby erzählt und ihr einen Brief für dich mitgegeben."

Er räusperte sich und seine Stimme war kaum mehr als ein Krächzen. „Ich habe nie einen solchen Brief bekommen."

„Deine Mutter hat es Maureen versprochen." Ein schrecklicher Verdacht keimte in ihr auf.

Chris schwieg. Sie konnte sich nur ansatzweise vorstellen, welchen Schock er gerade durchleben musste.

„Du hast das Baby tatsächlich bekommen?"

„Natürlich. Hazel Rose wurde am neunzehnten September am frühen Morgen in Brooklyn geboren."

„Dann hast du nicht abgetrieben?"

„Nein, ich war zwar jung, aber ich wusste, dass ich das Kind bekommen wollte."

„Oh Gott. Ich habe eine Tochter." Seine Stimme zitterte so stark, dass sie ihn kaum verstand. Konnte es sein, dass er tatsächlich nichts von der Existenz seiner Tochter gewusst hatte? Das würde sein Verschwinden von damals zwar noch nicht erklären, aber zumindest, warum er sich all die Jahre nicht bei ihr gemeldet hatte.

„Du solltest sie sehen, sie ist einfach wunderbar." Sie blinzelte, als sich ihre Augen mit Tränen füllten. *Verdammt!*

Sie hatte sich vorgenommen, stark zu bleiben, aber die Möglichkeit, dass Chris Butler doch nicht das Schwein war, für das sie ihn gehalten hatte, kam für sie ebenso überraschend wie für ihn die Neuigkeit, Vater zu sein.

„Ich hatte keine Ahnung, dass ..." Er brach ab.

„Aber der Brief?" Sie dachte daran, wie ihre Mutter von dem Besuch bei den Butlers erzählt hatte. Die eiskalten Augen von Chris' Mutter tanzten vor ihren Augen und sie fragte sich, ob diese Frau zu einer solch großen Lüge fähig war.

„Ich sage dir doch, ich habe nie einen derartigen Brief bekommen", presste er hervor. Sein Atem ging stoßweise.

„Ich wusste selbst nichts von ihrem Besuch bei deiner Mutter. Sie hat mir die Sache mit den Briefen erst gestern Abend erzählt. Ich habe all die Jahre geglaubt, dass du kein Interesse an deinem Kind hast."

Sie presste die Hand gegen ihren Mund, um nicht laut aufzuschluchzen. „Maureen hat dir jedes Jahr einen Brief geschrieben, um dich auf dem Laufenden zu halten, falls du es dir doch anders überlegen solltest."

„Ich schätze, es ist an der Zeit, dass ich ein Gespräch mit meinen Eltern führe", zischte er bitter. „Du musst mir glauben, dass ich nicht die leiseste Ahnung hatte."

Sie wusste, er wartete auf eine Antwort. In ihr tobten widersprüchliche Gefühle. Wut. Erleichterung. Trauer. Glück. Ratlosigkeit.

„Aber warum bist du damals einfach abgehauen und hast mich sitzengelassen? Ich war schließlich schwanger von dir."

„Ich …" Er zögerte einen kurzen Moment. „Ich bin in jener Nacht, als du mir von dem Baby erzählt hast, nach Hause gefahren und habe meinen Eltern von uns erzählt. Ich habe ihnen gesagt, dass ich dich liebe. Sie waren außer sich, als sie hörten, dass du schwanger bist. Sie haben getobt und gedroht, mich zu enterben. Aber ich habe nicht lockergelassen, bis sie mir schließlich versprochen haben, sich um alles zu kümmern."

„Ach, und deshalb hast du dich gleich am nächsten Tag in den Flieger gesetzt und bist abgehauen?"

„Das ist nicht wahr!"

„Dann bist du nicht nach Boston geflogen?"

„Doch, aber erst als ich gehört habe, dass du unser Kind abtreiben willst, ohne mich zu fragen."

„*Was?*" Sie schüttelte entsetzt den Kopf.

„Meine Eltern haben sich gleich am nächsten Tag mit Maureen getroffen, um gemeinsam zu besprechen, wie es nun weitergehen soll, aber da hattest du dich bereits dazu entschlossen abzutreiben." Er klang verletzt.

„Das ist doch Blödsinn."

„Tess, das ist die Wahrheit. Welchen Grund hätte ich nach all den Jahren zu lügen? Das war alles, was ich wusste. Du ahnst ja nicht, wie sauer ich war, als ich gehört habe, dass du unser Kind nicht wolltest. Ich war verletzt und verwirrt. Vor mir hast du von einem Kind der Liebe gesprochen und plötzlich wolltest du es nicht mehr. Ich habe die Welt nicht verstanden. Herrgott, Tess! Ich war gerade dabei, meinen Abschluss zu machen."

„Daran hättest du denken sollen, bevor du mich geschwängert hast. " In ihren Worten lag die Bitterkeit der letzten Jahre.

„Tess … Es tut mir leid." Erneut brach seine Stimme ab.

Sie schluckte und rang nach Luft wie eine Ertrinkende. Sie hatte mit allem gerechnet, als sie ihn angerufen hatte – nur nicht damit.

„Ich mache es wieder gut. Ich verspreche es dir."

„Wir beide wissen, was das letzte Mal passiert ist, als du mir etwas versprochen hast."

„Tess, ich bitte dich, gib mir eine Chance. Ich muss ein paar Dinge regeln, dann setze ich mich ins Auto und bin in ein paar Stunden bei dir."

„Und was sagt deine Freundin dazu, dass ihr Typ zu seiner Exfreundin fahren will, die noch dazu die Mutter seiner Tochter ist?"

Er antwortete nicht sofort. „Ich werde es ihr erklären und sie wird es verstehen. Ray ist eine verständnisvolle, gute Frau." Zärtlichkeit lag in seiner Stimme. „Du hast mir noch immer nicht gesagt, was ", er stockte, als müsste er die richtigen Worte erst suchen, „unserer Tochter fehlt." Es war das erste Mal, dass er Hazel als seine Tochter bezeichnete.

Sie hatte das Gefühl, als würde sie mit dem Kopf eine Eisdecke durchbrechen, unter der sie jahrelang gelegen hatte. Mit tonloser Stimme berichtete sie ihm von dem Unfall und den Folgen. Er hörte ihr die ganze Zeit zu, ohne sie ein einziges Mal zu unterbrechen. Als sie fertig war, herrschte für einen Moment Stille.

„Ich wünschte, du hättest mich schon früher angerufen."

„Das Gleiche könnte ich zu dir sagen."

Er seufzte. „Entschuldige, du hast recht. Wenn du nichts dagegen hast, würde ich morgen gerne mit den Ärzten sprechen. Ich bin zwar kein Neurologe, aber ich denke, dass mir die Kollegen mehr Auskunft geben werden als dir.

Tess, ich werde alles Menschenmögliche tun, damit unsere Tochter wieder gesund wird. In welcher Klinik wird Hazel behandelt?"

Sie nannte ihm die Adresse des Krankenhauses.

„Das ist gut. Die Ärzte dort haben einen exzellenten Ruf und einer der Chirurgen ist ein Studienkollege von mir. Das sollte einiges erleichtern. Alles andere besprechen wir morgen."

„In Ordnung." Sie fühlte sich eigenartig erleichtert. *So fühlt es sich also an, wenn man jemanden an seiner Seite hat, der zu einem steht und immer für einen da ist.*

„Danke, dann bis morgen."

„Gut." Der Gedanke, Chris gegenüberzustehen, versetzte ihren gesamten Körper in Aufruhr. Ihre Hände zitterten stark und sie war froh, dass er es nicht sehen konnte.

Er riss sie aus ihren Gedanken. „Und Tess …"

„Ja?"

„Danke, dass du angerufen und mich informiert hast."

Sie schwieg. Dann legte sie mit wild klopfendem Herzen auf.

Tess saß im Schneidersitz auf ihrem Sofa und blätterte in dem alten Album, das ihre Mutter vor Jahren angefertigt hatte. Die Seiten waren bereits abgegriffen und Bilder purzelten ihr vereinzelnd entgegen, als sie umblätterte. Es war eine Reise in die Vergangenheit.

Sie betrachtete ein Foto. Obwohl keine sieben Jahre zwischen der Aufnahme und heute lagen, war ihr die junge Frau mit strahlenden Augen und dem braunen lockigen Haar auf eine eigenartige Weise fremd. Das Bild war auf einem Collegeausflug entstanden. Ihr ganzes Gesicht schien vor Glück zu leuchten. Chris hatte die Kamera in die Hand genommen und abgedrückt, kurz nachdem er sie das erste Mal geküsst hatte. Ein Moment des Glücks … Wie wäre wohl ihr Leben verlaufen, wenn sie seinen Kuss nicht erwidert hätte?

Unwillkürlich musste sie an Léon und ihre erste Begegnung in dem kleinen Café denken. *Léon.* Ihre Abreise war nun schon Tage her und sie hatte noch immer keine Nachricht von ihm bekommen. Nicht das leiseste Lebenszeichen.

Sie spürte, wie Enttäuschung ihre Kehle hochkroch und ihr dabei den Hals zuschnürte. Was war passiert? Sollte sie sich ein zweites Mal in ihrem Leben derart in einem Menschen getäuscht haben? Léon war es gewesen, der ihr hinterhergelaufen war und sie gebeten hatte, ihrer Liebe eine Chance zu geben.

Das alles ergab keinen Sinn, so sehr sie sich auch den Kopf darüber zermarterte.

Cupcake kam maunzend auf sie zugelaufen. Mit einem Satz war er auf ihrem Schoß und kuschelte seinen Kopf auf ihr Knie.

„Du bist der einzige Mann in meinem Leben, der zu mir steht und nicht gleich wegläuft, wenn es mal schwierig wird", murmelte sie und kraulte den Kater gedankenverloren hinter den Ohren.

Das Handy klingelte. Erschrocken fuhr sie zusammen und Cupcake sprang von ihrem Schoß, um gleich darauf die Flucht zu ergreifen.

Ein Blick genügte, um ihr zu zeigen, dass es das Krankenhaus war.

Ihre Stimme zitterte, als sie sich mit ihrem Namen meldete.

„Miss Parker, hier ist Schwester Ellen." Ihr Herz setzte für einen Schlag aus. „Hazels Zustand zeigt ein paar Veränderungen. Ich denke, Sie sollten besser vorbeikommen."

„Oh Gott!" Sie hatte geschrien. „Ich bin gleich da." Ohne die Antwort der Schwester abzuwarten, sprang sie vom Sofa, schnappte sich ihre Sachen und rannte los. Zehn Minuten später saß sie in einem Taxi, das in Richtung Krankenhaus fuhr.

„Was ist passiert?" Sie stürmte in das Intensivzimmer. Ihre Augen versuchten, die Situation zu erfassen. Die Nachtschwester saß an Hazels Kopfende und streichelte ihr die Hand. Die Monitore piepsten ihr monotones Lied im Hintergrund. Hazels Herzschlag verlief in feinen Wellen sichtbar über den Monitor. Nichts deutete auf eine Veränderung hin. Sie hatte einen Tross von Ärzten erwartet, die um Hazels Bett standen. Aufregung. Laute Rufe. Irgendetwas. Stattdessen fand sie sich in der Monotonie der letzten Tage wieder. Lediglich ihr eigener Herzschlag galoppierte.

Schwester Ellen legte den Zeigefinger auf ihren Mund. „Pssst."

„Wie geht es ihr?" Sie zwang sich, ruhig zu sprechen.

„Ich habe ein paar ungewöhnliche Ausschläge auf dem Monitor beobachtet und ihr rechtes Auge hat gezuckt. Ich wollte, dass Sie da sind, falls unsere Kleine aufwachen sollte." Der Blick der Schwester glitt zärtlich über Hazels Gesicht.

Tess nickte stumm. Sie hatte sich auf der Fahrt zum Krankenhaus die furchtbarsten Dinge ausgemalt und mit dem Schlimmsten gerechnet. Jetzt schlug eine Welle der Erleichterung über ihr zusammen. Sie blinzelte, um die Tränen zurückzudrängen, die sich den Weg nach oben bahnten. Die Nachtschwester stand auf und überließ ihr den Platz.

„Danke." Tess sank auf den Stuhl, der nach all den Stunden, die sie bereits darauf verbracht hatte, ihren Namen zu tragen schien.

„Natürlich. Wir müssen doch zusammenhalten." Schwester Ellen zwinkerte ihr zu.

Sie lächelte, ohne die Augen von Hazels Gesicht abzuwenden.

„Ich hole mir einen Kaffee. Möchten Sie auch einen?"

„Gerne. Ein Kaffee könnte nicht schaden." Tatsächlich hatte sie in den letzten vierundzwanzig Stunden kaum geschlafen. Jemand hatte die Pads von Hazels Augen entfernt und Tess beobachtete, wie sich ihre Pupillen hinter den geschlossenen Lidern bewegten.

„Sonnenschein, mach die Augen auf", flüsterte sie und tastete nach Hazels Hand, als könnte sie ihre Tochter dadurch zum Aufwachen bewegen.

Sie dachte an Hazels Geburt, als sie das kleine Bündel das erste Mal in den Armen gehalten hatte. Hazel hatte sie mit ihren großen Augen angesehen und dabei hatte ihre kleine Hand Tess' Zeigefinger fest umklammert. In diesem Moment war jeder Zweifel, den Tess bis zu diesem Zeitpunkt noch gehabt hatte, für immer verdrängt worden.

Sie hatte gewusst, dass sie es zusammen schaffen würden. *„Wir sind ein Team, du und ich"*, hatte sie geflüstert und ihrer Tochter einen Kuss gegeben.

Eine Träne lief ihr über das Gesicht und tropfte auf Hazels Hand. Sie wollte sie wegwischen, als sie ein leichtes Zittern von Hazels Zeigefinger bemerkte. Instinktiv hielt sie die Luft an, die Augen wie gebannt auf die Hand gerichtet.

*Da!* Erneut zuckte der Zeigefinger, begleitet vom Mittelfinger. Diesmal war es eindeutig. Tess' Blick wanderte zum Gesicht ihrer Tochter, über die farblosen Lippen zu den eingefallenen Wangen hinauf zu den Augen. Der dunkle Wimpernkranz zitterte wie die Flügel eines Schmetterlings, der sich in der Sonne wärmte. Die Welt um sie stand still. Kein Geräusch drang mehr zu ihr durch. Alles, was sie sah, waren die Augen ihrer Tochter.

„Hazel, Kleines. Wach auf." Sie drückte ihre Hand so fest, dass ihre eigenen Knöchel weiß hervortraten. Keine Reaktion. Weder die Augen noch die Finger rührten sich. Es war, als ob es nie passiert wäre. Enttäuscht lockerte sie ihren Griff. Für einen winzigen Augenblick hatte sie geglaubt, dass Hazel aufwachen würde. Mit einem Schlag waren die Geräusche wieder da und sie hörte, wie die Nachtschwester durch die Tür kam.

„Keine Veränderung?"

„Ihr Finger hat gezuckt und ich dacht..." Sie brach ab, zu groß war die Enttäuschung.

„Hier, für Sie." Die Schwester reichte ihr den Becher mit der dampfenden Flüssigkeit. „Geben Sie die Hoffnung nicht auf."

„Nein." Tess presste die Lippen zusammen. „Niemals."

„Gut." Die Schwester nickte. „Ich bin im Zimmer nebenan, falls Sie mich brauchen."

Sie nickte dankbar und nahm einen Schluck Kaffee. Die heiße Flüssigkeit brannte die Kehle hinunter und breitete sich warm in ihrem Bauch aus. Ihr Blick wanderte über Hazels Körper. Sie sah so zart und zerbrechlich aus und ihre Rippen zeichneten sich bereits unter dem dünnen Laken ab. Wie lange würde der Zustand noch andauern? Würde sie jemals wieder erwachen? Würde sie Schäden davontragen?

Tess schüttelte sich unwillkürlich, um die Horrorszenarien zu verdrängen, die in ihrem Kopf aufpoppten und mehr und mehr Gestalt annahmen. *Du darfst die Hoffnung nicht aufgeben!*

Die Stunden vergingen träge. Jedes Mal, wenn sich das Piepsen der Monitore veränderte, schreckte sie aus dem Halbschlaf hoch in der Hoffnung, Hazel könnte die Augen geöffnet haben.

Die Schwester kam vorbei, um die Zugänge an Hazels Arm zu überprüfen und die Infusionsflaschen auszuwechseln.

„Es tut mir so leid, Mrs Parker. Ich hätte Sie nicht gerufen, wenn ich nicht angenommen hätte, dass unsere Kleine vielleicht aufwacht."

„Ich weiß. Machen Sie sich bitte keine Gedanken. Ich bin froh, dass ich hier bin", entgegnete sie müde. „Ich konnte sowieso nicht schlafen."

„Kann ich Ihnen noch etwas bringen?"

„Nein, danke."

„Gut, dann sehen wir uns heute Abend wieder."

Tess nickte.

Langsam kehrte die Betriebsamkeit in das Krankenhaus zurück. Der morgendliche Schichtwechsel stand bevor und die ersten Ärzte kamen müde und mit verquollenen Gesichtern zum Dienst.

Das Frühstück wurde an diejenigen ausgeteilt, denen es bereits besser ging. Tess selbst verspürte keinen Hunger. Müde erhob sie sich vom Stuhl, um ihre steifen Glieder ein wenig zu bewegen und den Kreislauf in Schwung zu bringen.

Es war schon acht, als sie wieder auf die Uhr sah. Ihre Eltern würden um die Mittagszeit kommen, um sie abzulösen. Sie hatte ihnen noch nichts von Chris' bevorstehendem Besuch erzählt.

Sie ging zur Toilette am Ende des langen Flurs, um sich ein wenig frischzumachen und sich die Zähne zu putzen. Die Türen zu den meisten Zimmern standen offen. Die Frühschicht war dabei, die Betten der Patienten zu wechseln. Überall sah sie Infusionsflaschen und Monitore und damit verbunden Leid und Angst. Hastig ging sie weiter und flüchtete in den kargen Waschraum.

Als sie in den Spiegel sah, erschrak sie schon wieder über ihr Aussehen.

Das Neonlicht war hart und nicht gerade vorteilhaft, aber selbst bei weicherem Licht hätte sie schlecht ausgesehen. Ihre Augen lagen in tiefen Schatten und um den Mund herum hatten sich Sorgenfalten eingegraben. Sie war blass und ihre Haare hingen kraftlos auf die Schultern herab. Die Bluse, die sie trug, war zerknittert. Seufzend beugte sie sich über das Waschbecken und schüttete sich eine Ladung kaltes Wasser ins Gesicht, um die Müdigkeit zu vertreiben. Anschließend putzte sie die Zähne. Wenigstens war der fahle Geschmack in ihrem Mund verschwunden. Der Geruch des Desinfektionsmittels hing in ihren Kleidern. Mit fahrigen Bewegungen knöpfte sie die Bluse auf, um sie gegen ein weißes T-Shirt auszutauschen, das sie vorsichtshalber mitgenommen hatte.

Die zerknitterte Bluse stopfte sie achtlos in die Tasche. Ihr Blick fiel auf das Handy. Zögerlich nahm sie es in die Hand. Ihr Herz schlug heftig, als sie die Nachrichten aufrief.

Acht Nachrichten, aber keine von Léon. Er hatte sie vergessen. Sie ließ das Handy zurück in die Tasche gleiten. Tränen standen ihr in den Augen. Verärgert über sich selbst, stellte sie erneut das kalte Wasser an und wusch sich damit nochmal das Gesicht, dann holte sie tief Luft und straffte den Rücken. Sie durfte nicht schwach werden. Dafür war später

Zeit. Jetzt brauchte Hazel sie mit all ihrer Kraft und Zuversicht. Liebeskummer hatte keinen Platz in ihrem Leben.

Als sie in Hazels Zimmer kam, blieb sie überrascht stehen. Ein Mann stand über Hazels Bett gebeugt. Er hatte ihr den Rücken zugewandt und seine dunklen Haare fielen ihm vors Gesicht, doch Tess hätte ihn überall erkannt.

„Chris!"

Der Mann drehte sich ihr langsam zu. Sie erstarrte.

„Hallo, Tess." Seine Stimme hatte noch immer diesen rauen Unterton, den sie von Anfang an gemocht hatte.

Da stand er vor ihr – der Mann, der ihr Leben unwiderruflich verändert hatte!

Im Bruchteil einer Sekunde hatte sie alle Einzelheiten seines Gesichts erfasst: die lebhaften braunen Augen, die buschigen Augenbrauen, die gerade Nase und den geschwungene Mund, den Dreitagebart. Er sah bis auf wenige kleine Veränderungen noch genauso aus, wie sie ihn in Erinnerung hatte.

„Wie bist du reingekommen?" Nur Familienmitgliedern war der Zutritt zur Intensivstation gestattet.

„Ich habe mich bei den Schwestern als Kollege ausgewiesen und man war so freundlich, mich zu ihr zu lassen." Sein Blick glitt über Tess' Gesicht hinunter zu ihren Füßen und kehrte wieder zu ihren Augen zurück. Sie beäugten sich wie Fremde.

„Du hast dich nicht verändert."

„Du dich auch nicht", antwortete sie trotzig.

„Aus deinem Mund klingt es wie ein Vorwurf", sagte er fast schüchtern.

„Nein, so war es nicht gemeint. Du siehst noch immer so aus wie früher, nur etwas älter."

„Trotzdem habe ich mich verändert." Er trat einen Schritt auf sie zu. Instinktiv wich sie zurück. Er blieb stehen und hob beschwichtigend die Hand. „Du brauchst keine Angst vor mir zu haben. Ich bin hier, weil ich dir helfen möchte."

Sie spürte, wie sie zu zittern begann.

„Ich habe sie mir angesehen ..." Er machte eine vage Kopfbewegung in Hazels Richtung. „Sie ist so wunderschön wie ihre Mutter." Die Zärtlichkeit in seiner Stimme brachte sie völlig aus dem Konzept. Seine Augen suchten die ihren. Verlegen senkte sie den Kopf. Ihr Puls raste und sie zitterte am ganzen Körper. Chris trat noch einen Schritt auf sie zu. Diesmal blieb sie stehen, als seine Hand nach ihr griff.

„Tess, bitte sieh mich an." Er hielt ihre Hand vorsichtig, fast als hätte er Angst, er könnte sie zerbrechen.

Langsam hob sie den Blick.

„Es tut mir leid. Ich weiß, ich kann nicht rückgängig machen, was zwischen uns geschehen ist, aber ich kann versuchen, es diesmal besser zu machen. Ich bin hier, weil ich die Verantwortung für Hazel übernehmen möchte." Seine Augen hielten sie gefangen. „Ich bitte dich, gib mir ... *uns* eine Chance."

Sie zitterte am ganzen Körper wie Espenlaub. Jeder Muskel war angespannt und ihr Atem ging stoßweise. Ihr Herz schlug so stark gegen die Brust, dass sie fürchtete, es könnte herausspringen.

„Tess, ich bin bei dir. Du bist nicht länger alleine." Er trat dicht an sie heran und sein Atem streifte ihre Wange. „Bitte glaub mir, wir werden das zusammen durchstehen. Du und ich." In seiner Stimme lag die Zuversicht eines Mannes, der überzeugt von dem war, was er sagte. „Ich habe damals einen Fehler gemacht ... den schwersten meines Lebens ... aber ich bin jetzt hier. Bitte gib mir eine Chance."

Sie schluckte. Jedes seiner Worte traf sie mitten ins Herz und sprengte die Ketten, die sich im Laufe der Jahre darum gelegt hatten. Der Hass, den sie gegen ihn geschürt hatte, war mit einem Mal verschwunden, und zurück blieb das Gefühl, den Vater ihres Kindes gefunden zu haben. Ihr schlanker Körper wurde in Wellen von Schluchzern geschüttelt. Kräftige Arme schlangen sich um sie und hielten sie fest. Sie legte ihren Kopf an seine Schulter, schloss die Augen und nahm seinen männlichen Duft in sich auf. Seine Hand strich vorsichtig über ihren Rücken.

„Alles wird gut", flüsterte Chris. Sie schluchzte erneut auf.

„Ich bin so froh, dass du hier bist", wisperte Tess unter Tränen.

„Und ich lasse dich nicht mehr alleine."

„Mummy?"

# 19. Kapitel

Wie in Zeitlupe drehte sich Tess um. Hazel hatte die Augen weit geöffnet und starrte sie an. Mit ihrem Verband um den Kopf sah sie aus wie eine Mumie, die zum Leben erwacht war.

„Oh Gott." Sie löste sich aus Chris' Umarmung. In ihrem Kopf herrschte völlige Leere. Alles, was sie sah, waren Hazels Augen, die unruhig durch den Raum wanderten. Man sah, wie ihr Verstand versuchte, die Situation zu erfassen. Das letzte Mal, dass sie bei Bewusstsein gewesen war, hatte sie angeschnallt in Lynns Auto gesessen. Die Umgebung musste ein Schock für sie sein. All die Geräte und Geräusche.

„Hazel." Mit zwei Schritten war sie bei ihr und schlang behutsam die Arme um sie. „Du bist aufgewacht. Endlich." Tränen kullerten ihr übers Gesicht. Hazels Körper fühlte sich schmal und zerbrechlich an wie eine Puppe. Sie gab ihr einen Kuss. „Oh Gott, mein Liebling, ich bin so froh."

Hazel sah sie ängstlich an. „Mummy, was ist passiert? Warum weinst du?"

„Ich weine, weil ich glücklich bin." Tess lächelte und wischte sich mit dem Handrücken über das tränennasse Gesicht.

Die Hand ihrer Tochter wanderte zu ihrem Kopf. „Meine Haare!" Es war ein Schrei des Entsetzens, der Tess bis ins Mark traf. Hazels Unterlippe zitterte und ihre Augen füllten sich mit Tränen.

„Pssst, mein Schatz. Alles ist gut." Sie strich ihr sanft über die Wange. „Bitte beruhig dich. Ich erkläre dir alles." Sie küsste sie und wischte ihr mit dem Finger eine Träne weg. „Du hast lange geschlafen, weißt du."

„Geschlafen?" Hazels Augen wanderten unruhig durch den Raum. Wie sollte sie einer Fünfjährigen erklären, dass sie schwerverletzt knapp dem Tode entkommen war?

„Kannst du dich noch an die Autofahrt mit Tante Lynn erinnern?"

Hazel schüttelte den Kopf und verzog schmerzhaft das Gesicht.

Die Ärzte hatten ihr erklärt, dass es nicht unüblich war, dass Komapatienten unter Gedächtnisverlust litten, wenn sie erwachten. Sie suchte nach einfachen Worten, um Hazel den Unfall so schonend wie möglich beizubringen.

„Du und Tante Lynn … ihr hattet einen Autounfall." Sie warf einen hilfesuchenden Blick zu Chris, der noch immer in der Ecke stand. Er nickte ihr aufmunternd zu

„Der Krankenwagen hat euch ins Krankenhaus gebracht und die Ärzte mussten dich am Bein und am Kopf operieren. Aber jetzt ist alles gut", fuhr sie leise fort. Sie hoffte, dass Hazel das Zittern in ihrer Stimme nicht wahrnahm. „Und du wirst wieder ganz gesund. Versprochen!"

Hazel nickte kaum merklich, ihre Augenlider flatterten. Der Herzmonitor piepste regelmäßig. „Ich bin so schrecklich müde", flüsterte sie kaum hörbar.

„Schlaf ruhig, mein Liebes. Ich gehe nicht weg. Wenn du aufwachst, bin ich bei dir. Hörst du? Ich bin bei dir und passe auf dich auf." Sie machte eine Pause. „Ich lasse dich nie mehr alleine." Sie strich ihr über die Stirn. Schritte näherten sich, begleitet durch ein leises Quietschen. Die Schwester war gekommen, um Hazels Zustand zu kontrollieren.

„Hazel ist aufgewacht", flüsterte Chris. Die Schwester stieß einen freudigen Ruf aus und eilte nach draußen, wahrscheinlich, um den Arzt zu holen.

Chris' Hand lag warm auf Tess' Schulter. Sie war sich seiner Gegenwart nur allzu bewusst. Hazel schlug erneut die Augen auf. Ihr Blick wanderte unruhig zwischen Tess und Chris hin und her.

„Wer ist der Mann?", wisperte ihre Kleine. Tess' Herz setzte einen Schlag lang aus. Sie suchte verzweifelt nach Worten. Seit Chris gekommen war, überlegte sie, wie sie Hazel den fremden Mann neben sich erklären sollte.

Chris kam ihr zuvor. „Ich bin ein alter Freund deiner Mutter und Arzt. Ich wollte sehen, wie es dir geht." *Das gleiche Lächeln wie Hazel.*

Sie konnte nur ahnen, wie er sich in diesem Moment fühlen musste. Zum ersten Mal in seinem Leben stand er seiner kleinen Tochter gegenüber, von deren Existenz er bis gestern nichts geahnt hatte und die nicht wusste, dass er ihr Vater war.

Hazel nickte. „Das ist gut, dann ist Mummy nicht so alleine." Sie schluckte überrascht.

Hazel hatte die Augen wieder geschlossen. Den regelmäßigen Atemzügen nach zu urteilen, war sie eingeschlafen.

Die Schwester kehrte mit dem Oberarzt im Schlepptau zurück.

„Wie ich gehört habe, ist die Patientin aus dem Koma erwacht?" Der Arzt hatte die Frage direkt an Chris gerichtet.

„Ja, sie war voll ansprechbar und hat normal auf die Fragen der Mutter reagiert", antwortete er sachlich. Er trat einen Schritt zurück, um dem Arzt Platz zu machen. „Allerdings konnte sie sich nicht an den Unfall erinnern."

Der Oberarzt nickte zufrieden. „Ein gutes Zeichen. Nach dem, was die Patientin erlebt hat, ist es überhaupt ein Wunder, dass sie sich so schnell erholt hat."

„Sie ist gerade eingeschlafen."

„Ich würde trotzdem gerne ein paar Untersuchungen vornehmen." Der Oberarzt berührte Hazel vorsichtig am Arm. Sofort schlug sie die Augen auf.

„Hallo, Hazel", sagte der Arzt mit freundlicher Stimme. „Ich bin Dr. Meyer und würde dir gerne ein paar Fragen stellen." Hazels Blick wanderte hilfesuchend zu Tess.

„Alles in Ordnung. Ich bin bei dir, mein Glück." Hazel schob ihre Hand unter die von Tess und nickte schwach.

„Kannst du mir sagen, wie du heißt?" Die Stimme des Arztes war freundlich. Sie spürte, wie sich Hazel langsam entspannte.

„Hazel Rose Parker." Ihre Stimme war kaum mehr als ein Flüstern. Jede Bewegung, jedes Wort schien sie anzustrengen.

Der Arzt nickte zufrieden und hob die Hand. „Wie viele Finger sind das?"

„Drei", gab Hazel die richtige Antwort.

„Sehr gut", lobte der Arzt. Ein Lächeln huschte über ihr eingefallenes Gesicht. „Nicht erschrecken, jetzt wird es kurz mal hell." Er beugte sich zu ihr und leuchtete ihr mit der Taschenlampe abwechselnd in die Augen. Tess sah, wie sich Hazels Pupillen kurz zusammenzogen. Sie hatte mal gelesen, dass das ein gutes Zeichen war.

Der Arzt bewegte seinen Finger vor Hazels Gesicht von links nach rechts. Ihre braunen Augen folgten seinen Bewegungen aufmerksam.

„Sehr gut." Der Arzt griff nach dem Stethoskop, das locker um seinen Hals hing. Vorsichtig schob er das Laken beiseite und hörte ihre Lunge und das Herz ab. Tess hielt unbewusst den Atem an.

Chris stand ganz ruhig neben ihr. Seine dunklen Augen beobachteten jeden Handgriff des Arztes aufmerksam.

Nachdem er seine Untersuchung beendet hatte, nickte der Oberarzt zufrieden. „Das hast du ganz prima gemacht", lobte er wieder. „Ich schätze, noch ein paar Tage und du kannst auf die Kinderstation." Ein Lächeln huschte über Hazels Gesicht. Er wandte sich ihnen zu. „Dürfte ich Sie beide kurz draußen sprechen?"

Tess nickte. Sie gab Hazel einen Kuss. „Ich bin gleich wieder da. Versuch so lange zu schlafen." Als sie aus der Tür gingen, hatte Hazel bereits die Augen geschlossen.

„Mr Parker und Mrs Parker, nehme ich an?" Der Arzt musterte sie aufmerksam.

Sie schüttelte den Kopf. „Hazel ist unser Kind, aber wir sind nicht verheiratet."

„Aha, ich verstehe. Wie mir mein Assistenzarzt gesagt hat, sind Sie ein Kollege?"

Chris wies sich aus. „Dr. Christopher Randall Butler. Ich arbeite am General Hospital in Boston in der Kardiologie."

„Gut, dann kann ich mir lange Erklärungen sparen. Der Zustand Ihrer Tochter hat sich erfreulicherweise gebessert, wobei wir nach wie vor vorsichtig sein müssen. Bei schweren Traumata wie dem Ihrer Tochter können immer wieder Komplikationen auftreten. Wir werden sie in den nächsten Tagen weiter engmaschig screenen und hoffentlich bald auf die Kinderstation entlassen können." Er lächelte Tess aufmunternd zu. „Sie sollten dem lieben Gott danken; solche Fälle gehen im seltensten Fall gut aus."

„Das werde ich, das können Sie mir glauben." Sie war erschüttert von der Ehrlichkeit des Mannes.

„Ihre Tochter braucht die nächsten Tage unbedingt Schonung. Das bedeutet keine unnötige Aufregung. Außerdem müssen wir uns noch um das Bein kümmern, damit sie wieder ohne Einschränkungen laufen kann. Mein Kollege aus der Orthopädie wird die Operation durchführen, sobald sich Hazels Zustand stabilisiert hat und mit keinen Komplikationen mehr zu rechnen ist."

Tess hatte die bevorstehende Operation völlig verdrängt, ihre Gedanken hatten sich ganz auf das Koma konzentriert. Die Nachricht traf sie wie ein Schlag in die Magengrube. Noch ein Eingriff, noch eine weitere Narkose. Chris, der ihren besorgten Blick aufgefangen hatte, nahm ihre Hand.

„Mach dir keine Sorgen. Der Eingriff ist eine Routineoperation und wurde schon tausende Male durchgeführt. Bei Hazel ist es einzig und alleine ihr Allgemeinzustand, der den Ärzten Sorgen bereitet." Er schenkte ihr ein aufmunterndes Lächeln. „Wenn Hazel weiterhin gute Fortschritte macht, dann ist der Eingriff kein Problem."

„Und wenn nicht?" Sie sah ihn sorgenvoll an.

„Dann finden wir eine andere Lösung, nicht wahr, Herr Kollege?" Chris sah den Arzt mit festem Blick an.

„Natürlich." Der Mann nickte sachlich. „Gut, wenn Sie noch Fragen haben, finden Sie mich in meinem Büro."

Sie verabschiedeten sich. Nachdenklich sah sie dem weißen Kittel des Arztes hinterher, bis er um die Ecke verschwand.

Chris' Stimme holte sie zurück. „Tess, mach dir keine Sorgen."

„Ich soll mir keine Sorgen machen?", rief sie mit schriller Stimme. „Ich bin ihre Mutter. Natürlich mache ich mir Sorgen."

„Und ich bin ihr Vater." Er sah ihr fest in die Augen.

Sie schluckte. „Du hast recht. Entschuldige, ich bin völlig durcheinander."

„Kein Wunder bei der Anspannung der letzten Tage." Er nahm sie in den Arm. Obwohl er ihr nach all den Jahren der Trennung fremd geworden war, fühlte sich seine Umarmung eigenartig vertraut an.

„Tess?" Maureens Stimme hallte durch den Flur.

Ertappt wich sie einen Schritt zurück. Chris fuhr sich mit der Hand durch die Haare.

„Christopher. Christopher Butler?" Ihre Mutter schüttelte verwirrt den Kopf. „Bist du es wirklich?" Sie blieb stehen und musterte ihn aufmerksam.

Chris, der noch immer ihre Hand hielt, ließ sie los. Tess wich Maureens forschendem Blick aus und starrte angestrengt auf ihre Schuhspitzen.

„Ja, Ma'am, ich bin es." Chris räusperte sich und reichte Tess' Mutter die Hand. „Schön, Sie nach all den Jahren wiederzusehen, auch wenn die Umstände nicht glücklich sind."

„Das stimmt. Trotzdem bin ich froh, dass du gekommen bist." Ihre Mutter war nahtlos zum Du übergegangen, als wäre Chris noch immer der junge Mann aus der Nachbarschaft. Sie warf Tess einen fragenden Blick zu.

„Ich habe Chris angerufen." Sie zuckte mit den Achseln.

Ihr Vater, der die ganze Szene aufmerksam beobachtet hatte, reichte Chris ebenfalls die Hand. „Wurde auch Zeit, mein Junge, dass du dich nach all der Zeit mal sehen lässt." Die beiden Männer standen sich händeschüttelnd gegenüber wie zwei Ringer vor dem Kampf. Man sah Chris deutlich an, wie unwohl er sich in seiner Haut fühlte. Er schwitzte stark und auf seiner Oberlippe hatten sich kleine Schweißperlen gebildet.

„Ich kann verstehen, wenn Sie verärgert sind, Sir. Aber ich versichere Ihnen, dass ich nichts von dem Kind wusste …"

Tess unterbrach ihn. „Mum, Dad, Hazel ist aufgewacht!"

„Ach du meine Güte, warum hast du das nicht gleich gesagt?" Maureen schlug die Hände über dem Kopf zusammen.

Ihr Vater und Chris starrten sich nach wie vor an.

„John, hörst du nicht?" Maureen gab ihrem Mann einen Kuss. „Unsere Kleine ist wieder aufgewacht."

„Gott sei Dank", war alles, was ihr Vater hervorbrachte. Sein Blick wanderte zu seiner Frau.

„Wie geht es ihr?" Ihre Mutter hakte sich bei John unter. Chris stellte sich neben Tess.

„Gut. Sie ist nur sehr müde." Tess strahlte. „Der Arzt hat gesagt, dass es ein Wunder ist, dass Hazel wieder aufgewacht ist."

Maureens Blick fiel auf Chris. „Ja, ein Wunder, wahrlich." Und dann, an Tess gewandt: „Können wir zu ihr?"

Sie nickte. „Ja, aber sie braucht jetzt viel Ruhe. Keine langen Besuche, keine Aufregung."

„Bleibst du noch ein wenig hier oder musst du sofort wieder weg?", wollte ihre Mutter von Chris wissen. „Schließlich hatte die Kleine ja noch keine Chance, ihren Vater kennenzulernen."

„Hazel weiß nicht, dass Chris ihr Vater ist", erklärte Tess. Die Augenbraue ihres Vaters schnellte nach oben. „Sie ist gerade erst aufgewacht und ich wollte sie nicht gleich mit der Neuigkeit überfallen."

„Ich habe vor, noch ein paar Tage in New York zu bleiben, damit Tess und ich alles regeln können. Außerdem will ich meinen Eltern einen Besuch abstatten. Wie ich erfahren habe, gibt es da einiges, was wir klären müssen." Seine Augen ruhten auf Maureen. „Meine Mutter hat mir die Briefe nie gegeben. Ich wusste bis gestern nicht, dass ich eine Tochter habe. Das soll keine Entschuldigung sein, nur eine Erklärung." Sie sah, wie Chris seine Hände zu Fäusten ballte. „Ich möchte fairerweise wissen, welchen Grund meine Eltern hatten, mich derart anzulügen."

Ihre Eltern wechselten betroffene Blicke.

„Das kann ich gut verstehen, mein Junge." Ihr Vater räusperte sich.

„Sei nicht zu hart mit ihnen. Sie werden ihre Gründe gehabt haben. Jeder Mensch macht mal einen Fehler im Leben." Ihre Mutter nickte versöhnlich.

„Ich werde daran denken, Sir." Chris tippte sich gegen die Stirn. Jetzt erst fiel Tess auf, wie müde er aussah. Seine Augen glänzten schon. Wahrscheinlich hatte er die Nacht ebenso wenig wie sie selbst geschlafen.

„Was hältst du davon, wenn wir uns in die Cafeteria setzen und bei einer Tasse Kaffee unser Wiedersehen feiern?", schlug sie vor, nachdem ihre Eltern gegangen waren.

„Klingt nach einer geradezu fantastischen Idee. Nach Ihnen, Mrs Parker …" Er machte eine galante Handbewegung.

Sie lächelte glücklich. Vielleicht wurde jetzt doch noch alles gut und ihr Schicksal wendete sich endlich zum Guten.


„Wenn ich doch nur davon gewusst hätte", murmelte Chris betroffen, als sie mit ihren Erzählungen fertig war. Sie saßen seit zwei Stunden in der Cafeteria und sie hatte Chris eine grobe Zusammenfassung der letzten fünf Jahre gegeben. Er hatte die ganze Zeit nur dagesessen und ihr zugehört. „Während ich fröhlich in Boston studiert und Karriere gemacht habe, bist du durch die Hölle gegangen." Er zupfte einen Hautfetzen von seinem Daumennagel.

„Du hast mir am Telefon erzählt, dass deine Eltern von der Schwangerschaft wussten und dich unter Druck gesetzt haben."

Chris nickte, vermied es jedoch, sie dabei anzusehen. „Ich weiß noch genau, wie durcheinander ich war, als ich zu Hause ankam. Meine Mum hat mir sofort angesehen, dass etwas nicht stimmt. Es war schrecklich. Mein Dad hat gebrüllt und getobt. Ich sei eine Schande für die ganze Familie und hätte leichtfertig unseren Ruf aufs Spiel gesetzt."

Sie schluckte bei dem Gedanken an jene Nacht. Ihre Mutter hatte sie in den Arm genommen und ihr versichert, dass sie es zusammen schaffen würden. Zu keinem Zeitpunkt hatte sie sie bedrängt, das Kind abzutreiben. Bis heute war sie ihr dafür dankbar.

Chris' Miene verfinsterte sich. „Es gab in den ersten Wochen keinen Tag, an dem ich nicht an dich gedacht hätte. Ich habe mich immer wieder gefragt, warum du deine Meinung geändert und unser Kind abgetrieben hast."

Sie hätte fast laut aufgelacht über diese infame Lüge. „Aber warum hast du dich nie bei mir gemeldet? Es ist ja nicht so, dass ich nicht erreichbar gewesen wäre." Der Vorwurf in ihrer Stimme war nicht zu überhören.

Chris hob den Kopf und sah ihr fest ins Gesicht. „Weil ich Angst hatte."

„Angst?" Sie schüttelte den Kopf. „Wovor?"

„Aber das liegt doch auf der Hand. Ich hatte Angst, dir noch einmal in die Augen zu schauen, nachdem ich abgehauen bin und dich alleine gelassen habe. Außerdem war ich lange Zeit wütend auf dich."

Sie holte tief Luft. „Chris, ich muss etwas von dir wissen und hoffe, dass du mir die Frage ehrlich beantworten wirst." Sie pulte an dem Etikett des Kaffeebechers herum.

„Du hast jedes Recht der Welt, mich alles zu fragen."

„Hast du mich jemals geliebt?"

Die Frage hing schwer über ihnen.

Chris zuckte mit den Schultern. „Natürlich habe ich dich geliebt, wie man eben jemanden lieben kann mit Anfang zwanzig. Ich war total verknallt in dich und habe den ganzen Tag an nichts anderes mehr gedacht."

Sie atmete erleichtert aus. Nicht, dass es einen großen Unterschied gemacht hätte, aber der Gedanke, dass Hazel ein Kind der Liebe war, gefiel ihr.

„Und du?" Seine Augen musterten sie aufmerksam.

„Ich habe nie verstanden, warum du ausgerechnet mit mir zusammen sein wolltest. Du warst schließlich der coolste Typ der Uni. Natürlich war ich in dich verliebt."

Er lachte laut auf. Um seine Augen bildeten sich kleine Lachfältchen und mit einem Mal sah er sehr jung aus. „Du warst das hübscheste Mädchen, dem ich jemals begegnet bin. Alle Jungs waren verrückt nach dir mit deinen langen Beinen und deinen umwerfenden Augen. Du hast wunderschön ausgesehen", er räusperte sich verstohlen, „und bist es immer noch."

Sie spürte, wie sie errötete.

Chris legte seine Hand auf ihre. „Meinst du, wir könnten versuchen, Freunde zu sein?"

„Freunde?" Sie zog die Augenbraue nach oben. „Und was sagt deine Freundin dazu?"

„Sie wird es verstehen." In seiner Stimme schwang der Brustton der Überzeugung mit.

Tess streckte die Hand aus. „Freunde?"

„Freunde!"

Hazel lag seit knapp einer Woche auf der Kinderstation und machte große Fortschritte. Die Operation am Bein war erfolgreich verlaufen und die Ärzte waren optimistisch, was den Heilungsverlauf anbelangte. Sie würde noch einige Zeit auf eine Gehhilfe angewiesen sein, aber dank der modernen Krankengymnastik sollte auch das bald der Vergangenheit angehören.

Chris hatte sich Urlaub genommen und verbrachte den ganzen Tag bei Hazel im Krankenhaus. Sie waren sich in den letzten gemeinsamen Tagen nähergekommen und Tess hatte einen neuen Chris kennengelernt. Er war reifer geworden und bereute offensichtlich seine Entscheidung von damals. Sie sprachen viel über die Vergangenheit und sie erfuhr eine Menge über ihn.

Nachdem Chris nach Boston gezogen war, hatte er sich voll und ganz auf sein Studium konzentriert und seinen Abschluss in Medizin in Rekordzeit erreicht. Sein damaliger Professor hatte ihn unter die Fittiche genommen und ihn gefördert. Als er ihm schließlich eine Stelle als Assistenzarzt im General Hospital von Boston angeboten hatte, hatte Chris nur allzu gerne zugesagt. Mittlerweile stand er kurz davor, seinen Facharzt zu machen. Er mochte die Wassernähe und die Gemütlichkeit, die Boston im Gegensatz zu New York zu eigen war. Vor knapp einem Jahr hatte er Ray kennengelernt und sich Hals über Kopf in sie verliebt. Wenn er von ihr sprach, leuchteten seine Augen und die Gefühle, die er für seine Verlobte hatte, sprangen ihm förmlich aus dem Gesicht.

Chris war glücklich so, wie er lebte. Er hatte seine Berufung in der Medizin gefunden und die richtige Frau an seiner Seite, die ihn unterstützte.

Nach dem Gespräch mit seinen Eltern waren die beiden plötzlich mit einer Puppe für Hazel und einem Blumenstrauß für Tess im Krankenhaus aufgetaucht und hatten sich tränenreich bei ihr entschuldigt.

Es hatte sie einige Überwindung gekostet, aber letztendlich hatte sie eingelenkt, auch wenn sie den Butlers keine große Sympathie entgegenbrachte. Unterm Strich brachte es niemandem etwas, wenn sie ihnen noch länger grollte.

Durch die Fehler der Vergangenheit war schon genug Schaden entstanden und sie wollte endlich ihren Frieden haben.

Hazel und Chris verstanden sich prächtig. Ihre Tochter mochte den großen, freundlichen Mann an der Seite ihrer Mutter. Manchmal war es erschreckend für Tess, zu beobachten, wie ähnlich sich die beiden in ihrer Mimik und ihrem Verhalten waren. Gleichzeitig quälte sie ihr schlechtes Gewissen. Hazel wünschte sich sehnlichst einen Vater. Sie und Chris hatten mehrfach darüber gesprochen, wie sie die Situation am besten handhaben sollten. Schließlich waren sie übereingekommen, ihrem Kind noch nichts von Chris' wahrer Identität zu erzählen. Hazels körperlicher Zustand hatte sich zwar gebessert, aber sie war noch immer sehr empfindlich. Die kleinste Kleinigkeit brachte sie aus der Fassung. Sie weinte viel und es dauerte oft Stunden, bis sie sich wieder beruhigt hatte. Der Unfall hatte eine Narbe auf ihrer Seele hinterlassen und es würde noch lange dauern, bis diese gänzlich verheilt war.

Gestern war Lynn in Begleitung von Tobias unangemeldet auf der Kinderstation erschienen. Sie war zwar noch schwach, aber sah deutlich besser aus. Der Schrittmacher erfüllte seinen Dienst und Lynn würde ein normales Leben ohne große Einschränkungen führen können.

Hazel brach in Tränen aus, als Lynn vor ihrem Bett stand. Es war das erste Mal seit dem Unfall, dass sie sich gegenüberstanden. Die beiden klammerten sich aneinander wie zwei Menschen, die durch ein unsichtbares Band miteinander verbunden waren.

Es war ein sehr emotionaler Moment für alle Beteiligten und es dauerte eine ganze Weile, bis sich alle wieder beruhigt hatten. Die Schwester brachte ihnen Kaffee und heiße Schokolade vorbei und sie setzten sich rund um Hazels Bett. Lynn bat Tess, von ihren Tagen in Paris zu erzählen. Sie kam der Bitte nur allzu gerne nach und berichtete ausführlich von ihren Erlebnissen. Sie brachte die kleine Gesellschaft mit ihren Anekdoten zum Lachen und staunen. Nur Léon erwähnte sie mit keinem Wort.

Sie hielt die gemeinsamen Tage und Erlebnisse mit Léon sicher in ihrem Herzen verschlossen, um sie in einsamen Stunden des Nachts hervorzuholen. Dann träumte sie von seinen Küssen und den Umarmungen, bis sie den Schmerz nicht mehr aushielt. Anschließend lag sie wach und starrte stundenlang in die Dunkelheit ihres Zimmers.

Hazel wirkte nach Lynns Besuch auf eigenartige Weise entspannter und fröhlicher.

Chris und Tess nutzen die Zeit, um die Vergangenheit aufzuarbeiten. Der gemeinsame Gedankenaustausch und die langen Gespräche brachten sie einander wieder näher.

Was früher einmal Liebe gewesen war, wandelte sich in Freundschaft. Er war betroffen, als er erfuhr, dass sie ihn für tot erklärt hatte und ihm somit die Rolle des Vaters verwehrt blieb. Sie suchten gemeinsam nach einer Lösung, aber vorerst würde sich Chris wohl oder übel mit der Rolle des guten Freundes der Familie zufriedengeben müssen.

Hazel machte täglich Fortschritte und Chris kümmerte sich rührend um seine Tochter.

Maureen und John hatten ebenfalls wieder zueinandergefunden und wie es aussah, überlegte ihr Vater tatsächlich, zurück nach New York zu ziehen. Alles schien sich in Wohlgefallen aufzulösen. Nur der Schmerz in Tess Herz blieb. Sie vermisste Léon.

Anfang der Woche meldete sich Fleur bei ihr, um sich nach Hazels befinden zu erkundigen. Sie war hörbar erleichtert, als Tess ihr strahlend von Hazels Fortschritten berichtete.

„Dann steht einem Besuch ja nichts mehr im Wege", verkündete Fleur.

„Du kommst nach New York?"

„Ja, mein Enkelsohn hat bald Geburtstag und ich bin natürlich eingeladen."

„Das ist ja fantastisch! Oh, ich freue mich so, dich endlich wiederzusehen. Du musst mir alles erzählen von Arthur und Julie. Und natürlich Magali. Wie geht es allen?"

„Alle lassen dich herzlich grüßen. Arthur und Julie waren schrecklich in Sorge wegen Hazel und haben fast täglich bei mir nachgefragt."

Fleur war so etwas wie eine mütterliche Freundin für Tess geworden. Und sie war ihre Verbündete. Mit Fleur konnte sie ungezwungen über ihre Zeit in Paris sprechen. Sie lachten miteinander und sie gestattete es sich, an Léon zu denken.

„Es war so schön in Paris. Sag bitte allen, dass ich sie schrecklich vermisse."

„Das mache ich. Versprochen."

Die Tage vergingen wie im Flug und ehe Tess es richtig realisiert hatte, war der Tag gekommen, an dem Chris zurück nach Boston flog. Eigentlich hatte sie ihn zum Flughafen begleiten wollen, aber er hatte darauf bestanden, dass sie bei Hazel im Krankenhaus blieb.

Ihr war schwer ums Herz, als sie sah, wie sich Chris und Hazel voneinander verabschiedeten.

„Und du kleine Motte versprichst mir, weiterhin gesund zu werden", flüsterte Chris und gab Hazel einen zärtlichen Stups auf die Nase. Ihr Verband war mittlerweile verschwunden und ein dunkler Flaum bedeckte ihren Kopf. Es schmerzte

Tess noch immer, wenn sie an die prachtvollen Locken dachte, aber die Haare würden wachsen.

„Versprochen." Hazel lächelte. Sie saß aufrecht im Bett. Neben ihr auf dem Kissen lag der kleine Wasserspeier, ohne den sie keinen Schritt tat. „Kommst du uns bald wieder besuchen?"

„Wenn deine Mummy mich lässt?" Chris warf ihr einen kurzen Blick zu.

„Natürlich. Du bist uns immer willkommen." Sie lächelte.

„Dann komme ich bald. Versprochen." Er beugte sich zu Hazel. „Ich hab dich lieb, kleine Motte." Sofort schlang Hazel die dünnen Ärmchen um seinen Hals und gab ihm einen Kuss. „Ich dich auch."

Tess' Herz machte einen Hüpfer und ihre Augen füllten sich mit Tränen. Endlich hatte sich das Blatt zum Guten gewendet.

Sie und Chris waren Freunde ohne Reue und bitteren Nachgeschmack. Sie hatten zu guter Letzt ihren Frieden mit der Vergangenheit geschlossen und sahen einer unbeschwerten Zukunft entgegen.

Chris hatte ihr versprochen, sich um die finanziellen Angelegenheiten zu kümmern, und sie war ihm dankbar dafür. Die ersten Rechnungen waren bereits eingetrudelt und er hatte alles bezahlt, ohne mit der Wimper zu zucken. „Das ist das Mindeste, was ich nach all den Jahren für dich tun kann", waren seine Worte gewesen, als er den Scheck an das Krankenhaus unterschrieben hatte. Außerdem waren sie übereingekommen, dass er für Hazels Schulausbildung aufkommen würde.

„Meldest du dich, wenn du gelandet bist?"

„Ich rufe dich an, sobald ich zu Hause bin", versprach er.

„Ich habe noch eine Bitte an dich. Meine Eltern würden die Kleine gerne ab und zu besuchen. Meinst du, das wäre möglich?"

Sie legte nachdenklich den Kopf leicht schräg. „Ich denke, da wird sich eine Lösung finden, die für beide Seiten akzeptabel ist. Ich habe mir überlegt, eine Abendschule zu besuchen.

Vielleicht könnten deine Eltern in der Zeit auf Hazel aufpassen." Sie lächelte.

„Danke, Tess." Er lächelte zurück und seine Augen ruhten zärtlich auf ihr. „Du bist ein guter Mensch. Ich kenne niemanden, der deine Größe gehabt hätte, meinen Eltern nach der ganzen Sache zu verzeihen."

Sie seufzte leise. „Ich bin einfach froh, dass sich alles zum Besten gewendet hat."

Chris nickte. „Wenn ich das nächste Mal komme, würde ich gerne Ray mitbringen, damit du sie kennenlernen kannst. Ich denke, ihr beide würdet euch gut verstehen. Wäre das für dich in Ordnung?"

„Natürlich. Ich würde mich freuen, deine Freundin kennenzulernen."

„Gut. Dann ist es abgemacht. Also …" Er warf einen Blick auf seine Armbanduhr. „Ich muss los." Er nahm sie in den Arm. „Pass auf dich und die Kleine auf."

Sie nickte unter Tränen.

„Bis bald."

„Bis bald." Zufrieden sah sie ihm hinterher, bis er um die Ecke bog.

# 20. Kapitel

Nach drei Wochen war es endlich soweit und der große Tag, an dem sie Hazel nachhause bringen durfte, war gekommen. Sie hatte die Nacht vor Aufregung kaum geschlafen und war immer und immer wieder durch die Wohnung gelaufen, um sich davon zu überzeugen, dass alles für ihre Ankunft perfekt war. Sie hatte Blumen gekauft und auf den Tisch im Wohnzimmer gestellt. Hazels Bett war frisch bezogen und über der Tür hing ein großes Willkommensschild, das Mrs Miller gemalt hatte. Überhaupt hatte sich ihre Nachbarin in den letzten Wochen als echte Hilfe erwiesen. Nicht nur, dass sie sich rührend um Cupcake gekümmert hatte, sie hatte auch im Haushalt geholfen und die Wohnung in Tess' Abwesenheit einmal gründlich durchgereinigt. Nun glänzte und blitzte alles. Es roch angenehm nach dem Kuchen, den Tess gestern Abend noch gebacken hatte.

Tess, Kelly und Megan hatten die vergangene Woche dazu genutzt, Hazels Zimmer zu renovieren. Das letzte Mal, dass jemand in der Wohnung gestrichen hatte, musste Jahre her sein. Die Farben an den Wänden waren verblichen und an manchen Stellen abgeblättert.

Lynn, die bereits aus dem Krankenhaus entlassen worden war, hatte die Arbeiten vom Sofa aus überwacht und sie unterhalten. Der Unfall hatte die vier Freundinnen noch enger zusammengeschweißt.

Kelly hatte sich angeboten, Hazel mit dem Auto abzuholen, und so waren sie heute Morgen in aller Frühe in dem Mini in Richtung Krankenhaus aufgebrochen. Megan und Lynn würden etwas später zu einer gemeinsamen Tasse Kaffee dazustoßen. Die Verabschiedung von den Mitarbeitern der Kinderstation, die Hazel betreut hatten, war äußerst herzlich verlaufen. Die Schwestern hatten das liebenswerte, aufgeweckte, kleine Mädchen rasch ins Herz geschlossen. Hazel musste versprechen, bald mal auf einen Besuch vorbeizukommen.

Sie verspürte eine Welle der Erleichterung, als das hohe Gebäude langsam im Rückspiegel verschwand, während Hazel vom Rücksitz aus mit Kelly plapperte. Die letzten Wochen waren Tess wie eine Ewigkeit vorgekommen. Die schwere Zeit lag endlich hinter ihnen und Hazel konnte einer unbeschwerten Zukunft ins Auge sehen. Die Ärzte hatten ihr mehrfach versichert, dass Hazel ein normales Leben führen konnte, wie jedes andere Kind auch. Der Unfall hatte keine bleibenden Schäden bei ihr hinterlassen.

Langsam gingen sie den Flur zu Hazels Kinderzimmer entlang. Tess stützte Hazel und Kelly trug den kleinen Koffer mit ihren Sachen vom Krankenhaus.

Hazels operierter Fuß steckte in einer Art Schuh, der aussah wie jene, die Astronauten trugen, wenn sie das Shuttle verließen.

Sie war zwar immer noch blass, aber sie hatte an Gewicht zugelegt und ihre Wangen rundeten sich bereits wieder. Ihre Haare waren etwas nachgewachsen und die ersten winzigen Locken deuteten sich an. Tess fand, dass Hazel mit den kurzen Haaren ganz entzückend aussah.

„Da wären wir endlich. Willkommen zu Hause, Sonnenschein!" Sie öffnete die Tür zu Hazels Zimmer mit einem Schwung.

Sonnenlicht fiel durch die Fenster und ließ die frischgestrichenen Wände in einem freundlichen Rosa erstrahlen. Das alte Bett hatten sie gegen ein Himmelbett ausgetauscht, das Chris' Eltern bezahlt hatten. Auf dem kleinen Tischchen stand eine Lampe, deren Licht in der Nacht einen Sternenhimmel gegen die Wand warf. Der Kleiderschrank glänzte in Pink und an der Wand stand eine nagelneue Puppenstube, die Chris seiner Tochter zum Abschied gekauft hatte. Der alte Teppichboden war durch einen neuen hellen Teppich ersetzt worden.

„Mummy!" Hazel schlug begeistert die Hände zusammen. Ihre Augen leuchteten vor Glück. „Ich habe ein Prinzessinnenzimmer!"

„Ja." Tess lachte. „Und Tante Kelly, Megan und Lynn haben mir dabei geholfen. Sieh nur", sie deutete auf das kleine Holzhaus an der Wand, „Chris hat die Puppenstube für dich gekauft und Oma und Opa Butler haben das Bett besorgt." Keiner wusste, wie es dazu gekommen war, aber Hazel hatte Chris' Eltern von Anfang an so genannt, ohne den wirklichen Zusammenhang zu kennen. Die Butlers fühlten sich geschmeichelt und Tess hatte im Grunde nichts dagegen einzuwenden. Lediglich Maureen war etwas verschnupft über die plötzliche Konkurrenz an ihrer Seite.

„Gefällt es dir?", fragte sie.

„Es ist wunderschön." Ehrfurchtsvoll strich Hazel mit der Hand über den weichen Stoff, der seitlich über das Bett fiel. „Ein richtiges Himmelbett." Cupcake kam schnurrend um die Ecke und rieb seinen Kopf an Hazels gesundem Bein. Sofort ließ sich Hazel auf den Boden nieder und vergrub ihr Gesicht in das Fell.

Tess' Herz drohte vor Glück überzulaufen. Endlich war die kleine Familie wieder vereint. Sie gab erst Hazel und dann Cupcake einen Kuss. Ihre Tochter strahlte über das ganze Gesicht.

„Na, wenn alle zufrieden sind, dann können wir ja die Torte anschneiden, die deine Mum extra zu deiner Rückkehr gebacken hat." Kelly lachte. „Ich habe schon die ganze Zeit den Duft in der Nase."

„Wir müssen noch auf Megan und Lynn warten", protestierte Tess.

Wie auf Kommando klingelte es an der Haustür.

„Wenn man vom Teufel spricht." Kelly zwinkerte.

„Und was gibt es sonst noch für Neuigkeiten?", fragte Megan und legte die Gabel beiseite. Sie saßen dichtgedrängt um den kleinen Tisch in der Küche.

Jede von ihnen hatte ein riesiges Stück der leckeren Torte vertilgt, nun waren alle glücklich und satt.

„Ich habe einen Job im *Ladurée*", verkündete Tess strahlend.

„In Paris?" Kelly hätte fast den Löffel fallen lassen.

Lachend schüttelte Tess den Kopf. „Natürlich nicht. Nein, in der Zweigstelle in Manhattan. Stellt euch vor, die haben mir eine Ausbildungsstelle zur Patissière angeboten." Ihre Augen leuchteten vor Glück.

Kurz nach Chris' Abreise hatte Pierre ihr eine E-Mail geschickt und ihr mitgeteilt, dass er sich mit der Zweigstelle in New York in Verbindung gesetzt hatte und man sich freuen würde, sie dort zu einem Vorstellungsgespräch zu begrüßen. Tess hatte sofort zurückgeschrieben und sich bei ihm bedankt. In der heutigen Zeit war es selten genug, dass Menschen Versprechen hielten, die sie fast Fremden gegenüber gemacht hatten. Nach dem Motto: ‚Aus den Augen, aus dem Sinn' wurden spontan ausgesprochene Zusagen gerne wieder vergessen. Tess hatte unverzüglich im *Ladurée* angerufen und einen Termin für den folgenden Tag vereinbart.

Sie hatte keiner ihrer Freundinnen davon erzählt. Nicht einmal ihre Eltern hatten davon gewusst.

„Ihr könnt euch nicht vorstellen, wie aufgeregt ich war", berichtete sie. „Ich glaube, ich habe in der Nacht davor kein Auge zugemacht."

„Was hast du angezogen?", wollte Megan wissen. *Natürlich!*

„Meine schwarze Hose, dazu eine Bluse und Pumps. Trés chic!"

„Perfekt", nickte Megan.

„Und weiter?", fragte Lynn. Hazel saß neben ihr und hatte ihr Köpfchen an sie gekuschelt. Seit dem Unfall hatten die beiden ein inniges Verhältnis.

„Das Gespräch war relativ kurz. Der Chef persönlich hat mich begrüßt und einmal durch die Patisserie geführt. Er wollte wissen, wo ich gelernt habe und warum ich ausgerechnet im *Ladurée* arbeiten möchte. Stellt euch vor, er kannte sogar die Callahans."

„Wirklich?"

„Ja", nickte Tess. „Mr Harvard ist in Brooklyn aufgewachsen."

„Was für ein Zufall", murmelte Lynn nachdenklich. „Manchmal habe ich das Gefühl, unser ganzes Leben besteht nur aus Zufällen."

„Eine Freundin von mir hat mal gesagt: Es gibt keine Zufälle, nur schicksalhafte Begegnungen."

„Womit sie nicht ganz Unrecht hat", stimmte ihr Lynn zu.

„Und wann fängst du an?"

„Nächsten Monat." Sie zwinkerte Hazel zu, die gerade ihren Finger in die Sahne gesteckt hatte, um davon zu naschen. Ertappt schnellte die kleine Hand zurück. Tess konnte sich nur mit Mühe ein Lachen verkneifen.

„Und was sagen Ben und Margret dazu?" Megan runzelte die Stirn.

„Ich hatte gestern ein langes Gespräch mit den beiden." Sie nahm einen Schluck Kaffee. „Sie waren äußerst verständnisvoll und haben sich für mich gefreut.

Der Vertrag mit dem *Ladurée* ermöglicht es mir, dass ich am Wochenende weiter in der *Brooklyn Heights Bakery* arbeiten kann."

„Wird das nicht ein bisschen viel?"

Tess schüttelte den Kopf. „Hazel geht ab dem Sommer in die Schule mit Ganztagsbetreuung. Ich kann also bis vier Uhr nachmittags machen, was ich will." Ihre Augen leuchteten.

„Wie es aussieht, regelt sich in deinem Leben alles von ganz alleine", entgegnete Lynn und lächelte.

„Ja, manchmal ist es mir direkt unheimlich." Tess kicherte glücklich.

„Fehlt nur noch der richtige Mann!", rief Megan fröhlich.

Ihre Miene verdüsterte sich augenblicklich. „Ich brauche keinen Mann."

Die Lücke, die Léon in ihrem Leben hinterlassen hatte, war noch immer spürbar. Sie dachte fast jede Nacht an ihn. Wenn sie die Augen schloss, sah sie sein Gesicht, fühlte seine Hände auf ihrer Haut. Sie vermisste ihn so sehr, dass es wehtat.

In ihrer letzten E-Mail an Etienne hatte sie ihn nach Léon gefragt, aber er hatte ebenfalls nichts mehr von ihm gehört.

Etienne war nun schon seit Wochen in Südamerika beschäftigt und nur sehr sporadisch erreichbar. Wenn sie mit ihm mailte, beklagte er sich zwar über das Klima dort, aber zwischen den Zeilen konnte sie lesen, dass ihm seine Arbeit beim Film gefiel und er glücklich war. Auch Julie und Arthur hatten sich bei ihr gemeldet. Fleur und Arthur trafen sich nun regelmäßig und besuchten zusammen Kunstausstellungen und gingen ins Theater. Zwischen den beiden älteren Herrschaften hatte sich eine tiefe Freundschaft entwickelt. Laut Fleur war Julie zwar zunächst eifersüchtig auf sie gewesen, aber nach einigen gemeinsamen Unternehmungen waren die beiden Frauen Freundinnen geworden. Die drei planten sogar einen Besuch zu dritt in New York.

Kelly kam ihr zu Hilfe.

„Ach, lass Tess endlich damit in Ruhe. Sie hat genügend Dinge, um die sie sich kümmern muss. Wenn der Richtige kommt, werden wir es schon rechtzeitig erfahren."

Kelly war die Einzige, die über Léon bescheid wusste. Tess hatte ihr das Herz ausgeschüttet. Es hatte ihr gutgetan, mit jemand Vertrautes über ihn und den Liebeskummer, der sie seitdem plagte, reden zu können.

Der Liebeskummer bei Chris war anders gewesen. Vielleicht lag es daran, dass sie älter geworden war. Damals war sie zutiefst verletzt gewesen, heute war sie enttäuscht und fühlte sich vom Schicksal betrogen.

Tief in ihrem Herzen hatte sie von einem gemeinsamen Leben in New York geträumt und davon, dass Hazel endlich die Familie hatte, die sie sich so sehr wünschte.

Megan und Lynn tauschten verwunderte Blicke.

„Mummy, darf ich in mein Zimmer?", fragte Hazel artig und schob ihren Stuhl ein Stück vom Tisch weg.

„Natürlich, mein Schatz." Sie schenkte ihrer Tochter ein Lächeln. „Brauchst du Hilfe?"

Hazel schüttelte den Kopf. „Ich schaff das schon alleine." Sie rutschte vom Stuhl und schnappte sich die Krücken. Cupcake war sofort zur Stelle und tapste neben ihr zur Tür.

„Ich finde, Hazel ist durch den Unfall irgendwie erwachsener geworden", murmelte Tess nachdenklich.

„Wundert dich das, nach alldem, was sie durchgemacht hat?", warf Kelly ein.

Tess schüttelte den Kopf.

„Nein, aber es macht mich traurig. Ich hätte ihr den Kummer gerne erspart."

„Vielleicht. Aber ich finde, du solltest dir die guten Dinge vor Augen halten, die daraus entstanden sind. Chris ist in dein Leben zurückgekehrt. Du hast dich mit der Vergangenheit ausgesöhnt und Hazel hat endlich den Vater, den sie sich immer gewünscht hat …"

„Hazel weiß noch immer nicht, wer Chris ist. Sie glaubt, dass er ein guter Freund aus meiner Studienzeit ist."

Lynns Stirn lag in Falten. „Ich bin mir nicht sicher, ob das so eine gute Idee ist."

„Was hätte ich machen sollen? Ich habe ihr von klein auf erzählt, dass ihr Vater tot ist. Sie hat einen schweren Unfall überlebt. Ich wollte ihr die Aufregung ersparen und es ihr später in aller Ruhe sagen."

„Ich glaube, Hazel ist stärker, als du denkst, und die Wahrheit hat noch niemandem geschadet." Kelly schnipste einen Krümel von der Tischplatte. „Ich an deiner Stelle würde ihr sagen, dass Chris ihr Vater ist …"

Es polterte laut. Tess' Kopf schnellte herum. Hazel stand im Türrahmen, ihr Mund weit offen und ihre Augen aufgerissen. Eine Krücke lag auf dem Boden.

„Hazel." Sie sprang vom Stuhl und eilte zu ihrer Tochter. Hazel stieß sie mit aller Kraft von sich.

„Chris ist nicht mein Dad! Mein Dad ist tot!" Hazel hatte die Unterlippe vorgeschoben und die Arme vor der Brust verschränkt.

Ihre drei Freundinnen sahen wie erstarrt zu ihnen rüber.

„Aber du magst Chris doch?" Sie sah ihre Tochter an.

„Chris ist *nicht* mein Dad." Mit diesen Worten bückte sich Hazel, schnappte sich die Krücke und humpelte davon. „Ich habe keinen Dad."

„Es tut mir so leid." Kelly war aufgesprungen und stand hinter ihr.

Tess schüttelte den Kopf. „Es war mein Fehler. Ich hätte ihr von Anfang an die Wahrheit sagen sollen."

„Kann ich irgendwas tun?" Kellys Hand berührte sie am Arm.

„Nein, lass gut sein. Ich denke, ich sollte mit ihr reden, bevor noch mehr Unglück passiert. Das wird schon." Sie wusste selbst, wie wenig überzeugend sie klang.

„Wenn du willst ... könnte auch ich mit ihr reden", schlug Lynn vor.

„Nein. Ich weiß dein Angebot zu schätzen, aber das ist eine Sache zwischen Hazel und mir." Sie holte tief Luft. „Ich rufe euch an."

„Ja, in Ordnung." Kelly drückte sie.

„Wir räumen solange auf", sagte Megan.

„Nein, lasst alles stehen. Ich wäre jetzt gerne mit Hazel allein."

Hazel saß im Schneidersitz auf dem Bett. Sie hatte den kleinen Wasserspeier im Arm und starrte nach draußen. Als sie Tess' Schritte hörte, fuhr ihr Kopf herum und sie funkelte ihre Mutter wütend an.

„Hazel." Tess setzte sich auf die Bettkante und griff nach ihrer Hand. Sofort zog ihre Tochter diese zurück. Ihr Gesicht sprach Bände. Sie war verletzt und wütend.

„Liebling, es tut mir so leid. Ich wollte dich nicht anlügen oder dir etwas verheimlichen", begann Tess mit sanfter Stimme. „Du bist das Liebste, was ich habe, und ich würde alles auf der Welt tun, damit du glücklich bist." Sie sah Hazel direkt ins Gesicht. Ihre Augen schwammen in Tränen und ihre Unterlippe zitterte. Es brach Tess das Herz, ihre geliebte Tochter so unglücklich zu sehen.

„Dein Dad und ich haben uns auf der Universität kennengelernt. Ich war sofort Hals über Kopf in ihn verliebt und er in mich. Wir waren noch so jung. Ich habe damals noch bei Granny im Haus gelebt."

„Aber warum hast du Dad dann nicht geheiratet?" Hazel sah sie mit großen, traurigen Augen an.

Tess strich ihrem Kind sanft über den Kopf. „Weißt du, wenn man jung ist, macht man Fehler."

Hazel nickte. „Als ich mit dir schwanger wurde, haben ihn seine Eltern nach Boston geschickt. Ich war ganz schön wütend auf ihn, als ich es erfahren habe."

„Aber du hast gesagt, dass mein Dad tot ist!", unterbrach sie Hazel patzig. „Du hast gelogen!"

Tess nickte langsam. „Ja, ich habe gelogen, und das war auch nicht richtig von mir. Weißt du, wenn man wütend auf jemanden ist, macht man manchmal ziemlich doofe Sachen."

„Und deshalb hast du gesagt, dass Daddy tot ist?" Hazel blinzelte.

„Ja, deshalb habe ich gelogen und gesagt, dass dein Dad tot ist."

„Das war aber gar nicht lieb von dir!"

„Nein, das war es nicht. Aber Mummys machen eben auch Fehler."

„Genau wie Daddys?" Hazel zog die Nase kraus.

Sie nickte. „Genau wie Daddys."

Hazel dachte angestrengt nach. Ihr kleines Gesichtchen war ganz ernst. Tess' Hand schmiegte sich an ihre Wange. „Aber dein Daddy und ich lieben dich über alles auf der Welt. Weißt du, wir haben sehr lange über die Vergangenheit gesprochen und festgestellt, dass wir nicht zusammengepasst hätten. Aber wir haben eine Sache richtig gemacht", sie machte eine Pause und ihre Augen suchten die ihrer Tochter, „und das bist du. Du bist das Beste von deinem Dad und mir.

Wir lieben dich von ganzem Herzen und ich schäme mich, dass ich dir nicht schon früher die Wahrheit gesagt habe. Kannst du mir verzeihen, mein Engel?"

Hazel nickte. Sie schlang die Arme um Tess' Hals und drückte ihren kleinen warmen Körper fest an sie. Tess küsste die Tränen weg, die über Hazels blasses Gesicht kullerten. „Ich liebe dich so sehr."

„Bis zum Mond und wieder zurück?" Hazel hob den Kopf und sah ihrer Mutter ins Gesicht.

„Bis zur Sonne und noch viel weiter ..." Sie lächelte. „Du bist meine Traumtochter. Kannst du mir verzeihen?"

Zur Antwort bekam Tess einen Kuss. Glücklich schloss sie die Arme um Hazel.

„Was hältst du davon, wenn wir deinen Dad anrufen und ihn fragen, ob er uns nicht am Wochenende besuchen kommen möchte?"

„Ja!" Ehe Tess noch etwas sagen konnte, humpelte Hazel los, um das Telefon zu holen.

# 21. Kapitel

Es war ein wunderschöner sonniger Tag und im Central Park herrschte Hochbetrieb. Die riesige Anlage war die grüne Lunge der Stadt und eine Oase inmitten des Verkehrs. Aber an Tagen wie diesem war der Park das Zentrum für Touristen und New Yorker gleichermaßen. Bewaffnet mit Picknickkörben und Decken, strömten die Menschen herbei, um den Tag in Begleitung ihrer Freunde und Familien zu genießen. Hundebesitzer drehten ihre Runden, Geschäftsleute saßen im Schatten der Bäume auf den Bänken und genossen das bunte Treiben in ihrer Mittagspause. Überall war Musik zu hören und in der Luft lag der Duft nach Bratwürstchen und Blumen.

Hazel hüpfte begeistert an ihrer Hand über den schmalen Weg, der zum Spielplatz in der Mitte der Parkanlage führte. Als Tess ihr von dem Ausflug zum Central Park erzählt hatte, war Hazel außer sich vor Freude gewesen. In Windeseile hatte sie ihren kleinen roten Rucksack gepackt und war abfahrbereit in der Haustür gestanden.

Fleur und Tess hatten am Vorabend miteinander telefoniert und Fleur hatte den Treffpunkt dort vorgeschlagen. Das Appartement ihres Sohnes lag direkt am Central Park. Sie würde ihren sechsjährigen Enkelsohn mitbringen, um gemeinsam mit den Kindern ein Picknick zu veranstalten. Zu diesem Zweck hatte Tess eine Tasche mit Sandwiches, kleinen Snacks und Getränken gepackt.

Sie freute sich darauf, Fleur endlich wiederzusehen. Seit ihrem Zusammentreffen in Paris war eine Menge passiert und sie brannte darauf, ihrer Freundin von den Entwicklungen der letzten Wochen zu berichten.

Da es bereits in den frühen Morgenstunden ungewöhnlich warm gewesen war, hatte sie das weiße Kleid angezogen, das sie am Abend des *Dîner en blanc* getragen hatte. Seitdem hatte es in ihrem Kleiderschrank gehangen und auf den richtigen Anlass gewartet. Heute war es soweit – ein Stück Frankreich im Central Park. Um das Outfit abzurunden, hatte sie die

Haare locker am Hinterkopf zusammengebunden und anschließend die Augen etwas mit Kajal betont, so wie Etienne es ihr gezeigt hatte.

Hazel hatte das ungewöhnliche Outfit ihrer Mutter mit einem breiten Grinsen und den Worten: „Du siehst absolut toll aus", kommentiert.

Zufrieden warf sie einen Blick auf Hazel, die fröhlich summend neben ihr her hüpfte. Dank der Krankengymnastik und dem unerbittlichen Willen ihrer Tochter war für einen Außenstehenden bis auf ein leichtes Hinken, das auftrat, wenn Hazel müde oder lange gelaufen war, nichts mehr zu sehen. Seit sie wusste, dass Chris ihr Vater war, waren ihr Lachen und ihre Unbefangenheit zurückgekehrt.

Chris erfüllte seine neue Vaterrolle mit Begeisterung und rief fast täglich an, um mit seiner kleinen Motte, wie er sie nannte, zu plaudern. Ray, Chris' Freundin, hatte ihn bei seinem letzten Besuch in New York begleitet. Zunächst war Tess ihr gegenüber skeptisch gewesen, hatte ihre Vorurteile jedoch schnell über Bord geworfen. Ray war die perfekte Frau an Chris' Seite und akzeptierte seine neue Rolle als Vater bedingungslos. Sie versuchte sich nie in den Vordergrund zu drängen und gab Tess zu keinem Zeitpunkt das Gefühl, ihr die Mutterrolle streitig machen zu wollen. Im Verlauf des Wochenendes waren sich die beiden Frauen nähergekommen und Ray hatte sie nach Boston eingeladen.

Tess hatte die Einladung nur allzu gerne angenommen. Sie war glücklich, dass Hazel nun endlich den Vater hatte, den sie sich all die Jahre so sehr gewünscht hatte.

Tess stellte den Korb auf den Boden ab und hielt nach Fleur Ausschau. Auf dem Spielplatz tobte ein Dutzend Kinder, während sich die Mütter auf den Parkbänken entlang des Sandkastens verteilt hatten.

„Wo ist Fleur?", fragte Hazel, die darauf brannte, die unbekannte Freundin ihrer Mutter aus Paris kennenzulernen.

„Keine Ahnung. Ich schätze, sie wird gleich hier sein."

„Darf ich so lange schaukeln gehen?" Ihre Kleine warf einen sehnsüchtigen Blick auf die freie Schaukel.

„Natürlich." Sie gab Hazel einen liebevollen Klaps auf den Po. „Aber pass auf und nicht zu wild."

Sie nickte und rannte los. Tess schnappte sich den Korb und ließ sich auf der Bank unterhalb eines mächtigen Baumes nieder. Sie beobachtete, wie Hazel auf die Schaukel kletterte und anfing zu schwingen. Ihre Augen leuchteten und sie lachte von einem Ohr zum anderen.

„Tess."

Sie sah zur Seite und entdeckte Fleur, die mit einem kleinen, schlaksigen Jungen an der Hand auf sie zukam.

Der Bub hatte einen grimmigen Gesichtsausdruck aufgesetzt und trug einen Fußball unterm Arm.

„Fleur! Wie schön, dich zu sehen." Sie umarmten sich. Der kleine Junge stand schweigsam daneben.

„Und wer bist du?" Tess ging vor ihm in die Hocke.

„Maximilian." Sie sah, wie er die Unterlippe trotzig nach vorne schob.

„Ich freue mich, deine Bekanntschaft zu machen. Ich bin Tess." Sie reichte ihm die Hand.

Der Junge zögerte einen Moment, dann schlug er ein. „Ich freue mich auch." Man merkte ihm förmlich an, wie sehr er sich bemühte, einen guten Eindruck zu machen.

„Wo ist Hazel?" Fleur schielte hinter Tess' Rücken.

„Dort drüben auf der Schaukel." Sie winkte Hazel zu, die gerade nach vorne schwang. Mit einem Satz sprang sie von der Schaukel und landete auf allen vieren im Sand. Tess hielt erschrocken die Luft an. Der Sprung war hoch gewesen. Lachend kam Hazel auf die Beine und klopfte sich den Sand von den Knien. Erleichtert atmete Tess aus.

„Ein kleiner Wildfang, wie ich sehe." Fleur, die ihr Zusammenzucken bemerkt hatte, lachte.

„Ja, leider. Ich habe immer noch ein bisschen Angst wegen ihres Beins."

„Tess, Liebes." Fleur tätschelte ihre Hand. „Das sind Kinder. Du wirst es nicht verhindern können und so, wie deine Kleine lacht, brauchst du dir keine Sorgen zu machen."

Hazel blieb vor Fleur stehen. Sie hatte die Arme hinter ihrem Rücken gekreuzt und musterte die fremde Frau neugierig. „Bist du Fleur?"

Die zierliche Französin lächelte. „Ja, ich bin Fleur." Sie reichte Hazel die Hand. „Und du musst Hazel sein. Deine Mutter hat mir schon so viel von dir erzählt."

Ihre Tochter nickte, ohne die Augen von Maximilian abzuwenden.

„Maximilian, willst du Hazel nicht Hallo sagen?"

„Hallo." Maximilian scharrte mit seinen Füßen im Sand, ohne zu ihr aufzusehen.

„Wollen wir Fußball spielen?" Hazel tippte gegen den Ball des Jungen.

„Mädchen können kein Fußball spielen."

„Ich kann", widersprach ihm Hazel. „Mein Opa hat es mir beigebracht."

Tess' Vater war als junger Mann als Soldat der US-Army in Heidelberg stationiert gewesen. Während dieser Zeit hatte er seine Liebe zu deutschem Bier und Fußball entdeckt. John hatte seine Enkelin mehrfach zu kleinen Fußballspielen mitgenommen und ihr die Spielregeln erklärt. Als Tess ihre Bedenken wegen dieses Sports bei der Physiotherapeutin geäußert hatte, hatte diese nur milde gelächelt und ihr erklärt, dass der Knochen in Hazels Bein gut verwachsen wäre.

„Von mir aus", sagte Maximilian mürrisch und ließ den Ball auf den Boden fallen. Sofort schoss Hazels gesundes Bein nach vorne und traf den Ball mit voller Wucht. Dieser flog durch die Luft. Ein Ruck ging durch Maximilians Körper und er rannte dem Ball hinterher, gefolgt von Hazel.

„Wie es scheint, haben sich da zwei gefunden", bemerkte Fleur und ließ sich neben ihr auf der Bank nieder. „Maximilian ist sonst eher zurückhaltend Fremden gegenüber."

„Hazel eigentlich auch", entgegnete Tess nachdenklich.

„Aber sie scheint Maximilian zu mögen." Sie deutete auf ihre Tochter, die lachend hinter Fleurs Enkel herlief.

„Wie geht es dir, meine Liebe?" Fleur tätschelte ihre Hand. „Du siehst blendend aus."

„Es geht mir absolut fantastisch. Ich habe meine Ausbildung in der Patisserie *Ladurée* in Manhattan begonnen. Es ist einfach unglaublich dort und die Leute sind so nett zu mir. Stell dir vor, Hazel hat den Platz in der Privatschule bekommen. Chris hat mit der Direktorin gesprochen."

„Das sind ja gute Nachrichten. Ich hätte sonst meinen Sohn gebeten, ein Wörtchen für dich einzulegen." Fleur faltete die Hände.

„Deinen Sohn? Was hat der mit der Schule zu tun?" Sie sprachen fast nie über Fleurs Sohn. Ihren Erzählungen nach musste er ein ziemlicher Eigenbrötler sein, der selten ausging und seiner Arbeit mit Leib und Seele verschrieben war.

Fleur zuckte mit den Achseln. „Er kennt eine Menge einflussreicher Leute."

„Ich dachte, ihr seid so eine Art Familienunternehmen."

„Ja, mein Luis hat das Unternehmen aufgebaut und –"

Hazel und Maximilian kamen lachend auf sie zugelaufen. Ihre Gesichter waren gerötet vom Spielen. „Mummy, kann ich was zu trinken bekommen?" Ihre Kleine kuschelte sich an sie.

„Natürlich." Tess zog zwei Flaschen Wasser aus dem Korb und reichte jeweils Hazel und Maximilian eine. Hazel trank in gierigen Schlucken. Ihre Wangen waren vom Spiel gerötet und ihre Augen glänzten.

„Hazel kann ganz gut Fußball spielen." Maximilian nickte seiner Großmutter zu.

„Wirklich? Obwohl sie ein Mädchen ist?", neckte ihn Fleur.

„Ja", kam es, wie aus der Pistole geschossen, aus Maximilians Mund. Hazel grinste selig.

„Wollen wir weiterspielen?", fragte er an Hazel gewandt.

Diese nickte und reichte ihrer Mutter die halbleere Flasche.

„Liebling, bitte pass auf, dass du dein Bein nicht überanstrengst", bat Tess.

„Wieso? Was ist mit deinem Bein?" Maximilian zog die Nase kraus.

„Ach, ich hatte einen doofen Unfall und dabei habe ich mich am Bein und am Kopf verletzt. Deshalb sind meine Haare auch so kurz."

„Ich mag kurze Haare", entschied Maximilian. „Damit siehst du aus wie ein Seeräuber." Ein dankbares Lächeln huschte über Hazels Gesicht.

Tess entließ die beiden. „Na dann, ihr zwei Räuber."

„Maximilian ist wirklich ein hübscher Junge", sagte Tess nachdenklich. „Irgendwie erinnert er mich an jemanden."

„Er ist seinem Vater wie aus dem Gesicht geschnitten."

„Und was ist mit seiner Mutter?" Fleur hatte ihre Schwiegertochter bisher mit keinem Wort erwähnt.

„Maximilians Mutter ist gestorben."

„Oh, das tut mir leid", beteuerte sie.

Fleur nickte. „Das war eine ganz schreckliche Sache. Terrible. Maximilian war gerade mal vier Jahre alt, als seine Mutter starb." Sie schüttelte bedauernd den Kopf. In ihrem Gesicht spiegelte sich der Horror von damals wider. „Er hat nächtelang nach seiner Mama gerufen und geweint. Es war eine harte Zeit für die ganze Familie. Ich war wochenlang in New York, um mich um die Kleinen zu kümmern, wenn sein Vater im Büro war."

„Wie furchtbar." Tess schüttelte den Kopf.

„Ja, eine Tragödie. Mein Sohn hat sich nach Janets Tod völlig zurückgezogen. Es hat Monate gedauert, bis ich ihn überreden konnte, mal wieder unter Leute zu gehen." Ihr Blick wanderte in die Ferne. „Er hat seine Frau sehr geliebt. Die beiden haben sich auf einer Party kennengelernt und sofort ineinander verliebt. Sie war Amerikanerin – New Yorkerin, um genau zu sein. Sie war das Bild einer Frau. Groß, schlank, hübsch, intelligent und lebenslustig. Mein Sohn hat damals an der NYU studiert. Die beiden haben schon nach ein paar Monaten geheiratet und ein Jahr später kam Maximilian auf die Welt. Jeder hat sie um ihr Glück beneidet. Und dann kam die Nachricht von Janets Krebserkrankung." Fleurs Blick wanderte ins Leere. Um ihren Mund bildeten sich tiefe Falten.

„Deine Schwiegertochter ist an Krebs gestorben?" Tess war erschüttert.

„Ja, sie ist innerhalb von wenigen Wochen verschieden. Sie hat gekämpft. Janet wollte leben. Es war grausam, mit anzusehen, wie meine lebenslustige Schwiegertochter mehr und mehr verschwand. Mein Sohn ist mit ihr zu den besten Ärzten geflogen. Sie waren sogar in der Schweiz und haben dort einen Spezialisten besucht. Wir hatten große Hoffnungen, dass dieser Mann ihr würde helfen können, aber als sie wiederkam, war sie nur noch ein Schatten ihrer selbst. Sie ist an einem sonnigen Tag am zwanzigsten März zweitausenddreizehn gestorben …" Fleur brach ab. Ihre Augen füllten sich mit Tränen. Tess nahm ihre Hand und streichelte sie.

„Das tut mir so leid." Tess' Blick wanderte zu Maximilian, der fröhlich mit Hazel spielte. Das Leben konnte grausam sein.

„Und wie geht es deinem Sohn jetzt?"

Fleur legte den Kopf leicht schräg. „Er hat in Paris eine Frau kennengelernt, aber irgendetwas ist schiefgelaufen. Er spricht nicht viel über sich selbst. Ich dachte schon, dass er endlich glücklich werden würde, aber so, wie es aussieht, werde ich noch warten müssen, bis ich ihn wieder lachen sehe."


„Du hast selbst gesagt, dass du glaubst, dass das Schicksal manchmal Umwege nimmt, bis es uns zu unserem Glück führt. Ich bin mir sicher, dein Sohn wird sein Glück noch finden. Sieh mich an, ich habe es schließlich auch geschafft."

Fleur nickte. „Du hast recht. Ich darf nicht ungeduldig sein. Aber als Mutter macht man sich immer Sorgen um seine Kinder, egal wie alt sie sind."

„Und ich hatte gehofft, das hört irgendwann mal auf." Sie lächelte. Ihre Augen wanderten zu Hazel und Maximilian. Es war ein friedliches Bild, das sich ihr bot. Die beiden saßen im Schatten unter den hohen Bäumen, der Fußball lag achtlos im Gras. Die zwei waren völlig in ihr Gespräch vertieft. Der grimmige Ausdruck aus Maximilians Gesicht war verschwunden und sein Mund bewegte sich unablässig. Hazel gluckste vergnügt.

„Aber genug von den traurigen Sachen. Du musst mir alles über Hazels Vater erzählen", bat Fleur.

„Gerne. Was hältst du davon, wenn ich uns eine Tasse Kaffee dazu einschenke?"

„Das ist eine ganz vorzügliche Idee." Fleur griff in ihre Tasche und zückte ein Taschentuch. Sie schnäuzte einmal kräftig. „Pardon."

Tess packte die Becher und die Thermoskanne aus und schenkte ihnen Kaffee ein. Anschließend öffnete sie die Schachtel mit Macarons und bot sie Fleur an. „Die sind frischgebacken. Eine Eigenkreation. Café au Lait mit einem Hauch Zimtbutter."

Ihre Freundin nahm sich eines der Gebäckstücke und kostete davon. „Mon dieu, köstlich." Sie schloss genussvoll die Augen. „Du bist eine Meisterin deines Fachs."

„Ich bin ja noch ganz am Anfang", erwiderte Tess bescheiden.

„Apropos Anfang. Nun erzähl endlich von dir und deinem Ex. Wie war noch der Name?", bat Fleur. „Seid ihr zusammen? Habt ihr die Liebe für euch neuentdeckt?"

Tess schüttelte entschieden den Kopf. „Du meinst Chris. Nein. Ich mag ihn und er ist unweigerlich ein Teil meines Lebens, aber wir sind kein Paar." Sie erzählte Fleur die ganze Geschichte von Anfang an. Was im Krankenhau passiert war, das Aufdecken der Lüge seiner Eltern und wie Hazel erfahren hatte, dass Chris ihr leiblicher Vater war. Sie erzählte von Ray und von ihrer Abmachung, dass sich beide Parteien in Zukunft um Hazel kümmern würden und dass ihre Tochter in den Ferien für ein paar Tage nach Boston fliegen würde, um die beiden zu besuchen. Sie erzählte Fleur von ihrer Hoffnung, dass Vater und Tochter die verlorenen Jahre aufarbeiten und sich so noch näherkommen würden. Sie selbst wollte die Ferien und die neugewonnene Freiheit nutzen, um mit ihren Freundinnen all die Dinge nachzuholen, auf die sie in den letzten Jahren verzichtet hatte. Kelly hatte sie erst letzte Woche zu einer Vernissage mitgenommen, wo sie Sekt getrunken und mit Gleichaltrigen über Kunst philosophiert hatten. Es war herrlich gewesen und Tess hatte sich endlich wieder jung und frei gefühlt. In den Ferien waren Besuche im Kino,

Freilichtkonzerte und Restaurantbesuche geplant. Durch ihren neuen Job im *Ladurée* und Chris' Unterstützung musste sie den Gürtel nicht mehr ganz so eng schnallen und konnte sich die kleinen Vergnügungen leisten.

„Das klingt geradezu fantastisch", meinte Fleur, als sie fertig war.

„Wobei ich ein bisschen gehofft habe, dass du dein Glück mit diesem Mann finden würdest. Es ist wichtig für Kinder, eine Familie zu haben. Das merke ich bei Maximilian. Sein Vater kümmert sich rührend um ihn, aber dem Jungen fehlt die Mutter."

Tess nickte. Aus dem Augenwinkel sah sie einen Mann, der auf sie zukam. Er hatte die Sonne im Rücken und sie konnte sein Gesicht nicht erkennen. Sie blinzelte irritiert. Etwas an dem Mann kam ihr bekannt vor. Seine Art zu gehen zeugte von einer angeborenen Lässigkeit. Sie hielt schützend die Hand vor die Augen.

„Dad!"

Tess sah, wie Maximilian aufsprang und auf den Mann zulief.

Konnte es sein? Tess warf Fleur einen fragenden Blick zu, aber diese hatte die Augen auf den Mann gerichtet.

Der Fremde ging in die Knie und breitete lachend die Arme aus. *Ein Lachen wie der Klang einer Trommel.* Der Junge schoss an die Brust seines Vaters und schlang die Arme um seinen Hals.

„Na, mein Großer!", begrüßte ihn der Mann mit melodischer Stimme. Tess' Herz zog sich zusammen. Sie hielt die Luft an – fassungslos.

In diesem Moment erkannte sie ihn.

„Léon, mon Coeur!" Fleur war aufgestanden und breitete die Arme aus. Léon drehte sein lachendes Gesicht zu Fleur. Im gleichen Moment fiel sein Blick auf Tess. Sein Lachen erstarrte und sie sah, wie sich zwischen seinen Augenbrauen eine tiefe Falte bildete.

Tess saß regungslos auf der Bank. Die Welt um sie herum schien stillzustehen und sie hatte das Gefühl, ihr Herz hätte aufgehört zu schlagen.

Léon bewegte sich keinen Millimeter. Sein Blick ruhte auf ihr. Seine Augen suchten die ihren, verhakten sich darin.

Er sah genauso aus wie in ihren Träumen. Innerhalb eines Wimpernschlags hatte sie alle Einzelheiten seines Gesichts in sich aufgenommen. Die kleinen Fältchen um seine Augen. Den energischen Schwung seines Mundes.

Seine wunderschönen Augen, die sie mit einer Mischung aus Erstaunen und Argwohn anstarrten.

„Ihr kennt euch?" Fleurs Blick wanderte von Léon zu Tess und wieder zurück zu Léon. Die beiden Kinder hatten die Spannung zwischen den Erwachsenen ebenfalls bemerkt. Keines von beiden machte einen Mucks.

Tess nickte, unfähig zu sprechen.

„Léon?!", drängte Fleur. „Kann mich einer von euch beiden vielleicht aufklären, was hier los ist?"

Léon räusperte sich, sichtlich um Fassung ringend. Tess sah, wie seine Kiefermuskeln arbeiteten.

„Wir haben uns in Paris kennengelernt", antwortete er, die Augen immer noch starr auf Tess gerichtet.

Fleurs Blick wanderte ungläubig zwischen ihnen hin und her. „Ist das die Frau, von der du gesprochen hast?"

Léons Gesichtszüge verhärteten sich augenblicklich. „Ja."

„Aber ...", Fleur rang nach Fassung und schlug die Hände über dem Kopf zusammen, „aber das ist doch unmöglich."

„Ist es nicht, Maman. Das ist die Frau, die mir das Herz gebrochen hat." Seine Augen schienen Funken zu sprühen.

„Léon, ich kann dir alles erklären ...", flehte Tess.

„Wirklich?" Sein Blick traf sie hart. Sie schluckte trocken. „Warum bist du einfach weggelaufen und hast mich sitzengelassen? Ich stand eine Stunde auf dem Eiffelturm und habe auf dich gewartet."

„Ich wollte mich melden, aber ich konnte nicht. Ich hatte keine Nummer von dir", erklärte sie gequält.

„Du hättest zu mir fahren können. Im Gegensatz zu mir wusstest du wenigstens, wo ich wohne." Bitterkeit schwang in seiner Stimme mit.

„Meine Tochter hatte einen Autounfall und ich musste so schnell wie möglich zurück nach New York. Verstehst du? Ich hatte keine Zeit. Es ging um Leben und Tod. Ich habe die Nachricht mit dem Unfall erst bekommen, als du schon weg warst."

„Du hast eine Tochter?" Sein Blick wanderte zu Hazel, die neben Maximilian stand und das Geschehen mit großen Augen beobachtete.

Tess trat einen Schritt zur Seite und nahm Hazels Hand. „Ja, das ist meine Tochter Hazel."

„Noch eine Lüge." Er schüttelte fassungslos den Kopf.

„Nein, keine Lüge. Ich wollte es dir sagen, aber es war nie der richtige Zeitpunkt."

Er stand breitbeinig vor ihr und hatte die Hände in die Hosentaschen gesteckt. „Wann wäre denn deiner Ansicht nach der richtige Zeitpunkt gewesen? Bevor oder nachdem du mit mir ..." Sein Blick fiel auf Hazel, die sich angstvoll an Tess kuschelte. Er räusperte sich. „Ähm, entschuldige, so war es nicht gemeint."

Tess nickte. „Ich wollte es dir auf dem Eifelturm sagen. Ich wollte nicht länger mit der Lüge leben. Ich dachte, wenn unsere Beziehung eine Chance haben sollte, dann wäre es wichtig, dass ich dir reinen Wein einschenke. Aber wie ich sehe", sie mache eine Kopfbewegung in Maximilians Richtung, „war ich nicht die Einzige, die Geheimnisse hatte."

„Du hast mich nie gefragt." Er zuckte mit den Schultern. „Ein Kind ist keine Sache, mit der man bei seinem ersten Date hausieren geht. Du warst so unabhängig und frei."

„Ich würde sagen, wir sind quitt." Sie spürte, wie die Wut langsam in ihr hochkroch. „Weißt du eigentlich, dass ich tagelang auf ein Lebenszeichen von dir gewartet habe, während mein Kind auf der Intensivstation lag?"

„Ich habe den Zettel mit deiner Telefonnummer auf dem Eifelturm verloren", entgegnete er mit tonloser Stimme.

Sie schluchzte laut auf, fassungslos über die Zufälle, die ihrer beider Leben bestimmt hatten.

„Dann hast du mich gar nicht versetzt?", fragte Léon.

Sie schüttelte den Kopf. Tränen füllten ihre Augen.

„Oh Gott. Dann war das alles nur ein schreckliches Missverständnis?"

Sie nickte wieder.

„Tess." Mit einem Schritt war er bei ihr. Tess ließ Hazels Hand los. Seine Arme umschlossen sie und drückten sie fest an sich. Mit tränenverschleiertem Blick sah sie zu ihm hoch. Sein warmer Atem streifte ihre Wange und sein Mund war keinen Zentimeter von ihrem entfernt.

„Endlich habe ich dich gefunden." In ihrem Kopf wirbelten die Gedanken. Sie dachte an all die Lügen, die sie ihm erzählt hatte. Sie drückte ihn von sich.

„Halt. Ich muss dir etwas sagen, bevor du mich küssen kannst und ich den Mut verliere."

Léon sah sie erstaunt an.

„Ich bin nicht die, für die du mich hältst." Sie berührte ihn mit der Hand an der Wange. „Mein Name ist Elisabeth Jane Parker. Ich bin kein Fotomodel, sondern eine Bäckerin." Sie sah, wie Fleurs Augenbraue fragend nach oben schnellte. „Ich habe die Reise nach Paris in einem Kreuzworträtsel gewonnen. Und ich bin Mutter einer fünfjährigen Tochter. Wir leben in einem Mietshaus in Brooklyn und ich habe letzte Woche eine Ausbildung in der Patisserie *Ladurée* in Manhattan angefangen." Sie presste die Lippen aufeinander.

„Aber warum hast du mir nicht gleich die Wahrheit gesagt?"

„Weil ich Angst hatte, du würdest mich nicht beachten, wenn ich dir sagen würde, dass ich nur eine kleine Bäckerin und noch dazu Mutter bin."

„Ich habe dich vom ersten Moment an, als ich dich gesehen habe, geliebt und ich liebe dich jetzt. Es ist mir egal, welchen Beruf du ausübst, was für Kleider du trägst und wo du wohnst. Ich liebe Tess, den Menschen, den ich kennengelernt habe. Du hast mein Herz im Sturm erobert und es vor Glück überquellen lassen. Dass du eine Tochter hast, ist überraschend und wunderbar zugleich." Er sah sie liebevoll an. „Denn ich habe dir auch ein Geständnis zu machen." Er blickte zu Maximilian. „Das ist mein Sohn. Seine Mutter ist vor zwei Jahren an Krebs gestorben." Sie sah, wie viel Kraft es ihn kostete, darüber zu sprechen.

„Mon dieu!", schluchzte Fleur gerührt und schnappte sich Maximilians Hand. „Und ich hätte euch beide die ganze Zeit zusammenbringen können und wusste es nicht."

„Aber das hast du doch, Maman", sagte Léon lächelnd.

Dann, ohne Vorwarnung, nahm er Tess' Gesicht zwischen seine Hände und küsste sie.

Als sich ihre Lippen berührten, wurde sie von einem warmen Gefühl durchströmt und ihre Beine drohten unter seinem Kuss nachzugeben. Die Welt um sie herum versank und alles, was sie spürte, war Léons Kuss. Süß und bitterzart zugleich.

„Tess. Tess. Tess." Immer und immer wieder flüsterte er ihren Namen. Sein Gesicht vergrub sich in ihre Haare, um ihren Duft in sich aufzusaugen. Dabei hielt er sie die ganze Zeit fest umschlungen, als hätte er Angst, sie könnte ihm erneut weglaufen. „Ich dachte, ich hätte dich für immer verloren."

„Du hast mich gefunden." Sie sah zu ihm hoch. In seinen Augen spiegelte sich ihr lachendes Gesicht.

„Und ich lasse dich nie wieder los."

# Epilog

Es war ein strahlendschöner Sommertag und der wolkenlose Himmel spannte sich über New York wie eine leuchtendblaue Decke. Die Sonne schien auf die Wolkenkratzer und überzog sie mit einer goldenen Rüstung aus Licht. Vögel hingen zwitschernd in den Bäumen, als wollten sie den Tag mit ihren Liedern begrüßen. Es war, als würde sich die Welt mit ihr freuen.

Glücklich ließ Tess ihren Blick über die Menschenmenge gleiten. Fast alle Nachbarn aus der Umgebung waren gekommen, um mit ihr die Neueröffnung der *Brooklyn Heights Bakery* zu feiern.

Sie lächelte, als sie daran zurückdachte, wie die Callahans ihr von ihren Überlegungen, die Bäckerei zu verkaufen, erzählt hatten. Damals hätte sie jedem einen Vogel gezeigt, der behauptet hätte, sie würde einmal die Besitzerin der Bäckerei werden. Und dann war Léon in ihr Leben getreten und hatte es auf den Kopf gestellt. Als er von ihrem Traum, *die Brooklyn Heights Bakery* zu kaufen, erfahren hatte, hatte er sie mit ernster Miene angesehen und gesagt:

„Deine Träume sind auch meine Träume."

Und ohne ein weiteres Wort zu verlieren, hatte er sich ins Auto gesetzt und war zu den Callahans gefahren, um ihnen ein Angebot zu machen.

Der Tag, an dem der Kaufvertrag zwischen Tess und den Callahans unterschrieben worden war, würde ihr für immer als einer der schönsten Tage in ihrem Leben in Erinnerung bleiben. Tess hatte Megan, Lynn, Kelly und ihre Eltern angerufen und sie eingeladen, zu ihnen in die Bäckerei zu kommen. Josh war ebenfalls zu ihnen gestoßen. Sie hatten bis spät in die Nacht zusammen in der Backstube gesessen und gefeiert.

Lächelnd sah Tess zur Seite, wo sich ihre Freundinnen angeregt mit Ben und Margret Callahan unterhielten. Ben hatte Wort gehalten, von einem Teil des Geldes ein komfortables Wohnmobil gekauft und zusammen mit Margret einen Reise nach Florida gemacht, wo die beiden überwintert hatten. Die Sonne Floridas hatte die ansonsten blassen Gesichter der Callahans mit einem sanften goldbraunen Ton überzogen. Die Sorgenfalten waren verschwunden und hatten Lachfältchen Platz gemacht. Lynn, die neben Margret stand, hatte sich gut von dem Unfall erholt. Ihre rosigen Wangen und das strahlende Lächeln zeugten davon, dass sie genesen war. Bis auf wenige Einschränkungen führte sie ein normales Leben und sie und Tobias würden noch diesen Sommer heiraten. Auch Megan hatte sich seit dem Unfall verändert. Äußerlich war sie immer noch die Gleiche, aber die Artikel, die sie schrieb, hatten ihre Oberflächigkeit verloren und waren tiefgründiger geworden. Sie selbst behauptete immer, sie wäre endlich erwachsen geworden. Der entscheidendste Einschnitt in Megans Leben war jedoch die Trennung von ihrem Freund gewesen. Als Tess sie nach dem Grund gefragt hatte, hatte sie nur mit den Achseln gezuckt und erklärt, dass sie lange genug ihre Zeit mit oberflächigen Männern verbracht hatte, denen nur ihr Aussehen wichtig war. Sie wollte lieber auf den Richtigen warten, anstatt ihre kostbare Zeit auf irgendwelche Schnösel zu verwenden.

Kelly, die sich mit Ben unterhielt, lachte laut auf. Tess würde das perlige Lachen ihrer Freundin überall heraushören. Ihre Beziehung zu Kelly hatte sich seit der Parisreise und dem Unfall noch vertieft, wenn das überhaupt möglich war. Kelly hatte im vergangenen Jahr die größte Veränderung durchlebt und ihr Leben komplett auf den Kopf gestellt. Zwar arbeitete sie noch immer im Buchladen, aber sie hatte zusätzlich angefangen, ehrenamtlich in einer sozialen Einrichtung zu helfen, die es sich zur Aufgabe gemacht hatte, Kinder, die nach Unfällen oder Krankheiten eine Behinderung davon getragen hatten, zu unterstützen und ihnen zu einem neuen Leben zu verhelfen. Kelly war nach ihren ersten Wochen dort völlig begeistert gewesen und hatte Tess tagelang von ihrer neuen Arbeit und dem Leiter der Einrichtung vorgeschwärmt – einem Mann in den Enddreißigern, der Kelly mit seiner ruhigen Art erobert hatte. Es war das erste Mal, seit Tess Kelly kannte, dass sie das Gefühl hatte, Kelly könnte den Mann fürs Leben gefunden haben. Kelly fing ihren Blick auf und winkte ihr strahlend zu. Tess winkte zurück.

„Hey Chefin", begrüßte Josh sie. Er hatte eine junge Frau im Arm, deren Gesicht mit unzähligen Sommersprossen übersät war. León behauptete, Tess hätte die beiden verkuppelt, aber sie pflegte dann immer zu antworten, dass sie lediglich dem Schicksal ein wenig auf die Sprünge geholfen hatte. Amy hatte sich bei ihr als neue Konditoreigehilfin beworben. Die schüchterne junge Frau mit den strahlendblauen Augen war ihr auf Anhieb sympathisch gewesen und sie hatte sie auf der Stelle eingestellt. Josh, der ansonsten keinen geraden Satz herausbrachte, war in Amys Gegenwart geradezu aufgetaut, und so war es nur eine Frage der Zeit gewesen, bis die beiden zueinandergefunden hatten.

„Hallo Josh, hallo Amy", begrüßte sie die Verliebten. „Ist es nicht ein herrlicher Tag?"

„Absolut. Könnte besser nicht sein", nickte Josh.

Tess hatte ihn nach Beendigung seiner Lehre als Bäcker bei sich eingestellt. Er mochte nicht das hellste Licht sein, aber er hatte Talent in der Backstube und war ein absolut loyaler und zuverlässiger Freund.

„Josh hat persönlich nochmal alles kontrolliert", sagte Amy, nicht ohne Stolz in der Stimme. „Alles ist genau so, wie du es dir vorgestellt hast."

Tess hatte wochenlang über den Plänen gesessen und sich überlegt, wie alles auszusehen hatte. Im Verkaufsraum waren neue Regale eingebaut, die Fenster vergrößert, ein neuer Tresen angeschafft worden. Sie hatte die Beleuchtung erneuern lassen, sodass die Auslagen optimal präsentiert wurden. Die alten Holzböden waren frisch geschliffen und mit einer weißen Lasur überzogen worden. Die Wände waren in Pastelltönen gestrichen worden, sodass man beim Hereinkommen den Eindruck hatte, eine Pralinenschachtel zu betreten. Die Backstube war auf den neusten Stand der Technik gebracht worden und es gab sogar einen Kühlraum für die empfindlichen Torten und Macarons. Alles sollte perfekt sein, wenn die *Brooklyn Heights Bakery* das erste Mal die Türen öffnete. Sie hatte lange überlegt, ob sie den Namen ändern sollte, war aber letztendlich zu dem Entschluss gekommen, dass der Name in diese Gegend passte, und so hatte sie ihn beibehalten.

Eine Kellnerin blieb stehen und bot ihnen Champagner an.

„Auf die *Brooklyn Heights Bakery* und deinen Erfolg." Amy und Josh erhoben ihre Gläser.

„Ich danke euch. Ohne euch hätte ich es bestimmt nicht geschafft. Ihr wart mir wirklich eine große Hilfe", entgegnete Tess warmherzig.

„Ist doch klar, Boss", zwinkerte ihr Josh zu.

„Mummy, Mummy." Hazel kam auf sie zugerannt. Die langen Wochen der Physiotherapie hatten sich ausgezahlt und bis auf eine Narbe am Unterschenkel erinnerte nichts mehr an den schlimmen Unfall. Wie immer war Maximilian an ihrer Seite. Die beiden Kinder waren unzertrennlich geworden. Wo Hazel war, war auch Maximilian, und umgekehrt. Die zwei teilten sich sogar ein Zimmer, obwohl ihre gemeinsame Wohnung am Central Park genügend Platz für vier Personen bot.

Tess breitete die Arme aus und lachend fielen ihr die Kinder an die Brust.

„Na, ihr Zwei, gefällt es euch?"

„Es ist toll!", antwortete Hazel mit leuchtenden Augen. Ihre Haare waren nachgewachsen und fielen ihr mittlerweile auf die Schultern.

„Absolut mega", stimmte ihr Maximilian zu. „Dürfen wir nachher von der Torte probieren? Von der mit der Bäckerei drauf?"

„Aber natürlich", schmunzelte sie. „Heute dürft ihr alles." Sie strich Maximilian liebevoll über die Haare. Sie liebte den Jungen, als wäre er ihr eigenes Kind. Sie waren zu einer richtigen Familie zusammengewachsen.

„Na, gut, dass ich komme. Wenn du ihnen weiter alles erlaubst, können wir die beiden bald die Straße hinunterrollen." Léon kam lachend auf sie zu.

„Rund aber glücklich", schmunzelte Tess.

Léon nickte. Seine Augen glitten über ihre schlanke Figur. „Du siehst absolut bezaubernd aus." Sie hatte sich heute Morgen aufgrund der sommerlichen Temperaturen für das weiße Kleid entschieden, dass sie an dem Tag getragen hatte, als sie die erste Nacht mit Léon verbracht hatte. Dieser Tag und diese Nacht hatten ihr Leben von Grund auf verändert. Sie stellte sich auf die Zehenspitzen und gab ihm einen zärtlichen Kuss.

„Mum!" Hazel verdrehte die Augen. „Das ist voll peinlich."

„Warten wir ab, bis du mal verliebt bist", lächelte sie und nahm die Hand ihrer Tochter.

„Niemals. Jungs sind blöd."

„Und ich?!" Maximilian sah Hazel mit großen Augen an. Der Junge hatte seit letztem Sommer einen ordentlichen Wachstumsschub mitgemacht und überragte Hazel um eine Kopflänge.

„Du natürlich nicht, aber du bist ja auch kein Junge, sondern mein Bruder."

Léon und Tess tauschten lächelnd Blicke.

„Grand-mère!" Maximilian hatte seine Großmutter entdeckt und rannte ihr entgegen. Fleur hatte extra den weiten Weg von Paris nach New York auf sich genommen, um bei der Eröffnung dabei zu sein. In ihrer Begleitung waren Arthur, Maureen und John. John hatte den Arm um Maureens Taille gelegt und strahlte. Ihre Mutter hatte sich zu Tess' Freude stark verändert. Die tiefen Sorgenfalten waren aus ihrem Gesicht verschwunden, ebenso wie die ewig hängenden Mundwinkel. Stattdessen strahlte sie eine Zufriedenheit aus, die Tess all die Jahre an ihr vermisst hatte. Es war, als ob mit der Rückkehr ihres Vaters auch das Glück zu ihr zurückgekehrt war.

„Bonjour, ma Petite", begrüßte sie Fleur und gab ihr die obligatorischen zwei Küsschen auf die Wange.

„Hallo Fleur. Hallo Arthur. Ist das Wetter nicht herrlich?"

„Absolument", stimmte ihr Fleur zu.

„Hallo, ihr Turteltäubchen." Maureen gab ihr einen Kuss auf die Wange.

„Na, bist du schon aufgeregt?", fragte ihr Vater.

„Mir ist schon ganz schlecht vor Aufregung", antwortete Tess. Tatsächlich klopfte ihr das Herz bis zu den Ohren.

„Na, dann solltest du deine Gäste und dich endlich erlösen und deine Ansprache halten", forderte sie León sanft auf.

Tess nickte und zog den kleinen Zettel, den sie vorbereitet hatte, aus ihrer Tasche.

León schlug mit einem Löffel gegen das Glas in seiner Hand. Sofort trat Stille ein und die Augen aller Gäste waren auf Tess gerichtet.

Sie räusperte sich nervös. León gab ihr einen sanften Stups.

„Alle lieben dich, also los."

Er lächelte ihr aufmunternd zu. Aus dem Augenwinkel erkannte sie die hochgewachsene Gestalt von Chris in der Menge. Hazel hatte ihren Vater ebenfalls entdeckt und winkte ihm fröhlich zu. Er schenkte seiner Tochter ein warmes Lächeln. Ray war ebenfalls gekommen. Die beiden hatten im Frühjahr geheiratet und erwarteten ihr erstes Kind in wenigen Monaten. Im Verlauf des letzten Jahres waren sie zu einer Art Patchworkfamilie zusammengewachsen und besuchten sich regelmäßig, wann immer es ihre Terminpläne zuließen. Zwischen León und Chris hatte sich nach anfänglichen Vorbehalten eine tiefe Männerfreundschaft entwickelt. Hazel war glücklich, gleich zwei Väter zu haben, und gab in der Schule damit an.

Tess straffte die Schultern und trat einen Schritt nach vorne. León klingelte nochmal mit dem Löffel gegen sein Glas. Sofort verstummten alle.

Sie schluckte trocken, dann fing sie an:

„Liebe Familie, liebe Freunde, liebe Nachbarn,

zu allererst möchte ich mich bei euch bedanken, dass ihr heute hier so zahlreich erschienen seid, um mit uns gemeinsam die Eröffnung meiner Konditorei zu feiern. Die *Brooklyn Heights Bakery* ist keine gewöhnliche Bäckerei. Das war sie noch nie und wird sie auch in Zukunft nicht sein. Als ich die Backstube vor nunmehr sechs Jahren das erste Mal betreten habe, wusste ich gleich, dass dies ein besonderer Ort ist. Das lag mit Sicherheit nicht an meinem damals stümperhaften Können als Bäckerin", einige Gäste lachten, „sondern an diesen beiden großartigen Menschen da drüben." Sie deutete auf Ben und Margret, die dicht nebeneinander vorm Eingang standen. „Ben und Margret, ihr habt mir in einer Zeit, in der ich dachte, mein Leben wäre vorbei, die Möglichkeit gegeben, mich weiterzuentwickeln. Durch euch hat dieser Ort etwas Magisches für mich bekommen." Sie lächelte ihnen zu. „Eine gute Freundin hat einmal zu mir gesagt: ‚Es gibt keine Zufälle im Leben, sondern nur schicksalhafte Begegnungen'." Sie warf Fleur einen lächelnden Seitenblick zu. „Ich wollte ihr erst nicht glauben, aber mittlerweile bin ich der festen Ansicht, dass all die Begegnungen der letzten Jahre kein Zufall, sondern ein lang gehegter Plan waren, der mich zum Glück und zu meiner großen Liebe führen sollte." Sie holte tief Luft.

„Megan, Lynn, Kelly, ihr wart all die Jahre treu an meiner Seite und habt mir diese Reise nach Paris erst ermöglicht. Ohne euch hätte ich die schweren Zeiten in meinem Leben niemals so gut gemeistert. Ich liebe euch."

„Wir dich auch!", kreischte Kelly mit Tränen der Rührung in den Augen.

Tess lachte. „Mum, Dad, ihr seid die besten Eltern der Welt. Ihr habt immer hinter mir gestanden und wart mein Fels in der Brandung, wenn das Schicksal mich mal wieder ins kalte Wasser geworfen hat. Ich liebe euch." Sie lächelte ihren Eltern zu. Ihre Mutter tupfte sich hektisch mit einem Taschentuch das Gesicht und ihr Vater sah aus, als würde er jeden Moment ihrem Beispiel folgen.

„Einige würden sagen, es war Glück, dass ich diese Reise nach Paris gewonnen habe. Ich sage, es war mein Schicksal, dass mich dorthin geführt hat. Auch die Tatsache, dass ich im Flugzeug nach Paris neben einer unglaublichen, liebenswerten und attraktiven Frau saß, von der ich damals noch nicht wusste, dass sie meine zukünftige Schwiegermutter sein würde, kann kein Zufall gewesen sein. Ebenso wie meine Begegnung mit Arthur, der gleich neben Fleur steht und mir geholfen hat, mich in einer fremden Stadt zurechtzufinden. Und natürlich Etienne. Für alle, die Etienne nicht kennen", sie deutete auf seine rundliche Gestalt, „ihm habe ich meine Frisur und mein Gesicht zu verdanken." Gelächter ertönte.

„Meine Audrey 'epburn", rief der Friseur und prostete ihr zu.

„... Aber die größte schicksalhafte Begegnung war mein Treffen mit León." Sie wandte sich direkt ihm zu. Ihre Augen fanden sich und für den Bruchteil einer Sekunde gab es nur sie beide. „Du bist die Liebe meines Lebens und ich danke dem Schicksal jeden Tag dafür, dass es uns zusammengeführt hat. Ich liebe dich."

Mit einem einzigen Schritt war León bei ihr und küsste sie. „Und ich liebe dich."

## Danksagung

Meinem Mann für seine bedingungslose Liebe, mit der er mich täglich umgibt, und dafür, dass er mir hilft, meine Träume wahr werden zu lassen. Ich liebe dich.

Meinen Kindern Lisa und Max, die mir nur Freude bereiten und mir ihre bedingungslose Liebe schenken. Ich liebe euch.

Meinen Freundinnen Heike, Kati und Conny. Ihr seid die besten Freundinnen, die ich mir wünschen kann, und ich freue mich auf die gemeinsamen Stunden mit euch.

Ganz besonders danke ich meinen Testleserinnen Ulla Leuwer, Andrea Salzberger, Anja Abendroth, Julia Bähr, Christiane Schäfer, Werner, Brina We, Martina Schütt, Nicole Nadine Schönberg und Claudia Perc. Danke, dass ihr euch die Zeit nehmt, damit sich keine kleinen Fehler in Manuskript einschleichen.

Claudia, ich danke dir von Herzen für die tolle Fanseite, die du mit so viel Enthusiasmus betreust. Du bist die beste PR-Frau, die ich mir wünschen kann, und ich freue mich auf noch viele Buchmessen mit dir.

Meiner Agentur AVA International, die sich für mich einsetzt, mich berät und vor allem fest an mich glaubt. Ganz speziell Markus Michalek, mit dem ich nicht nur sehr nette Gespräche führe, sondern für seine aufmunternden Worte, wenn es mal nicht so läuft.

Ein ganz herzlicher Dank geht an meine Lektorin Sandra Nyklasz, die meinem Buch den letzten Feinschliff gegeben und es noch besser gemacht hat. Danke, ich habe viel durch dich dazugelernt.

Aber der größte Dank geht an euch, meine Leserinnen. Ohne Euch würden meine Geschichten wahrscheinlich noch in der Schublade liegen und vor sich hingammeln. Eure Begeisterung und Freude sind meine Antriebsfeder, wenn ich vor meinem Laptop sitze und draußen die Sonne scheint. Danke für eure Unterstützung, eure Anregungen und eure zahlreichen Mails. Ihr seid die Besten.

**Weitere Bücher der Autorin bei Amazon:**

Liebe auf Reisen

Was, wenn das Leben nicht mehr nach Plan läuft und alles aus den Fugen gerät?

Die Karrierefrau Kate Miller hat ihr Leben fest im Griff. Dazu gehören ein schickes Apartment im Herzen von New York, ihr Job als Maklerin und Kollege Greg, mit dem sie ein Verhältnis hat. Als sie dann auch noch befördert wird, schwebt Kate endgültig im 7. Maklerhimmel.

Doch als ihr Chef alle Mitarbeiter zu einer exklusiven Feier einlädt und dort gleichzeitig die Verlobung seiner Tochter Laura bekannt gibt, stürzt Kates bisher so wohlgeordnetes Leben wie ein Kartenhaus zusammen: Der zukünftige Bräutigam ist kein Geringerer als Greg.

Gerade als Kate denkt, dass es nicht mehr schlimmer kommen kann, sorgt Greg mit einer infamen Lüge dafür, dass ihr Leben endgültig aus den Fugen gerät. Vollkommen überstürzt nimmt sie ein Jobangebot in England an.

Ausgerechnet ein einfaches Bed and Breakfast Hotel, bringt eine unerwartete Wendung in das Leben der erfolgsverwöhnten Kate ...

Eine Liebeserklärung an das Leben und die Überraschungen des Lebens, die auf jeden von uns warten.

Liebeswind
Was, wenn das Leben dir übel mitspielt und du gezwungen bist, neue Wege zu gehen?

Das Leben der erfolgreichen Londoner Galeristen Lily Rose Bloom ist nahezu perfekt, bis zu dem Tag, an dem ihr Verlobter Andrew ihren Glauben an die Liebe in einer Nacht zerstört. Lily flüchtet von London in den verschlafenen Küstenort Little Haven, um dort in Rose Garden Cottage, dem

Haus ihrer verstorbenen Großmutter, einen Neuanfang zu starten.

Drei Jahre später. Lily hat sich mittlerweile in dem kleinen Küstenort eingelebt und den Schrecken von damals überwunden. Als der attraktive Amerikaner Ian in Little Haven mit seinem Segelboot vor Anker geht, kommt es zu einer schicksalhaften Begegnung zwischen den beiden, die Lilys Leben erneut durcheinanderwirbelt ...

Liebe kommt im Schottenrock

Die Klatschreporterin Cassie Devinmoore hat ihr Leben im Griff. Zusammen mit ihren Freundinnen Emily, Taylor und Olive lebt sie in einer schicken WG im angesagten Londoner Viertel Portobello. Als sie jedoch den Shootingstar der Serie "Highlander Kisses" interviewen soll, ist sie nicht sonderlich erfreut, denn der gutaussehende Sam MacLeod verkörpert alles, was Cassie nicht mag: Schottland und Schauspieler.

Missmutig bricht sie nach Applecross, einem kleinen Dorf im Norden Schottlands, auf. Dummerweise ist Sam MacLeod ebenfalls nicht begeistert darüber, dass ausgerechnet die Reporterin ein Interview mit ihm führen soll, die ihn in ihrer Kolumne vor knapp einem Jahr bereits bloßgestellt hat.

Doch dann läuft Cassie ein Schaf über den Weg und plötzlich kommt alles anders als geplant ...

"Liebe im Schottenrock" ist der Auftakt der "Portobello Girls-Reihe". Alle Bücher können jedoch unabhängig voneinander gelesen werden.

## Liebe stand nicht im Vertrag

Die chaotische Taylor Young ist eine angesehene Nanny des berühmten Norland College und betreut die Kinder reicher Londoner Familien. Zusammen mit ihren Freundinnen Holly, Emily und Olive wohnt sie im angesagten Portobello in einer schicken kleinen WG. Die neue Anstellung in der Familie von Professor Johnson stellt eine echte Herausforderung für die toughe Nanny dar. Die Mutter der Kinder ist vor einem Jahr gestorben und hat einen ziemlichen Scherbenhaufen hinterlassen. Die zickige Tante macht die Sache nicht leichter, und dann taucht auch noch der attraktive Vater der Kinder auf. Er wirbelt Taylors Gefühlswelt ganz schön durcheinander! Aber Taylor hält an der goldenen Regel des Norland College fest: Verliebe dich nie in deinen Boss! Als die Familie in den Weihnachtsferien nach Haworth abreist, ist Taylor erleichtert. Endlich hat sie Zeit, ihre Gefühlswelt wieder in Ordnung zu bringen.

Doch dann wird die Tante der Kinder überraschend krank, und Professor Johnson bittet Taylor, ihm zu helfen – ausgerechnet an Weihnachten! Und plötzlich ist alles anders …

Liebe stand nicht im Vertrag ist der zweite Band der Portobello Girls Reihe.

## Glücksstern mit Schwips

Sara ist neunundzwanzig und glücklich. Sie hat einen tollen Job und mit Florian hat sie endlich ihren Traummann gefunden.

Alles läuft perfekt ... bis nach einer durchzechten Nacht plötzlich ein halb nackter sehr attraktiver Mann in ihrem Wohnzimmer steht. Unglücklicherweise hat Sara einen Filmriss und kann sich nicht erinnern, was in der Nacht passiert ist. Als sie ihn bittet zu gehen, weigert sich dieser und richtet sich häuslich bei Sara ein. Wie soll sie Florian den gut aussehenden Fremden in ihrer Wohnung erklären, der noch dazu behauptet ein Flaschengeist zu sein? Und warum spielen ihre Hormone in der Gegenwart des Fremden verrückt? Ein Notfallplan muss her, schließlich ist Florian eifersüchtig auf jeden Mann in ihrer Nähe. Kurzerhand erklärt sie den Fremden zu ihrem neuen schwulen Mitbewohner und das Schicksal nimmt seinen Lauf ...

Holunderküsschen

Die 29 jährige Julia steckt mitten in den Hochzeitsvorbereitungen, als sie ihren Verlobten Johann im Bett mit einer Kollegin erwischt. Völlig am Boden zerstört, betrinkt sich Julia und beschließt Hals über Kopf zu ihrer Freundin Katja nach Hamburg zu flüchten. Im Nachtzug nach Hamburg lernt sie Benni kennen, dem sie sturzbetrunken all ihre kleinen und großen Geheimnisse anvertraut, während sie sich ein Abteil im Schlafwagen teilen. Am nächsten Morgen in Hamburg sind nicht nur ihre Erinnerungen weg, sondern auch Benni! Ein Neuanfang muss her! Ein neuer Job, eine neue Wohnung und keine Männer. Zu dumm nur, dass ausgerechnet Benni erneut in ihr Leben platzt und Julias Gefühlswelt durcheinander wirbelt. Ein Katz-und-Maus-Spiel beginnt. Als dann noch Johann auftaucht, scheint die Katastrophe unausweichlich …

Ein Buch über die Suche nach der großen Liebe und dem Glück.

Champagnerküsschen

Die unabhängige Fortsetzung des Bestsellers "Holunderküsschen".

Eigentlich müsste Julia glücklich sein. Seit knapp einem Jahr sind sie und Traummann Benni nun ein Paar. Wären da nicht Bennis Job und seine Mutter. Julia fühlt sich vernachlässigt. Ist Benni doch nicht der Traummann, für den sie ihn gehalten hat?

Parallel wirbelt ein Jobangebot innerhalb des Verlages Julias Zukunftspläne durcheinander und beschert ihr einen Fernsehauftritt. Dort lernt sie Andreas Neumann, den attraktiven Fernsehmoderator kennen. Julias Zweifel an Bennis Liebe zu ihr werden größer. Besonders als ihr Benni bei ihrem romantischen Essen verkündet, dass er beruflich nach München ziehen muss. Es kommt zu einem Streit mit Folgen. Zwischen Benni und Julia herrscht Funkstille. Und dann taucht plötzlich eine neue Frau an Bennis Seite auf. Julias beste

Freundin Katja, ist auch keine Hilfe, denn die verhält sich in letzter Zeit so komisch. Und Harald, Julias schwuler Freund tummelt sich auf Internetplattformen um einen neuen Freund zu finden, anstatt sich um Julia zu kümmern. Also muss Julia alleine eine Entscheidung treffen. Ein Spiel mit dem Feuer beginnt. Hat die Liebe zwischen Benni und Julia noch eine Chance?

## <u>Küss mich, Kaktus</u>   Martina Gercke&Simon Winters

Der attraktive Tim Benkelberg ist ein notorischer Frauenheld, der seine Unabhängigkeit liebt. An seinem fünfunddreißigsten Geburtstag beschließt Tim, sein Leben zu ändern und endlich sesshaft zu werden. Aber vorher will er es auf seiner Geburtstagsparty noch einmal richtig krachen lassen.

Greta Marquardt ist intelligent, hübsch und sehr sexy. Ihr Leben ist nahezu perfekt, wäre da nicht der klitzekleine Fehler, dass sie noch immer Single ist. Ihr zur Seite stehen ihre besten Freunde Nick und Jeanette. Als Nicks alter Freund Tim Benkelberg eine Geburtstagsparty gibt, nehmen die beiden Freunde Greta einfach mit.

Greta und der attraktive Frauenheld treffen aufeinander. Es funkt gewaltig zwischen beiden, wäre da nicht die hübsche Brünette, die sich Tim an den Hals wirft und vor Gretas Augen leidenschaftlich küsst ...

Ein Roman um das erste Date und die Liebe ...

<u>Dünenglück</u>    Martina Gercke&Katja Schneidt

Mia ist frustriert! Anstatt die Bestsellerlisten zu stürmen, verdient sie ihr Geld mit dem Schreiben von Groschenromanen und ihr Liebesleben lässt ebenfalls zu wünschen übrig. Auf der Suche nach Mister Right erlebt sie einen Reinfall nach dem anderen und datet stattdessen einen Haufen Loser. Als Mia dann auch noch bei einem Familientreffen eine unbedachte Äußerung rausrutscht, welche für einige Tränen sorgt, packt sie kurz entschlossen ihren Koffer. Auf der Trauminsel Sylt in einer kleinen Pension mit dem malerischen Namen Dünenglück will Mia ihr Leben neu ordnen und endlich ihren Erfolgsroman schreiben.

Lena lebt in Frankfurt. Als sie erfährt, dass ihr Mann Chris sie wegen einer anderen Frau verlässt, bricht für die Hausfrau und zweifache Mutter eine Welt zusammen. Keinen Mann und keine Aussicht auf einen Job. Wie soll es mit ihrem Leben nun weitergehen? Lenas Freundinnen schenken ihr kurzerhand einen Traumurlaub auf Sylt. Nach anfänglichen Zweifeln tritt Lena die Reise an und findet sich in der kleinen Pension Dünenglück wieder.

Die sympathische Pensionswirtin Henriette Hansen hat alle Hände voll zu tun, ihren Alltag mit Baby Jonathan und die Leitung der Pension Dünenglück zu meistern. Was als Lebenstraum gedacht war, entwickelt sich seit dem Tod ihres Manns zu einem anstrengenden Vollzeitjob für die alleinerziehende Mutter.

Als die drei unterschiedlichen Frauen im Dünenglück aufeinandertreffen, sieht es zunächst nicht so aus, als ob sich zwischen ihnen eine Freundschaft fürs Leben entwickeln würde. Aber dann überschlagen sich die Ereignisse und plötzlich ist nichts mehr, wie es war …

Dünenglück ist ein Roman über einen Neuanfang und den Beginn einer großen Freundschaft.

Zwei Autorinnen, eine Geschichte …

<u>Alles nur kein Mann</u>    Martina Gercke&Katja Schneidt

Alles nur kein Mann - das ist der feste Vorsatz, mit dem Greta und Marie eine Nachmieterin für das freigewordene WG Zimmer suchen.

Diesen Vorsatz werfen sie allerdings schnell wieder über Bord, als plötzlich Tim vor der Tür steht.

Tim ist gutaussehend, witzig, ein begnadeter Koch und ... schwul. Der ideale Mitbewohner also. Er darf einziehen und bringt schnell frischen Wind in die WG. Bald sind die drei ein eingespieltes Team.

Aber dann passiert etwas, das die Wohngemeinschaft völlig durcheinander wirbelt und die Frauenfreundschaft auf eine harte Probe stellt. Plötzlich ist nichts mehr so wie es scheint ...

Made in the USA
Lexington, KY
12 November 2017